文春文庫

太公望

下

宮城谷昌光

文藝春秋

目次

太公望（下）

挿画　西のぼる

高貴な囚人

望《ぼう》は馬を疾走させた。

かれにつづくのは咺《けん》と員《うん》である。

望と員は鬼《き》公《こう》の温情にふれて、いのちを救われた。望の心底にはつねにその一事があり、いつか恩を返したいとおもっていた。

牧野《ぼくや》の兵が沙丘《さきゅう》にむかったということは、周公をのぞく三公の陰謀が発覚し、受《じゅ》王はその三公を誅殺し、その従者の騒擾《そうじょう》をおさえるためであろう。三公はかなりの数の従者とともに沙丘にむかっているにちがいない。

「沙丘へゆけば、誅殺されます」

そのことを北方からくる鬼公に報《しら》せたい。

――まだ、まにあう。

そう信じて望は馬を走らせつづけた。

朝歌《ちょうか》から沙丘まで歩いてゆけば、およそ半月かかる。諸侯のなかで、まだ朝歌にいた君主を知っている望は、沙丘での会の開催はすくなくとも半月後であろうとおもっている。五日で沙丘の近くに着いて鬼公を待てば、鬼公のいのちを救うことができよう。

朝歌をでて二日目に大邑商《たいゆうしょう》をすぎ、三日目に道を東北にとった。夜にも馬をすすめている。四日目に鉅橋《きょききょう》の近くを通ろうとすると、新設の関所があった。

「庶人の通行を禁ずる」

と、役人にいわれた。通ることができるのは王侯貴族とその従者のみである。小さく舌打ちをした望は、

「蘇侯《そこう》」

の名をだしたが、通行は許可されなかった。

「間道を通って北へでるしかない」

三人は迂回した。馬が弱りはじめた。そのため沙丘の北にでるのに三日を要した。が、そこにも関所があり、厳重に検閲がおこなわれている。

「だめか」

望は落胆した。鬼公は昨日この関所を通ったと役人はいう。

「ほんとうに受王は三公を誅殺するのでしょうか」

亘はまだ信じがたいという顔つきをした。

「警戒が厳重すぎる。かならず受王は謀叛人を処刑する」

と、望のかわりにいったのは員である。

「員よ、わたしは鬼公に恩を返せなかった」

望は空を仰いだ。

ところが員は感傷をふりはらった冷静さで、

「望どの、朝歌には鬼公の猶子《ゆうし》の子良《しりょう》がいる。それに後宮には継《けい》がいる」

と、喫緊《きっきん》を口にした。

「おうっ——」

望は狼のように吼《ほ》えた。

ここで感傷におぼれているひまはない。沙丘にはいった三公にはそれぞれ係累《けいるい》があり、九公の娘は人質として後宮にいるので、九公が誅殺されれば、かならず娘も処罰される。鬼公の場合もおなじであろう。子良にひどい目にあわされた望であるが、危険を知らせるのは鬼公への恩返しになる。それに九公の娘に仕えている継をいそいで後宮の外にださねばならない。

「帰るぞ」

望は馬に乗った。焦燥《しょうそう》が烈しい。

朝歌にはいるや、望は晅を鬼公邸へむかわせ、自身は員とともに後宮へ行った。

宮門の門衛は、

「今日まで通行はできぬ。明日、くるがよい」

と、いった。三日間、通行禁止であったという。

「何か、ございましたか」

望はあえて訊《き》いてみた。門衛は首を横にふり、

「さあな……」

と、あいまいさをみせた。望と員は顔をみあわせた。胸騒ぎは熄《や》まない。それどころかますます不吉さをおぼえた。

「後宮で、異変があったらしい」

と、望は暗い目をした。

「望どの、受王は粛清を断行したのだ」

「わたしもそうおもう。継は――」

と、いった望のことばがのどにつまった。継は九妃とともに処刑されたのか。継は十四歳になっているはずである。十載《さい》まえに、継を背負って火の林を逃げたことが強烈に憶《おも》いだされる。継が死ねば、背が感じた重さを心で感じつづけねばならなくなる。

肆《みせ》に帰ると獬《かい》が目をあげた。その目つきにするどさがある。

――何かあったな。

すばやく獬は望と員にささやいた。

「まことか」

さっと顔色を明るくした望は、員の肩をたたき、走りはじめた。員も走った。ゆくさきは小瑜《しょうゆ》の家である。

いきなり戸をたたかないことがきまりになっている。右にまわり、吊りさげられた板をたたいて、表にもどった。戸がひらき、班《はん》の顔があらわれた。

家のなかは暗いが緊張感がみなぎっている。

炉に小さな火がみえた。

その近くで望をみつめている目がある。

「継よ……」

望は足をいそがせ、継のまえにすわると、手をにぎった。

「よく生きていてくれた」

「望……」

継の目が涙でふくらんだ。なつかしさのためだけで泣いているわけではないことは望には痛いほどわかる。九妃に不幸があったにちがいない。継は憔悴《しょうすい》したように顔色が悪い。

「継を苦しめたな。すまなかった」

望も静かに泣いた。継はうつむき、望の手の甲のうえで泣いた。室内の空気が湿ったようである。

「継は九妃を助けたかったのであろう」

そういった望は、炉からはなれたところにみなれぬ顔がそろっていることに気づいた。

「む……」

「望どの――」

三人のなかでまえにすわっている男が口をひらいた。望はすこし膝をずらした。

「且《しょ》です。お忘れか」

「おお」

まったくおもいがけない男が目前にいるといってよいであろう。望がはじめて鄭凡《ていはん》の荷を護送して東方に行ったとき、盗賊の手先として護衛の人数にまぎれこんでいた男である。が、且にいわせると、盗賊になったことは本意ではなく、いつか受王に復讎《ふくしゅう》するための稼ぎをおこなっているとのことで、この南人である且を望はみのがしたことがある。

「あのとき、新邑《しんゆう》で再会しようと望どのは申された」

「いかにも」

「それまでいのちを大切になされよ、とも申された」

「そうであったな」

「あれから新邑、すなわち朝歌へゆき、雑役夫として王宮にもぐりこみました」

「ほう」

「じつは望どのが継どのとお会いになっているのをおみかけし、失礼ながらお話の内容を立ち聞かせてもらいました」

「そうか。人のけはいがしたとおもったのだ。あなたがいたのか」

望はようやく得心がいった。

「ここにおりますふたりは、同族の者ではありませんが、おなじ南人で、やはり雑役夫として働いており、わたしに助力してくれることになりました。

と、且はふたりの若者を望に紹介した。南人らしい精悍さをもっているふたりである。

「王宮にもぐりこんだわけは――」

と、且に問うまでもあるまい。且の狙いはただひとつ、受王の首である。が、雑役夫ではとても受王に近づけない。受王が後宮にくるとき、且は受王に近づいたといえるが、部屋が多すぎて受王の所在をつかみきれないことと警戒が厳重であることで、手も足もでない。それでも且はあきらめずふたりの若い南人をつかって後宮内をさぐらせた。


「奇妙ですね」

と、ふたりは口をそろえていった。

後宮で受王にもっとも寵愛されていたのは九妃であったはずなのに、ちかごろさっぱり受王は九妃の部屋をおとずれない。鬼公の娘も鄂公《がくこう》の娘も無視されるようになった。

「ふうむ……」

受王と三公のあいだに反目が生じたのか。望が継の身の上を心配していたのは、受王の怒りが三公の娘にもおよぶと予想したからであろう。且はそう考え、

「受王は後宮に足をむけなくなった。ここで受王のすきをうかがっていても、歳月がながれるだけだ。そろそろ王宮の外へでようとおもうが、ついてくるか」

と、ふたりにいった。ふたりは素直にうなずいた。

「わたしには尊敬する人物がいる。望といい、都内で賈《こ》をおこなっている。むろん賈人は仮《かり》の姿だ。受王と王朝を倒すべく奔走している人だ。王宮をでたら、わたしは望どのの配下になる。それを承知なら、ついてくるがよい」

と、旦はいった。

「それはよいのですが……」

と、いったのは長身の若者で、名を、

「魋《たい》」

と、いう。ついでにいえば、ほかのひとりの名は、

「逸《いっ》」

である。魋はじつは継を知っている。話したことはないが、継も後宮をさぐっていることに気づいたのである。が、どうやらそれは望のためではなく、主人の九妃のためのようで、九妃の不安が継にそうさせているともいえる。

「まもなく後宮に異変があるのではないかと――」

魋の勘である。

「異変か……」

旦も不吉なものをおぼえ、王宮からでることをおくらせた。予感は的中した。日没ま

えに雑役夫はすべて集合させられ、後宮の門が今夜から明日の夜まで閉じることを告げられた。雑役夫ばかりか何人《なんぴと》も外出禁止になった。

——ただごとではない。

それはわかるのだが、この異状事態の原因がわからない。三人はひそかに話しあった。が、それから魋が寺人《じじん》にくわしい事情をききに行った。その寺人に魋はとりいっている。

寺人は小さな声で、

「こればかりはいえない。いえば、これよ」

と、自分の首に手刀をあてた。

——よほどのことだ。

と、考えながら、魋はひきかえした。やがて裏庭の掃除をしている且をみつけ、近づこうとすると、且は唇に人差し指をあてた。且のうしろに逸が立っている。逸の指は納屋をさしている。魋は足音を殺して逸に近寄った。

夕闇がおりつつある。あたりには栗の木が多く、納屋の屋根に朽ちた栗の実が黒々とあった。

且は戸に耳をあてていたが、

「やはり、なかに人がいる」

と、ふたりにいい、おもいきって戸をひらこうとした。ところが、戸には釘《くぎ》が打たれている。このころ金属製の釘はつかわれない。宗教上の理由からである。木か骨でできた釘がつかわれる。

「わたしがやります」

体格のよい逸が、戸を引きちぎった。

なんとなかには手足と口をしばられた継がころがっていた。すばやく縄をほどいた旦は、土に膝《ひざ》をつき、

「あなたは継どのですね」

と、表情をやわらげ、声にやさしさをこめていった。まじまじと旦をみた継はきみわるげにうなずいた。雑役夫がなぜ自分の名を知っているのか。

「わたしは望どのにいのちを救われた者です」

「え――」

ようやく継の目にかすかに安心の色が浮かんだ。

「どうして、このような目に――」

旦の問いによって我に返った継は、

「いそいで九妃のもとへ帰らねばなりません」

と、立ち、納屋を飛びでようとした。ひるがえった袖《そで》をつかんだ旦は、

「もう、たれも、宮室へははいれません。あえて通ろうとする者は、処罰されます」

と、強い声でいった。継は眉《まゆ》をあげ、

「ああ、明朝、九妃は逮捕され、誅《ころ》されます」

と、悲痛な声を放った。

――なるほど、そういうことか。

ここにいる三人の男は、この異状さの真相を知ったおもいがした。

「継どのは、そういう情報をつかんだがゆえに、ここに投げこまれた。明朝、継どのも殺されるのではありませんか」

且《しょ》の冷静な声は、夕闇に融《と》けたが、継の耳底には残った。

且のいう通りである。

継は官人や寺人と親しくなり、かれらの話をもとに受王の意向を逆料《げきりょう》した。受王の愛をうしなった九妃の哀惋《あいえん》をみかねたといえる。

九妃は父の九公の愛を一身にうけて育った。男といえば父しか知らぬといってよい九妃が、商の王宮に住むようになり、はじめて父ではない男を知った。その男こそ受王であり、受王の優しさにつつまれて幸福にひたった。

ところが急に受王の足が遠のいた。

――ほかに寵妃ができたのか。

と、九妃が疑いはじめたときから、継は九妃の目や耳となって後宮内をさぐりはじめ

た。望に会ったこともあり、

——九公は受王に叛逆するのではないか。

と、継はおもいはじめた。もっといえば、九公の叛逆を受王が予感したがゆえに、九妃を排擯《はいひん》したのではないか。それならすじが通る。ただしそれは推測の域をでないことであり、九妃をいたずらに哀しませたくない継は、九公謀叛についてひとことも九妃にいわなかった。

九妃は受王に捐《す》てられ、父にも捐てられた人である。孤児同然の美貌の主人を自分はみかぎることはできない、と継は強くおもい、望の勧《すす》めをしりぞけて後宮にとどまった。九妃は謀叛の外にいる人である。何の罪があるというのか。受王が酷烈な人であっても、かつて愛した九妃を誅殺することはあるまい、と継はおもいたかった。

しかし受王は愛憎が過量な人であるといわねばなるまい。

九公の謀叛があきらかであることを費中《ひちゅう》の報告により知った受王は、九公を憎み、おなじ憎悪を九妃におよぼした。

「九妃を捕らえ、斬れ。侍女もゆるすな」

と、官人に命じておいて沙丘へむかったのである。その命令の内容は、九妃に関するものだけではなく、鬼《き》妃、鄂《がく》妃に関しても同様であった。

官人は警備の寺人とともに手くばりをはじめた。たまたまかれらのうちあわせの一部を耳にした継が、九妃に報せるべく走りだしたところを、寺人にとりおさえられた。斬られなかったのは、その寺人と親しかったせいである。

「みのがせば、わしが死なねばならぬ」

と、寺人は目で継をあわれんだ。かれが継を縛って納屋にいれたのは、継に噪《さわ》がれてはこまると考えたほかに、継を助けてやりたいというひそかな意《おも》いがあったのかもしれない。

「わたしは望どのにいのちを大切にせよ、と教えられた。いま、そのことばを、継どのにさしあげる」

と、且はいい、夜の底を動きはじめた。

いのちの大切さは、継にもわかっている。望に背負われて、火と煙が充満している林のなかを突き抜けてから、さまざまな人に助けられ、かわいがられて、ここまで生きてきた。土公《どこう》の配下である斿《ゆう》の妻や孤竹《こちく》にいた宇留《うる》の妻などは、一生忘れられない人である。九妃だけに継は愛されたわけではない。その九妃を助けたいために宮中にとどまり、斃《たお》れれば、それらの人々の好意や愛情を無にしたことになる。ひとりの死は、多くの人をむなしくさせる。継にはそれがわかる。わかるにもかかわらず、九妃のもとから去れなかったのは、どうしてであろう。

継はひとつの夢をうしなっていた。その夢とは、望の妻になることである。が、十二、三歳にもなれば、結婚を意識し、同姓、とくに同族の者は結婚できないことを知る。

——わたしは望の妻になれない。

この傷心は烈しかった。それほど継は望を愛してきた。望も継を愛してくれたから、幼いころの継は、一生自分は望の近くにいるものだとおもいこんでいた。むろん同族でも結婚する者はいるが、族長となるとそうはいかない。かならず異姓や他族の娘を娶《めと》る。継にとって不幸なことに、望は族長なのである。

望をみることは自分の哀しさをみることであり、それゆえ継は、

——望のもとにはもどらない。

と、決心した。九妃を助けられなければ、死ぬほかないと継におもわせたのは、幼いころから抱いてきた夢を棄《す》てたことによる。

ところが、ここで、且という雑役夫から望のことばをきかされて、継は自分をとじこめてきた殻がやぶれたような気がした。

——望はこういう男からも尊敬されている。

と、おもえば、望の大きさを感じると同時に自分の小ささも感じた。自分が宮中にいるあいだに、望は大きな世界を歩きまわったにちがいない。継は悔心《かいしん》をいだいた。羌族《きょう》のひとりとして生まれたかぎり、広大な地を歩きつづけるべきであろう。望の世界にくらべて、この宮中はいかにも狭すぎる。

「宮門はすべて閉じられ、処々に見張りの者がいる。どうすれば脱出できるか」

と、且は配下のふたりにいった。明朝になれば、納屋に寺人がきて、戸のやぶれを発見し、探索をはじめるであろう。いや、すでに、雑役夫のあいだで、且と魋と逸の三人がいないと小さな騒ぎが起こっているであろう。すぐにも王宮の外にでないと、罪人を幇助《ほうじょ》した罪で死刑になる。

「こういうこともあろうかと、脱出孔をみつけておきました」

と、いったのは魋である。この男には敏慧《びんけい》さがある。

宮中の汚水を排出する溝瀆《こうとく》がある。そこには異臭がたちこめ、さすがに寺人は近寄らない。雑役夫しかわからない脱出孔といえるであろう。

這《は》うようにそこに近づいた継は、いちどは顔をそむけ、息をとめた。

「ここをくぐれば、どんなところでも生きられますよ」

と、且はいった。継はついに汚水にまみれつつ王宮の外へでた。それから夜の路《みち》を歩いて、望の家をめざした。ところが望は不在で、家をあずかっていた班《はん》と獬《かい》は継と三人の男をみて大いにおどろき、すぐさまかれらを小瑜《しょうゆ》の家へ移したのである。

「なるほど、それでわかった。継《けい》などの姿が消えたので、宮中を探索するために、門の出入りを今日まで禁じたのだ。明日は通行がゆるされるということは、探索をあきらめたのだ」

と、望はうなずきながらいった。

「しかし都内では役人が目を光らせていましょう。うかうか外を歩けない」

と、且は浮かぬ顔をした。

「それは心配ない。駠《しゅん》にたのめば明日にでも朝歌をでることができる」

そういった望は、遠くにすわっている小瑜のもとにゆき、駠への伝言をたのんだ。

「朝歌をでて、どこへ行けばよいのか」

と、且はきいた。

「西方に向《しょう》という邑がある。また、向の南に津《みなと》があり、そこに駠の配下がいる。どちらでも居ごこちのよいほうをえらんで、二載《さい》ほどとどまってくれ。そちらへゆくについては、咺《けん》という配下をつける」

望がそういったとき、

「継はわしが送ってゆこう」

と、員《うん》がいった。継は咺を知らない。員であれば幼少のときから知っている。旅行に不安をおぼえずにすむ。

「そうか。行ってくれるか。鄂《がく》を通らずに向へ行く道は――」

と、望はくわしくおしえた。そのあいだ継は泣きはらした目をあげ、望をみつめてい

た。また望から離れて暮らさねばならない。そういう胸中のため息がきこえたはずはないのに、急に望は継にやさしい目をむけて、

「ひと月もすれば、わたしも向へゆく」

と、声に明るさをふくませていった。継の胸はようやく温かみをとりもどした。

望が向への道順をおしえおわるのを待って、班が口をひらいた。

「朝歌の門は二日間閉じていた。たしかめたわけではないが、三公の邸《いえ》に捕吏《ほり》が踏みこんだようだ」

「おうっ」

と、望は班をみた。

鬼公邸へ危急を報せるために疸を走らせたが、班の話が本当であれば、子良をはじめ鬼方《きほう》の族人はすでに殺されたか捕縛されたか、いずれにせよ望の配慮は倥偬《こうそう》のなかについえたことになる。

——沙丘にいる鬼公はどうなったか。

あの颯爽《さっそう》とした雄姿が、受王の剣によって、血にまみれることになったかもしれない。もしもそうであれば、商に入朝しなかった土公は賢明であった。とにかく三公を受王が沙丘で誅殺すれば、鬼方と九夷《きゅうい》と鄂はいっせいに商に叛逆する。今後、受王はその騒擾《そうじょう》をどのように鎮めてゆくつもりなのか、望としては大いに関心がある。

ひとつの懸念は、受王と費中とが鄂に属している向族をどうみたかである。謀叛に加担した族とみれば、鄂へむけられる討伐軍は向をも全滅させるであろう。

「話がかわってきた。向へゆくのは危険かもしれぬ」

と、望はいった。継を逃がすだけであれば、蘇《そ》の宇留家をたよればよいが、宇留にはまったくかかわりがない三人の男をかくまってくれとはたのめない。

「いや、向へゆくことにする」

員は心配していない。たびたび話題にのぼる費中という大臣は、小さなこともおろそかにしない性格のようで、三公の密謀を丹念にしらべたように、三公にかかわる君主や族長の動向をもかなり正確に知っていよう。向族の首長が鄂公の羈絆《きはん》からのがれたがっていることを偵人《ていじん》の報告により知らぬはずがあるまい。

「どこまで費中がつかんでいるか、わからぬ。それとはべつに、鄂邑に叛旗がひるがえれば、向邑にも戦雲がおよぼう」

「鄂の兵が攻めてきたら、向が謀叛に加担しなかったことがあきらかになり、そのほうが戦いやすい」

と、員は笑った。向の南には何《か》族がいるし、西には宣方《せんぼう》がいる。その二族は向を援《たす》けてくれるであろうから、孤独な戦いにはならない。それを考えた望は、多少の安心を得たが、

「向族は邑内に籠もって戦うことに馴《な》れていない。員も野外で戦うことを好む。どうか自重してくれ」

と、員にいった。

「少壮のころの血気はない」

「戦場はべつだ。おのずと血気が沸く」

そういって員をいさめた望の予感は、吉《よ》いかたちで中《あた》ることになる。

望はふたつの家をもっている。ひとつが肆《みせ》でひとつが自宅だとおもえばよいが、肆にもどると、咺と獬が同時に首をあげた。

「主よ――」

咺が話しはじめるのを目で掣《せい》して、肆を閉めさせた望は、

「奥できこう」

と、ふたりをうながした。いそいで獬が炉の火をおこした。夕方になると冷《ひ》えがきびしい。咺は炉端にすわるや、

「鬼公邸は、あとかたもないほどうちこわされておりました」

と、せわしなくいった。

「やはり、そうか。九公と鄂公の邸《いえ》もみたか」

「ぬかりはありません。鬼公邸とおなじようなものです」

「周公の邸はどうだ」

「捕吏がはいったようすはなく、静かなものでした」

「費中はよくしらべたものだな。周公が陰謀にかかわらなかったことも知っている。

瀆《とく》職《しょく》の大臣ではなさそうだ」

獬が目をあげた。

「まことに周公は陰謀にくわわらなかったのでしょうか」

この男は知恵が衍《ゆた》かなだけに、事態のおもてにとどまって判断をくださない。

「くわわったとみるか」

「いま周公に手をくだすのは、まずいと受王と費中は考えたのではないでしょうか」

そのわけを獬は整然と述べはじめた。

まず九公を誅殺してもかまわないと受王が考えた。なぜなら、さきの東方遠征によって、受王には東方の諸侯を威服したという手ごたえがあり、人方の脅《じん》威《ぼう》を遠ざけたという実感があるので、人方より南を本拠とする九夷が叛乱をおこしても、もともとまとまりが悪い民族であるから、商王朝の支配圏はおびやかされることにはなるまい。九公とおなじように鬼公にも嫡子がいない。つぎに受王はそこに目をつけた。強力な指導者が消え、たしかな後継者がいなければ、その民族はなかで主導権を争い、分裂し、衰退してゆく。鬼公はそうなるだろう。鄂公については、人質をいれかえるような詐術をおこなったので、受王は腹にすえかねて、武力で邦《くに》をたたきつぶすにちがいない。鄂の近隣の藩にまもなく出師《すいし》の命令がくだるだろう。

さいごに周は西方の雄であり、周公を殺しても、周は分裂も衰退もしそうになく、討伐するには遠すぎる。西方へ遠征し、戦いがながびけば、人方の復活をゆるし、またしても東方が不安定になる。

「それゆえ周公のことには、受王と費中は目をつぶった。そうおもわれてなりません」

と、獬はいった。

――それもありうる。

望は獬の見解を否定しない。

三公の陰謀に周公がくわわっていたことを受王が知ったとしても、赫《かっ》としてすぐに、

「周公を誅《ころ》す」

とは、いわずに、

――さて、どうするか。

と、一考したかもしれない。三公さえ誅殺してしまえば、周公に助力する者は西方の諸侯にかぎられる。たとえ周公が兵を挙げても受王は恐れることはあるまい。周公は三公がついえたあと、まずおのれの保身をはかり、つぎに受王とどのようにつきあってゆくかを考えるであろう。ただし周が離反しなければ、望と配下の活動は目的をうしない、

かれらは賊徒として紅塵《こうじん》の底に沈んでゆくだけになる。

「われわれは乱を待ち、乱に乗じようとしている。が、それでよいのだろうか」

と、望はいってみた。周にたよりすぎている自分を反省したのである。

「主は乱に乗じて利益を得ようと考えてはいない」

獬は望の思想を理解している。

「むろん……」

「乱によって得たものは、乱によって失います。主はそういう損得の生ずる乱を待っているのではなく、商の神々と戦う機会を待っているとわたしにはおもわれます」

「これはおどろいた」

望は獬の顔をまじまじとみた。獬は心力にすぐれ、知識を得ることを喜び、独り静かに思念を練っているようにみうけられたが、まさかそこまで望の言動を昇華させているとは、意外であった。

商の神々の頂点に帝がいる。帝を伐《う》てば、神々は力を失い、商王も斃《たお》れる。それによって神力に縛られていた人民は解放される。正義とはつねに解放でなければならない。

「そうではありませんか」

獬はゆるやかにまばたきをした。

「ますますおどろいた」

望は口もとに明るさをきらめかせた。

だまってふたりの話をきいていた咺は、

「おい、獬よ、なんじは肉を売りながら、そんなことを考えていたのか」

と、あきれもし、感心もした。

「三公の陰謀は王朝への不満です。その不満は民ももっています。民が王朝の土台に手をかけてゆすりはじめたときこそ、主が立つときでしょう」

獬の知能は光を放ちはじめたようである。

翌朝、暗いうちに、連絡員というべき畛《しん》が望の肆にきた。

「鄭《てい》へ運ぶ荷があります。その荷のなかに、四人をかくして邑外へだします」

「やることは、早いな」

望はさっそく小瑜《しょうゆ》の家へ行った。すでに鳴《めい》と配下の数人が到着していた。数台の牛車が家のまえにある。旅装をおえた継に近寄った望は、

「九妃のことや三公のことは、まだ何もわからぬ。おそらく馴がさぐっている。わかったら、わたしも向へゆく」

と、いった。継は昨日よりすっきりとした表情をしている。

「向で待っています」

「向族の首長は篤情の人だが、統《とう》という輔佐はたよりになる。かならず厚遇してくれよ

う」

「わかりました。向族の手伝いをするつもりです」

「女たちに乗馬を教えてやれ」

「そうします」

継は目で笑った。そういう笑いかたひとつにしても、洗練を感じさせる。望はふと後宮のにおいをかいだような気がした。

——宇留の娘の縞《こう》は、継より一歳上か。

縞も継も若さと美しさがしたたっている。このふたりに共通しているのは、うわついたものがなく沈毅《ちんき》といってもよい落ち着きがあることである。このふたりは、二十、三十、四十と齢《よわい》をかさねるにつれて風格の佳《よ》さを高めるであろう。望にはそうおもわれた。

継のうしろに且《しょ》がいる。望は且を目で誘って家の外にでると、

「向を足場にして、西方の諸族をさぐってくれるとありがたいのだが……」

と、ささやいた。

「やってみましょう」

且はみじかくこたえて荷のなかにもぐりこんだ。且の配下のふたりと継が荷のなかに消えると、鳴は望に会釈して、

「長はいま情報を掻《か》き集めています」

と、小声でいい、出発した。

「継はわしが守る」

力強くいった員が集団の最後尾を歩きはじめた。かれらを見送った望は、横に立っている班《はん》に、

「よくやってくれたな」

と、声をかけ、すっかり明るくなった路を歩いて、肆《みせ》にもどった。

それから七日後に、望の肆のまえで馬がとまった。すばやく馬からおりて肆に走りこんできた男の足音こそ、歴史が望に近づきつつある音であったかもしれない。

路上に寒風がながれている。

肆に走りこんできた男は、寒さのせいで顔がこわばっている。

「跖《せき》どの――」

望は腰をあげた。ところが跖首《せきしゅ》は口をむすんだまま、いちどふりかえり、奥にゆこうとする。

――異変があったな。

宇留の配下というべき跖首は、ひごろは温厚さを保っていて、けわしさをみせたことがない。ところが今日の跖首は別人である。

望が跖首とともに奥にはいると、班と獬がつづき、暅《けん》は肆に残った。

望は炉の火を掻き起こした。

「沙丘で何がありましたか」

「何があったのかは、わからぬ。が、わかっていることは、わが君は費中より出師《すいし》を命じられたということだ」

「蘇侯《そこう》が兵をだす。どこを攻めるのです」

「鄂《がく》――」

そういった跖首は、獬がもってきた瓠《ひさご》の水を、のどを鳴らして呑んだ。

――やはり。

望は胸中でうなずいた。鄂公が沙丘で誅殺されることは、まちがいない。君主のいなくなった邦を攻めるのは、蘇ばかりではあるまい。鄭の北に商の軍事基地があるから、そこの兵が河水を渡って鄂へ攻め込むにちがいない。

「いま宇留さまは蘇へ急行なさっている。わたしがここにきたのは、わが君のご命令による」

「蘇侯はわざわざわたしにお報せくださったのか」

「そうです」

「では、蘇侯におつたえください。鄂の西方にある向《しょう》は、鄂の叛乱にそなえて兵をととのえているので、鄂を討伐するときは向にお声をかけていただきたいと」

「わかった。かならず申し上げる」

「蘇侯のご懸念は、周公にある。周公については、のち、ご報告にうかがいます」

「さすがに望どのは察しがよい」

わずかに表情をゆるめた跖首は、ふたたび瓢の水を呑み、腰をあげると、せわしなく去った。肆にもどった望は、

「鄂を討伐するために蘇侯は帰還する、と小瑜につたえよ」

と、咺にいった。それだけで馴はすべてを察するであろう。それにしても費中は用心深い。鄂を攻め滅ぼすつもりであれば、鄂に近い邦の君主を沙丘に招かず、待機させればよいのに、そうすれば鄂公が不審をおぼえて、沙丘にこないことを恐れたのであろう。いまのところ受王の粛清は順調におこなわれている。

望は、牧野《ぼくや》にいる呉《ご》と詠《えい》と熊《ゆう》に、いま何が起こっているのかを報せるために獬を走らせた。そのとき望は、

「田共《でんきよう》の羊を買いに行った三人の帰りがおそいな」

と、いった。獬《かい》は気をきかせて、

「牧野からそちらにまわってみましょうか」

と、望の心配を減らそうとした。

「いや、変事があったなら、たれかが報告に帰ってくるはずだ。三人とももどらないということは、田共が不在で、その帰りを待っているのかもしれぬ」

望の推測はたしかであったが、その三人がつれてくるものは羊だけではないことを、この時点で予想できるはずはない。

翌日、朝歌《ちょうか》にもどってきた犛は、二、三の諸侯が朝歌の郊外をかなりの速さで南下していることを望に語《つ》げた。

「鄂の討伐を命じられた君主だな」

「そのようです」

「鄂の公室と人臣は、鄂公の死をまだ知るまい」

「まったく費中は恐ろしい男ですね。これほどの大事を、外に漏らさないように、すらすらとやってのけたのですから」

「ただし、朝歌でのうわさがある。うわさは風に運ばれるといわれるから、疾走する馬よりは速い」

「沙丘から風は吹かぬものでしょうか」

「はは、まもなく吹くさ」

翌々日、畛《しん》が顔をみせた。

「ほら、風よ」

望がいった通り、馴が沙丘での会の内容をつかんだらしく、今夕、小瑜の家に足をはこんでもらいたいという伝語を畛がもってきた。

肆を閉じたあと、望は班、咺、獬の三人をしたがえて小瑜の家へ行った。

すでに馴はいた。拇《ほ》の顔もみえる。

「先日のはからい、感謝する」

と、望は馴に軽く頭をさげた。

「継《けい》どのは強運の持ち主ですね。九妃とすべての侍女は処刑されたようです」

「やはり、そうか。継にはおしえたくない話だ」

「望どの、三公は沙丘で誅殺されました。おどろくべき極刑です。鬼公と九公は醢《かい》に、鄂公は脯《ほ》にされました」

「何——」

急に望の眼底に涙が湧いた。醢といえば、人体を細砕《さいさい》して塩づけにする刑であり、脯といえば人体を薄く裂いて乾肉にする刑である。

「受王はその脯醢を諸侯に食べさせたのか」

「そうです」

馴の静まりかえった目は望の涙を直視している。

——鬼公が殺された。

そのつぶやきが望の心の底にくりかえし落ちて悲痛なひびきを生じさせた。望にとって鬼公は首長の理想像であった。大兵を率いて風のごとく山野を疾走する馬上の姿は颯爽としていた。

――いつか自分もあのようでありたい。

望は少年のころに胸中にともった憧憬を消すことなく、今日まで生きてきた。鬼公に再会し、

「あの孺子《じゅし》が、こうなったか」

と、おどろきの声をかけてもらいたかった。しかし受王に謀殺された鬼公は、ふたたび望の目前に立つことはない。

「わたしは父を受王に殺されたが、いまほど受王を憎いとおもったことはない」

望のほおを涙が細くながれてゆく。

「累代の商王は陰険です」

駟は処刑された父を憶《おも》ったのか、わずかにうつむいた。望と駟ばかりでなく、この家にいるほとんどすべての者が商の王室や王朝によって肉親を喪《うしな》っている。人を殺すことによって神々を喜ばせる王朝が商であるとすれば、やはりこの王朝を斃し、けっして復活せぬように地中深くに斂葬《れんそう》しなければなるまい。いや、この時代、地には死者をよみがえらせる力があると信じられているので、死者を復活させぬためには、死体を地につ

けぬように吊るすか、焼くか、しなければならない。王朝を斃すにおいても、おなじである。受王の首を切って、さかさ吊りにしてこそ、王朝を斃したことになる。

「沙丘における受王は、昼は諸侯と狩りをおこない、夜は台上に諸侯を招いて酒宴をおこない、それが十日つづくようです」

「長夜の宴か……」

「酒の池、肉の林をつくり、男女を裸にして、走りまわらせた、ともきこえてきます」

奴隷を通じて得た情報であろう。沙丘に近づけなかった望は、駉の情報蒐集能力にすごみを感じた。

酒池肉林は商王朝の全盛を象徴している。受王の驕色《きようしよく》が目にみえるようである。

「長夜の宴が終わったら、わたしは向へゆく。周公がぶじであることを蘇侯に報せ、向族の首長を輔佐する」

「はやければあとひと月で、鄂は四方から討伐軍に攻めこまれて、滅亡しますね」

「その討伐軍に向族をくわえてもらいたいと蘇侯にたのんだので、放ってはおけない。諸侯が散会したら、報せてくれ」

「わかりました」

駉は望とともに小瑜の家をでた。それから八日後に、牧野にいた呉が朝歌にきた。望は眉を寄せた。呉を呼び寄せたおぼえはない。解《げ》せぬのは呉もおなじであるらしく、

「じつは、今朝、見知らぬ男がきて、偏師《へんし》が大邑商《たいゆうしょう》にむかった、望につたえよ、といって姿を消した」

と、いって、首をかしげた。

「どんな男だ」

「若いが、陰気な男だった」

馴の配下であれば、かならず長の伝言ですという。そういわなかったとなれば、その男は馴にかかわりはない。

——彪《ひょう》の配下か、知人にちがいない。

彪が自分で軍の秘事を告げにこなかったということは、その偏師にくわわったからであろう。偏師とは軍の一部ということである。部隊といいかえてもよい。

「そうか……」

望の胸裡には多少の混乱がある。牧野に駐屯している商軍のうち、大部隊は沙丘にむかい、三公の従者を討つか捕らえるかしたであろう。それとは別の部隊がいまごろなぜ急に出動することになったのか。行き先も沙丘ではなく大邑商であることも不可解である。

望はこの話を班や獬などにいい、意見を求めた。

「費中の予想になかった異変が首都で生じたのです」

と、獬はいう。

「大臣のたれかが叛《そむ》いたのかな」

「すべての大臣は沙丘の会に列席しているはずです」

「受王が諸侯や重臣と沙丘で遊醼《ゆうえん》しているすきに、土方《どほう》の兵が大邑商を急襲したのかな」

「それは愉快だ」

と、班は笑声を放った。

だがどれほど話しあっても、牧野の偏師が大邑商にむかった理由が腑に落ちてこない。

呉が首をあげた。

「わたしが大邑商をさぐってきます。それに、牙《が》と龍《りょう》と虎《こ》の三人がもどってこないのも、気がかりなので、田共の牧野ものぞいてきます」

「ふむ……」

呉は馬術の名人といってよい。大邑商と田共の牧場をみて帰ってくるのに五日もかかるまい。

「よし行ってくれ。呉がもどるまで、わたしは向ゆきをみあわせる」

明日か明後日には馴から報せがはいるはずである。諸侯が帰還の途についたことを確認すれば、すぐに望は向へむかって出発するつもりでいた。が、呉の進言を容れ、出発を遅らせたことが、望に運命の奇状を知らせることになる。

望の真情としては、向へ配下の全員をつれてゆきたい。一度、戦場を踏ませる必要があるとおもっている。朝歌の肆は閉じておけばよいが、牧野の牛羊から目を離すわけにはいかない。すくなくともふたりは残してゆかなければならない。

――牙と龍を残すか。

望はそんなことを考え、旅行の準備にとりかかった。呉が出発したあと、獬を牧野に送って、数日後に向へむかうことを詠と熊に伝えた。

翌日、眕があらわれた。

「諸侯は散会しました」

「そうか。長夜の宴は終わったか」

「向へ発《た》たれますか」

「いや、事情があって、出発を四、五日おくらせる。そう馴どのに伝えてもらいたい」

「長は望どのと同行したいと申しております。四頭立ての兵車をみたいとのことです」

「わかった。出発の前日に小瑜に報せておく」

眕が去ったあと、望は、

「咺よ、馬と食糧をととのえてくれ」

と、いった。すこしずつ緊張が高まってくる。

「八人分ですね」

「そうだ」

咺が外出すると肆には望と班しかいない。班が考えこんでいる。

「どうした」

「諸侯が散会したのは、何日前なのか」

「それを知って、どうする」

「どうするわけでもないが、沙丘からここまで、昼夜馬を走らせつづけても五、六日かかる。馴はそれほどはやく情報を得ることはあるまいから、諸侯が散会したのは九日か十日前ではあるまいか」

「なるほど」

「沙丘から大邑商までは――」

「昼夜兼行《けんこう》すれば四日だが、ふつう七、八日かかる」

「すると、二、三日前に、受王や重臣、それに諸侯のうち南路をとる者は、大邑商に到着したことになる」

そこまでいわれると、班が何を考えているのか望にははっきりわかった。牧野の商兵が急遽《きゅうきょ》大邑商にむかったわけを班は考えつづけているのである。大邑商から牧野にむかった急使は一日で使命を果たすことができよう。受王はもっとも近くにいる兵をいそいで呼び寄せたと考えられる。

「大邑商でどんな変事があったのかな」

呉が帰ってくるまで、それはわからない。

四日がすぎた。

呉は帰ってこない。

「奇妙だな」

また班が考えこんだ。呉のことではない。諸侯と従者の集団が、朝歌を避けるように、郊外で宿営しては帰途をいそいでゆく。

「朝歌に立ち寄るな、と受王に命令されたようではないか」

「班のいう通りだ。諸侯は緘口《かんこう》されている。大邑商で起こった事件を、王朝としてはなるべく秘しておきたいのだろう」

「はやく、呉が帰ってこないかなあ」

班は自分でたしかめにゆきたいのか、いらだちをみせた。

「棘津《きょくしん》には馴の配下が肆をかまえている。今日あたり、何かをつかんで、馴に報告しているかもしれない」

望はそれを期待したが、翌日になっても、畛は顔をみせず、呉もあらわれない。

「いよいよ変だ」

「あと一日待とう。明日、呉が帰ってこなかったら、わたしと班で、四人をさがしにゆく」

望は哹にそういった。

「心配ですね。小瑜のもとに報せがとどいていないか、訊《き》いてきます」

「そうしてくれ」

望は哹を送りだした。小瑜を哹の妻にもらいうけたいと鳴《めい》に申しこんである。小瑜は賢い童女であるから、哹という人物を観察しつづけているにちがいない。望としては、なるべく多くふたりが話しあう機会をつくってやりたい。哹は望より三つほど歳が上であるから、二十八歳にはなっている。哹が三十歳になったら小瑜を娶らせたい。

「班よ、妻帯を考えぬか」

「まったく——」

「宇留《うる》の娘の縞《こう》はどうだ」

「あの三姉妹には興味がないし、はっきりいって宇留という人物をわたしは好まない」

孤竹《こちく》から去った、その去りかたが、班には気にいらないらしい。

「縞はよい娘だぞ。女にしては度量が大きい」

望がいくら水をむけても、班は気乗りうすな表情をかえなかった。

——班はどんな女を好むのか。

班の気性をわかっているつもりの望でも、それだけはわからない。とにかくいまの班の念頭には女の影はまったくないことはたしからしい。

日が傾くころ哂が帰ってきた。

「何もありません」

と、哂はいった。この日はこれで終わった。

翌日が激動への入口になる日である。


めずらしくあたたかい日になった。

暁闇《ぎょうあん》のうちに家の外で声がしたので、望ははっと起きて、戸をあけたが、たれもいなかった。しばらく外のようすをうかがっていたが、狗《いぬ》の影さえないので、戸をしめて横になった。が、ねむれなくなり、夜が明けて、ふたりが起きてきたのをみて、朝食をとり、肆《みせ》をひらいた。日が高くなると、すわっているのもつらいほどねむくなったので、

「奥で横になる」

と、ふたりにいい、むしろにくるまった。

火がみえた。火のなかを走っている自分がある。羊が飛んでいる。

――待ってくれ。

そう叫ぼうとしても声がでない。

「望――」

たれかが呼んでいる。その声は班か、呉か、童子たちを火のなかに置き去りにしたらしい。

――しまった。

と、おもったとき、夢が破れた。

班と呉の顔がまぢかにある。ひたいに汗を感じつつ、

「おっ、呉か。帰ったな」

と、望は身を起こした。呉は心配そうに、

「汗をかいている。体調が悪いのか」

と、きいた。

「いや、火の夢をみていた」

「ああ、あの火か……。わたしもおなじ夢をみる」

「ほかの三人はどうした」

「いま邑の外にいる。咺《けん》が衣服をとどけたらここにくることになっている」

「わからぬ話をする。偸盗《ちゅうとう》に衣服を盗まれたのか」

「ちがう」

と、いったのは班である。班の目の光が尋常ではない。かれは望の耳の近くで、自分

なりに整理した話をしはじめた。とたんに望の目の色が変わった。すぐに呼吸を忘れたような顔つきをした。

　班の謦言《けいげん》とともに望は大きく呼吸した。それから、

「門衛にみとがめられることはあるまいな」

　と、ふたりに念を押した。

「門はふだん通りだ」

「よし、呉は牧野の三人に報せてくれ。班は小瑜の家に行ってから、自宅で待機してくれ。しばらくしたらゆく」

「わかった」

　ふたりは肆をでて、東西にわかれた。

　独りになった望は明るい通りをながめている。人々がおだやかに歩いている。その光景は望の心のあわただしさにいかにもそぐわなかった。

　やがて咺と虎がひとりの男を前後ではさむように歩いてきた。咺は望の顔をみても無言である。望も無言のまま、

「ここを見張れ。なかにはたれもいれるな」

　と、目でふたりにさしずをして、奥に消えた。巾《きれ》で顔をつつんできた粗衣の男は、ならんでいる肉を一瞥《いちべつ》し、それから望につづいて奥にはいった。

炉の火が赤い。

顔から巾をはずした男に、

「むさくるしいところですが」

と、望はむしろをすすめた。男はゆっくりむしろのうえに腰をおろしたが、からだのどこかが痛むのか、かすかに顔をゆがめた。望はおどろいた。これほどひげが豊かな男はあるまい。ほとんど皮膚がみえない。

「呂《りょ》望と申します」

「わしは周公にお仕えしている閎夭《こうよう》だ。ご存じであろうが、貴殿の配下にいのちを救われた」

「閎夭どのをお助けしたのは、牙《が》と龍《りょう》と虎です」

そういいながら望は閎夭という人物がもっている重みを感じた。

——なるほど周の重臣だけのことはある。

眼光は豊かで、対面する者は気圧される感じになるであろう。閎夭については、はるかのちに、

——閎夭の状は面《かお》に見ゆる膚《ふ》なし。(『荀子《じゅんし》』)

と、ひげの多さを表現される。かれは西方の狩猟民族の族長であったが、周公の武威に敬服して、周公に忠誠をささげるようになった。周公の左右にならぶ武将のなかでは

尤《ゆう》なる人である。周公は閎夭の武勇を愛し、その私欲のない劬勤《くきん》をたのもしくおもい、商に人質となる伯邑考《はくゆうこう》をかれに毘佐《ひさ》させた。

が、ここにいるのは、負傷した閎夭である。

かれも望を観察している。

――若いが、渾大《こんだい》を感じさせる男だな。

肚《はら》がすわっているのは、危地や死地を突破したことがあるからであろう。その横顔から、

「鷹」

を連想させられる。呂望の配下たちは、この主人のことを知恵者だといっていたが、なるほど才穎《さいえい》であるかもしれない。しかし、これほどの男が肉屋の主人であることに違和をおぼえる。

「周公が捕らえられ、羑里《ゆうり》に移されましたか」

「わしは寡兵《かへい》をもって商の護送の兵を襲ったが、君を奪回することはできず、周兵はほとんど戦死し、わしも死の淵に片足をいれた」

瀕死の閎夭を発見したのが、羊をつれて牧野にいそぐ三人であり、かれらは三日野宿をして閎夭を看護し、生きかえらせた。呉がみつけたのは、朝歌へむかって歩いている四人であった。

「鬼公、九公、鄂公の三公は、沙丘において脯醢《ほかい》の刑に処せられましたね。ところが周公は難をのがれ、大邑商まできて逮捕された。そういうことになりますか」

望がそういうと、閎夭は瞠目《どうもく》した。

——何でもよく知っている男だ。

おどろくと同時にあやしんだ。肉屋の主人が知りうることではない。

「その通りだ」

「ひとつ、わからぬことは、朝歌の周公邸は捕吏に踏みこまれたようすがないということです。鬼公邸、九公邸はむざんに破壊され、邸を守る者たちは斬られたり捕獲されたりしたにちがいなく、九公の娘と侍女はのこらず処刑されたとおもわれますから、鬼公と鄂公の娘も同様な処罰をうけたでしょう。周公が投獄されたのに、ご嫡子はごぶじなのですか」

「呂望どの、わが君の邸は大邑商にもある。残念ながら、ご嫡子の身は捕吏の手によって褫奪《ちだつ》された」

けっきょく周公室の父子はそろって捕縛され、臣下の多数が商兵と戦って死に、周公は羑里の獄へ投げこまれ、嫡子の伯邑考の所在はわからない。

——そういうことか。

牧野《ぼくや》の偏師《へんし》が急に大邑商にむかった理由はそれであろう。つまり、受王と費中《ひちゆう》は長夜の宴では周公を処罰する気がなく、宴が終わると同時に諸侯を帰途につかせた。ところが周公が大邑商に到着するまでに受王の気が変わった。

「受王を変心させたものが何か、おわかりになりますか」

「いや、まったくわからぬ」

閎夭は肩を落としている。この剛毅《ごうき》な男が蹙頞《しゅくあつ》しているのである。かれにとって受王の変心のわけなどどうでもよい。羑里の獄で苦しんでいる周公の生死がすべてである。

「閎夭どの、周公の罪は何ですか」

「罪……、罪など、あろうか。無実の罪だ」

「受王と費中は、愚昧《ぐまい》な主従ではありません。それゆえ周公が三公の謀叛に加担しなかったことを知っているはずです。それなのに周公を獄に投じたのは、罰するというより、疑ったからであり、その疑いが何かをつきつめれば、釈放への道を拓《ひら》けます」

「呂望どの、なんじは、何者か」

気をとりなおした閎夭は、目前にいる少壮の男の正体を知りたくなった。政局に精通しすぎているところがきみ悪い。

「受王に父を殺された者とだけおこたえしておきましょう」

既知《きち》の小子旦《しょうしたん》や檀伯達《たんはくたつ》の名をだすのはあとでよいと望はおもっている。

望と閎夭とでは受王の意向を正反対にとらえている。

望としては、受王が周公を誅す気《こころ》であれば、羑里などへ身柄を送らずに死刑に処したであろうから、容疑が晴れしだい釈放する用意があるとみている。一方、閎夭としては、罪もない周公を羑里の獄へ投げこんだのは、詮議のためではなく、周公を奴隷の身分におとして殺すためであり、謀殺以外のなにものでもないと考えている。君主と嫡子を同時に殺し、周を潰《つぶ》すというのが、受王の意向である、と閎夭は恚《いか》りと嘆きでからだをふるわせた。

「羑里に獄があるのですか」

と、望はきいた。

「奴隷収容所であることはわかっている。が、商王室を守護する神も祀《まつ》られている。その神殿のまわりに獄がある」

「くわしいですね」

「むろん、みたわけではない。氏名をあかせぬが、さる人からきいた」

「なるほど、受王は周公を神に監視させているわけか……」

望は小さくうなずいた。

——この裁きには、神勅《しんちょく》が必要である。

そう受王が考えての処置でもあろう。おそらく受王は迷っている。自分で処断できぬので、神の判断を仰いだにちがいない。

「周公をお救いしたい」

俠気とはちがう。商王朝に対抗する勢力をもっているのは周だけであり、ここで周公が殞命《いんめい》してしまうと、周も衰退してしまい、羌《きょう》族が台頭するきっかけをうしなってしまう。羌族としては、周公を羑里からだして、商王朝をおびやかしてもらい、東西対立のけわしさのなかで、その存在を周に訴えてゆきたい。商王朝に叛く勢力が壊滅したあと、羌族だけが結集して商に立ちむかうのは、とてもむりである。望が考えてきたことは、羌族が周の勢力を東にみちびき、嵩山《すうざん》に到達させ、そこより西を周の支配地とし、羌族の族長たちは、商から離れ、周の朝廷へ入朝する。すなわちこの海内《かいだい》の地を商と周が二分して治める。そこまでもってゆきたい。

商王朝打倒はそのつぎである。

――わたしが生きているうちに、できるかどうか。

商の底力がわかるにつれて、望は自分の想念から夢想や妄想を切り棄て、目的を近づけようとした。遠い的を射ぬくのは、自分の子がすればよい。そこまでの覚悟はしている。

しばらく望を凝視していた閎夭は、

「わが君を救っていただけるのなら、周は邦を挙げて呂望どのを支援する」

と、いい、頭を深々とさげた。

ひとまず望は閎夭の身を自宅に移した。閎夭は重傷を負っている。あと数日は動かないほうがよいであろう。

「周へ、事件の詳細を報せてもらいたい」

と、横になった閎夭が望にたのんだ。

「わかっております。ここにいる班《はん》と咺《けん》とをともない、わたし自身がまいりましょう」

「望どのが朝歌をはなれたら、わが君をお救いする者がいなくなる」

「ご安心ください。協力者は三百人おります」

「三百人……」

閎夭はすこしずつ望の正体がわかりかけている。商都に住み、商の民のように生活しながら、王朝をくつがえそうとする活動をひそかにつづけている者たちの首領であろう。

「望どのは賊か」

「受王に殺されそうになる者を、救い逃がす賊かもしれません」

「はは、商兵を襲ったわしも、賊になった」

閎夭は弱く笑った。

「周には関所がございますね。わたしどもが閎氏の使いである証《あかし》がないと、そこでとめられます」

「証か」

閦天は手をのばして剣をつかみ、望に与えた。

「これを戍《じゅ》兵にみせよ」

「たしかにおあずかりしました。周にはいって、まっさきにお目にかからねばならぬ人は、どなたですか」

「散宜生《さんぎせい》に会ってくれ。この者が不在のときは――」

「小子旦ですか、あるいは、檀伯達か」

「望どの、なんじは……」

首をあげかけた閦天は、ふと小さく笑い、

「どうやらわしは望どのをみそこなっていたらしい」

と、楽しげにいった。

「この家には獬《かい》を残してゆきます。なんなりとお申しつけください」

そういいおいて家の外にでた望は、晅を呼び、

「売れ残った肉をまとめておいてくれ」

と、いった。

「どうなさるのですか」

「牧野の兵営に売りにゆくのさ」

望は班だけをしたがえて、小瑜《しょうゆ》の家にゆき、
「大事件が起こった。明日、馴《しゅん》をはじめおもだった者は、牧野の牧場にきてもらいたい」

と、語《つ》げ、すぐに肆《みせ》にもどると、馬に飛び乗った。班と咺の馬がつづいた。しばらく肉屋は休業である。

夕方、望は咺とともに兵営の門をおとずれた。

「てまえは、朝歌で肉をあきなっております者で、望と申します。こちらの騎兵の十人長である彪《ひょう》さまがお求めの肉を持参いたしました」

咺はうしろでひやひやしているが、望は平気なものである。門衛はふたりを上から下までながめた。

「肉の沽販《こはん》をおこなっていると――」

「はい」

「そのほう、いつ、肉を持参するようにいわれた」

そう問われた望は用心しつつ、

「八日前でございます」

と、こたえた。門衛はようやく表情をゆるめ、

「八日前であれば彪さまは十人長であったが、いまは五十人長だ。よかろう、通れ」

と、いい、彪のいる兵舎をおしえた。

——彪は大邑商《たいゆうしょう》で功を立てたらしい。

彪が多くの周兵を捕獲したり殺害したとなると、今後、彪は周人に怨まれることになる。が、彪が周公をひそかに助ければどうであろう。そんなことを考えつつ、兵舎の入口に入った。

「肉をお持ちいたしました。朝歌の望でございます」

その大きな声で、兵舎のなかでの話し声がやんで、兵が顔をだした。

「たれが肉を求めたのか」

「五十人長でございます」

「そうか」

兵の顔が笑みくずれた。今夕は、肉を食べることができるとおもえば、口のなかにつばが湧いてくる。いちど兵舎のなかに顔をかくした兵は、しばらくしてあらわれ、

「そのほうだけ、ついてまいれ」

と、望をちがう入口につれていった。兵は入口に立ち、

「望をつれてまいりました」

と、高い声でいい、

「よし、さがれ」

という声をきくと、すみやかにきびすをかえした。望はなかにはいった。なかはほの暗い。人影がある。ゆったりとすわっている影である。望はその影の近くにすわり、

「牧場に人をよこしてくれたのに、手おくれになった。が、とにかく、感謝する」

と、低い声でいった。

「周公は羑里《ゆうり》のなかだ。なんじに報せるまえに、周公が羑里のどこにいるのかをつかみたかった」

「そういってくれて、ほっとしている。周公は獄にいる。その周公を救いたいのだ。手を貸してくれ」

望の考えるところ、彪は商軍のなかにいて、商を倒す機会をうかがっている。彪は羑里から沙丘に移って、奴隷の若者に慕われた。その若者たちは、沙丘の離宮が完成すると同時に羑里にもどされたはずであり、彪は信頼できる配下に羑里と牧野のあいだを往復させている。その配下というのが、この営内にいる兵なのか、巷間《こうかん》にいる庶民なのか、それは望にはわからないが、彪の手足となって暗躍している者がいることはたしかである。先日、牧場にいる呉《ご》に伝言した陰気な男というのは、彪の配下のひとりであろう。

「周公を救うといっても、脱獄させることはできない」

と、彪はしずかにいった。

「わかっている。脱獄しては、かえって周公は罪を認めたことになる。受王に周公の無罪を認知させ、釈放させる。それまで周公が獄死せぬように、手助けしてもらいたいのだ」

「ふむ、放免された周公は、どうするか。復讐のために叛旗をかかげるか」

「まちがいなく、そうする」

「望はその周公を助けるのか」

「周と商とが海内《かいだい》を二分するまでもってゆきたい。そのときは呂族の邦《くに》が立つであろう」

「望よ、君主になれ」

感情のない声である。

「彪はわたしを輔《たす》けてくれぬのか」

望がそういうと、彪はすぐにはこたえず、しばらく横をむいて舎内の暗さに黙って染まっていたが、

「ちかごろ父の夢をみた」

と、のどにひっかかったような声でいった。

望はつぎのことばを待った。彪はめっきり陰気になった。そうさせたものが何であるのか望は推察しようがないが、たがいにはげまして生きてゆくのがふたりのさだめであ

るのなら、彪が意気消沈しているのは望としてはつらい。

「わたしの父も望の父も羑里にはいない。戦って死んだのだ。受王に殺された。さらに、わたしにとってかけがえのない人も、羑里の役人に殺された。わたしに目をかけてくれた盂方伯《うほうはく》は受王によって邦を潰された。それゆえ、わたしは受王と羑里の役人を殺す。受王にかぎりなく近づくためには、周人《しゅうひと》を殺し、望の配下さえ殺すときがあるかもしれない。わたしはもはやこの生きかたしかできない」

「なるほど詠《えい》のいった通りだ。詠はなんじを信じていた。詠は、なんじに敵対したときは、喜んで死ぬ、といっていた」

そういった望は、暗さに盈《み》ちた兵舎をあとにした。

翌日、馴と配下が、三々五々牧野に集まってきた。およそ二十人が埒《らち》ぞいに腰をおろした。牛羊の群れが、この日中の密会を、隠蔽《いんぺい》してくれている。望は立ち、埒に腰をあずけて、大邑商で起こった事件のあらましを語り、

「わたしは羑里にいる周公を助けたい。はっきりいえば、周に恩を売っておきたい。また周公の嫡子のゆくえをさぐってもらいたいことと、生き残って隠伏している周人をさがしてもらいたい」

と、いった。すると馴も立ち、

「受王は驕慢《きょうまん》ゆえ、三公を誅殺し周公を投獄したことが、自分の墓穴を掘ったことにな

るとは気がつかぬであろう。いまに中原《ちゅうげん》に電戟《でんげき》が走り、世は戦乱の様相を呈すであろう。そのときわれわれは望どのを奉戴《ほうたい》し、商と戦い、邦を樹《た》てる。自分たちの邦を自分たちで樹てるのだ。異存はあるまい」

と、よく通る声でいった。

望は照れたように笑い、頭をかるく搔いて、

「わたしは羌族の出身だ。だが、ここには、四方の出身の者がいる。もしもわたしが邑を造り、邦を治めるようになったら、民族の優劣をなくしたい。公平な政治をしたい」

と、おもいきっていった。拍手が湧いた。また望は笑った。ここでいったことは望のおもいつきではない。信念である。一民族を純正であるとし、他の民族を不純であるとして排詆《はいてい》するような公室や政府のありかたは、望の念頭に存在しない。多民族が寄り集まり、理想の邦づくりに、協力しあって邁進《まいしん》するような邦が、この世にひとつはあってもよいではないか。望はかねがねそうおもっている。事実、のちに望が樹てた邦である斉《せい》には、その精神が生きつづけ、管仲《かんちゅう》のような異邦の偉材が宰相《さいしょう》となってこの邦を富ますのである。

散会したあとも馴と拶《ほ》とは牧場に残り、小屋で一泊した。

「周公のことは、馴どのにまかせた。わたしは班と哐をつれて、周へゆく。馴どのが四頭立ての兵車をみるのは、あとにしてもらわねばならぬ」

望は干瓢《かんぴょう》を食べながら語った。

「周は大騒動になりますよ」

「肝心なことは、受王の気が変わって周公を捕らえたことにある。そこさえわかれば、手の打ちようがある」

「沙丘では、ずいぶん死者がでたでしょう。諸侯はふるえあがって帰ったにちがいありません」

「受王は諸侯を楽しませて帰せばよかったのに、恫《おど》しすぎた。人は恐怖が極限に達すると、かえって恫喝者《どうかつしゃ》に、はむかうものだ」

箕子《きし》や比干《ひかん》が受王の近くにいれば、そういう愚行を受王にゆるさなかったであろうが、費中《ひちゅう》ではそこまでの配慮をしないであろう。そこが執政としての費中の限界であると望はみている。

眠るまえに望は詠の耳もとで、

「彪に会ってきた。彪はたれにも助力を求めず、単独で受王を斬る気だ。それに羑里の役人に怨みがあるらしく、暗殺をおこなうかもしれぬ」

と、小声でいった。

「暗殺は、してもらいたくない」

「わたしもそうだ。個人の怨みを個人で晴らしていては、復讐の応酬となる。おのれを陽にさらして戦うべきだ。そこに浄潔《じょうけつ》がある」

「望はそのことを彪にいったのか」

「いや、彪に忠告できるのは、詠しかおらぬ。彪はかならず詠に会おうとするから、そのとき、詠の考えをはっきりいってもらいたい。彪が軍をぬけたいのなら、わたしはいつでも迎える用意があるとつたえてくれ」

「わかった」

「彪は孤独だ。もっとも孤独を恐れるがゆえに孤独とつきあおうとしているといってもよい。が、この世には、詠ばかりでなく多くの者が彪を敬慕している。その事実から目をそむけてもらいたくないというのが、彪への願望だ」

「彪はまだほんとうの自分にめぐりあっていないのだろう」

「よいことをいう。その通りだ」

彪はおびえの激しい男なのであろう。が、それを人にさとられまいとするあまり、べつの自分をつくりあげようとした。それゆえ、彪は自己撞着《どうちゃく》をおぼえ、それさえ秘匿《ひとく》しつづけてきたせいで、人格が分裂し、ついに自己をうしなった。しかし無に帰した自己から真の自己を生じさせればよいではないか。いまがそのためのたいせつな時であるとおもわれる。

翌朝、望は班と咺とをしたがえて、牧野を発ち、周へむかった。

むろん向《しょう》にいる継《けい》と員《うん》の安否をたしかめるつもりである。

さて、周公が投げこまれた獄であるが、土の室といってよい。地を穿《うが》ち、上部に牖《まど》をはめたものである。当然、すさまじい湿気に満ちており、そこにはいった周公は、――一年もたたぬうちに、わしは腐って死ぬであろう。

と、絶望に襲われたにちがいない。周では、祀《し》や載《さい》のかわりに年という。年とは、穀物の実りをいう。

この獄中生活の長さは、『春秋左氏伝』も『竹書紀年《ちくしょきねん》』も七年としている。しかしそれほど長ければ、周公の肉体は腐臭を放って崩れ去ったにちがいない。

西方の風

　朝歌《ちょうか》から孤竹《こちく》までの距離より、朝歌から周《しゅう》都までの距離のほうが長いとおもっていたところ、そうではないらしい。

「馬をつかえば、ひと月半で着ける」

と、閎夭《こうよう》におしえられた。

道を知っている周人《しゅうひと》が馬を走らせれば、ひと月もかからぬ旅程であるという。

「鄂《がく》をみてゆくか」

　鄂を通るほうが、どちらかといえば、向《しょう》に早く着けるので、望《ぼう》は河水（黄河）から離れ、北寄りの路《みち》をえらんだ。望は気がつかなかったが、途上で載《とし》があらたまった。

鄂に近づくと、兵がみえた。殺気立った感じではなく、屯戍《とんじゅ》している感じである。望と班《はん》と晅《けん》の三人は兵に呼びとめられた。

問われるまえに住所と氏名を告げ、

「向へゆきます」

と、望はいった。この兵はどこの邦《くに》の兵かわからないが、のんびりした口調で、

「鄂の残兵に襲われぬように、用心してゆけよ」

と、いった。望は頭をさげた。馬に乗ってから、

「戦いは終わったらしい」

と、ふたりにいった。

「いまは敗残の兵を掃蕩《そうとう》しているのか」

そういった班はあたりに目をくばって馬をすすめている。

――向はどうなったか。

望はそれだけが気がかりである。路上を兵が歩いている。まもなく鄂邑が目に映った。門のあたりが大きく破壊されている。そこに兵が聚《あつ》まっている。かれらに恐れ気もなく近づいた望は、

「おたずねしたいことがございます。蘇侯《そこう》がどこにおられるか、ご存じでしょうか」

と、腰を低くしてきいた。

「蘇侯は邑内にいる。そのほうは――」

「蘇侯のご愛顧をたまわっている賈人《こじん》でございます」

「そうか。蘇侯はたしか宮門のあたりに幕舎を設けている」

　三人はたやすく邑内にはいった。庶民の家の大半は焼け落ちている。兵はあちこちでたむろしている。焼け残った家に兵がはいりこんでいるようである。

「いろいろな邦の兵がいるようですね」

と、咺が小さな声でいった。

「これほど雑多な兵をまとめ、指揮できるとすれば、それは王族のたれかだろう」

　そういった望は宮門にむかって歩いている。

　諸侯のなかでも伯に任じられた者しか、諸侯の兵を総攬することができない。かつてこのあたりで兵権をにぎっていたのは盂方伯《うほうはく》であろうが、その盂方伯が滅んだあと、鄂公《がくこう》が台頭した。が、伯に任じられて特権をあたえられるということはなかった。それゆえ諸侯の兵を屯行《とんこう》させる力をもっているのは王族しかない。

往時、商の中軍を率いていたのは畢《ひつ》（あるいは子畢）とよばれた人物である。ほかに子粛《ししょう》や鄭侯《ていこう》、さらに子皐《しこう》などが軍事に力をもっていた。子がつく人は、すべて王子であるが、かれらの子孫は、侯となって王室を助けた。むろん邑をもっている。粛も鄭も皐も邑の名となり、さらに氏となった。その三邑は河水に近いので、鄂攻めのとき諸侯の軍を指揮したのは、その三家のなかの一家の当主であろう。

宮門も破壊されている。多くの幕舎がある。

門内の宮室がどうなったかは、望の目ではみえない。

「待て」

三人は蘇の兵にとめられた。

「朝歌の望でございます。蘇侯にお報《しら》せしたいことがあり、急行してまいりました」

「そうか。しばらく動くな」

兵は幕舎のほうへ走って行った。ひきかえしてきた兵のうしろに跖首《せきしゅ》がみえた。

「おう、望どの――」

跖首は多くのことを問いたい目つきをしている。それは望もおなじで、

「鄂は滅びましたね」

と、まず足もとのことからきいた。

「一昨日、制圧した」

「向族はどうなりましたか」

肝心なことは、それである。

「鄂攻めにくわわって、大いに働いてくれた。いまは郊《こう》にしりぞいて、表彰を待っているところだ」

と、跖首はいった。郊というのは、のちにいう国境である。

王事のために功を立てた諸侯、武将、族長などには褒詞《ほうし》のほかに賜賚《しらい》がある。たとえば金文の「小臣邑斝《しょうしんゆうか》」に、

――王、小臣邑に貝十朋を賜う。

と、あり、邑という小臣（武将）が、帝乙《ていいつ》か帝辛《ていしん》（受《じゅ》王）に貝を十朋賜与《しよ》されている。貝のほかに租傜《そよう》や奴隷などをあたえられる。向族にあたえられるのは、おそらく人であろう。捕虜の一部である。

「向族は戦ったのですね」

望のまぶたが湿り、胸が熱くなった。

向族は鄂の付庸《ふよう》であるとみなされている。たとえ向族が干戈《かんか》を偃《ふ》せ、王軍にたいして

恭順をしめしても、鄂公の謀叛に加担した族として処罰されることはありえる。こういうきわどいときに沈黙すると、あいまいな態度であるとみなされ、狡猾《こうかつ》であるときめつけられてからでは、申理《しんり》をいくらおこなってもむだであるから、はじめからはっきり鄂にむかって戈矛《かぼう》をむけたほうがよい。この望のおもいを、跖首も蘇侯も汲んでくれたのである。

「跖首どののおとりなしがあったからこそ、向族は生き残ったのです」

望は足をとめて、この篤実な人物に頭をさげた。

「いや、わたしのような者の意見をおとりあげになったわが君に、謝辞をささげてください」

跖首は謙虚な男である。

多くの幕舎を目前にした望は、

「できましたら、蘇侯の左右のかたがすくないほうがよいのです」

と、跖首にたのんだ。

「極秘の報せか」

鄂攻めに参加した諸侯は、長夜の宴の結末を知らない。三公はぶじではすむまいと想像しているだけである。望という報告者のみがそれを知っており、望と面談する蘇侯がここにいる諸侯のなかで最初に沙丘《さきゅう》の顚末を知ることになる。が、勘のするどい跖首は、望がもってきた報せは、それだけではないような気がした。

——深刻な何かがある。

と、みた。それゆえ、極秘、ということばをつかったのである。はたして望は、

「そうおもっていただいて、かまいません」

と、いった。

「宇留《うる》さまに申し上げる」

話をきりあげた跖首はいそぎ足で幕舎のひとつに消えた。わずかに考えた望は、うしろにいる班と亘とに顔をむけ、

「話が長くなりそうだ。ふたりは郊にゆき、向族の首長や員《うん》に会ってくれ」

と、いった。班は目をあげた。

「員は参戦したのだろうか」

「きまっている。あの男が邑のなかですくんでいるとおもうか」

「それは、そうだ」

班は一笑し、趨《はし》りはじめた。亘がそれにつづいた。まもなく宇留があらわれた。

「望どの、こちらへ——」

多くの幕舎のあいだを縫うように歩いた望は、蘇の徽《しるし》のある幕舎のまえに立った。微風がある。幕舎のうえの旗がわずかにゆれている。

「勝つと、旗まで輝きがありますね」

と、望はいった。

「さすがに鄂は大邦であった。この大軍をみても遁逃《とんとう》する兵はなく、勇敢に戦った。邑の門を破ったのは、霍《かく》の兵だ」

「霍侯《かくこう》は戦いに長じています」

「霍侯に会ったことがあるのか」

「いえ、お目にかかったことはなくても、霍へ行ったことがありますから、霍の兵の強さはわかります」

望は宇留につづいて幕舎のなかにはいった。なかはほのかに明るく、人はいなかった。

霍侯は周公に通じているから、謀叛の疑いをかけられることを恐れ、武勲を立てて、受王や費中《ひちゅう》の心証をよくしておく必要があったのではないか。その点は、蘇侯もおなじであろう。

「君はいま会合にでておられる」

と、宇留はいった。戦後処理の問題を諸侯は話しあっているにちがいない。向のような付庸の族の長は、諸侯として認められていないので、その会合には出席することができない。これが現実なのである。

「そうですか」

望の口が重くなった。

現実といえば、望は鄂公に好意をもっていたわけではないが、こうしてひとつの大邦が殄殲《いんぺい》したあとの無惨をみると、戦争がもつ狂暴さをつくづく感じざるをえない。戦勝軍にも死傷者はいて、勝ったということを素直に喜べないのが戦争というものであろう。それでも、戦うべきときに戦わねばならない。あらためて望は自分にいいきかせた。羌《きょう》という民族の衰退が、望にそうおもわせる。

しばらくふたりは無言でいた。

幕舎にあたっている陽光の色に赤がかすかにくわわった。

「おう、望か。よくきてくれた」

蘇侯の声である。心気に強さのある声である。望は立って拝手した。

「極秘の報せがあるときいた」

蘇侯の左右にならんだ臣は大臣と側近で、合計五人である。宇留はそのなかのひとりである。

「まず、鬼《き》公《こう》、九公、鄂公の三公について申し上げます」

「うむ」

「三公は沙丘において、脯《ほ》醢《かい》の刑に処せられました。三公の女《むすめ》も刑死したとおもわれま

になる。

蘇侯はさすがにいやな顔をした。沙丘に残っていれば、人の肉を食べさせられたこと

「脯醢……」

す」

――むごい。

蘇侯の左右にならんだ顔も無言でそういっている。

望はあえて自分の声から感情を引いた。

「沙丘近くに屯集《とんしゅう》していた三公の兵、また、朝歌にいた三公の類伴なども、捕縛された

り斬殺されたようです」

「ふうむ」

蘇侯はうなった。

九公と鬼公とを誅《ころ》すことによって、ふたつの大勢力を、受王は一挙に潰滅《かいめつ》したとみて

よい。鄂公を誅した意味あいはべつにあろう。鄂の位置は、商からみれば西南にあたり、

近畿の端にもあたる。黄河の北岸にあって、商への路の要所をおさえている。そこを受

王が取ろうとしたのは肥沃な地を王室の直轄地にするためだけではなく、軍事的な理由

もあるのではないか。商はたぶんに西方に脅威をおぼえている。舟戦を想定した場合、

黄河の中流域を直接に支配しておく必要がある。

蘇侯はうなっているあいだにそれだけのことを考えたが、望も似たようなことを考えていた。

——王朝には、召《しょう》という敵がいる。

この沈黙している大邦の実体を望は知らないが、妖術の邦であることはわかっている。

「賈人はどこにでもゆきますが、さすがに召ととりひきのある賈人は知りません」

と、鄭凡《ていはん》がいったことがある。召は異邦人の入国をこばみ、あえて侵そうとする者を容赦なく殺すという。それゆえ商王が放つ偵人《ていじん》も召をさぐることはできず、召にもぐりこんだ偵人は生きて還ってきた者がひとりもいないらしい。累代の商王は召を恐れてきたのであるから、受王のおもわくとしては、周を抱きこんでおいて、周公の比類ない武威を召にむけさせ、そのぶきみな邦を抹殺するつもりではなかったのか。周公を投獄したいまとなっては、受王の心裏からそういう計画がぬけ落ちたとみなければならない。

——あるいは、自信満々の受王は、みずから召を攻めるつもりなのか。

鄂をおさえたことは、その足がかりになるのかもしれない。

望の想念は恐ろしい速さでめぐっている。

「望よ、三公のことはきいた。が、それが極秘の報せではあるまい」

蘇侯の声に、望は想念をわきに置いた。

「はい、周公の消息について、申し上げます」

「周公の躬《み》に凶事があったか」

「大凶変が生じました。沙丘から大邑商《たいゆうしょう》に到着した周公は、突如、捕捉《ほそく》され、羑里《ゆうり》の獄に送られました。嫡子も捕獲され、所在がわからず、多数の臣下が商兵と戦って亡くなりました」

蘇侯は声をうしなったが、左右の臣は嘆声を発した。

周公が謀叛に加担したとみなされれば、周公の臣下と接した諸侯はすべて問責の使者をさしむけられ、申しひらきが通らなければ、羑里に送られるのではないか。

——蘇も潰《つぶ》される。

左右の臣はとっさにそう予感したのである。

が、蘇侯はちがう。

周公の悲哀に大いに同情したあと、

「周公は、誅されずに、投獄されたのだな」

と、念を押した。そういいかたひとつで、蘇侯の肝の太さがわかる。

「さようです」

望はうろたえなかった蘇侯にたのもしさをおぼえた。

——この君主の気魄《きはく》には跼蹐《きよくれん》がない。

望が蘇侯を敬愛するのは、そこである。

「他の三公とはあつかいがちがう。それに事件は沙丘で起こらず、大邑商で起こった。そこがいぶかしい。そうではないか」

と、いいながら蘇侯は望のほうにからだをかたむけた。

「まことに、仰せの通りです」

「望よ、なんじなら、そのわけがわかるであろう」

「いま、さぐらせておりますが、としか申し上げられません」

「そうか……」

すわりなおした蘇侯は、さっそく周に報せねばならぬ、と大臣にいった。望は仰首した。

「じつは、ひとり周の重臣を救いました。その重臣の使いとして、わたしが周へまいります。君の臣が周へ駛《はし》れば、商に痛くもない腹をさぐられます」

「それもそうか」

うなずいた蘇侯は、望に良馬をつかわそう、といった。まもなく日没である。幕舎をでた望は圉人《ぎょじん》に曳《ひ》かれてきた馬が三頭あることに気づき、蘇侯の温情に感激した。

望はその圉人の顔を知っている。御法《ぎょほう》を習得するとき、その圉人の家に泊まりこんだ。邑門近くに駐《と》めてある望の馬をゆびさした圉人は、

「悪くない馬ですね」

と、いい、その馬に乗って一頭を曳いた。望はさずけられた馬に乗り、残りの一頭をおなじように曳いて、郊へむかった。

馬上の炬火《きょか》が明るさをました。やがて、遠くに火がみえた。

「向《しょう》族はあそこにいます」

と、圉人がおしえてくれた。

さらに望が馬をすすませると、遠くにある火の数がふえた。こちらの火に気づいたらしい。やがて火が動いた。望を出迎えてくれるようである。ざっとみたところ、炬火の数は五十はある。おどろいたことに、向族の首長が先頭になって望を待っているではないか。

「望どの——」

すばやく望は馬をおりた。

「首長、戦勝のこと、ききました」

「望どののおかげだ。わが族は禍《わざわい》をまぬかれ、王軍に従って、勝ちを得た」

いつもはおだやかな首長が昂奮している。

望が首長とともに歩きだすまえに、班《はん》と咺《けん》の顔をみつけたので、手招きをし、

「蘇侯が馬をくださった」

と、耳うちをした。ふたりに馬を渡した圉人は、

「望どのの馬をいただいて帰ります」

と、いい、馬首をかえした。

にぎやかな夜になった。首長は望を歓待した。統《とう》をはじめとする重臣たちと望の配下が火をかこんで食事をした。むろん、員《うん》がいる。且《しょ》もいれば、魋《たい》も逸《いつ》もいる。

且と魋と逸は南人であり、かれらの強悍《きょうかん》さはずばぬけていて、向の族人たちを感嘆させ、勇気をあたえた。この三人は向兵として陣の先頭にいて、霍の兵が鄂《がく》邑になだれこむや、それにつづいて邑内にはいり、鄂兵と戦って多数を斬り、また捕獲した。

食事のあと、幕舎にかれらを招いた望は、

「めだつ働きをすると、正体が露見して、商兵に捕らえられるぞ」

と、笑いながらいった。

「われわれが商のために役に立つとは、皮肉なものだが、われわれを養ってくれる向族のためだ」

と、且は苦笑した。

員はべつなところで働いた。かれは鄂邑が陥落寸前になったとき、首長に進言し、向兵の一部を自身で率いて、鄂兵が逃走しそうな路で待ち、この伏兵を突如起《た》たせて武功を立てた。

「血の気がすこしも衰えていない」

と、望は員にいった。

「ひさしぶりに戦った。昔とちがうのは、戦場がよくみえるようになったことだ」

「継《けい》は元気か」

「よみがえったといってよい。首長は継をみてすっかり気にいり、継が羌族の出身でなければ、自分の子の妻にもらいたいのに、とくやしがった」

「そうか、よみがえったか」

望は胸をなでおろした。大きな懸念がひとつ消えた。

「さて」

と、望は顔をもどした。

「すでに班と咺からきいたとおもうが、三公は謀殺され、周公は羑里の獄に送られた。その後、閎夭《こうよう》という周の重臣をかくまうことになった。ゆきがかりとして、凶変を周へ報せにゆく。わたしは周公に恩義はなく、もしかすると周公は受王より欲望の大きな人かもしれぬという疑いはあるものの、周が商とちがうのは、祭祀のために人を殺しつづけることがないことだ。正直にいえば、いまのわたしの考えは、商より周のほうがましであるというところにとどまっている」

且はうなずいた。

「周公が、鹿台《ろくだい》や沙丘の離宮のような華美な宮殿を造って、人民を酷使した、ということはきこえてこない」

「従《じゅう》をみれば主《しゅ》がわかるというが、閎夭と檀伯達《たんはくたつ》は、すぐれた人物だ。小子旦《しょうしたん》はなおさら良い。そういう良臣の上に立つ周公が、暗愚暴戻《ぼうれい》であるとはおもわれない」

「望どの、われわれを周へつれて行ってもらいたい。周をみてみたい」

周の地を踏まなければ、周はわからない。旦はそういいたいのであろう。

「馬が足りぬ。わたしの馬をもらっておけばよかった」

「わたしは残ります」

と、いったのは雔である。この男には器用さがあり、向に落ち着くとすぐに津《みなと》にゆき、飯を売っている馴《しゅん》の配下と親しくなり、かれらの紹介で何《か》族の数人を知り、舟をあやつることを習いはじめた。まだ習得したわけではないので、ここを引き揚げればその足で河水へゆくという。

「よし、五人で周へゆこう」

望は決めた。

翌朝、はやばやと鄂の郊を発《た》ち、かなり馬をいそがせて、その日のうちに向にはいった。

望は継がいるはずの家のまえに立ち、大声で名を呼んだ。が、継はでてこない。家のなかをのぞいてみた。継はいないようである。念のため、家の裏にでてみた。小さな菜園がある。巾《きれ》で髪をつつんだ女がしゃがんでいる。

「継──」

望の声が寒気をつらぬいた。

巾をとりながら継が走ってきた。継は望の胸に飛びこんだ。やわらかく温かい衝撃を望はおぼえた。望をみあげた継の目に精気がある。

「周へゆかねばならなくなった。今夜、泊めてくれようか」

「望……」

継は拗《す》ねるようにかるく身をよじった。

向《しょう》の族人の多くは望に武事をおしえられたので、望の顔をよく知っている。そのため、望がこの邑のなかを移動するのは、役人にとがめられることがないので、いたってたやすい。

継の家で、ほかの四人と一泊した望は、朝を迎えてもすぐに発たず、継といっしょに邑内をみてまわり、この族が邑を造るまでのいきさつを話した。宮門のまえで継とわかれた望は、なかにはいって、工人の作業場をのぞいた。いわばそれは公室専属の工場である。

「あ、望どの」

工人の長はすばやく立って、目でいざない、庫《こ》にみちびいた。この人物は、馴がつれてきた工人のひとりであるが、商都に帰りたくないわけがあるらしく、向にとどまったため、工人の長に任命された。姓名を風仁《ふうじん》という。風姓は東方の姓である。

「できましたか」

「はい」

かれは庫の戸をひらいた。ほの暗さのなかに、車体がある。それに四頭の馬をつなげば兵車になる。ついに四頭立ての兵車が完成したのである。この新兵車は秘中の秘というもので、むろん首長はこのたびの戦陣にこれを披露しなかった。

「できましたね」

望は革張りの車体にさわって感動した。三人がゆったりと立てる空間がそこにはあり、矛《ほこ》や戈《か》など、多くの武器を立てておくことができる。こまかなことをいえば、武器は車体の左に立て、旗を右に立てる。車中の三人のうち、右に立つ者がおもに武器をふるうからである。

のちのことをいえば、一乗の兵車には七十二人の兵が属《つ》くことになるが、このころは、およそ百人の兵が属いたとおもわれる。それゆえ兵車には百人長が乗る。向族の兵は八百人であるから、まず八乗の兵車が要る。それに首長のための一乗と、それが戦場でこわれる場合を考えて、佐車を必要とする。すなわち、すくなくとも十乗の兵車をそなえておかねばなるまい。

ついでにいえば、はるかのちに大国といえば、千乗の国といい、さらに時代がくだると、万乗《ばんじょう》の国という。一国が兵車を千乗、万乗とそなえる時代がくるのである。

「いま、二乗目にとりかかっています」

風仁は胸を張った。

「車体はできたが、能力がひとしい馬を四頭そろえることが、むずかしいかもしれない。わたしの配下で員という者が邑内にいます。この男は馬にくわしいので、いつでも声をかけてくれたらよい」

そういって望は庫をでた。周へむかって発たねばならない。

向から西へゆくのは、これがはじめてである。

まず南へゆく。いったん河水を渡った。

津《みなと》で飯を売っている五人は望に気づき、すばやく近づいてきた。

「おどろきました。どうなさったのです」

「大事件が勃発した」

てみじかにその事件の内容を話した望は、これから周へゆくことを語《つ》げたあと、

「ここを通った周人《しゅうひと》はいないか」

と、きいた。

「そうですね……」

　五人は考えはじめた。やがてそのなかのひとりが、

「ひどいなりをした三、四人が、いそぎ足で、歩き去ったのをみました」

　といった。

「いつのことだ」

「二日前です」

　それが周人であったとすれば、かれらは徒歩であるから、望の馬はかれらをかならず追いぬく。

「今後、ここを通る者で、周人がいれば、無償で飯をあたえてやれ」

　周人は飲まず食わずで帰途をいそぐ者が多いであろう。

「わかりました」

「それから、周公の嫡子のゆくえがわかっていない。商の捕吏《ほり》の手に落ちたらしいが、その後について、手がかりになりそうなことを周人からきいておいてくれ」

「かならず、そうします」

「まだある。事件の内容を何族の首長に報せておくことだ」

「ただちに――」

　五人がうなずくのをみた望は馬に乗った。

——明日には、周人をみかけるかな。

望はそうおもいつつ馬をいそがせたが、二日たっても、それらしき人をみつけることができなかった。望と四人は、河水の南岸を西へ西へとすすんだ。かなりの悪路である。

「そろそろ、集落があるはずだが」

と、望がいったその集落を発見したのは、津を去ってから九日目である。河水のほとりの集落である。むろん高所にある。洪水が恐いから平地に集落をつくらない。

大河からの風はまだつめたい。

はじめにみかけた鄙人《ひじん》に宿を乞うた。農作業をおえて帰る老人である。

「どこの邑《くに》の人かな」

「わたしどもは朝歌《ちょうか》の賈人《こじん》で、周へゆく途中でございます」

「商人《しょうひと》か……。周へゆくのか」

と、望は腰を低くしていった。

老人は五人をつらつらとながめた。

「うちでお泊まり」

老人の声に、五人はほっと笑顔をみせた。露宿《ろしゅく》がつづいたので、たまには屋根の下で眠りたい。

河水に舟の影がある。

「あの舟は対岸へゆくのですか」

と、望はきいた。

「そうだよ。対岸には髳《ぼう》という邦がある」

「あ、そうですか」

その邦の名は、きいたことがある。

「ここから周へは、何日かかりましょうか」

「馬でかね」

「そうです」

「周は大きい。周の東端の邑《まち》は程《てい》だ。そこまでなら半月もかかるまい」

程は渭水《いすい》の北岸にあると閎夭《こうよう》からきかされている。どこかで渭水を渡らねばならない。津についていて老人にきくうちに、老人の家に着いた。

「ここだよ」

ぞんがい大きな家である。娘がでてきた。十歳くらいであろう。老人のうしろに多数の男がいるので、おどろいたように顔をあげた。

「わしの孫だよ」

と、老人は望におしえた。やがて老人の妻が顔をみせた。望は頭をさげ、

「一夜の宿をお願いしました」

と、やわらかくいい、多くのほし肉を渡した。老人ははじめから望に好感をいだいていたようで、夕食のときも近くにすわらせて、

「商都には鹿台《ろくだい》といって雲を衝《つ》く建物があるときいた。本当かね」

と、朝歌や近畿のことをきいた。望はいちいちそれにこたえているうちに、

――あの娘の父母はどうしたのか。

と、気になった。この家には老人夫妻と孫娘しかいない。五人が泊まる部屋は母屋のうちで、そこに娘の父母が起居していたのではないかと望にはおもわれた。気がつくと、班が娘の相手をしている。

――めずらしいことがあるものだ。

望は目で笑った。

「わたしどもが周へ行くのは、はじめてですが、これからしばしば往来するかもしれません」

そういって望は自分の名を告げ、ひとりひとり老人のまえで名告《なの》らせた。老人は機嫌よくうなずいたあと、

「賈人なら、いろいろな物をあつかっていよう。老いてくると、寒さがこたえる。軽くて温かい裘衣《きゅうい》はあるまいか」

などと、欲しい物を口にした。

「つぎにくるときは、かならずもってきます」

　これで宿の心配はなくなったといえる。

　この夜、ぞんぶんに手足をのばして眠った望は、払暁《ふつぎょう》に、笑い声をきいて目をさました。おどろいたことに、班はすでに起きていて、井戸の水を汲んでは運んでいた。明るく笑っているのは、孫娘である。班が何かいうたびに、その娘は笑っている。

　――いい光景だな。

　望が遠くからふたりをながめていると、晅が起きてきた。ねむそうな目が、急に笑った。

「班どのに、春がきましたね」

「そのようだ」

　そういった望も、まさかのちに班がその娘を妻にするとはおもわなかった。

　集落をあとにしてから、その娘の名を班からおしえられた。

　掬《きく》
　と、いう。掬の父母は、二載《さい》ほどまえに山菜とりに山にはいってゆき、帰らなかった。あの老人は集落の長老のひとりであり、老卅《ろうそう》、とよばれている。それらのことを班は掬からききだしていた。

「班よ、そろそろ春だな」

「春……、そうにちがいないが、このあたりは春がおそい」

「春がくるのは、人によってちがうらしい」

望が笑うと、ほかの三人も班をみて笑った。班は口をとがらせた。

あたりに花はない。

この五人が花をみたのは、それから十日後である。華山《かざん》の麓をすぎてからである。川がある。

浅瀬をさがして渡り、しばらくゆくと、突然、草原に人が湧いた。百人はいるであろう。望の目には羊もうつった。

――凶悪な族ではなさそうだ。

もしかすると羌族《きょう》かもしれない、と望はおもった。

「どこからきて、どこへ行く」

五人はとめられた。

「商からきて、周へゆく」

「商人《しょうひと》か――」

語気が荒くなった。

「商人ではない。出身は東方で、呂《りょ》という族の羌だ」

「何――、羌だと」

はたして反応があった。ひとりの男が走り、長に報告した。長は首長ではなく、百人長といってよく、かれは望のまえまで歩いてきた。

「東方からの客人よ。よくきた。あなたが呂族の長か」

「そうだ。望という。ここにいるのが副長の班だ」

望には威風がそなわってきている。


けっきょくこの日、五人は百人長の招待をうけることになった。

「あれが驪山《りざん》だ」

と、百人長は東南のほうを指した。ふたつの峰をもった山で、およそ八百メートルの高さがある。山を誇るのは山岳民族共通の信仰のありかたである。

「驪山氏」

または、

「驪戎《りじゅう》」

とよばれるのが、この族である。羌族であるが、遊牧はおこなわず、牧畜と狩猟をおこなう。ついでにいえばこの族はのちに羌姓を棄《す》て、姫《き》姓をとる。むろん姫は周の姓である。

「羌族は商王に殺されつづけています」

と、望がいうと、

「むかし商王は、ここを通って西へ狩りに行った、と長老からきかされたことがある」

と、百人長は感情をあえておさえたようないいかたをした。

「受王は鄂《がく》を滅ぼしたから、驪山まで足をのばすのはわけはない」

受王は東夷征伐に十カ月かけている。もしも西戎《せいじゅう》征伐を敢行すれば、驪山氏はかっこうの標的にされるであろう。

「ここは、西伯の支配地だ。西伯にさからった族のみが討たれる。が、わが族は西伯の敵ではない。当然、商王に敵視されるはずはない」

「羊の肉を食べさせてもらったお返しというわけではないが、羌族の誼《よしみ》で、秘密の情報をおしえよう」

「わが族にかかわりがあるのか」

「ある。大いにある」

百人長は眉《まゆ》をひそめた。

「西伯、すなわち周公が受王に捕らえられた。西伯がいなくなった西方を、受王はそのままにするだろうか」

「本当か——」

のけぞらんばかりに百人長はおどろいた。周公を捕らえた受王は、やがて周を攻め、周とつながりのある族を討伐する。そう想像するのが自然である。

「まだ周人は、たれもそのことを知らない。わたしが周に報《しら》せる」

「おどろいた。周はもっとおどろくだろう」

「大混乱になるだろうか」

「さあ、それは……」

百人長はことばを濁した。いろいろ考えはじめたようで、落ち着かなくなった。ついに人を呼んで、耳うちした。首長に急使を立てたのである。周公が消えれば、西方は乱れる。周の武力におさえられていた族があちこちで起《た》ちあがる日は遠くない。驪山氏は独自の防衛を計らねばなるまい。

――商が周を攻める。

というのは、ありうることで、そのとき戦場になるのはどこであろう、という目で望は旅行してきた。華山の麓を通ったとき、

「ここは、そのひとつだな」

と、自分にむかっていった。いま驪山の麓にいるが、

「ここも、戦場になりうる」

と、つぶやいた。ここから程《てい》邑まで二日で着けると知れば、なおさらこの地は重要である。驪山と程邑のあいだには大きな川がある。

渭水《いすい》である。周を衛《まも》る者たちが萎縮して、川や城壁を恃《たの》んで戦いをおこなえば、鄂とおなじように滅亡するしかあるまい。そうではなく邦の外に一歩、二歩と踏みだして、周は西方の諸侯に尊崇《そんすう》されて、商軍を邀撃《ようげき》し、受王を捕獲するほどの気概をしめして戦えば、周は西方の諸侯に尊崇されて、その君主は受王に認定されなくても、おのずと西方の覇者になるであろう。羑里《ゆうり》にいる周公を釈放させるには、受王か商の王子を捕虜にして、周公と交換するのが早道なのである。ただし周軍が退路をふさがれないためには、どうしても驪山氏を味方にしておく必要があり、商軍にすれば、驪山氏をとりこむことで、周軍の進退を牽制《けんせい》することができる。

——両軍にとって、驪山氏の帰趨《きすう》は大きい。

望はそうおもうのだが、さらに百人長と話すうちに、この族も戦いを好まないことを知った。周にも商にも属さず、その両者が戦えば、中立をつらぬきたいというのが驪山氏なのである。

——羌族は昔からこうだ。

平和を愛するのが羌族の美質である。が、平和とは、あるものではなく創《つく》るものではないのか。驪山氏は周が大勢力になったので周とは争わないという意思表示をしてきた。いわば、ことなかれ主義である。しかしながら時代はこういう曖昧さをゆるさないけわしさをもちはじめている。

　そのあたりを望は百人長に力説してみたが、反応は弱い。

「驪山は族を護《まも》ってくれるのか」

　ためしにきいてみた。

「むろん」

「ちがうな。山は、山を守ろうとする者を護る。驪山にたよっているだけでは、太嶽《たいがく》が商に奪われたように、やがて驪山も他族に奪われよう。わたしは羌族にとって聖山である太嶽を奪いかえす。そのために戦う。あなたが首長に晤《あ》ったら、わたしのような者がいることをつたえてもらいたい」

　望の激しさは、退嬰《たいえい》にかたむいているこの百人長の思想に、爪をたてたようである。

　翌日、渭水のほとりに着いた五人は、漁人《ぎょじん》をさがした。閎夭の話では、旅行者を泊める舎をそなえた漁家《ぎょか》があるということであった。はたして漁舟がならんだ川岸に茨牆《ししょう》をめぐらした大きな家があった。

　望が貨をみせると、家人は首をふり、

「貨より布がよい。布はないのか」

　と、いった。望は自分の裘衣をぬいで、

「これで、どうか」

と、交渉した。朝夕はまだ寒いが、布をもってきていないので、やむをえない。けっきょく全員が裘衣をぬぐことになった。

「貪欲な漁人よ」

宿舎にはいった晅は腹の虫がおさまらないようであった。ただし望をはじめとする五人の渡し賃が高いのは、馬も対岸に渡るからである。

その舎にあとからふたりがはいってきた。おなじ舟で対岸に渡ることになるふたりである。農人のようであるが、大きな嚢《ふくろ》をもっていた。

「なかに何がはいっているのですか」

望は賈人《こじん》の顔できいた。

「干した草だよ」

「草を、どうするのです」

「煮て、飲む」

要するに煎じ薬になる草を程にとどけるのである。

翌朝は、なんと川面に雪が落ちてきた。

舟のなかの五人はむしろにくるまった。晅はうらめしそうに、

「主よ、帰りは、この衣服をぬいで、川を渡ることになるのではありませんか」

と、肩をゆすった。

「心配するな。帰りは、たぶん周の舟で送ってもらえるだろう」

望は山中の洞穴ですごし、雪中で修行《しゅうこう》をおこなったので、この程度の寒さはこたえない。が、南人の且《しょ》と逸《いっ》は歯の根があわず、むしろをもらって馬に乗った。ふたりの農人に程への路をきいた望は、

「歩いても日没までに着けるところに程はある。はやく程について、熱い粥《かゆ》をもらおう」

と、四人をはげました。

雪のふりかたははげしくない。しばらく馬を走らせると、雪はやんだ。が、厚い雲の下の路である。その路がのぼりになった先に関所があった。白い息を吐きながら、役人が近づいてきた。馬をおりた望は袋から閎夭《こうよう》の剣をとりだして示し、

「閎夭さまの使いで、散宜生《さんぎせい》さまに急報をおとどけする者です。西伯さま、それにご嫡子にかかわることです」

と、かえって低い声でいった。

剣をうけとった役人は、剣把《けんぱ》をしらべ、剣首の玉《ぎょく》に目をとめてから、

「ついてくるがよい」

と、五人を関所のなかにいれ、自身は上役に剣をさしだして報告した。このときから関所のなかに緊張がはしり、まもなく五人は三人の役人に付き添われるかたちで、程へ

馬を走らせることになった。

対岸の漁人に裘衣をあたえて舟に乗せてもらったことを語ると、五人には裘衣があたえられた。且と逸はひとごこちがついたような顔をした。

——よく整備されている。

望は馬上から路をながめ、感心した。小さな川に梁《はし》が架けられ、窪隆《わりゅう》ははげしくない。路傍に並木があり、旅行者が路に迷わないように、また、いこいのとれるように配慮されている。路幅は広い。

——いざというとき、兵車がならんで迅速に走ることができるように工夫されている。

望はそうみた。

前方に高い郭壁《かくへき》があらわれた。それが程邑であった。郭門を馬で通過し、宮門のまえで馬をおりた。三人の役人のうち、ひとりが門衛に会釈してなかにはいった。残った役人のひとりが、

「散宜生さまは、おそらく岐陽《きよう》におられる。ここをあずかっておられるのは、小子旦《しょうしたん》さまだ」

と、望におしえた。

「それなら、小子さまは、この門までいらっしゃいますよ」

「まさか」

ふたりの役人は嗤《わら》った。閎夭の使者であるとはいえ、この者たちは賈人である。程邑を治める小子旦が門に出迎えるはずがない。

ところが、小子旦があらわれたのである。

役人はおどろき、跪拝《きはい》した。

「おお、やはり望どのか。班どのもご一緒だな」

この小子旦のいいかたで、五人の賈人がただものではないことを、役人たちはさとった。

小子旦の左右にいる側近の顔にはみおぼえがないので、拝手した望は、

「周の大事です。お人払いを――」

と、小子旦にささやいた。小さくうなずいた小子旦は、宮室に望と班をあげ、自分の左右に重臣をひとりずつ置いた。ひとりは、

虢叔《かくしゅく》

と、いい、周公の弟である。当然、小子旦の叔父であり、小子旦を補翼《ほよく》している。ほかのひとりは、

南宮括《なんきゅうかつ》

と、いう。この人物はのちに南君ともよばれ、名の括は适《かつ》とも書かれる。太顚《たいてん》、閎夭、散宜生とともに周公の四友とよばれ、周の柱石にあたる重臣である。

部屋の空気が重い。

小子旦は望と班とを知っており、このふたりがそろって周にきたということに、すでに異状を感じている。

「何がありましたか」

そう問うた小子旦は、望の口もとを凝視しつづけ、その口が凶事について語りおえると、蒼白になった。虢叔は顔色を赤黒くし、南宮括は目を吊りあげた。

「そのようなことが――」

と、荒い呼吸でいったのは虢叔である。そのようなことが信じられるか、と望にむかって怒鳴りそうな顔つきである。ほかのふたりは衝撃の大きさにことばをうしなったようである。

「閎夭さまのお話では、ご嫡子は宮中に監禁されているのではないかということですが、推測の域をでません。また大邑商《たいゆうしょう》で兵にかこまれるまで閎夭さまとご一緒であった太顚さまのゆくえもわかっていません」

と、望はいったが、三人はそろって周公の身のみを心配しているようで、望のことばに反応しなかった。

やがて虢叔が烈しく立ち、

「岐陽に報せねばならぬ」

と、いい、でてゆこうとした。

「叔父上――」

ことばで掣《せい》した小子旦は、わたしも岐陽へゆきます、といってから、望と班とをねぎらい、南宮括に目くばせをした。あとはなんじにまかせた、ということであろう。南宮括は目礼した。

小子旦と虢叔が退室したあと、南宮括は望と班とにむかって、

「ほかに閎夭どのからの伝言はありませんか」

と、きいた。沈痛さをぬぐいきっていない声である。

「ありません」

「そうですか……。閎夭どのは、どうなさるのかな。帰還なさるのなら、剣をあずかっておくが」

「それについて閎夭さまは何もおっしゃいませんでした。おそらく迷っておられるのでしょう」

「もしも閎夭どのが朝歌《ちょうか》に潜伏なさるのなら、あなたの力添えが要る。よろしく頼む」

「おまかせください」

と、望はしずかにいった。

望という賈人がどれほどの力をもっているか、周人《しゅうひと》はたれも知らないといってよい。望は自分の力を誇示しない。わかる者には多くを語らなくてもわかるであろう、とおもっている。

けっきょく望は程《てい》邑より西へゆかなかった。

——首都の岐陽をみてみたい。

と、おもったのは、望ばかりではなかったが、それを口にしてゆるされるふんいきがここにはなかった。

夜、宿舎で、且は慍色《うんしょく》をかくさず、

「周にはがっかりした。西伯を羑里から救いだせるのは、望どのしかいないことが、わからないらしい」

と、いった。班は大きくうなずいた。

「小子旦は器量の大きな人だとおもっていたが、あの狼狽はみぐるしかった。周にはたいした人物がいそうもない」

咺《けん》がそれに同調した。

「南宮氏は篤実だが、つきぬけてくるものがない。つまり周人は、小さくまとまった人ばかりではないのか」

それにひきかえ、わが主の望の器量の大きさはどうだ、と咺はいいたいらしい。

要するに、周にはおもったほどのすごみがなかったということである。望の腔子裏《こうしり》にも多少の失望がある。

――周はとても商には勝てない。

というのが実感である。

すると、たとえ西伯を羑里からだしても、西伯は商王に平身低頭するばかりで、叛旗をかかげるようなことはしないであろう。西伯から戦雲が起こらなければ、四方は平穏で、商王朝はゆらぎもしない。

――わたしは幻想のなかを疾走して、一生を終えるのか。

それを恐れるのなら、商王の威光がとどかない地へ移り、小さな邑《くに》を建てるしかない。それをおもうと、望の心は暗くなった。しかしその暗さのなかで、きらめいたものがある。剣である。

――そうか。わたしは斬ろうとしすぎている。

遠くの物を、そこまで走って行って、斬ることはない。ものごとにかかわることも、それとおなじであろう。

雉《きじ》の干し肉である腒《きょ》を口のなかに放りこんだ望は、

「人が変容するように、邦も変容する。われわれにとって周はまだ遠くにあるが、周のほうからわれわれに近づいてくることもあろう。ただし、周だけが特別な邦ではない。

それがわかっただけでも、ここにきたかいがあった」

と、いった。周に頼らない覚悟をさだめたのである。

五人は一泊して帰途についた。

南宮括は気くばりにぬかりのない男で、望に充分な食糧をあたえ、配下をつかって五人を舟で送った。

風から涼気が落ちた。

野径《やけい》を飾る花はゆたかさをました。

帰途の望は、また、老卅《ろうそう》の家に泊まった。

裘衣《きゅうい》をぬいでもかまわないあたたかさになっていたので、望は自分の裘衣を老卅にあたえた。

「くれるのか」

顔をほころばせながら裘衣に腕を通した老卅に、

「重いですか」

と、望はきいた。羊の毛でできたものであるから上等なものではないが、程の関所で支給されたものであるから、まだ新品同然である。

「いや、ちょうどよい」

「それはよかった」

老卅を喜ばせた望は、食糧の半分をこの家におろした。朝歌に帰り着くまでの日数をかぞえれば、南宮括から渡された食糧は多すぎる。足りなくなれば、向《しょう》に立ち寄って、おぎなうことができる。

「こんなにいただいて、よろしいのですか」

と、老卅の妻は目を見張った。

望は班の肩をたたき、耳もとで、掬《きく》に貨をあたえるようにいった。

そういうこともあって、五人にたいしてこの家の三人は融暢《ゆうちょう》としたふんいきをむけた。夕《よる》、八人は炉をかこんで食事をした。会話も怡々《いい》たるものである。望は、ふと、

「召《しょう》のことを知りませんか」

と、老卅にきいた。

「召か……、ここから南へゆくと、その邦はあるが、賈《こ》のために、ゆくつもりかね」

「そうです」

と、望はいったが、むろん賈のために召へゆきたいわけではない。周という邦の力を量《はか》ってきたように、召の地を踏んでみれば、わかるものがあろう。つねに望の脳裡にひっかかっている邦が召なのである。

老卅は鼻のまえで手をふった。

「あそこは、やめたがよい」

「召をさぐろうとした者は、ことごとく殺されたときいたことがあります。それゆえ賈人も恐れて近寄りませんが、賈人はその邦に利をもたらすのですから、召人は賈人をも殺す必要はないのに、……そのあたりがわからないのです」

「賈人といっても商人《しょうひと》だ。召は商を憎んでいる。だから、あなたが召へゆけば、やはり殺される」

老卅はゆるやかに炉の灰をならした。

翌日、老卅家を出発するとすぐに班が望に馬を寄せた。いぶかしげな顔つきで、

「掬の両親の墓が、あの集落の北にあるらしい。ふたりは山菜とりにでかけて帰らなかったのだから、遺骸があるはずはない。それでも墓をつくるものなのか」

と、きいた。

「さあ、どうかな」

人が死ねば屍体《したい》を焼けばよいとおもっている望としては、土葬の民族の心情は理解しがたい。たとえ遺骸がなくても形見などを埋める風習があるのかもしれない。

「掬の両親が亡くなったのは二載《さい》ほどまえか」

「掬はそういっていた。夏のことかもしれぬ。老卅と両親をさがしに山にはいったとき、暑くて目がくらみ、谿谷《けいこく》ですずんだそうだ」

掬という少女は班には気がねなく何でも話しているようである。

望がはじめて向へ行った載《とし》である。地に落ちた人馬の影さえ焦げそうな猛暑であった。

「二載まえの夏か……」

「班よ、おぼえていないか。簦《かさ》の男を」

「忘れるはずがない。商の偵人《ていじん》ではないか、と望がいっていた男だろう」

「あの男には追尾者があった」

「わたしにはみえなかった」

「二載まえというと、ほかのことより、それが最初におもいだされる」

「まさか、その簦の男と追尾者が、掬の両親にかかわりがあるというのではあるまいな」

「そうは、いわないが、簦の男はここまできたのではないか、と、ふとおもったのだ」

簦の男が商の偵人であれば、ここから舟をだして、髳《ぼう》という邦をさぐることはするであろう。あるいは、南へゆけば、召である。簦の男がたまたま老卅の家に泊まったとすればどうであろう。

「簦の男の面貌をわたしは知っている。こういう男がそのころ泊まらなかったか、掬にきいてみるがよい」

と、望はいい、簦の男の顔の特徴を班にいった。ひとことでいえば、卑しい顔立ちではない。

「わかった。きいてみよう」

班は馬の速度をあげた。

五人が向邑にはいったのは、三月のなかばである。

——もう望が帰るであろう。

と、ここ数日、毎日、朝と夕に継《けい》は門に立って遠くをみていた。その目に、五頭の馬の影が映ったとき、継はおもわずおどりあがった。

門の近くに継を認めた望は、とっさに、

——しばらく向で暮らそう。

と、決心した。ながいあいだ継を放りっぱなしにしていたことに気のとがめがある。自分なりにつぐないをしたい。

馬をとめた望は、眼下の継にむかって腕をのばした。継はいぶかしげに眉を寄せつつ、その腕に手をふれた。つぎの瞬間、継のからだは浮きあがり、馬上の人となった。

継はうつむいた。うなじまで赧《あか》くなった。

突然、荒々しい力に迫られたようで、また、そのことが自分をときめかしたことで、逃げ場のない恥ずかしさをおぼえた。

馬上では足をそろえて腰かけている姿勢なので、からだをささえるため、望の腕につかまらざるをえない。望の顔が近い。ときどき望のほおが髪にふれた。

「さあ、着いた」

さきに馬をおりた望の両手に身をあずけた継は、ふわりと地におり立った。目のまえで員《うん》が笑っている。継は両手で顔をおおい、小走りをした。家のなかにはいっても、からだが浮いている感じが残っていた。

継は家の裏の菜園へゆき、顔のほてりを冷《さ》ました。

――望はどうしたのかしら。

昂奮がしずまって、継は望の内側にある異状に気づいた。周で何かがあったにちがいない。

しかし旅装を解いた望はおだやかな表情で員と話をしていた。

いちど自宅にもどった且《しょ》と逸《いつ》が、魋《たい》をともなってやってきたのは日没後である。炉端がにぎやかになった。かれらの口から吐きだされるのは、周にたいする不満である。

「望よ、この件から手を引こう」

と、班は烈しい口調でいった。周の貴人のあの態度は、自力で周公を救いだそうという考えのあらわれである。閎夭《こうよう》を助け、急報をとどけたことに感謝の色が薄かった。それなら、こちらはあえて協力することはない。

話をきいているうちに、継はすこし望の内側がみえてきた。望は周へ歩《あゆ》み寄ることをやめたのだ。かといってまったく周から離れたわけでもない。

「先走りすぎたことは認める。足もとをみつめるときだ。が、歩みをとめてはならない。時勢におくれると、とりかえしがつかなくなる」

と、望はことばの角《かど》をけずったようないいかたをした。あとで員は継に、

「望はまた大きくなったよ」

と、ささやいた。

実際、このころから望の行動に韜晦《とうかい》がくわわるようになった。

向に腰を落ち着けた望は、班と咺《けん》に、

「朝歌と牧野のことは、まかせた」

と、いい、さらに、

「閎夭どのがまだ朝歌にいても、わたしの所在は伏せておいてくれ。難件が生じても、わたしに意見を求めることはない。班を中心にして、みなで解決してゆくことだ」

と、強い口調でいった。咺は不安げに、

「主はいつまで向におられるのですか」

と、きいた。

「来春までかな」

「そんなに――」

「晅よ、小瑜《しょうゆ》に顔をみせておかぬと、忘れられるぞ」

望は晅の肩を押した。

「ゆこう」

晅に声をかけた班は眉をあげた。班には望の心情がわかる。継のさびしさをなぐさめることもあるが、周に攀援《はんえん》していた姿勢をとりやめたというのが、向での滞在になったのであろう。気の強い班は、

「周公を生かしたところで、周の小子や重臣どもはわれわれに感謝はせぬ。恩など感じぬ周人《しゅうひと》に協力することはない」

と、馬上で晅にむかっていった。

「馴《しゅん》どのは、どのように考えておられるか」

「朝歌にもどったら、さっそく馴どのに会う」

と、高らかにいった班は、馬の速度をあげた。

四日後に、甯《ねい》という邑に近づいたとき、三人づれの旅行者をみかけた。

「おや」

班は馬をとめた。

三人は笠をあげない。足早に歩き去ろうとしている。

「詠《えい》ではないか」

班の声は大きい。その声にようやく歩行者は足をとめ、笠をあげた。

「や、虎《こ》もいっしょか」

咺はすばやく三人に馬を寄せた。馬をおりたふたりは、詠と虎の破顔に迎えられた。詠と虎にはさまれるように立っていたのは、女である。ただし男の身なりをしている。詠は明るい声で、

「わたしの妹だ。馴どのに救ってもらった」

と、いった。詠の妹は条《じょう》という名で、羑里《ゆうり》にいた。羑里を脱出した条は、一夜、牧野で泊まり、兄と虎につきそってもらって向へゆくことにしたのである。

「向には、望がいる」

と、班がいったので、詠と虎の眉間に愁えの翳《かげ》が差した。班と咺だけが朝歌に帰ることは異状であり、望に凶事が生じたのではないかとおもったからである。

「心配するな。望にわざわいがあったわけではない」

草の上に腰をおろした班は、周側の淡白な応対を、怒りをおさえて語り、望の心境を忖度《そんたく》して話した。その間、咺は詠の妹の条をときどき憐れみのまなざしでながめていた。

条は奴隷としての生活が長かったせいで、痩せ衰えており、血色も悪い。体力がとぼしいので、肩で息をしている。

が、咺は、

——この人が活力をとりもどしたら。

という目でもみていた。

話しあいがおわって五人が立ったとき、亘はすばやく馬を曳《ひ》いてきて、

「わたしの馬をつかってくれ」

と、詠にいった。むろんその行為には、条を乗せてあげてくれ、という諷意《ふうい》がこめられている。

「いいのか」

「かまわぬ。ここから牧野は遠くない。歩いてゆく」

それをきいた班は、

「わたしも歩く。馬をやろう」

と、虎にいい、虎が馬に乗るのをみとどけずに、さっさと歩きはじめた。馬を走らせれば、あと一日で牧野に着けるのだが、歩けば三日かかる。

班は黙って歩きつづけた。よけいなことを、亘にきかなかった。

——さすがに副長だな。

と、亘は感心した。亘は条に惹《ひ》かれた。妻にするのであれば、あの娘だ、と直感がささやいていた。さいわいなことに亘は羌《きょう》族出身ではない。したがって羌族の娘を娶《めと》ることに何の不都合もない。たったひとつの懸念は、亘と小瑜とを結びつけようとする望の

意向にさからうことになることである。それゆえ牧野を目前にしたとき、咺は、

「主には悪いが、鳴《めい》と小瑜に、ことわりをいれてくれまいか」

と、班にたのんだ。小瑜の養父である鳴は、咺と小瑜の結婚について諾否をあきらかにしていない。返辞をしないということに難色がある、と咺は感じている。それに小瑜は咺に対して垣根をとりはらっていない。愛情がかよいあうことがないのである。

——条を妻にしたい。

そこまで班にいわなかったが、班はすっかり呑みこんだ顔つきで、

「わかった」

と、うなずいた。班は二十二歳という若さにありながら、独特な風格をそなえつつある。

牧野についてからの班は多忙であった。

まず、呉《ご》と牙《が》と熊《ゆう》という牧野を管理している三人に、旅行中に見聞したことを語った。牙は閎天を助けたひとりであるので、

「周とはそういう邦か」

と、淡い悁恚《えんい》をあらわした。

「よくぞ閎天を助けてくれた」

というねぎらいのことばが小子や重臣から吐かれて当然なのに、それがなかったとい

う事実を知って、

「周人は薄情である。おそらく周は忘恩の邦だろう」

と、牙はいった。

翌日、班は朝歌へゆき、肉を売っている獬《かい》と龍《りょう》に会った。いきなり獬は、

「閎夭どのは周へ帰った。途中で遭《あ》いませんでしたか」

と、いった。班はこのふたりに、

「もう周のために奔走するのは、やめようとおもうが、どうだろう」

と、語りかけた。話をききおえた獬は、

「周のかたがたは、薄情というより、気が動顚したため、ほかのことが考えられなくなったということではありませんか。それほど周公は、周では尊崇されている。おそらく周公は神にひとしい存在なのです」

と、独特な見解を述べた。

――知恵の衍《ゆた》かな男だな。

班はあらためて獬の思慮深さに感心し、望がつねづね獬を高く評しているのももっともなことだとおもった。

「班どの、閎夭どのは帰国したが、馴の配下が太顚《たいてん》という周の重臣をみつけ、かくまっている。会いますか」

と、龍がいった。

「おう、会いたい。はっきりいっておきたいことがある」

そういった班は小瑜の家にでかけ、駟に連絡をとってもらった。それから数日後に、小瑜の家で鳴に会い、つれだって郊外へ行った。林間の小屋に太顚をかくまっていると鳴はいう。班は歩きながら、

「小瑜と咺のことだが……」

と、切りだした。望は小瑜と咺を結婚させたいらしいが、自分のみるところ、咺には小瑜へのおもいが薄く、小瑜も咺にたいしては心を壅閉《ようへい》している。そこで、この話はなかったことにしてもらえまいか、といった。

とたんに鳴は、ほっとした顔つきで、

「じつは、こちらも、断りをいいにくかった。小瑜は咺どのを嫌っているわけではないが、聊頼《りようらい》はほかにあるらしい」

と、うちあけた。要するに小瑜には好きな人がいる。が、それがたれであるのかまったく関心をもたないのが班の性質であるといえた。

草葺《くさぶ》きの小屋は、若葉の下にあった。

屋根の上に陽射しが揺れていた。

班と鳴が小屋のなかにはいると、むしろの上の男はすわりなおした。それが太顚であった。

かれは大邑商で商兵にかこまれたが、かろうじて危地を脱して、いちど山中に逃げこみ、しばらく山阿《さんあ》ですごしてから、商都に近づいた。周公と伯邑考《はくゆうこう》の消息をたしかめたかったからである。かれが商の役人よりさきに馴の配下に発見されたのは、幸運というべきであろう。

以後、朝歌の郊外に棲み、馴から情報を得ている。周に帰った閎夭には会っていない。周人のなかで周公の安否を知っているのが自分だけであるとおもうと、太顚は帰りたくても帰れなくなった。

じつは太顚は馴に会っていない。おもに鳴に会い、情報を得ていた。その鳴が、

「わたしは馴の配下ですが、馴は望という人に仕えています。明日、望の代人がきますので会っていただきたい」

と、いった。

——この者たちは……。

と、はじめ困惑した太顚であるが、すでに諒解した。隠然たる反王朝勢力なのである。しかも単一民族の組織ではない。そのことに大いにおどろく必要がある。ただしこの組織の中枢をなしているのが羌族であることを知って太顚は安心し、親しみをもった。周

は羌族を迫害したことはなく、周公の祖母は太姜《たいきょう》とよばれ、羌族の出身であった。

――望という者がこの者たちの首魁《しゅかい》か。

その代人とは、そうとうな年齢の者であろうと予想していた太顛は、目のまえにすわった男があまりに若いので、虚を衝《つ》かれた感じになった。が、すぐに、

――なみの胆力ではない。

と、班をみた。太顛はかずかずの戦場を踏んできており、生死の境を走りぬけてきた。物に動じなくなったこの男が、班に対面して、渤溢《ぼっいつ》とするものをおぼえた。太顛という人物は、閎夭にくらべて明るさにとぼしいが、温厚さに重みがあり、初対面の班は、

――なるほど、周の重鎮だな。

と、その人柄に打たれた。だが心性に激烈さをもっている班は、忌憚《きたん》なく周への不満をぶちまけた。

このおどろおどろしい世を終わらせたい。そのために周に協力し、商都で活動するに必要な資力をひそかに周から受けていた。このことは小子旦《しょうしたん》や檀伯達《たんはくたつ》などかぎられた周人しか知らない。そういうゆきがかりから、いま羑里にいる周公を陰助している。ところが、このたびの小子旦や虢叔《かくしゅく》などの態度には、陵侮《りょうぶ》の色があった。つまり、こちらをみくだし、

――それくらいの働きをするのは、あたりまえである。

と、いわんばかりであった。

班は太顚に強い目をむけた。

「周のかたがたは、周公が羑里で悠々と生きているとおもいちがいをなさっているのではあるまいか。われわれはひとつまちがうとつぎつぎに死なねばならぬ、そういう危険をおかして周公に死がいたることをさまたげているのです。われわれが手を引けば、周公は明日にも死ぬ。じつのところ、おのれのことしか考えぬ周人をみて、わたしは手を引きたくなった。周人も驕《おご》っている。人を人ともおもわぬのは、商人《しょうひと》も周人も変わりがない」

「班どの――」

太顚は班をなだめるような目つきをした。

「周にいる者は何もわかっていない。わかっているのは、わしと閎夭だけだ。そこもとや望どのへの無礼を、わしが詫びてもすむことではないが、いちどだけ、つぐないをする機会をあたえてくれまいか」

「何をなさるのです」

「周へ帰り、でなおしてくる」

「よろしいでしょう。つぎの対応を拝見します。不実をみたら、今後、いっさい、周には協力しない」

この一言は、太顚をおびえさせた。いまごろ周では周公救出の策を講じているであろうが、閎夭の意見を軽視し、この反王朝勢力を軽視して、独力でことをおこなおうとすれば、周公は獄中で斃《たお》れ、永遠に還らぬ人となる。

「匪賊《ひぞく》にひとしい者どもを信じられるか」

廟議《びょうぎ》ではそういう声があがって、閎夭が苦境に立たされているのが、太顚にはみえる。

――わが君を救いだせるのは、わしと閎夭しかおらぬ。

獄中の周公をおもえば、太顚の目頭が熱くなる。

翌朝、太顚は馬を借りて、周へむかった。

この決断と行動は正しかった。太顚は河水の津《みなと》で、特使というべき散宜生《さんぎせい》に遭《あ》ったのである。その遭遇の場所というのが、飯屋のまえで、なんとそこで望が飯を売っていた。

「や、飯を売っている」

めずらしい物をみた太顚は、口がかわき、空腹なこともあり、散宜生とその従者に、

「話は、あそこで――」

と、いい、飯屋の裏にひろがる木陰をゆびさした。散宜生はうなずき、飯屋にはいって、

「これ、九人ぶんの飯と水を裏にはこんできてくれぬか」

と、貨を渡した。貨をうけとったのが望である。幘《さく》で頭をつつんでいる望は、その頭を軽くさげて、

「しばらくお待ちください」

と、こたえ、五人にさしずをした。三人がいそいで木陰にむしろをもって行った。むしろの上にすわりなおして、汗をふきながら、話をつづけている九人が、周人であることは、あきらかである。配下の三人がもどってきて望に耳うちをした。

——ほう、あれが太顚と散宜生か。

望は目で笑った。

向邑《しよう》に滞在している望は、十日に一度ずつ、津にやってくる。河水沿岸にある邑《くに》についての情報をきくためである。旅人の話を五人がおぼえておき、望におしえるのである。ところで、ここで休憩をとる。飯屋はおもいがけなくにぎわっており、多くの旅人がここでだすのは、わりご弁当であるとおもえばよい。掘った井戸は質のよい水にあたった。その弁当と水を、望は自分ではこび、太顚と散宜生を観察した。ふたりとも沈痛なおもちである。

周の廟議で決定されたことは、周公の釈放を受《じゅ》王に訴願するということであり、そのために費中《ひちゅう》など重臣を訪ねて、意見を仰ぐということでもあった。

太顚は嘆息した。

「わが君が無実の罪であるとかいうところを、事態は通りすぎている。羑里の獄は、これから裁判を受ける者のためにあるのではなく、死ぬためにあるといってよい。わが君が存命であるには、わけがある」

「望という者が率いている怪しげな徒属《とぞく》の働きのせいだ、というのであろう」

「怪しげな、は、よぶんだ。羌族を中心とする反王朝勢力だ。閎夭は何もいわなかったのか」

「いや、小子旦もご存じであった。しかしながら、かけがえのないわが君のお命を、そんな者たちにまかせられるか」

「散氏よ、よくきいてくれ。望という男にすがるしかないのだ。そうしなければ、わが君は羑里で朽ちる。もしもなんじがこのまま朝歌へゆけば、なんじは殺されて、周は滅ぶ。それを承知なら、その剣でわしを斬ってからゆくがよい」

そういった太顚も、それをきいた散宜生も、死活のはざまにいるといってよいであろう。

機略

時代の主役は、沈黙しつづけている。

その主役とは、いうまでもなく周公《しゅう》（姫昌《きしょう》）である。かれこそ、周王朝の基礎を築き、のちに、

「文王《ぶん》」

と、よばれて、ひろく尊崇される聖王になるのであるが、このとき、朝歌《ちょうか》と大邑商《たいゆうしょう》のあいだにある羑里《ゆうり》という奴隷収容所内の獄につながれていた。じつはつながれていたという表現は正確さを欠く。周公は隔離されてはいたが、ほかの奴隷とおなじように、重労働を課せられるようになっていた。このことは、商の受王《じゅ》の意向にそった決定による

のであろうが、さほど陽光の射しこまない地中の部屋にいた周公を、地上にだしたことになり、黴《かび》に爛《ただ》れて肉体がくずれてゆく恐怖を周公はまぬかれたわけである。

ただし、はじめ受王が、

「周公を獄に投じておけ」

と、命じたのであれば、受王は周公にたいして疑念をもち、その懐疑がなんらかの確証を得るまでの暫定処置であったといえる。ところがあらたな命令が羑里の役人につたえられ、その内容が、

「周公に労働をさせよ」

というものであったとすれば、これは罰であり、処刑にひとしい。が、刑とすれば軽いほうに属するというみかたはできる。

もしも受王が周公を憎悪して、

——周公をいためつけてやろう。

と、おもったのであれば、地中の部屋にその肉体をすえたままにしておいたほうが効果は大きかった。そうしなかった受王の心情と意向は、不透明である。

あるいは受王はこまかな指示をいっさいださず、

「周公を羑里にいれよ」

とのみいったとも考えられる。羑里にいる奴隷と罪人は、労働しない者はなく、周公

も規則通りに労働させられたというのが、もしかすると事実に近いのかもしれない。

ところで司馬遷《しばせん》の『史記』の「太史公自序」に、

――昔、西伯羑里に拘《とら》われて、周易《しゅうえき》を演《の》ぶ。

という一文がある。司馬遷は伝説を蒐《あつ》めるのが好きな人であるから、西伯すなわち周公が獄中で、易（八卦《か》）における占いのことばをさだめたという伝説をどこかで拾ったのであろう。

また、孔子によって書かれたといわれる「繋辞《けいじ》伝」にも、

易の興《おこ》るや、それ殷《いん》の末世、周の盛徳に当たるか。文王と紂《ちゅう》との事に当たるか。是《こ》の故《ゆえ》にその辞は危うし。

という記述がある。

易がさかんになりはじめたのは、殷（商）末周初のころであり、文王（周公）が紂《ちゅう》（受）王《おう》に苦難をあたえられたときにあたろうか。それゆえ文王がつくった卦辞《かじ》にはきわどさがある。

文意はそういうことであろう。

羑里とは死にいたる場所であり、そこにいる自分を周公はみつめつつ、運命を考えつづけていたといえる。あるいは八卦を考えることが唯一の希望であったのかもしれない。

周公にとって、凶はさらに大きくなった。かれの嫡子の伯邑考《はくゆうこう》が煮殺されたのである。無惨なのは、それが羹《あつもの》（肉入りスープ）として羑里にはこばれ、周公に下賜《かし》されたことである。

周公は羹を食べた。

「食べたか」

受王は皮肉な嗤《わら》いを浮かべ、こういった。

「西伯が聖者であるとはたれがいったことか。自分の子の羹を食べたのに、それと気づかなかったではないか」

大きな鼎《かなえ》のなかに人をいれて煮殺すという刑は、脯醢《ほかい》の刑につぐ極刑といえるであろう。周公を殺さず伯邑考を殺したということは、三公の謀叛に伯邑考がかかわっていたという証拠を費中《ひちゅう》がつかんだことになろう。しかしながら伯邑考は周公の命令で動いたのか、独自の考えでそうしたのか、そこがわからなかったので、いちおう連座というかたちで、周公を羑里にいれたとみることができよう。

とにかく伯邑考は刑死した。

そのことを周人《しゅうひと》はたれも知らない。

太顚《たいてん》に説得された散宜生《さんぎせい》が周にひきかえし、対応策が練りなおされた。議長は周公の次男の、

「発《はっ》」

であった。この人物こそ、のちに武《ぶ》王とよばれるその人である。

小子発《はっ》は父の周公が逮捕されたとき、周にいて留守《りゅうしゅ》していたとおもわれるが、『戦国策』は、

——文王は牖里《ゆうり》（羑里）に拘《とら》われ、武王は玉門に羈《つな》がれる。

という伝説を採っている。玉門は地名ではなく商の王宮の門のことであろう。そうなると、周公は小子発をともなって商へゆき、ふたりとも捕らえられたことになるが、『竹書紀年《ちくしょきねん》』の注では、周公の父の季歴《きれき》が庫にとじこめられたとき、父とともに王宮にのぼった周公が玉門につながれたと記している。おそらく玉門につながれたのは小子発

ではなく、若年の周公であったろう。

この困難のさなかに小子発は周にいたのである。君主が不在であるため、かれが聴政を摂行《せっこう》した。

気宇《きう》の巨《おお》きな人である。臣下の発言をよく聴き、摘要《てきよう》にすぐれている。そういう美質をもっていながら、かれはおのれを誇ったことがない。臣下の論議をおのれの知力でおさえこんでしまう受王とは、正反対なところにいるのが小子発であるといえよう。さらに小子発は謙譲を身につけており、ここまで兄を立てて、個性を発揮するのをひかえてきた。

が、いまや父も兄も周にはいない。

かれの決断ひとつで周は浮沈するのである。

会議には周公の弟と周公の子、それに重臣が列席している。重臣のひとりとして太顚が出席したことで、この会議は色あいがかなりちがった。前回の会議では閎夭《こうよう》の意見は軽視された。それは、閎夭が武の人であり激情家であるため、出席者はかれの意見に客観を認めなかったということである。ところが太顚はつねに周公の近くにいて、周公にとくに重んじられていることを知らぬ者はなく、太顚の濬哲《しゅんてつ》ぶりに敬意をいだいている者が多いので、その発言を陵罵《りょうば》する者はでなかった。

小子発は黙ったままである。

——父君を生かしている者たちがいる。

新鮮なおどろきが胸裡に生じたことはたしかである。民衆の底力を知ったおもいである。が、こちらのでかたしだいでその民衆を敵に回すことになる。かれらを利用したあと棄《す》てるという善柔《ぜんじゅう》が通用しない相手におもわれる。

発言が熄《や》んだとき、小子発は小子旦《しょうしたん》に目をむけ、

「望《ぼう》という男をどうみる」

と、問うた。

「傑人ですが、危険な男です」

「会ってみたかったな」

そういわれた小子旦は、申しわけありません、といい、うなだれた。小子発はこんどは檀伯達《たんはくたつ》に目をやった。

小子旦が周公の内命をうけて諸侯に接してきたことまでは小子発は承知していたが、檀伯達が望を首領とする組織から情報を得ていたことは知らなかった。会議に出席した者のなかでもっともよく望という男を知っているのは檀伯達であるということになる。

「望という男は、信用できるであろうか」

と、小子発は檀伯達に問うた。

「望は商王に怨みをいだいています。かれの活動の目的は商王朝を打倒することであり、

そのために諸侯や諸族の長に会い、いま羌族《きょう》をまとめつつあります。激烈さを秘めておりますが、怜悧《れいり》でもあり、その才徳は商王をこころよくおもわぬ君主や族長に認められつつあります。話をして、わたしがうける感じは、望はつねに一歩半先を進んでいるようです。わたしがみえぬものをみている男を信用するのは、むずかしいことです」

「一歩半か……」

小子発の口もとに微笑がしみでた。

一歩でも二歩でもないという微妙ないいかたをした檀伯達の人物を視《み》る目はたしかであろう。

——望とは、どういう男か。

小子発は大いに関心をもったが、自分が朝歌へゆくわけにはいかない。かれは黙考した。百人ほどの兵を潜行させ、羑里を破壊し、周公を救助するという策がある。この強行策が成功しても、伯邑考を救助する方策が立たず、失敗すればふたりを殺すことになる。また望に何のことわりもいれずに周公を奪回すれば、望は二度と周の敢為《かんい》に協力せぬであろう。

——信用できぬが、賭《と》するしかないか。

小子発は決断した。

太顚、閎夭、散宜生、南宮括《なんきゅうかつ》という四人をえらんで朝歌に潜入させ、望を立てて、かれの策を尊重し、周は邦《くに》をあげて望とその徒属《とぞく》の活動を支援する。小子発がそういうと、出席者はざわめいた。

密命を帯びた四人が朝歌にむかったのは晩夏であり、朝歌に近づいたときには、秋の風が吹いていた。かれらは用心し、いきなり朝歌にはいることはせず、太顚がかくれ住んでいた林間の小屋へ行った。そこにはたれもいなかったが、戸をこじあけてなかにはいり、夜を迎えた。

翌朝、閎夭だけが朝歌にゆき、肉屋をのぞいた。班《はん》はいなかったが、獬《かい》と龍《りょう》がいた。獬は閎夭の傷が癒《い》えるまでつきそっていたので、からだつきをみただけで閎夭とわかった。

奥にはいって簦《かさ》をとった閎夭に、獬は、

「凶報があります。ご嫡子は商王に誅《ころ》されました。烹《ほう》されたということです」

と、いった。おもわず閎夭は地に片膝《ひざ》をついた。

ほの暗さのなかで、閎夭は哭声《こくせい》をあげた。

むりもない。はじめて周公が入朝してから伯邑考は受王に仕えつづけた。その伯邑考を補佐してきたのが閎夭なのである。

伯邑考は商王室と周公室との架け橋にならんとつとめ、閎夭は伯邑考を支えつづけた。閎夭のような勇壮な男が、商の貴人に気をつかい、跼斂《きょくれん》の姿勢を保ってきた年月が、突如虚しくなった。

獬は黙って閎夭をみつめていた。ただし、

——忠臣とは、この人をいうのだな。

と、ひそかに感心していた。閎夭は羑里へ送られようとする周公を救おうと、檻送《かんそう》の兵を襲撃して瀕死の重傷を負った。その敢行もみごとというしかない。

涙と泣声を斂《おさ》めた閎夭は、

「このうえわが君に凶事があったら、わしは生きて周へ帰れぬ」

と、いった。

「周公は地上で重労働に耐えておられます」

「奴隷のように働かされているのか」

「そうです」

閎夭は嘆息した。この息には安心と悲哀とがまじっているようであった。

「望どのに会いたいが——」

「主は来春にならねば、ここにもどってきません」

「それは、こまる」

閎夭はすわりなおした。いま周の摂政は小子発であり、かれの命令により四人が朝歌にきた。使命の内容はむろん周公を救いだすことであるが、その救出策は望の意向に殉ずるものにするということもいいわたされてきたのである。望がいなければ四人は途方に暮れる。

「四人——」

「そうだ。わしのほかに太顚、散宜生、南宮括が、郊外の小屋にいる。太顚がまえにかくれ住んでいた小屋だ」

「そうですか。副長に話をしておきます」

そういった獬は、閎夭をかえしてから、牧野《ぼくや》にむかった。いま班は牧野にいる。都合のよいことに、駲《しゅん》が牧野にきて、班と話しこんでいた。獬の報告をきいた班は、

「望を迎えにゆくのは気がすすまぬが、望でなければ、うまくゆかぬことがある」

と、いい、咺《けん》に目をむけた。咺はうなずき、

「どうだ獬よ、わたしといっしょに主を迎えにゆかぬか」

と、さそった。

駲はあいかわらず費中邸に出入りしている。

費中はながいあいだ駲を観察しつづけ、ようやく気をゆるすようになった。じつは費中は鄭《てい》氏の父子を罰しようとした。謀叛人である九公に愛顧された賈人《こじん》は、間接的に九公を支援したことになり、罰せねばならぬのである。それを知った駲は、必死に嘆願し

た。

「旧主をそれほどにかばうか」

と、冷顔をみせた費中であるが、内心では、

——旧主の恩を忘れぬところがよい。

と、かえって馴を信用した。

「鬼公《きこう》や鄂公《がくこう》にかかわりのある賈人は、すべて羑里に送った。鄭柿《ていし》や鄭凡《ていはん》だけをゆるすわけにはいかぬ。が、九公の室《いえ》ととりひきすることをやめていたというなんじの言を信じて、鄭氏の罰を軽減してやろう。羑里へは送らぬ。しかし交易《こうえき》はさしとめる」

費中は鄭氏の父子に役人をつかわした。交易がさしとめられた鄭柿は、落胆し、この夏に病歿した。朝歌に肆《みせ》をかまえている鄭凡は事業を縮小した。牧野の牧場も手放した。買ったのは馴である。むろん鄭凡は馴の救解によって投獄されることをまぬかれたと知っていた。

「わしは望どののおかげで奴隷にならずにすんだよ」

と、鄭凡は弱い声で述懐した。九公から離れておかなければ連座するといちはやく忠告したのが望であった。

「望どのには申しわけないことをした」

ともいった。鄭凡は継《けい》が刑死したとおもっている。継が後宮を脱出して、いま向《しょう》で生

きているとは、駉は語《つ》げなかった。費中という大臣につきあえばつきあうほど、駉には費中の恐ろしさがわかる。些細なすきもいのちとりになる。

その費中が後宮の現状についてもらしたことがあった。

「妲己《だっき》には、わしでもはばからねばならぬ」

と、いったのである。妲己は蘇侯《そこう》の娘である。どうやら妲己は受王の意さえも動かせる愛妾になっているらしい。

——これは班どのに報《しら》せねばなるまい。

駉が班に会いにきたのはそのためである。自分の牧場にくるのであるから駉は用心をする必要はない。駉の資力は大きくなった。朝歌に肆をかまえ、費中邸以外の貴門にも出入りしている。費中の勧めによる。貴門の内情を費中に報告することになっている。

「蘇侯がまもなく朝歌に邸をもつ。なんとしてもその邸に出入りせよ」

と、費中がいったのも、妲己を恐れてのことであろう。その妲己に面謁《めんえつ》できるのは、望しかいないというのが班の感想であった。

向にむかった晅と獬が順調に旅程をこなすうちに、風が白くなった。

——向には詠《えい》の妹の条《じょう》がいる。

それをおもうと晅の心がときめく。向にいるのは条ばかりではない。詠と虎《こ》も朝歌にもどってきていないので、望のもとにいるのであろう。

「おそらく虎は、主に刀術を習っているのだ」

「わたしもそうおもいます」

と、獬はいった。獬は望から文字を教えられ、ひまがあれば復習のために文字を書きつづけてきた。教えられた文字は、いまや、すべて書ける。新しい文字を識《し》りたいのだが、望の近くにいないと、その願望はかなえられない。

「おい、獬よ、妙に急いでいないか」

「そういう咺どのの馬も速いですよ」

「はは、そうか」

ふたりは心にはずみをもって向邑に近づいた。関所ができている。

役人はふたりをみて、

「望どののご配下ですね」

と、いい、あっさり通してくれた。

「われわれは偉くなったものだな」

咺が笑って言うと、獬は澄ました表情で、

「主が偉くなったにすぎません。ただし、主が君主になれば、班どのは相《しょう》となり、咺どのは司寇《しこう》になれましょう。すなわち千里の馬の背にしがみついている猿は、自分で千里を走らなくても、一日で千里を走破したことになる。やはり、われわれは偉くなったのです」

と、いった。

「まわりくどいいいかたをするな。われわれは猿か」

「猿であった、というべきです。咺どのもわたしも、主に遭《あ》うまでは、人ではなかった。そうではありませんか」

「そうよ……」

と、急に咺がしんみりしたのは、逢尊《ほうそん》家で送った幼年のころの暗い生活を憶《おも》いだしたからである。

「獬よ、わかった」

秋空にむかって咺はいい放った。

「何をですか」

「主と遭う者が、人になるのであれば、神の世であるこの時代が主と遭って人の世になるのだ」

「咺どの——」

心底から獬はおどろいた。たしかにいまの世は神に支配されている。が、望の出現によって人が支配する世に変わるとは、何という奇想であろうか。おそらく千載《さい》以上、人は神に支配されつづけてきた。その束縛を解く最初の人が望であるためには、時代と戦って勝たねばなるまい。望にとって真の敵とは、商王ではないことを、いみじくも咺が指摘したのである。

邑内にはいったふたりは、人がすくないのにおどろいた。向族は牧畜のほかに農耕をおこなうようになり、開墾をつづけている。日のあるうちには、老若男女のすべてが邑の外で働いているといってよい。

「主がどこにいるのか、きこうにも、人がいない」

と、いった咺は、馬を曳《ひ》いて廏舎《きゅうしゃ》へ行った。

「馬がいませんね」

「ということは、みな牧草地へ行ったのだ」

「ゆきますか」

と、獬は馬を引きもどそうとした。

「いや……」

咺は目をあげた。日が西へかたむきつつある。ほどなく望は帰ってくるであろう。それに馬をいそがせたので、馬にも自身にも疲れがある。

「水を浴びたい」

廏舎に馬をつないだ咺は、近くの井戸の水を汲みあげ、頭からかぶった。むろん衣服をぬぎすて、裸同然である。

家のなかで小さな悲鳴があがった。

たまたま条が兄の詠とともに田圃《でんぼ》から帰ってきて、菜園のむこうに裸の男が立っているのを目撃したのである。ただしその悲鳴は咺の耳にとどかなかった。おくれて家のなかにはいった詠は、妹の驚愕に眉《まゆ》をひそめ、家の裏にでた。

「咺ではないか」

からだを拭きはじめた咺はふりむき、

「あ、詠どの」

と、破顔したものの、詠のむこうに条が立っていることに気づき、赧《あか》くなり、足もとの衣服をつかんで廏舎にむかって遁走した。

そのとき条の目もとに微笑がひろがった。

「なるほど、条どのがおどろいたのもむりはない。わたしでも怪人が闖入《ちんにゅう》したとおもうよ」

夕方に帰宅した望はひさしぶりにみた咺をからかった。咺は頭を掻《か》き、小さくなっている。条に無作法をみられたことがこたえている。

健康をとりもどした条は、咺の目に、明るい美しさとして映った。

――やはりこの人を妻としたい。

と、再確認したおもいである。が、自分は条の目にどう映ったであろうか。

炉のまわりには怡々《いい》とした顔がそろっており、深刻さをもった咺の心情を吐露《とろ》する場でないことは、いうまでもない。

望、員《うん》、継、詠、条、虎に咺と獬がくわわったのである。和楽《わらく》そのものの場になった。ここになまぐさい話をもちだすことに気おくれをおぼえていた咺に顔をむけた望は、急に目もとに静まりをみせて、

「わたしを迎えにきたか」

と、つぶやくようにいった。

咺は複雑な気分になった。気の合った者たちがひとつ屋根の下で暮らすことほど楽しいことはない。このまま望のもとにいて、向邑の民として暮らしてみたいのに、望に帰還をうながさねばならない。

「朝歌に周の四人の重臣がきております」

と、いった咺は、妲己が後宮において異数《いすう》の存在になったことも諗《つ》げた。

「ほう」

あきらかに望は興味をしめした。いまや権勢ならぶ者のない費中をはばからせる愛妾が妲己であることは、にわかに信じがたい。それほど受王に寵愛されているのであれば、妲己は妾というより妃であろう。おそらく宮中では、

「蘇妃《そひ》」

とでもよばれているのではないか。もっとも商王の正室には、

「婦《ふ》」

という呼称がかぶせられる。妲己が受王の正室になれば、婦蘇、あるいは、婦己とよばれるであろう。が、商王朝のきまりでは、商王の正室は王族内からえらばれることになっており、有蘇《ゆうそ》氏のように王族外の豪族の娘が正室になることはありえない。

ところで受王には正室がいたはずであるが、それについての手がかりは、いまのところ、まったくといってよいほどない。ただし受王の十干名《じっかんめい》は辛《しん》であり、ふつう辛の名のつく王へは、壬《じん》族の娘が嫁す。

これは推量の上に推量をかさねるようなものだが、周公の母の太任《たいじん》がその壬族の出身であり、受王の正室がおなじ壬族の出身であるがゆえに、誅殺されるはずの周公が、死なずに羑里で生きつづけることができたということはあるまいか。

「よし、帰る。ただし十日後だ」

と、望はいった。十日後に何《か》族の舟に乗せてもらうことになっている。舟をどこかの津《みなと》に着けてもらえば、そこから朝歌へ帰ればよい。

「望、わたしは……」

と、継が落ち着かなくなった。

「継はあと一載、ここにいたほうがよい。費中という男を甘くみると、とりかえしがつ

かなくなる」

「一載後には、朝歌へ行ってよいのですね」

「いいよ。且《しょ》にもそういっておく。いっしょにくるといい」

と、いってから望は虎に目をむけた。

「わかりました」

すぐに虎はうなずいた。望に従行するということである。それをみた晅は多少の羨望をおぼえた。かつて自分がいたところに虎がいる。

数日後、晅《けん》は望の閑座《かんざ》に近づき、真情をあまさずうちあけた。

いちどだけ望はけわしい顔つきをしたが、ききおわると、

「男女のことになると、わたしの勘は狂うらしい」

と、苦笑した。

「主に申し上げるまえに、断りを鳴《めい》どのにいれてしまいました。お宥《ゆる》しください」

「詠の妹を妻にしたいのなら、自分の口でいうがよい」

「そういたします」

晅は口もとをひきしめた。

――結婚とは、おもいがけないところにあるものだ。

望の脳裡に東方の風景がひろがった。やがてその風景は妻の逢青《ほうせい》の容姿におおわれた。逢青はふたりの児を残した。男児は六歳になり、女児は五歳になっている。ふたりの児が舅《しゅうと》の逢尊《ほうそん》のもとにいるかぎり、腥風《せいふう》にあたらずにすむ。望はそれでよいとおもっているが、ふたりの児はどのように考えるであろうか。父に棄《す》てられたとおもうであろうか。いつのまにか望のうしろから咺が去り、かわって継《けい》がすわっていた。継は望の背中に目を留め、悩みを感じとったのか、

「望の児を、わたしが育ててあげます」

と、低いがはっきりした声でいった。望の目に涙が湧いた。

「何をいうか」

と、笑っていおうとしても声がでない。ふりむくこともできなかった。しばらくそのますわって、ようやく、

「継は、優しいな」

とだけいった。

ところで向邑《しょう》に住むようになった継は、野情《やじょう》に染まったこともあって、員に乗馬を習い、望がきてからは弓術も習いはじめた。さらに望が虎《こ》に刀術を教えている場を目撃してからは、刀のつかいかたに関心をもち、石刀を手にいれて、望に教えを乞うた。

「刀をふるうとき、刀と自分のからだの重みを感じなくなればよい」

と、望は継にさとした。

継はものごとに熱中する質《たち》であり、望の指導のことばをまっすぐにききいれて、刀術を体得するために励んだ。員と虎はあきれてながめていたが、三カ月ほどたったある日、虎は、

「継どのの気が、空気を断るようになった。たいしたものだ」

と、感心した。そういう虎の刀術はおどろくほど上達している。その虎をしたがえて望が朝歌に帰る日がきた。

向に滞在中に、望は二度何族の首長に招待された。いずれのときも何族の首長は食事後に人払いをして、望の意見を求めた。むろん諮問は周公についてと、今後の商周の関係についてである。

「周公が羑里《ゆうり》で歿すれば、かえって周は商におとなしく順《したが》うかもしれません。が、周公が獄からでるようなことになれば、うわべは受王に忠勤をつくすようにみせて、大規模な復讐《ふくしゅう》戦をおこなうかもしれません。これは勘です。何の根拠もありません」

と、望はいままで考えてきたこととは逆のことをいった。

周公が羑里で死ねば、周公の子や家臣は怒り、商を攻めようとするであろう。かつて周公の父の季歴《きれき》が商王に謀殺されたあと、周の群臣は激怒のあまり、商を攻撃した。しかし周軍は商の支配地に侵入しても、王畿《おうき》に達することはできなかった。やがて商王は

周の群臣をなだめるように、王女を周公に降嫁させた。そのことによって周の不穏な喧《けん》噪《そう》は熄《や》んだのである。こんどもけっきょくそうなるのではないか。

首長のまえで考えているうちに望にはそうおもわれてきた。

――もしも季歴が九死に一生を得ていたら。

と、ふと、考えてみた。帰還した季歴は復讐鬼と化したであろう。それならば、周公も釈放されたあと、復讐のために余命をついやすであろう。

「しかし、諸侯は、周公が羑里に投獄されたことをどうみておりますか。謀叛したのであれば当然罰せられるべきであり、釈放されたあと、商を攻めれば、さか怨みにすぎません。諸侯の同情を得ないで周公が挙兵をしても、その軍はどこかでついえましょう」

「ふむ、望どのの観測は辛《から》いな。わしもものごとを辛く観る男であるから、まことによくわかる」

「わたしは周公を助けようとしております」

「周公を救いだして、受王と戦わせる。だが、周軍は敗《やぶ》れる。それでは望どののもくろみは、はずれる」

「仰せの通りです。いまのままでは、周公の生死にかかわりなく、すべてが徒労におわります」

「さて、ここからが望どのの神知だな」

首長は愉快そうに笑った。

「受王に悪王になってもらう。それで、すべてが好転します」

こともなげに望はいった。一瞬、首長は笑いを斂《おさ》めて目を見張った。それから一段と高い声で哄笑《こうしょう》した。その首長の好意で、望は河上から陸をみることになった。

何族は大きな邑《まち》をもっているわけではないが、河水の水上交通と沿岸を制しており、豪族といってよい。したがって何族の長は、族長とか首長というより、君主といったほうがよく、古くは何伯とでもよばれていたのではないか。河水、すなわち黄河の神が、

「河伯《かはく》」

とよばれることから、そんなことが連想される。望は何族の首長を、

「何侯」

と、よぶようになった。もともと何族の首長は商王に仕えてきた諸侯のひとりである。が、この何侯は受王に大いなる反感をいだいている。しかしながら何族だけでは商と戦うことができぬため、望から情報を得ながら、離叛の機をうかがっているといえた。そうではあるが何侯は自尊心のかたまりのような君主であり、周のでかたによっては、周にいっさい助力をしないという態度をつらぬくことも考えられる。

——むずかしい人だ。

舟に乗ったあと、望は何侯をそうおもった。

何族の族人のほかに、同乗者は、亘と獬《かい》と虎である。舟は河水をくだって鄭《てい》の北の津《みなと》に着けてもらえるということなので、四人は馬を乗せなかった。

悠々たるながれである。

水がながれているというより地中から湧きあがってきているようで、水面に大きな起伏がある。水のうねりをみた亘は、

「蚪《みずち》があらわれそうですね」

と、いった。なるほど河底には舟をひとのみにしそうな竜か大魚がいそうな感じである。

「ひどい風雨に遭わなければ、鄭北へは四日で着けます」

と、望は族人におしえられた。陸路しか往来しない者にとって夢のような速さである。周が水軍をもっていればおどろくべき速さで朝歌や大邑商《たいゆうしょう》を急襲することができるわけだが、商も当然そのことを考え、河水の沿岸に防衛の拠点を置いた。

皐邑《こうゆう》

がそのひとつである。皐侯によって治められているその邑は、規模が大きいうえに要害の地にあり、河水を一望でき、しかも河水南岸の道を睥睨《へいげい》している。難攻不落の城といいかえてもよい。

舟に乗った望は三日目にその皐邑を河上から視た。

周と何族とが手を結んでも、この阜邑と鄭北《ていほく》の軍事基地とを突破しないかぎり、王畿には攻めこめまい。望の脳裡にはさまざまな未来図が点滅している。

鄭北の津で舟をおりた望は、族人に謝辞を呈し、

「何侯の帰趨《きすう》が、商と周の命運を左右するときがくるような気がしております。ただしこれもわたしの勘です。周公のその後については、津で飯を売っている者につたえますので、その者からおききください」

といった。何侯というむずかしい君主は、たれにでも胸襟《きょうきん》をひらくということはなさそうであるのに、望にだけは心性をあらわにして接し、望の意見を尊重する。すなわち望は信用されているのである。商と周を慮外においても、羌《きょう》族が何族と親密になることは悪いことではない。こういうおもいがけない良好な関係を断絶しないために、これから望は何侯に気をつかってゆかなくてはならない。

「人が要る」

牧野《ぼくや》にむかった望は三人にいった。すかさず亘が、

「東方に逃がした呉《ご》の弟を呼びもどしましょうか」

と、きいた。

「ああ、加《か》といったな。まだ十四、五歳であろう」

「はやく兄のもとに帰りたくて、うずうずしておりましょう」

「そうか……、あの童子は賢い。よし、呼びもどそう」

東方に隠晦《いんかい》したのは、加のほかに、杉老《さんろう》と玄《げん》と玲《れい》がいる。その三人も朝歌にきたいようであったら、ほかに住居を確保しなければならない。一載《さい》後には継と員ばかりでなく、且《しょ》をはじめとする三人の南人ももどってくる。二載後には詠《えい》と条《じょう》が帰ってくる。かれらのすべてを牧野に住まわせるわけにはいかない。

「まず、馴《しゅん》どのに会う」

望は足をいそがせた。みちみち望は貙に文字をおしえている。それを横目でみた亘は、

「なんじの刀術をみたいものだ」

と、虎にささやいた。虎はゆとりのある微笑をかえし、

「牧野に着くまでに――」

と、いった。棘津《きょくしん》で一泊したので、暁闇《ぎょうあん》に起きたふたりは、河水の岸へゆき、むきあった。亘がもっているのは棒である。虎は木刀をかまえた。そのころには空に白さがあり、物の形が地上に浮きあがっている。

虎は頭上で木刀をまわしている。

――誘ってみるか。

その木刀がどのようにおりてくるのかをみきわめるために、亘は棒の先にまっすぐに突きだすけはいをみせて、じつはおりてくる腕を狙った。乾いた音がして、虎は跳びす

さった。

「亘どのの強さが、はじめてわかりました」

と、虎は砂の上に膝をついた。

棘津から牧野にむかった望は、

「虎をためしたか」

と、亘にささやいた。亘はあまり目を動かさず、考えながら、

「まだ形にとらわれているようにおもわれます」

と、こたえた。

「それでよいのだ。虎にとって大切なのは形であろう。生きかたに形がなかったのに、いま形をつかもうとしている。その必死さが刀術にでている。みずから工夫した形に、やがてがんじがらめになる。そこから脱したとき虎の刀術は本物になる」

「主よ……」

亘は弱い息を吐いた。望がいったことはよくわかる。その訓喩《くんゆ》を自分にあてはめてみると、形にとらわれたというおぼえがなく、したがって自分の武術が何かから脱したあとの真正さになっていないということになる。そのことを望にいった。

「亘は、逢尊家で、のがれようのない境遇にあったではないか。求めた形ではなく、強

制された形のなかに日常があった。なんじは二十数載、その形に苦しんできた。虎がなんじにおよばないのは、そこにわけがある」

「ああ……」

すこし亘は顔をあげた。望が逢尊家にくるまで亘は奴隷の身分から脱することができなかった。この世の制度におしつけられた形に縛られていたのである。逢尊家のなかで毎日苦しんでいたわけではないが、希望のない日々をすごしていたことはたしかである。そういう忍耐にみちた長い歳月が、自分の一生にとって、空虚そのものであろうと考えたことはあっても、自分を高みに押しあげる原動力になろうと考えたことはいちどもなかった。だが望は、不遇のなかに人を飛躍させる力の胎孕《たいよう》をみている。若いうちは気ままに生きたらしい虎に、その種の力が欠けていて、それに気づいた虎が刻苦《こつく》をしはじめたということであろう。

「苦しみも力になると、はじめて知りました」

「羑里《ゆうり》という形のなかに押しこめられた周公は、そこで苦しみつづけ、真の力にめぐりあうことになろう。虎の刀術が本物になるころ、周公も羑里から脱するであろうよ」

そういった望は、自分の予感にふしぎな確実さをおぼえた。

「おう、牧野だ」

緑色が衰えはじめた草原である。小屋の近くから茜雲《あかね》にむかってひとすじの煙が昇っていた。

牧野で班《はん》に会った望は、深夜まで話しあった。

「馴が十人を送りこんできた」

と、班はいった。

「そうか。咺と虎にかれらを鍛えさせよう。来春、そのなかの五人を西方の津《みなと》にやって、いま飯を売っている五人と交替させよう」

馴はほんとうに旅《りょ》（五百人の兵の集団）をつくるつもりなのであろう。

翌朝、望は呉と龍を東方に発《た》たせた。

「これで弟と暮らせる」

と、呉は喜びをかくさなかった。

「早く帰ってきてくれ。呉の馬術が必要なのだ」

「わかった。ほかの人も、こちらに住みたいといえば、つれ帰ってきてよいのだな」

「かまわぬ。朝歌に家を用意する」

そういった望は、呉と龍が出発するのをみとどけて、牙《が》と獬をしたがえ、朝歌にむかった。

——望は後宮へゆくのだな。

と、牙にはわかる。牙はようやく二十歳になった。若いが牧畜に長じているので、牧場にいることが多い。しかし望が後宮へゆくときはかならず牙をつれてゆく。

望はまず自分の肆《みせ》に帰った。肆をあずかっていたのは熊《ゆう》である。およそ商売にはむいていそうにない熊だが、

「熊が肆にいると、肉がよく売れる」

と、班が笑って話していた。

――なるほど、食べ物を売るには、痩《や》せた男はだめだ。

と、望は気がついた。小柄な獬では、熊の半分も肉を売ることができぬであろう。

肆の奥で旅装を解いた望は、ひとりで馴の肆にゆき、馴と面談した。

「わたしが到着したことを、まだ周の四人におしえないでもらいたい」

と、念を押してから、情報の交換をはじめた。

「周公が沙丘《さきゅう》を去ってから、受《じゅ》王は数人の諸侯や重臣とともに沙丘に残っていたようです。周公を逮捕せよ、という命令は沙丘から発せられたようです」

馴が入手した情報のなかでこれがもっとも新しい。

「そうなると、その諸侯と重臣は受王に愛幸されている者ばかりで、かれらと話すあいだに受王は周公を捕らえる気になったということか」

「たれが何をいったのか。そこまではわかりません」

「妲己《だっき》にきいてみるしかないか」

望は目をすえた。

「だが、妲己に晤《あ》えるかな」

と、望は小さく笑った。この一載で、妲己の地位に雲泥のひらきができた。いまや妲己は雲の上の人になりつつある。実際、雲を衝《つ》くような高さの鹿台《ろくだい》のなかで、妲己はみはらしのよい部屋にいるのではないか。

「贈り物をもってゆかれませ」

馴は顔に微笑をひろげた。

「何か、あるか」

「鳥獣の形に彫《ほ》った玉《ぎょく》が十個ございます」

「みせてくれ」

馴は膝をおくって函《はこ》を手にとった。漆《うるし》塗りでしかも螺鈿《らでん》の細工がほどこされた函である。じかに手でふれることをためらった望は、馴から渡された巾《きれ》を掌にのせ、その巾でつつむように函を受け、蓋をあけた。

鳥や獣の形をした玉が十個ならんでいる。

「やあ、これはよい」

望は函を目の高さにあげて、玉を透かしてみた。すべて白濁色の玉であるが、微妙に模様がはいっている。

「みごとなものだな。これは象か」

「さようです」

「これは犀《さい》だな」

「よくご存じです。沙丘には象も犀もいるそうです」

「これは喜ばれよう」

望は蓋をしめて、函を膝もとに置いた。

「蘇侯の邸が十二月中にできるそうだな」

「そこへ出入りせよ、と費中《ひちゅう》にうるさくいわれています」

「費中でさえ後宮には手がだせぬ。妲己の一言で、権力の座からころがり落ちるかもしれぬ。それゆえ妲己の父の蘇侯を鄭重にあつかっておきたいということか」

「女は怖いです。男の理にとりこめません」

「すると、わたしも妲己にはかなわない」

「望どのは別です」

「別なものか。わたしには女の心がわからぬとつくづく感ずるようになった。受王の寵愛をうけている妲己に、一蹴されて、蹌踉《そうろう》と帰ってくることになるかもしれぬ」

望はほかに錦繡《きんしゅう》の帯を求めた。

それらを牙にもたせて後宮にむかったのは翌日である。後宮の脇門はすんなりと通ることができる。蘇侯からさずけられた符があるからである。そこから庭を横切って、官員がつめている部屋へゆく。

符をみせ、用向きを述べた。

「何、――蘇妃にか」

役人の顔に緊張があらわれた。ずいぶん待たされたあと、役人とともに女が歩いてきた。妲己の侍女であった。はじめてみる顔である。

面会の部屋はきまっているので、望は鹿台にのぼることはできない。階下まで妲己がおりてこないかぎり、妲己には晤えない。

――絵《かい》どのと面談できれば、ましとおもわねばなるまい。

そういう肚《はら》のすえかたで、望は部屋にすわっていた。

ところがおどろくべきことに、妲己がその部屋にあらわれたのである。拝手した望は、

――恐ろしいものだな。

と、痛感した。妲己から光輝が放たれているように感じられた。妲己が娟々《けんけん》たる美貌の持ち主であることは、妲己が不遇のときからわかっていたが、いまの婉麗《えんれい》さには直視できないほどの光がある。妲己は力をもったのである。その力が人を光らせる。

「望どの、久しい」

と、妲己はいった。その声にも光があると望には感じられた。

「倥偬《こうそう》のなかで歳月をついやしておりました。妃が後宮の一尊《いっそん》を得られ、蓊然《おうぜん》と安座なさっておられることを、紅塵《こうじん》のなかで耳にいたし、ひそかに悦んでおりました」

と、望はいったものの、この瞬間に、

――受王は妲己を奪ったのだ。

と、ふしぎな憎悪が湧いてきた。べつに妲己は望の所有物ではない。しかし妲己の美しさを心底から認めたのは自分が最初であろうという自負が望にはあり、そこに微妙な感情がとどまっていたことに、いまあらためて気づいた。むろん賈人《こじん》の身で妲己を妻に迎えることを夢みていたわけではないが、後宮で静かに生きつづける妲己をなぐさめてゆく自分を想像するのは、悪いことではないとおもっていた。こういうささやかな未来図を受王によって引き裂かれたくやしさがあり、妲己を受王の色に染めかえられたという現実にまむかわねばならぬ痛みがある。

が、望は感情の色を消して、おもむろに函を献じた。

函を手にとったのは、絵である。絵は数のふえた侍女を教導する立場にあるようで、なんとなく威厳がそなわっている。

函は、絵の手から妲己に渡った。

「まあ――」

蓋をひらいた妲己は咲《わら》った。純なものがよみがえったような笑貌《しょうぼう》であった。

「なんと、かわいらしい」

そういった妲己もかわいらしいと望はおもいつつ、

「玉《ぎょく》のほかに、こういう物もあつかっております」

と、錦繡の帯をすすめた。ここでの望は賈人になりきっている。

——周公について、妲己はどれほどのことを知っているか。

それをさぐろうとした望であるが、たがいにことばの飾りが多すぎて、話題をとどめ、掘りさげることができない。時は、歓語のなかをすぎた。さいごに妲己が、

「望どのにお願いがあります。すべては絵に——」

と、いって、席を立った。やむをえぬ、絵どのを口説くか。そんな気分で望は妲己を見送った。絵をのぞくすべての侍女が退室した。望は軽い虚脱感をおぼえつつ、

「絵どの、わたしにできることなら、なんなりと——」

と、いって、膝を絵のほうにむけた。絵は小さくうなずき、袂《たもと》から白布をだして、望のまえにひろげた。文字がみえた。

「望どの、これを読める人がいませんか」

と、絵は細い声でいった。望は白布を膝もとに引き寄せて、黙ってみつめた。

絵は息ぐるしさをおぼえたのか、大きく呼吸をして、

「恥をしのんで申しますが、侍女で文字を識《し》っている者はおりません。妃もわたくしも、文字にふれたことがありません。ところが王は、妃に文字の知識があるとおもわれ、先日は、左端にある、この文字をお書きになり、これでよかろうか、と妃におたずねになったのです。ただし、この白布の文字は、わたくしが写したものです。まちがいがあるかもしれません」

と、ゆっくりいった。

望は文字を読むことができる。複雑な文でないかぎり、解読することもできる。

白布の左端にある文字を目で追ってゆくと、受王が炮烙《ほうらく》の刑を再開しようとしていることがわかる。

「妃は、おこたえになったのですか」

「やむなく、よろしいと存じます、と王に申し上げました」

「絵どの、これは炮烙の刑をおこなうことが、上帝の意にそうかどうかを貞《と》うたものです」

「えっ、望どのは、文字がわかるのですか」

宮廷人でさえ文字を識らぬ人が多いのに、庶人である望が文字を理解していることに、絵はひとかたならずおどろいた。

「望どのはやはりふしぎな人です」

「ふしぎなのは、商王のほうです。貞人《ていじん》をつかって卜《うらな》うべきことを、なにゆえ妃に諮《と》われたか、ということです」

「じつは……」

と、絵は沙丘でのできごとを望にうちあけた。

長夜の宴のさなかに落雷があったというのである。

そのとき妲己は一糸も懸《か》けず肉林のなかを走らされていたが、雷光におどろき雷鳴におびえて足をとめた。そのあとのことを妲己はまったく憶《おぼ》えていないという。じつは妲己の近くの喬木《きょうぼく》が裂けて火を発しており、妲己は焼死することなく、炎の下で直立していた。

その光景を台上でみていた受王は、

――あの女に神が降りた。

と、感じ、その夜から妲己を寵愛するようになった。すなわち受王は妲己に神力を認め、祭政において決断が必要なときに、妲己に諮うようになったということである。

絵からそういう話をされた望は、

――受王の詭弁《きべん》だな。

と、すぐさまおもった。王朝には神権にかかわっている人が多数いる。商王が行動をおこすときには、聖職者たちに諮問して神託を仰がねばならない。受王という自信にみちた王は、自分の意向がすばやく実現することを望んでおり、計画が神意によってさまたげられたり遅延されることを嫌う。要するに受王は自分のおもい通りに官人や諸侯を動かしたい。命令をまっすぐに下におろしたい。そのために、命令を枉《ま》げる要素を王朝から排除しようとした。

妲己に神力があると喧伝《けんでん》しておき、受王は企画を妲己と相談した形にして、聖職者を通さずに、命令をくだす。それをつづけることによって、祭祀の職を空洞化してしまう。

受王が王朝の体制を変革しようとしていることはあきらかである。

神権を一元化しようとしているといってもよい。そのために妲己は利用されている。

「わかりました。ほかの文字も読んでみましょう」

望は説明をそえながら、絵に文意を理解させた。このときの絵は全身が耳目になったようで、望のことばをききもらすまいとし、文字をくいいるようにみつめた。

急に望の声がやんだ。絵は問うように首をあげた。望の目は一文を往復している。

美里《ゆうり》のなかの神殿の増改築を周公ひとりにやらせて咎《とがめ》はないか。その一文は、そう読める。

「絵どの、わたしにも願いがある」

望は蘇侯と周公とのつながりを端的に語《つ》げ、周公が沙丘を去ってから、受王の近くで周公を中傷した者がいるはずであり、その者がたれであるのかしらべてもらいたい、といった。

「蘇侯は周公に同情なさっておられよう。が、周公を救解しようとする者は同罪とみなされる。絵どのも、周公の名をだすときは、くれぐれも慎重に」

と、望はおさえた声でいった。

文字をおしえるかわりに、情報をひとつもらいたい。そういうことである。

「否《いや》」

とは、絵はいわなかった。

絵は父の宇留《うる》が周の臣と接していたことは知らないが、周公にたいして特別な感情をいだいてはおらず、望が欲しいという情報をあたえることに忌憚《きたん》をおぼえなかった。

「妃がご存じかもしれませぬ」

と、絵は腰をあげた。

「あ、絵どの、もしも妃におたずねになるのなら、人払いをなさってからにしていただきたい。それから、あらたに妃に仕えるようになった侍女のまえで、周公の名をけっして口にしてはなりません」

絵は口をつぐんだまま首をかしげた。

「妃は後宮で首座に升《のぼ》りつつある。それだけ敵が多くなったとおもわれるべきです。妃のことを譖《さぐ》り、瑕瑾《かきん》をつかんで、妃を高位からひきずりおろそうとする者が、かならず宮中におります」

　そういわれて絵は顔色を変えた。おもってもみなかったことである。が、望の指摘はもっともである。

「新参の者の実家と後見の者がわかれば、わたしがすべてしらべあげて報告します」

　絵は小さくうなずき、早足で歩き去った。

　ながいあいだ望はすわって待っていた。

　――わたしも妲己を利用している。

　胸にほろにがさをおぼえた。受王も卑劣だが自分もそうである。策略をめぐらさないで、羑里を破壊して周公を救いだしたほうがいさぎよい。ところが世間はそうはみない。暴力は醜行《しゅうこう》なのである。

　要するに、望の戦いは、神と世間が相手なのである。そのふたつに勝ちさえすれば、おそらく当面の敵は問題になるまい。目にみえぬ敵と戦うことがほんとうの戦いなのであろう。

　望の目に絵の姿が映った。

　絵は身を寄せてきて、ささやいた。

「なるほど、讒言《ざんげん》者はわかりました。侍女のほうはどうですか」

「蘇《そ》の出身者は身元がたしかです。蘇以外の出身者は三人しかおりません」

その三人の実家の住所と推薦者の名をきいた望は、すみやかに宮室をでて、庭の隅で待ちくたびれていた牙に声をかけた。

「三人の女の実家をさぐってもらいたい。また、推薦者もしらべてもらいたい。費中か悪来《あくらい》の影がないか、たしかめるのだ」

いよいよ望は、周の四人の重臣に会うことにした。

——周が四人であるなら、こちらも四人にしよう。

そうおもった望は、馴《しゅん》と鳴《めい》、それに班《はん》に集まってもらうことにした。さらに、郊外の隠れ家にゆかず、周の四人に肉屋にきてもらうことにした。こちらが周に依頼するわけではない。周がこちらに依頼するのである。それをはっきりさせるために、望は肉屋で四人を待つことにした。

「賈人のくせに、われわれを呼びつけるのか」

と、散宜生《さんぎせい》と南宮括《なんきゅうかつ》は不快をかくさなかった。ずいぶん待たされたことも、おもしろくない。が、四人のなかで望に好感をいだいている閎夭《こうよう》は、望が尋常ならざる男であることを実感しており、

「あの男がわれわれに会わずにいたのには、わけがあろう。いやがらせをしていたわけではない」

と、ものわかりのよいことをいった。

「わしもそうおもう」

と、いったのは太顚《たいてん》である。望が四人に会うといったのは、四人に会ったうえで周公救出に協力するかしないかを決めるというのではなく、すでに周公救出計画を立てたからであろう。周に協力しないのであれば、班をつかって、断りをいれてくるはずである。

この日、四人は涼風に吹かれながら朝歌《ちょうか》にむかった。

閎夭は望の肆《みせ》を知っている。

肆のまえに牙《が》と熊《ゆう》が立っており、四人をみつけると、

「どうぞ、奥へ」

と、いうように揖《ゆう》をおこなった。揖は会釈であるとおもえばよいが、両手を胸のまえに組んで、身をかがめながら両手を上下させる礼である。人をいざなうときにもつかう。

一瞬、散宜生は、

「肉屋か」

という目つきをした。散宜生という人物の性格を一言でいえば、沈毅《ちんき》、である。けっして傲慢ではない。それでも肉屋を軽蔑したのは、庶人でさえもおなじような目つきで食肉販売業者をみていたということである。が、閎夭はその目つきに気づき、

「望という男はただものではないぞ」

と、小声で注意をうながした。望という男は鋭さをもっている。散宜生の感情の所在を一目でみぬくであろう。望に不快をあたえ、手を引くといわれたら、使命をはたせなくなる。

「ふむ……」

散宜生の口もとに感情を消しそこねたなごりがある。

閎夭と南宮括は望に面識がある。ふたりとも、

「鷹のような男だ」

と、望の外貌を形容した。奥にすすんだ散宜生は目前に立った男をみて、

——なるほど鷹だ。

と、おもった。目に力がある。からだ全体が精悍さを秘めている。散宜生ほどの男でも威圧されそうに感じたが、こちらを圧してくるものをはねのけようとすれば、望という男はふしぎな軽みをもって、手のとどかぬところへ飛び去ってしまいそうである。

——そうとうな人物だな。

散宜生は先入観をきれいに捨て去った。望の配下は三百とも五百ともきかされているが、その隠れた組織は、望の魅力によって成り立っているといえるであろう。

「望どのか」

「散宜生さまですね」

その声をきいて、散宜生はなおさら、この男は倚信《いしん》にあたいする、とおもった。

炉に火がある。

炉を八人がかこんだ。

肉屋の奥が周公を救出するための会議場になった。いや、会議場というより、望の独壇場になった。

「羑里のなかに神殿があり、周公ひとりでその増改築をおこなっております」

と、望がいった瞬間、七人の目が望にむけられた。もっともおどろいたのは羑里から情報をひきだしている馴で、じつはそのことを知ったのは今朝であり、まだ望には伝えていない。

「わが君は商の神に仕えさせられているのか」

と、散宜生がくやしそうにいった。

「そういうことです。が、周公は日のあるうちは地上におりますので、疾《やまい》に罹《かか》りにくい。地中の部屋にとじこめられていたら、いまごろ両足は腐って立つことができなくなっているでしょう」

「そうではあるが……」

激情家の閎夭は、血を吐くような労働を毎日おこなっている周公をおもい、顔をゆがめた。一日も早く周公を羑里からだしたい。

「さて、周公が沙丘で捕らわれず、大邑商《たいゆうしょう》で捕らわれたわけがわかりました」

周の四人の目つきがいっせいにかわった。

「諸侯のなかに譲言者《ざんげん》がいたのです」

「諸侯……、費中ではないのか」

と、班がおどろきの声をあげた。

「周公をおとしいれたのは、費中ではない。崇侯《すうこう》です」

望は断言した。

譲言の内容までわかっている。

受王が東夷征伐をおこなっているあいだに、周公は召《しょう》の君主と密約をかわして叛逆の兵を挙げた。が、不利とみて兵をかえした。

長夜の宴がおわり、ほとんどの諸侯が帰途についたあと、沙丘に残っていた崇侯は受王にそういった。そのとき受王の表情がけわしくなったのは、召という邦の名をきいたからである。受王にかぎらず、召を憎まぬ商人《しょうひと》はいない。その召に周が通じたとはきき ずてならぬ。

「費中、まことか」

受王は恚忿《いふん》をあらわした。こういう大事件をなぜいままで告げなかったのか、と受王は費中を叱《しか》ったのである。

「崇侯を疑うわけではありませんが、周と召の密約の事実は、うわささえ耳にしたことはありません。ただし、周公が兵を動かした事実はあります。それが叛逆のための出師《すいし》であったという確証は、つかんでおりません」

　費中はいたって正確にこたえた。

「費中どの、わしは西方にいるゆえ、そこもとの耳にとどかぬうわさもきくことができるし、そこもとの調査がとどかぬ事実も知っている。周公は狡猾《こうかつ》な男だ。三公の謀叛にひそかに嫡子をくわわらせ、自身は召と結び、王が遠征にでかけるのを待っていた。こういう面従腹背《めんじゅうふくはい》の君主こそ、誅《ころ》すべきである」

　と、崇侯は自信をもっていった。

　受王は崇侯に欺瞞《ぎまん》を感じたことはいちどもない。忠誠心の篤《あつ》い男だとおもっている。その崇侯がいうことを全面的に信じてやりたいが、費中の表情が冴えない。この大臣の調査は綿密で、虚偽の報告をしたことがない。その費中が崇侯の言に首をかしげている。

「王よ、周公は獰猛《どうもう》な虎です。いま周公を帰せば、虎を野に放つようなもので、商の民はつぎつぎに虎に食われます。捕らえて殺すべきです。周公の嫡子はここに残るべきなのに、影も形もありません。王に無断で周へ逃げ帰ろうとしているのです」

　周公の嫡子の伯邑考《はくゆうこう》は受王に仕え、受王の馬車を御《ぎょ》してきた。受王が沙丘にいるかぎり、伯邑考もとどまっているべきなのに、崇侯がいったように伯邑考は沙丘のどこにもいない。

受王は赫《かっ》とした。

「虎の父子を檻《おり》にいれよ」

それが命令であった。その一部始終をみていたのが妲己《だっき》である。妲己が情報源であることを望はおくびにもださない。

「崇侯が元凶か」

周の四人は得心がいったようであった。

望は周の四人にたしかめておかねばならぬことがある。それは周と召とが密約を結んだかどうかということである。

「周にとって秘事であっても、正確におこたえねがいたい」

と、望は散宜生を直視した。

「わが邦が召と結ぶことはありえない。召は名門の意識が高く、わが邦を戎狄《じゅうてき》のごとくみくだしている。おそらく召の君主はわが君が西伯であることを認めておらぬであろう」

「それでやりやすくなりました」

やはり崇侯は事実無根のことをいったのである。周公が兵を動かしたのは叛逆のためではなく異民族を伐《う》つためであったことは、望にはわかっている。さらにわかっていることは、受王が讒言を嫌っているということである。

「訴訟を起こすのです」

と、望はいった。いま費中は偵人《ていじん》をつかって周公の叛逆の事実をつかもうとしている。ところがそのような事実はなかったのであるから、困りはてているにちがいない。

「周公は無実です」

と、いえば、受王は崇侯にあざむかれた暗愚な王であることを世間に知らしめることになる。が、このまま周公を羑里にいれておくことも、受王の不明につながる。ところが裁判がおこなわれるとなれば、自分と受王の名誉はそこなわれずに、周公を釈放することができる。

「西方の諸侯がつらなって訴えれば、受王は却下することはできず、かならず費中に諮問し、みずから裁くはずです」

「西方の諸侯を説得するのは至難だ」

と、太顚がため息をついた。周公にかかわることはすすんで罪をかぶるようなものである。みなしりごみをするであろう。

「西伯が周に帰らなければ、西方は乱れに乱れ、戎狄に攻め滅ぼされる邦がいくつかできます。商は西方へは援軍をだしません。そのことを西方の諸侯に自覚させるのです」

「たしかにそうだが……」

と、南宮括は眉を寄せた。望は四人を睨《にら》んだ。

「君主が血の汗をながしているのに、臣下は汗をかこうとしない。周がそういう邦であることは、いまわかった。これ以上の話し合いは無用です。お帰りください」

「待った」

閎天が手をあげた。すかさず散宜生が、

「望どののいう通りだ。望どのの策が上策であることも認める。われわれは血を吐いても、西方の諸侯を説得する」

と、きっぱりといった。この四人の苦難はここからはじまったといってよい。

西　伯

逸話がある。

太顚《たいてん》、閎夭《こうよう》、散宜生《さんぎせい》、南宮括《なんきゅうかつ》の四人が羑里《ゆうり》に行き、君主の周《しゅう》公に面会したというものである。

役人に監視されていては肝心な話ができぬとおもった周公は、右目でまばたきをした。これは受《じゅ》王が好色であるから美女を献上せよといったのである。また、自分の腹をさすり、軽くたたいた。これは受王が宝物を欲していることを暗示していた。さらに、せわしく足をふみ鳴らした。これは、早くせよ、といったことになる。

四人はすべてを察して、周流し、美女や宝物を受王に献じたという。

だが、美女と宝物を得ただけで周公を釈《ゆる》すほど受王は甘くはあるまい。後世の史家は受王を悪のかたまりに創《つく》りかえてしまったが、その実像は、知力が衍《ゆた》かで、好奇心に富み、情操をそなえた王というものではなかったか。

戦国末期の鴻儒《こうじゅ》である荀子《じゅんし》は、

——桀紂《けっちゅう》は、長巨姣美《ちょうきょこうび》にして、天下の傑なり。

と、いっている。夏の桀王と商の紂王（受王）は長身で巨《おお》きく、美貌でもあって、天下に傑出していた、ということである。むしろ受王は欠点のすくないほうの王であろう。自分にまさる者がこの世にいるはずはないと考え、驕矜《きょうきょう》の色をあらわにしたとしても、商王より尊貴な者はこの世にいないのであり、累代の商王と自意識の点でさほどちがいはあるまい。ただし、帝乙《ていいつ》よりまえの王との大きなちがいは、先王たちは上帝などの神や祖霊を恐れたが、受王は恐れなくなったということである。すなわち受王には恐れるものが何もないということが、かれの最大の欠点であり、のちの不幸につながったとみることができよう。

——恐れることを忘れた者の知恵は衰える。

と、望《ぼう》はおもっている。

周の四人は諸侯を説くために西方へ出発した。そのなかの散宜生に、望は、

「ついでに珍品奇物をも蒐《あつ》めてくれませんか」

と、いっておいた。珍品奇物を受王に献上して周公を釈放してもらうのではない。周公の釈放直後にそれらを受王に献上するのである。この微妙なずれは、世間に伝わると、いれかわるはずなのである。すなわち受王は珍品奇物を受け取り、周公を赦した。そう世間におもわせるのが望の狙いである。

周の四人が出発したあと、望は馴《しゅん》をつかまえて、

「周公は菖蒲《しょうぶ》の菹《そ》が好物だそうな。周公に食べさせることができようか」

と、いった。菹は葅《しょ》とも書かれる。根の酢漬けである。

「変わった物が好きですね」

馴はうす笑いをした。

「四日後に、蘇《そ》へゆく。同行してくれ」

「わかりました」

駟はすべてを呑みこんだような顔つきをした。駟は蘇侯《そこう》邸に出入りしなければならない。さいわいなことに蘇の公室につながりのある賈人《こじん》は望だけであり、望が蘇侯にたのめば、駟の出入りはゆるされるはずである。が、望が旅にでる目的はそれだけではなさそうである。

——周公の救解をたのむつもりであろう。

と、駟は勘をはたらかせた。なんといっても蘇侯は妲己《だつき》の父である。蘇侯の発言はまえとはくらべものにならぬほど重い。

三日間、望は肆《みせ》にでて肉を売っていた。

「たれかを待っておられるのですか」

と、獬《かい》がきいた。

「よく、わかるな」

「それは——」

望に心服して、つき従うようになってから四載《さい》が経《た》つ。獬にとって望は主人であり師でもあり、望のもとで生きることが従学《じゅうがく》であった。自分は望に遇《あ》って生まれ変わったとおもっている。そのおもいが強いだけに、望が死ねば、自分も死ぬであろうと感じている。そういう情意で望をみていれば、望の意中をだいたい察することができる。

「後宮から妲己の侍女がしのびでてくるかもしれない。文字を読んでもらうためにだ」

「文字を読む者が、後宮にはいないのですか」

「いても、官人に訊《き》くわけにはいくまい。わたしがいない場合、なんじが解読しなければならぬ。なんじの名はむこうにつたえてある」

「責任が重いですね」

獬は表情をひきしめた。

この日、牙《が》が望に報告をした。新参の侍女のうち、絵《かい》からおしえられた三人の身元をしらべてきたのである。

「怪しい者はひとりもいません」

仲介者もしらべたという。費中《ひちゆう》や悪来《あくらい》にゆかりのある者はいなかった。

「そうか。費中はみえすいたことはしない男だ。妲己の近くに間諜《かんちよう》を送るつもりであれば、まず人を蘇に送り、信用をつくっておいて、後宮にはいらせるであろう。蘇侯邸ができてからは、そこで働く女どもにも注意しなければなるまい」

と、望はいった。

翌日、望は駟とともに蘇へむかった。駟は捗《ほ》をつれてきたが、望は熊《ゆう》を従者にした。

「熊よ、たまには、わたしと旅をするか」

と、昨夜、声をかけると、熊は巨体を起こし、破顔した。熊は笑うと邪気がすっかり消えうせたような純朴さをみせる。

いそがぬ旅である。

野を吹く風に寒さがましている。

望はときどき馬上から捗を視《み》た。

捗は、馴の養父の参《さん》に拾われた男である。望が知っているのはそれだけである。中年で、ものしずかな男であるが、すごみを秘めているように望には感じられる。出身の族も、生《お》い立ちもわからない。かれの話しかたから方言をききとることもできない。

——えたいがしれぬ。

とは、捗のことであろう。この男は若年のころから参に仕えつづけ、参が姿を消してから、馴に仕えている。それを考えれば怪しむことはないが、参の手足となってずいぶんきわどいことをやってきたにちがいないのである。馬羌《ばきょう》の仍《じょう》を殺しそこねて川に落ちた員《うん》を救ったのは、捗と鳴《めい》であった。そのことからでも、捗が陽のとどかない世界で暗躍していたことがわかる。

尋常な度胸ではない。

と、望は捗をみている。とにかく捗には、わからないことが多すぎる。

日をかさねて、四人は蘇邑に到着した。邑は冬のただなかにあった。霙《みぞれ》がふってきた。望は宇留《うる》の家の門をたたいた。

顔をみせたのは、宇留の妻である。

「まあ、望どの、主人は朝歌《ちょうか》へゆきました」

「あ、行き違いましたか」

「さあ、どうぞ」

「蘇侯に拝謁にきたのです」

「跖首《せきしゅ》どのがおられる。使いをだしておきましょう」

宇留の妻は家人を趨《はし》らせた。

――いつもながらこの人は親切だな。

と、望は感心した。いつのまにか宇留の家は客室が増築されている。そこに四人は落ち着いた。

夜、跖首がきた。雨はやんでいないらしく、雨衣をぬぎながら、寒い、寒い、とくりかえした。望の顔をみるや、

「宇留さまは朝歌の邸にいれる什具《じゅうぐ》などについて望どのに打診に行った」

と、早口でいった。

「邸は冬のあいだに竣工の予定であるとうかがいましたが……」

「すこし工事が遅れている。が、竣工をのばすわけにはいかぬ。春になれば、わが君はその邸に商王をお迎えする」

「そうですか。では、ここにおります馴をいそいで帰らせます。今後、お屋敷にはおもに馴が出入りすることになりますので、明日、宮中の庭先で侯にお声をかけていただくわけにはまいりませんか」

と、望は跖首にむかって頭をさげた。

「ほかならぬ望どのの頼みとあれば、きかぬわけにはいくまい」

「かたじけなく存じます」

望としては蘇侯に馴の名と顔とをおぼえてもらったほうがなにかと好都合である。

翌朝、望と馴とは跖首につきそわれて、宮中にはいり、庭先でひかえた。奥むきの役人というべき豎臣《じゅしん》に跖首は伝言した。しばらくすると蘇侯があらわれた。

「望よ。よくきた」

「本日は、ふたつの願いをもって、参上いたしました」

「申せ」

「ひとつは、朝歌のお屋敷にお出入りさせていただくことでございます」

「いうまでもない。望のほかに賈人は出入りさせぬ」

「それをうかがい、安心いたしました。ここにひかえております者は馴と申し、わたしの右腕として、賈《こ》のことで奔走しております。お屋敷には馴がおもに出入りいたします。なにとぞおみしりおきを――」

「馴でございます」

すかさず馴は地にひたいをつけた。

「そうか。首をあげてみよ。わかった。そのほうの名を朝歌へ伝えておく」

「さて、ふたつ目のお願いでございます」

「ふむ……」

「周公のことです」

望は落ち着きはらっているが、蘇侯の目が動いた。ここには庭先のふたりのほかに、跖首と豎臣しかいない。それをたしかめた蘇侯は、

「まさか、周公が亡くなったと申すのではあるまいな」

と、低い声でいった。

「生きております。と申すより、生かしております。侯におたずねしたいのは、このまま周公を生かしておいてよいか、ということです。ならぬと仰せになれば、わたしは手を引き、周公は羑里で死にます」

望はきわどいことをはっきりいった。

「ほう、望が周公を生かしていると。はは、これはおもしろい」

蘇侯が弱い笑声をあげたのは、速答しかねたからであろう。おどろきもある。望の勢力が羑里にまでおよんでいることをはじめて知ったおどろきである。

「蘇のためになるのは、商王か周公か」

言外に望に問われたのはそのことであろう。蘇侯に多少の迷いがある。王朝の風むきが変わったことはたしかである。蘇侯をみる受王の目が変わったせいで、諸侯のひとりとして席のすわりごこちが良くなった。が、蘇侯は自分にたいして甘くない。娘の妲己《だっき》が受王の愛情を独占しているときいても、

——いつまでつづくことか。

と、冷静に考えている。妲己は受王からどんなに愛されても王婦にはなれない。王婦の地位にのぼらなければ、美貌の衰えとともに、受王の意《おも》いも冷え、ふたたび後宮の小部屋へおいやられるにちがいない。蘇侯が望んでいるのは、娘の盛衰によって浮沈する自分ではなく、才徳のつみかさねによって顕貴さを得てゆく自分である。そういう自分があるためには、公正な王の目が要る。残念ながら受王にはその目がない。商の制度が諸侯のなかから徳量が大きく才能の豊かな者をえらんで参政させるという風通しのよさをもっていない。有力な君主を三公と呼んで尊んでも、しょせん飾りである。そういうもろもろのことを再考してみると、商王朝がつづくかぎり、有蘇《ゆうそ》氏は不遇から脱することはできぬであろう。

——周公が王になればよい。

蘇侯は周公と会談したことがある。周公は倨傲《きょごう》をみせぬ人である。自分の意見で相手をおさえつけることはしない。すぐれた体軀《たいく》をもっているせいであろう、声量が衍《ゆた》かで、話しかたに軽佻《けいちょう》さがない。しかも周の制度には宗教色が薄いため、周公の思想には人倫《じんりん》がたて糸として通っており、親しみやすくわかりやすい。一言でいえば、周公の思想は明るい。

その点、受王がどれほど華美な建築物をつくっても、そこには宗教的な暗さがただよっている。

——商はやりきれぬ。

名状しがたい嫌悪感が蘇侯にはある。

「望よ、周公を殺してはならぬ」

「たしかにうけたまわりました」

「が、それは願いではないな」

「願いは、周公を生かすのであれば、羑里《ゆうり》の外で生かしたいということです」

「さすがの望も、周公を羑里からだせぬか」

「羑里を破壊せずにだすことはできます。が、それでは、周公は脱走したことになり、周公の罪は消えません。無実の罪をあきらかにし、正々堂々と周公を羑里からだすために、侯のお力が要るのです」

「わしに周公の弁護をさせるつもりか」

蘇侯は難色をしめした。

望は動じない。

「周公は叛逆の兵を起こしましたか」

「いや」

「周公は召《しょう》と共謀しましたか」

「それはあるまい」

「周公は三公の謀議にくわわりましたか」

「その事実はない」

「ないことを、あった、といった君主がいるのです。崇侯《すうこう》です。商王はその言をおとりあげになった。たったひとりの言をです」

「ふむ、崇侯は受王の歓心を買うのがうまい」

と、蘇侯は軽く不快をしめした。

「やがて西方の諸侯はこぞって訴訟を起こします。そうなった場合、窮地に立つのは大臣の費中です。周公の冤罪《えんざい》をみぬけなかった不明を受王になじられ、貶降《へんこう》されるでしょう。そうなるまえに費中を侯がお助けするというのは、いかがですか」

望の提言には綾がある。蘇侯はそうきいた。

――なるほど望とはこういう男か。

至上の策とは、それが策とはみえぬような策をいう。費中のような怜悧《れいり》な能臣を王宮の外からあやつるなど鬼神のような非凡さである。すなわち、西方の諸侯の訴えを費中がすすんでとりあげ、証人をそろえておけば、費中は自分がおかした過失をなかばつぐなえる。そういって蘇侯は費中に近づき、西方の諸侯のために斡旋者となり、しかも羑里の獄からでた周公に多大に感謝される。

――恐ろしい男よ。

それがそのようにうまくはこんだ場合、首謀者である望の影はどこにもない。蘇侯が胸裡に寒気をおぼえたのはそこにある。

「みごとなものだな。なんじの謀略は、伊尹《いいん》のそれをしのぐ」

「恐れいります」

望は平然としている。

「なんじの策に乗ろう。この舟に西方の諸侯はいつ乗りこんでくるのか」

「早ければ二載《さい》後、遅くとも三載後です」

「それまで周公は生きておられようか」

「まもなく獄中に菖蒲《しょうぶ》の葅《そ》がとどきます。それをみた周公は、かならず生きぬこうとするでしょう」

「周公は菖蒲の葅を好むのか……」

蘇侯はあきれたように望の顔をながめた。

望は上首尾で宮中からでた。つきそってきた跖首は望をみる目を変えて、

「望どのは傑人ですな。まれにみる人だ」

と、感嘆した。その跖首が去ってから馴は、

「いまさらながら参の眼力に敬服します。望どのは億万人にひとりの人だ。望どのが放った矢は雲をつきぬけ、鹿台《ろくだい》に立つ受王の胸にとどくでしょう」

と、感動をこめていった。

宇留の家にもどった望は、

「馴どのにみせたいものがあったのに、残念だ」

と、いった。馴はすぐに察した。

「四頭立ての兵車でしょう」

「みるだけではなく、乗ってもらいたかった」

「わたしが兵車に乗るときがくるとおもうと、ぞくぞくします」

「そのときは、鳴《めい》を御者《ぎょしゃ》に、拇《ほ》を右《ゆう》にすればよい」

望はそういいつつ拇に目をむけた。拇の目のあたりがすこし赤くなった。兵車には王侯貴族しか乗れない。しかし望が師旅を指揮するときは、いま望の近くにいる者の十数

人は兵車に乗れるかもしれない。捗はそう空想したのであろう。望の非凡さがわかってきた捗は、それが空想でおわらないことも感じたのである。

「わたしは向《しょう》をまわって帰る。蘇侯邸の家具や什具については、駟どのにまかせる」

「ぬかりなくやります。費中は受王の嗜《この》みを知りぬいていますので、費中からそのあたりのことをききだして、いつ受王を迎えてもよいようにそろえておきます」

「たのんだぞ」

気がつくと家のなかに縞《こう》がいた。

「あ、縞どの、またご迷惑をおかけしている」

「君にお目にかかったのですか」

「ご機嫌はたいそううるわしかった」

「明日、お帰りになるのですか」

縞の眉宇《びう》に淡愁がある。

「向へゆきます」

「わたしは姉とともに朝歌へゆくかもしれません」

蘇侯邸が竣工すれば、愛妾である約《やく》がそこへ移り、約に仕えている縞もその屋敷に住むことになる。

「それはよい。朝歌がいっそう明るくなる」

「望どのは旅がお好きですね」

「羌《きょう》として生まれた者の性癖かもしれません」

縞はしばらく口をつぐんでいたが、目をあげて、

「再婚はなさらないのですか」

と、きいた。目のなかの光がすこし強くなった。望は口もとを笑いで飾った。

「ふたりの子がある匹夫《ひっぷ》に嫁《か》してくれる女《ひと》はいません」

「そんな……」

縞の唇がふしぎなふくらみをみせた。なにか嬌艶《きょうえん》なものがひらめいたようで、望は自分の想像のなかで色づくものをとっさにおさえた。

翌朝、望は熊をつれて向へむかった。

——すこし道がよくなったか。

と、望は馬上でおもった。王威が強くなれば道はととのい、風景が明るくなってゆく。

いま受王には何の愁《うれ》いもないであろう。

——だから炮烙《ほうらく》の刑を復活させるのか。

内憂も外患もなければ聴政に専念して、静かに王朝の力を充実させてゆけばよいのに、受王の性格はそれができぬのであろう。つねに自分の力を誇示しなければ気がすまないようである。炮烙の刑は諸侯への無言の恫喝《どうかつ》である。

「わしにさからえば、膏《あぶら》を塗った金の梁《はし》を渡らせ、火の池に落としてくれよう」

受王が中央から四方に発する声はそういう声である。金は金属のことで、おもに銅のことであることは、まえに述べた。

——炮烙の刑を復活させたのは妲己ということになるのか。

望は胸を痛めた。妲己の評判が悪くなれば、諸侯の怨嗟《えんさ》は蘇侯にもむけられる。苦悩する蘇侯が目にみえるようである。受王を誅悦《ゆえつ》させる自分を嫌い、諸侯から敬遠される自分を歎く蘇侯は、周公を羑里からだすことで自分の悾款《こうかん》をしめすことができることに気づき、すすんで西方諸侯のための仲介者になるであろう。望はそこまで見通して蘇侯に晤《あ》い、あらかじめ助け舟をだしておいたのである。蘇侯は慧悟《けいご》の人であるが、この時点で、望の深謀遠慮をみぬくことはできないであろう。

冬の道である。

熊は寡黙な従者であるが、望にとってその寡黙はこころよかった。

——この男のほうが受王よりよほど利口だ。

そんなことさえおもわれた。

丘に登ると、遠くに河水がみえた。光のない河である。空に灰色の雲が充満している。ふしぎなほど風がなく、ただ地の冷《ひ》えを感じる道であった。

このふたりが向邑に着いたとき、暴風雨になった。空も地も恐ろしいほど暗く、ふりはじめた雨は牆壁《しょうへき》につきささり、風は家の屋根を激しくゆすった。

「まあ、こんなときに——」

継《けい》は家のなかに飛びこんできたふたりをみて目を見張った。しかし嬉しそうであった。

風雨は一日がすぎても熄《や》まず、二日目の夕方にようやくおさまった。多くの家が倒壊した。望と熊はそれらの家の再建に月日をついやした。むろん多くの邑民にまじっての助力である。新しい載《とし》になっても、復旧工事はつづいた。やがて春の光がふってきた。

「望といっしょに朝歌へ帰っていいのかしら」

継の目のなかにも春があった。

望は向族の首長に会いに行った。

継と員《うん》、それに且《しょ》と雉《たい》と逸《いつ》を住まわせてもらった礼をいうためである。

ところで向族の首長は邑をもち、しかも鄂《がく》を攻めたときに功を立てたということで、諸侯のはしにくわえられた。

「向侯」

あるいは向君とよぶのがよいであろう。

向侯にとって望は賓師《ひんし》にあたるらしく、宮中において、卑官までが望には鄭重に接した。向侯に会った望は、

「われわれは引き揚げますが、家を借りつづけたい」

と、いった。連絡の中継点にしたいということである。詠《えい》と条《じょう》という兄妹がまだ邑内に残っている。それに、まもなく朝歌《ちょうか》から十人の男がくる。その半分をここに住まわせ、あとの半分を津《みなと》へやり、飯を売っている者と交替させる。それらのことをかくさずに向侯に語《つ》げた。

「望どののおかげでわが族は自信をもてるようになった。これからも望どのの指示を仰がねばなるまい。望どのが何をお考えになっているのか、わしにはわからぬが、望どのはわが族に吉をもたらしてくれると信じている。どうかわが邑をぞんぶんにつかわれよ」

と、向侯はやわらかい微笑とともにいった。向侯の人格は渾円《こんえん》である。

「向族は農牧《のうぼく》を手がけていますが、それだけでは富力を増すことはできません。物を造って売りましょう」

と、急に望は話題を枉《ま》げた。向侯はおどろき、

「わが族に工業を興そうとなさるのか」

と、眉《まゆ》をひそめた。

「たいそうなことではありません。兵車を売るのですよ」

望の発想は飛躍する。向侯は啞然《あぜん》とした。ことばをうしなった向侯にむかって望は、

「工人の数を三倍にふやしてください。できた兵車はかならず富をもたらします」

と、力強くいった。

向侯のもとからしりぞいた望は、工場をのぞき、工人の長である風仁《ふうじん》をみつけると、低い声で話をはじめた。風仁はくりかえしうなずいた。

宮門をでた望は両手をひろげて背伸びをした。春の温かさが全身に染みた。

歩きはじめたとたん、呼びとめられた。宮門を趨《はし》りでてきた人物がいる。統《とう》である。かれは宰相《さいしょう》といってよい。

「兵車のことをききました。どういうことですか」

望は一笑し、宮門の近くに腰をおろして語りはじめた。門衛が歯をみせてふたりをながめている。君主の賓師《ひんし》と宰相とが深刻な話をするような場所ではない。おそらく雑談をしているのだろう、と門衛はおもったにちがいない。

統は慧敏《けいびん》な人物である。

――この人には隠し立てをしないほうがよい。

と、おもった望は、周公が投獄されたあたりから生じてきたことがらを逐一《ちくいち》語った。長時間の話になった。統としては、おどろきの連続であったらしい。

「やがて周公は羑里からでますが、周公をだすための道具になるのが兵車です。向としては富をふやしながら、周に恩を売ることができる。一石二鳥であるとはおもいませんか」

　そういわれた統は、望の謀計の深さと大きさに、ことばをうしない、長大息《ちょうたいそく》した。

「兵車の売買は、ある者がおこないます。名をおぼえておいてください」

　統は黙ってうなずいた。

　——望どのはすでに商王朝と戦っているのだ。

　わずかな配下とともに、一個の頭脳をもって、受王を支える巨大な組織に立ち向かっている。そうおもうと統の胸にふるえが生じた。それにしても、望という人物は、その思考の速さは超人的であり、さほど血のめぐりの悪くない統でさえ、望の先見を察することができない。

　——千載《ざい》にひとりの人か。

　そうおもわれてきた。けっきょく受王も周公も望にあやつられることになるのではないか。すると望の掌《たなごころ》の上に海内《かいだい》がのることになろう。

「われわれは、明日、出発します」

　望はそういって統と別れた。

　翌朝、七人は向邑をでた。数日後、この七人は四人と三人にわかれることになった。

「朝歌に着いたら馴の肆《みせ》にゆき、捗か鳴に会って、新居を教えてもらってくれ」

と、望は且にいった。ふたつほど家を確保してくれるように馴にたのんである。そのひとつに且と魋と逸の三人をいれることにした。

「主はこれから——」

「ここから南へ路をとり、鄭《てい》へゆく」

「われわれは朝歌で何をすればよいのですか」

「ぶらぶらしていればよい」

「ぶらぶら、ですか」

且は苦笑した。

「わたしが朝歌にもどったら、周へ行ってもらうことになろう」

「それまでの、ぶらぶらですか」

「売れ残った肉を食べすぎぬようにしてくれよ」

そろそろ四人の重臣に連絡する必要がある。

望と継と員、それに熊は鄭へむかった。

「鄭に何がありますか」

員は首をかしげた。

「ひとつ、恩返しをしておきたい」

と、望は軽く笑った。

「鄭柿《ていし》どのは亡くなられたのでは……」

「鄭凡《ていはん》どのがいる。朝歌の肆を閉じ、鄭にもどったと馴がいっていた」

事実であった。刑死した九公につながりがあった鄭凡は、交易《こうえき》を禁じられるという処罰をうけた。交易によって富を築いてきた家もその禁遏《きんあつ》によってにわかにかたむき、ついに朝歌から撤退した。いま鄭凡は賈市《こし》の敗者として備蓄した富をむなしくついやしているであろう、と望は想像した。

「それに継が生きていることを、鄭凡どのにおしえておきたい」

と、望は継をみながらいった。継は口もとに力をこめてうなずいた。鄭凡は自分が継を殺したという悔尤《かいゆう》にさいなまれることがあるのではないか。それは継にもよくわかる。継の顔をみれば、衰弱の一途をたどっている鄭凡の心力に多少のやすらぎが生ずるであろう。だが、望の恩返しとは何であるのか、継には見当もつかない。

四人は河水を渡った。かなりの水嵩《みずかさ》であった。

鄭北《ていほく》の地をふんで、さらに南へゆくと鄭がある。鄭邑にはいった望はさっそく鄭凡の肆をたずねた。すぐにひとりの男が目にはいった。貫《かん》である。鄭柿に仕えていた男で、かつて望が霍《かく》へ行ったとき道案内をしてくれた。なにやら精彩がなく、老けこんだようである。

「あ、望どの」

貫の目に幽《ほの》かな光が点じた。

「鄭凡どのにお会いしたいが……」

「ここにはおられない。どうぞ、こちらです」

鄭凡はすっかり賈に熱意をうしない、肆を弟にまかせて、邑内に小さな家を建てて、そこで閑居しているという。紅塵《こうじん》のなかにいながらもはや幽人といってよい。

――おもった通りだ。

家のまえに立った望は、陰気を感じた。肆も活気がなかった。このままでは鄭凡の家は衰亡するであろう。

いちど家のなかにはいった賈は、ほどなくでてきて、

「主人は着替えをしております。わたしは、これで――」

と、いい、しずかに去って行った。しばらく四人は家のまえで立っていた。やがて鄭凡があらわれた。冴えぬ顔色であったが、かれの目が望につづいて継をとらえたとき、なつかしさのなかにおどろきが走ったようで、昂奮をかくさなかった。

望の訪問は失意の鄭凡を生き返らせたといってよい。

「本拠を周に遷《うつ》せばよいではありませんか」

と、望にいわれて、鄭凡の顔色は一変した。商王の威令がとどくところでは、鄭凡は交易をおこなうことができない。密《ひそ》かに交易をおこなっていることが発覚すれば、家族ばかりか親戚まで処刑される。が、周の民になれば、禁遏からのがれて、ぞんぶんに交

易をおこなうことができる。

「てはじめに、向《しょう》の兵車をあつかったらどうですか」

望はやんわりもちかけたが、そのための道は、なかばととのえおえている。

「兵車を売る――」

胆知のある鄭凡であるが、世俗に関心をうしなっていたこともあって、望の発想の裏側にあるものを洞察することができない。

「そうです。形式として周に買いあげてもらいますが、実質は、鄭凡どのが兵車をあつかうのです」

望は周公救出策戦の全貌をおもむろに語りはじめた。鄭凡の顔に血の気がさしのぼってきた。

いま周の四人の重臣は諸侯が訴訟を起こしてくれるように説きまわっている。だが、諸侯は商王を恐れ、容易に腰をあげてくれないであろう。そこで周は武威をほのめかす必要がある。それには兵車の多さを誇示するのがよく、さらに兵車を諸侯に贈るのがよい。

「商王も乗ったことのない四頭立ての兵車が向にはあるのです」

むろん諸侯に兵車をくばるとなれば、向での増産ではまにあわず、周でも製作しなければならないであろう。兵車は諸侯や諸族の長の権威の象徴となり、争ってそれを求めるようになる。周ははじめは損をしても、のちに兵車によって巨利を得る。その種のことに鄭凡が終始かかわれば、当然のことながら、利益がころがりこんでくるばかりか、周公救出に寄与したことで、周随一の賈人になれるであろう。

「どうです、鄭凡どの」

「望どの……」

鄭凡は目をうるませ、頭をさげた。なにからなにまで望は考えぬいている。しかも利益を分配してゆく。羌族に独占の発想がないといえばそれまでであるが、みごとであるとしかいいようがない。

「班《はん》と且を周へ行かせます。いっしょに周へ行ってください」

「且とは、あの――」

「旧悪は忘れてください。生まれかわった鄭凡どのには、過去は必要ないはずです」

望をはじめ四人は鄭凡に歓待されて一泊し、翌日、朝歌へむかった。

望が打つ手の精密さに継はひそかにおどろき、望の内側にあるものが恐ろしい速さで成長していることに気づいた。先へ先へとすすんでいる望の思考にまだ自分は追いつけるが、やがてひきはなされて、とり残されるのではないか。手のとどかぬところに立つ望を想像することは、自分のさびしさをみつめることになる。継の胸に不安の影が射《さ》した。

——一生、望の近くにいたい。

後宮で死んでいたかもしれない継は、おなじとしごろの娘がもつような夢や希望を棄《す》て去っている。結婚をしたいとはまったくおもわない。ただひとつの願いは、望が歩く道を歩き、遅れずについてゆきたいということである。自分の一生はそれでよい、と後宮を脱出したあと自分にいいきかせた。そういう真情のありかたが、継の容貌に微妙な変化をあたえ、すっきりとした明るさが増した。美しさが強くなったのである。が、継にはそういう自覚はない。

四人がみた朝歌は霞《かすみ》のなかにあった。鹿台《ろくだい》の影が美しかった。

肆《みせ》から獬《かい》が飛びだしてきた。

「炮烙《ほうらく》の刑がおこなわれました」

「そうか……」

「焼き殺されたのは、王室に貢物《こうぶつ》を納めることをおこたった族長だそうです」

それをきいた諸侯はあわてて献上品を調達していることであろう。西伯をうしなった西方の諸侯も直接に王室に貢物を送らねばなるまい。西伯が復活すれば王室とのかかわりは間接になる。その事実も、西方の諸侯を説く有利な材料になる。

「班は牧野《ぼくや》か」

「いえ、今日は駲《しゅん》どのに会いにゆかれました」

「では、夕方、家のほうにきてくれるようにいってくれ」

望は熊をねぎらったあと、継と員《うん》とをつれて家へ行った。獬がすばやく員に耳うちをしたことを望は知らない。

「おや、家のなかに、たれかいるな」

望は耳をすました。

「わたしが先にはいろう」

員がまえにでて戸をあけた。員はなかにはいるや、望にむかって手招きをした。望は眉をひそめた。なかに四人の影がある。大きな影がふたつと小さな影がふたつである。

望は二歩すすんだ。

「あ、玲《れい》どのと玄《げん》どの」

大きな影は女と老人のそれである。望のうしろにいた継が玄の名をきいて目を見張った。玄は継の祖母の弟である。継はおもわず老人に趨《はし》り寄った。それをみてから望は玲の近くのふたりの幼児をながめた。

男児と女児の目が望をみつめている。

——まさか。

望のからだのどこかがしびれてきた。玲の手がふたりの幼児の背をかるく押した。ほとんど同時に、望はくずれるように膝《ひざ》をついた。

目のまえに小さな手がある。これほど美しい手をみたことがない。望はその手を拾った。女児は身を引いて泣き顔になったが、男児は小さな声で、

「父上……」

と、いった。

赫《かっ》とからだが熱くなった望は、ふたりの幼児を両腕で抱きかかえた。女児は顔をゆがめ、声を放って泣いた。それより早く望の目から涙があふれ、腕も胸もふるえた。

玲は袖《そで》口で目頭をおさえた。

「玲どの――」

「逢尊《ほうそん》さまのおいいつけです」

「そうですか」

美里《ゆうり》をでて東方にのがれた加《か》、杉老《さんろう》、玄、玲の四人は逢尊家でかくまわれていたが、望の使いを迎えて、高齢の杉老をのぞいて朝歌へゆくことにした。それを知った逢尊は、玲を招き、

「望のふたりの子は六歳と五歳になる。これ以上、父子を離しておくと、たとえおなじ血がながれているとはいえ、父子のあいだに埋めがたい溝ができる。すまぬが、ふたりの子を朝歌へつれて行ってくれぬか」

と、たのんだ。

逢尊としては望の子をあずかったとき、自分の娘が産んだ子でもあるので、伋《きゅう》という男の子を後継者にする腹づもりであった。実際、豪族の嫡孫にふさわしい育てかたをした。が、望の活躍の内容を知って、子は父の生きかたと死にかたをみとどけないと、志を継げぬものである、とさとり、ふたりを望のもとに送ることにした。望が横死したらふたりをひきとるつもりであるが、占いに長じた杉老の言によると、望は長寿であるという。それなら安心してふたりの子を送りだせる、と逢尊はいった。

「玲どの、ご迷惑をおかけした」

望は母にひとしい玲にむかって頭をさげた。そのときさっと継が泣きつづける女児を抱きあげた。

「望、玲さまとわたしがふたりの子を育ててあげます」

望は口をひらかなかった。女児が急に泣きやんだ。

「ほら、わたしはこの子に好かれたわ」

「継……」

望は弱くうなずいた。伋はまだ父の手をにぎっていた。

夕方、望の家にきたのは、班だけではない。馴は拶と鳴をつれてあらわれ、班のうしろには獬と熊がいた。この六人がすでに家のなかにいる七人にくわわったのであるから、一気ににぎやかになった。

「父子のご対面を祝いにきました」

と、馴はいった。馴が容《かたち》を端《ただ》して伋に挨拶をしたので、あとの者はみなそれにならった。伋が次代の族長であることはあきらかであり、いちはやく馴がそれを認めた形をしめしたのである。そういう心遣いに望はひそかに感謝した。

夏がくれば伋は七歳になる。心の骨格をそなえはじめる歳である。さすがに伋は逢尊に育てられただけのことはあり、すわりかたに落ち着きがある。

——たいしたものだ。

と、馴はみた。人望を集めることにおいては、伋は父の望におよばぬかもしれないが、父が遺したものをそこなわないという才度はありそうである。

さて、この父子の再会を祝う会は密謀の場にもなった。向の兵車を鄭凡にあつかわせることを望がいうと、馴はあっとおどろき、

「旧主を救ってくださいましたか」

と、しみじみといった。

「なるべく早く班は鄭凡どのをともなって周へ行ってくれ。同行する者は且《しょ》と逸《いっ》と呉《ご》がよい。呉は帰っているだろう。周への道順をおぼえてもらわなければならぬ」

「周へゆき、炮烙の刑の再開と兵車のことを語《つ》げ、四人の重臣を向へつれてゆくのだ

な」

　班は念を押した。

「そうだ、秋には、わたしも向へゆく。向で落ちあおう」

　太顚《たいてん》、閎夭《こうよう》、散宜生《さんぎせい》、南宮括《なんきゅうかつ》の四人はそれぞれ遠方にでかけているはずで、集合するのに時がかかるであろう。向に集合して鄭凡をまじえて兵車を諸侯にくばる手はずを決めるのは、秋になるとみている。

「馴どの、周公は生きているか」

「生きていますよ。菖蒲《しょうぶ》の葅《そ》は周公のもとにとどきました」

「あと一載《さい》で、周公を羑里からだしたい」

　望は烈しい目をした。が、実際は、周公の釈放は二載後になる。とはいえ望の打った手はあやまっていなかった。

　班を長とする四人が出発したあと、望はひと月おきに牧野へ行った。継とふたりの子をつねにともなった。

「羊を飼育できなければ羌族ではない」

と、望はいい、ふたりの子とともに羊小屋に近い小屋に泊まった。継は牧野に滞在しているときは、刀術を虎《こ》に習い、馬術を員に習った。やがて晩夏になった。

　望は呉の弟の加をかわいがっている。

――わが子のよき友になってくれるであろう。

ひそかにそうおもっている望は伋のいるところにかならず加を招いた。加は望の意中を察したかのように、ときには伋に仕え、ときには兄のようにふるまった。そんな加をみていると、十五歳のころの自分をみているようであった。望の十五歳といえば、受王に父が殺され、孤竹《こちく》へむかった載《とし》である。それから十二載がたったいま、ここに、望は立っている。

――周公も父を商王に殺された。

周公にも復讎《ふくしゆう》心があろう。が、かれは大邦の嫡子として生まれたがゆえに、父を殺された怨みを忘れたふりをしなければならなかった。個人の感情をうしろにまわして、周という邦《くに》の利害を考え、商との好誼《こうぎ》を復活させた。商王朝の内情を知るにつれて、自分の選択があやまりであったという意《おも》いを強くした周公は、三公の謀叛に心を惹《ひ》かれたが、商のつぎの王朝を三公が画《か》ききれていないことに気づき、自身は西方を固めることに専念すべきであると決意した。やがて、商から離れてもかまわぬという覚悟をすえ、受王が催した長夜の宴を利用して嫡子の伯邑考《はくゆうこう》をとりもどして帰途についた。もしも受王の追手がかからなければ、いまごろ周公と受王は戈矛《かぼう》をまじえているであろう。が、不幸なことに、周公は捕らえられ羑里の獄に投げこまれ、伯邑考は熱せられた鼎《かなえ》の底に沈められた。

——周公の怨みはわたしのそれより烈しいにちがいない。

と、望は確信している。羑里をでた周公が受王に順服しつづけるはずがない。かならず商とは手を切り、西方を平定し、幕府をひらくであろう。そこまではよいとして、では、周公の政治とはどのようなものか。政治の理念とは何であるのか。政治の根幹には何がすえられているのか。望にはわかっていない。

武力で豪族を屈服させ、商王朝さえ倒したとしても、武力では世を治めることはできない。

——周公がどうするか、早くみたいものだ。

暑気の衰えを感じた望は、

「晅《けん》——」

と、呼んだ。向へゆくのである。

「旅ですか」

「そうだ。あの二十人も向へつれてゆく」

数日前に、馴の下にいた二十人が牧野に送られてきた。が、二十人を鍛えているところを商兵か役人にみつかれば、計画にほころびが生ずる。望はかれらをまとめて向へつれてゆくことにした。

牧野をでた望はいちど南下し、鄭凡《ていはん》の肆《みせ》をのぞいてから、許《きょ》族の首長に会い、それから、霍《かく》を経て向へゆくことにした。

鄭凡の肆には貫《かん》がいた。死にかけた魚のような目をしていた貫が、すっかり生気をとりもどしていた。

「肆を程に遷《うつ》す準備をしております」

「鄭凡が程《てい》凡になるか」

「大きな賭《か》けです」

「このままここにいたらどうせ負ける。周に賭けるしかあるまい」

鄭凡が皁《そう》など信用できる配下と弟たちをつれて周へ行ったようである。肆はなかばあきないをやめている。いま貫は売り掛けを集めているという。

望と貫が立ち話をしているところに、鄭凡の弟がでてきた。鄭凡には弟が八人、妹が五人いることを望は憶《おも》いだした。

「望どのでございますね。兄をお助けくだされ、ありがたく存じます。今夕は、どうか当家にお泊まりください」

「いや、みた通りの多数だ。ご迷惑をかけたくない」

「なにをおっしゃいます。当家はつねに百人以上の従業の者をかかえておりました。いまはその半数しかおりませんが、みなさまをおもてなしする力は残っております」

そういった鄭凡の弟は、
巡《じゅん》
という名で、鄭凡の群弟のなかでは頭と肚《はら》のできがちがう。鄭凡がこういう弟をもっているかぎり、鄭家は滅ぶことはあるまい、と望は明るい予感をもった。

鄭家で一泊した望は、南へ南へとすすみ、許族の本拠へ至った。許族の首長に会見した望は、

「向の兵車をごらんになりませんか」

と、誘った。向には周の重臣がくるときいた首長は、すがるく腰をあげた。この首長は望を賈人《こじん》としてあつかわず、おなじ羌《きょう》族のなかのひとりの首長としてもてなした。

望は許族の首長とともに西へむかった。望の従者が咺をふくめて二十一人であり、許族の従者は五十人である。

途中に、霍がある。そこに立ち寄った望は、閎育《こういく》にひそかに会い、

「周の重臣をはげましておくことは、霍にとって、悪くないことだとおもいますが」

と、霍侯《かくこう》が重臣を向へ遣《や》ることを勧めた。

「君に申し上げてみる」

霍侯は商王ににらまれることを恐れており、めだつ動きをさけているので、臣下を派遣するのはむずかしいであろうというのが閎育の見解であった。望は霍侯の決断を待た

ずに霍を去り、河水に近づいた。

当然のことながら、望は何侯《かこう》に面談した。何侯はすでに炮烙《ほうらく》の刑が再開されたことを知っていて、不快をあらわにした。

「蘇侯の女《むすめ》が受王に炮烙の刑をおこなうように勧めたというではないか。蘇侯はなにゆえ受王を諫止《かんし》せぬ」

と、何侯は語気を荒らげた。

「いま受王をいさめる者は、ことごとく火中に投ぜられます。受王の左右には箕子《きし》も比《ひ》干《かん》もおらず、執政の費中《ひちゅう》は争臣ではありませんから、炮烙の刑をとめられる者はおりません」

「ちかごろ王室は貢物を苛烈に求めてくる。受王とは貪欲な王よ」

「それは多少ちがいましょう」

「ちがう……。何が、ちがう」

「いま受王の十三祀《し》です。二載後の十五祀に、受王はまた遠征をおこなうつもりです。そのために軍資をたくわえはじめたとお考えになったほうがよろしい」

「ほう――」

と、あごをあげた何侯は、さすがに望どのの読みはちがう、とほめた。望は目で笑い、

「ひとつ愉快なことを申し上げましょう」

と、いった。

「申されよ」

「炮烙の刑をとめてみましょう」

「なに、――商の大臣も諸侯もとめられぬ炮烙の刑を、望どのがとめると申されるか」

「そうです。ただし、おもてむきは、羑里《ゆうり》からでた周公が受王をいさめて、刑を廃止させることにします。さすれば、周公は諸侯の感謝を一身に受けることになります。愉快ではありませんか」

「ふうむ……」

愉快どころか、望は恐ろしいことを口にしたのである。望という男の実力はここまできているのか、と何侯は背すじを寒くした。

「ついでにきくが、羑里からでた周公は、どうするであろうか」

「釈放してくれた受王のためにひと働きしておいて、西方の固めをおこないましょう。それを終えたら、讒言《ざんげん》者である崇侯《すうこう》を伐《う》つでしょう」

「待て、崇侯は受王の幸臣といってよい。それを伐てようか」

「むろん伐てます。周公が無罪となれば、崇侯が有罪になり、受王は崇侯を羑里の獄につながねばなりません。が、崇侯は訟庭《しょうてい》にあらわれないでしょうから、受王は崇侯を討伐しなければなりませんが、受王はそれを周公にやらせるでしょう」

何侯は声を呑んだ。望の予言には不安定さがない。望がそうなるといえば、事態はそうなりそうなたしかさがある。何侯はこわばった笑いをみせた。

「わしも向へゆこう」

と、何侯がいったことで、向には周の重臣のほかに許族の首長、何侯、向侯が顔をそろえることになった。やや遅れて出発した何侯は三十人ほどの従者とともに向邑に到着した。その何侯を、向侯とともに出迎えた人物がいる。

周の小子旦《しょうしたん》である。

散宜生が珍品奇物をさがして各地をめぐっているため、かれにかわって小子旦が望の呼びかけに応じたのである。小子旦は周が産んだ英才であり、応変の才にとぼしさはあるにせよ、高い見識をもち、独特な理念をもって、兄の発《はつ》を佐《たす》けてこの艱難《かんなん》に立ちむかっていた。

独特な理念というのは、

「天」

の思想といいかえてもよい。周にかぎらず西北方の異民族は、空、のことを、天、と呼ぶ。望はここ向邑で小子旦と話すうちに、はじめてそのことを知った。商で天といえば、首あるいは頭のことであり、上空のことではない。

「天には力があり、意志があります」

と、小子旦はいう。それが周人《しゅうひと》の常識であるのか、小子旦の独創なのか、望にはわからなかったが、

——これはおどろくべき発想だ。

と、感銘をうけた。上空には上帝がいる。この世は上空にいる帝と地上にいる帝によって支配されている。世の人々はその想像からのがれられない。ところが周人は、上空には神々はおらず、世を治めるのは人であり、全世界を治める人にのみ天は命をくだす、と考えている。

望は空をみあげても商の神々をまったく想像しないめずらしい男であるが、

——空とは虚にひとしい。

と、おもっていたのに、その空虚に絶対の力をみる小子旦の説明に衝撃をうけた。天を認めるか認めないかということはさておき、周には商の上帝に対抗することのできる絶対の存在があるということが、望にとっての重大事なのである。神々を想像することはたやすいが、天を想像することはできない。人の想像を超えたところにある天の存在がひろく人々に認められるためには、周が商を圧倒しなければなるまい。

「やがて周にとって何族が重要になりますよ」

と、望は小子旦に直言した。

小子旦は太顚《たいてん》などが望の策をもちかえったとき、西方の諸侯に訴訟を起こさせるとい

うのがその策の内容であることを知るや、感嘆の声をあげ、これぞ天の声です、といった。全面的に望の策に賛成し、望の異才を認めた。その望に勧《すす》められて何侯を出迎えたのである。

小子旦は望が胸中に画いている未来図がみえる男である。

周と商とはいずれ戦う。その戦場のひとつが何族の支配地である河水のほとりになるであろうということである。何族が周に付けば、商軍は舟をつかうことができず、津《みなと》に近寄ることもできない。逆に、何族を味方にした周軍は、水上をすすむことができるので、随意に上陸地点をえらぶことができる。

小子旦にはそれがわかる。

それゆえ何侯にたいして終始鄭重であった。この鄭重さは何侯にこころよくつたわった。

——これが周公の第四子か。

と、小子旦に感情の色のない目をむけていた何侯であったが、向に滞在し、小子旦と語るうちにすっかりうちとけ、小子旦の礼容の正しさと博識とをほめるようになった。

何侯は五日間向にとどまり、その間に、向侯の所有する四頭立ての兵車をみた。望は自分で手綱をとり、何侯と小子旦とを乗せて、兵車を走らせた。許族の長も乗りたそうであったので、やはり望が御者となって兵車を動かした。望がおりたあと、周の重臣の三人が乗り、みな一様に感嘆した。

「訴訟の件を内諾してくれた諸侯に兵車を贈ることです」

と、望は小子旦に勧めた。

「いまその君主や長の数は三十に達している。かれらに二乗ずつ贈ると、六十乗は要る」

「その六十乗をすべて向で作り、ここにひかえております鄭凡《ていはん》が諸侯におとどけいたします。すなわち周は向の兵車を買い上げて、諸侯にくばればよく、運搬は鄭凡にまかせればよいのです」

「それはよいが、訴訟のために西方の諸侯を百人以上そろえるつもりだ。あと八十人とすれば兵車が百六十乗必要となる」

「向でも作りますが、周でも作らねばなりません。向の工人の長は周へ出向《しゅっこう》いたすでしょう」

「わかった。四頭立ての兵車にはおどろいた。周でも作りたい」

こういう話がおわったころ、なんと霍侯が向に到着したのである。霍侯は小子旦に面識がある。久闊《きゅうかつ》を叙《じょ》したあと、霍侯も四頭立ての兵車をみて目を見張った。

この夜、向侯、何侯、霍侯、許族の首長と小子旦の五人は会談をもった。べつな場所で、周の三人の重臣と望、それに鄭凡が宰相の統《とう》に招待された。その席で望は、

「しばらくわたしを閎夭《こうよう》どのの従者にしてくれませんか」

と、微笑を哺《ふく》みつついった。

閎夭も諸侯を説得するために西方の各地を歩く。望はかれの従者となって未知の地にふれてみたいのである。

「わしはたのもしい従者を得た」

閎夭は豪快に笑った。

その一笑により、望の西行がきまった。

翌日、詠《えい》と妹の条《じょう》がいる家に多数が集まった。望をはじめ班《はん》、呉《ご》、且《しょ》、逸《いっ》、咺《けん》のほかにさきに牧野から移住した五人も集合した。

ここで望は、つれてきたばかりの二十人をすぐれた歩兵にするための指導を班にまかせたが、

「班よ、実際に兵車に乗って、かれらを訓練するのだ。かれらが矛《ほこ》をあつかえるようにすることのほかに、杵《しょ》をもたせてみよ」

と、いった。

杵は大型の干《たて》である。重くて大きな木の干をつらねて前進すれば、壁を前進させるようなものであり、この陣の堅牢さは抜群である。ただし動きが緩慢であるから兵車と分

離しやすい。人と馬の歩調をあわせる訓練をおこなっておかなければ、実戦のときに混乱が生ずる。

「五人を一組にして杵をもたせ、かれらが班の命令通りに進退をおこなえるようになったら、向の人にてつだってもらい、何倍の兵の攻撃に耐えうるか、ためしてみるのだ」

望は詠と咺に班を補佐させることにした。

「どうだ、嬉しかろう」

と、望は咺に笑顔をむけた。これで咺は望が帰るまで好きな条の近くにいることができる。

「わたしは主に従って西方へゆきたい」

と、咺は口もとに拗《す》ねをみせた。が、望はとりあわず、つぎに呉に顔をむけて、

「四頭立ての兵車の御法を習得したら、牧野にもどり、馴《しゅん》どのからの急報にそなえてくれ」

と、さしずをあたえた。且と逸には、

「来月中に鄭凡どのは兵車を運びだす。そのとき、護衛を宰領してくれ」

と、いい、さいごに天の思想について語った。羌《きょう》族は岳を信仰し、且のような南人は犬首《けんしゅ》を信仰している。このように信仰の対象のちがう者でも、天の思想を併有しうる。

「これがこの思想のすぐれているところだ」

と、望がいっても、ほとんど全員は困惑したようである。

「むりに認めることはない」

宗教は多分に感情のなかに存する。宗教を改めさせることは、血の色をかえさせるほどむずかしい。望は全員の反応の悪さを意に介せず、散会させて、旅行の準備をはじめた。

「雪のなかでは、歩きまわれない」

向邑を出発した閎夭が望にいったように、周に着いてひと月もすれば雪がふりはじめる。その雪を搔《か》きわけて諸侯の説得にむかうというのは困難である。だが、望は北朔《ほくさく》で暮らしたことがある。そこにふる雪はまったく人を身動きできなくさせるが、西方の雪はどうなのであろう。

「天が周公を救おうとするなら、降雪をひかえるでしょう」

と、望は涼風のなかでいった。

だが、この載《とし》の寒気は半月ほど早く南下した。そのため閎夭と望は三人の族長に会い、三度足を運んで、ようやく確答を得たとき、雪に路をふさがれた。程邑《ていゆう》に帰り着くまで、難渋した。

周公の弟や子、それに重臣たちが、それぞれ何度となく諸侯や諸族の長に会い、周公の無実の罪を商王に訴えてくれるように説いている。

「あと五十人か」

と、閎夭はため息まじりにいった。百人未満では商王に訴えてもとりあげてくれそうもない、と周では考えている。たしかに訴訟を起こすために西方諸侯を百人以上そろえるというのは、なみたいていの困難ではないが、これを乗り切ると、周は西方における外交がたやすくなり、周の敵をはっきりさせることができる。

「苦しんでいる周を助けてくれた邦や族と好誼《こうぎ》を深めればよいわけですし、逆の態度に終始した邦や族を信用することはありません。周公がお帰りになったとき、いまかたがたがなさっている労苦がどれほど有意義であるか、すぐにお認めになり、それを活かすことをなさるでしょう」

と、望は閎夭をはげました。

凶報が程邑にもたらされた。程邑の西北方にある密《みつ》という邦に行った重臣が殺されたという。

「おのれ、密侯《みっこう》め」

閎夭は雪のなかで吼《ほ》えた。諸侯の説得は生命の危険がともなう。ちなみに密は密須《みっしゅ》ともよばれる。

閎夭とともに程邑で越冬した望は、雪の消えるのを待たずに、閎夭をうながし、渭水《いすい》流域の諸族をたずねた。

「望どのは健脚よ」

と、閎夭は感心した。弁舌も巧みで、族長の心をとらえるのが早い。

「夏になれば、兵車のうわさが、西方をかけめぐります」

鄭凡の動きが活発になればなるほど、諸族の長を説得するのはたやすくなる。閎夭と望は休息を忘れて歩きつづけた。その足下を春と夏が恐ろしい速さですぎ去った。

秋になって、閎夭の表情がにわかに明るくなった。

訴訟に立ち上がってくれる諸侯が急増したからである。

「望どの、望どの」

喜びのあまり閎夭は望の肩を何度かたたいた。諸侯のなかにはわざわざ岐陽《きよう》に足をはこんできた者もいたという。その者たちが兵車を欲していることはあきらかである。西方の山間に住む族にとって、兵車は飾りにすぎないが、族長の権威の象徴になりはじめた。もともと兵車を発明したのは商民族であるが、累代の商王は、他民族が兵車を製作し走行することを禁じなかった。

――他民族に作れるはずがない。

と、おもったせいでもあろう。が、周民族には器用さがあり、玉《ぎょく》の彫琢《ちょうたく》や牆壁《しょうへき》の構築などに長じ、兵車を作る技術をももっていた。そのうしろには当然、木材の加工と金属の鋳溶《ちゅうよう》および冶錬《やれん》の伝統があったとみるべきである。ついでにいえば、周は殺傷力の強い鏃《やじり》の開発をおこなっている。

閎夭の喜びをみても望の表情にゆるみがない。

「明年、衣《い》王は遠征にでます。そのまえに訴えなければ、周公は、よぶんに一年、羑里にいることになります」

と、望は焦りをおさえながらいった。ところで、周では祀《し》や載《さい》のかわりに年ということは前述したが、商王のことを衣王という。商では衣祀《いし》という重要な祭祀があり、それをおこなう王を衣王とよぶのが周人である。のち、その周だけの特殊な用語が一般化し、現代の日本ではとしをかぞえるとき祀はまったくといってよいほどつかわず、載は「千《せん》載一遇《ざいいちぐう》」のような熟語にかろうじて生き残っているものの、年の使用が圧倒的である。また衣王は少々発音がかわり、字がかわって、殷《いん》王となった。

望は周での滞在が長くなり、方言が身についてきた。

閎夭は喜びを斂《おさ》め、

「衣王が周を攻めることはありうる。急がねばならぬ」

と、眦《まなじり》を決した。ところで閎夭のもとに望がいることを知っているのは、太顚《たいてん》と南宮《なんきゅう》括《かつ》だけであり、小子旦《しょうしたん》は知らなかった。閎夭の成績が抜群であるので、首をかしげていたが、ようやくおもいあたり、閎夭と望が程邑にもどってきたとき、門前に立ち、

「良臣はまことに宝だ」

とのみいい、望にむかって会釈して去った。

秋が深まった。

突然、望は小子旦に招かれ、訴訟をおこなってくれる諸侯および諸族の長が百を超えたことを語《つ》げられた。

「訴訟を商王がおとりあげにならねば、われわれは羑里の獄を破ります」

小子旦はさすがに衣王とはいわず商王といった。衣王というときには、そこに侮蔑がこめられているのかもしれない。

「羑里の獄を破れば、周公に天命がくだることはありますまい。小子は天に意志があるとおっしゃった。天がいままで周公を生かしたのは、なにゆえであるか。どうか、ご再考なさって、軽挙をつつしんでいただきたい」

すぐに受王が裁判をおこなうとはかぎらない。周がそれにじれて強引に周公を救いだそうとすれば、二度と西方諸侯の協力を得られぬであろう。周はここまで積みあげた外交努力を活用すべきなのである。短慮がすべてをうしなわせてしまう。望はそれをいわねばならぬ哀しさを微《かす》かに感じた。

小子旦はあらためて望にそのようなことをいわれなくても、先見の明があり、ゆたかな自制心があるので、軽挙妄動をするはずがない。にもかかわらず周の暴発をにおわせたのは、上からではおさえにくい人臣の声があるからであろう。周公の帰還を待ちくたびれた、というのが周の世論であるといいかえてもよい。その世論に負けそうになる小子旦が望の目のまえにいる。

——この人も、足の裏が破れるほど歩いたのだ。

そんなことがわからぬ望ではない。

「西方の諸侯がそろって商都にくるのは来春になるでしょうが、雪を搔きわけても、春の早いうちに到着してください。晩春になれば受王が遠征にでて、商都にはいないことが考えられますので」

「わかった」

「わたしはただちに蘇侯にお報《しら》せします。商都へは、かならず蘇侯を立てておはいりください」

「承知した」

「さいごに、散宜生どのがお蒐《あつ》めになった珍品奇物をお忘れなく」

「いま、散宜生をさがしている」

「では、これにて——」

宮室をでた望は飛ぶように閎夭のもとにもどり、馬と飲食物を借り、程邑をでた。この邑には一年間いたことになる。

途中、老卅《ろうそう》の家に立ち寄ることにした。

——おや。

老卅の家からでてきた男にみおぼえがある。

「袁《えん》どの、ではないか」

簦《かさ》をかぶろうとしていた男は、目をあげ、望を凝視すると、ちらりと歯をみせた。鬼《き》公《こう》の猶子《ゆうし》の子良《しりょう》によって半死半生の目にあわされた望を助けてくれたあの男である。

「いつぞやは——」

望は袁にむかって頭をさげた。

「鬼公は商王に誅殺されたときく。やはり終わりが悪かったな」

望を笞殺《ちさつ》しようとしたのは子良であり、鬼公ではないが、その種の劣悪な行為を劣悪ともおもわぬ性情の男を後継者にすえた鬼公も悪い、と袁はいいたいらしい。

「袁どのは、この家を宿となさっておられるのか」

「そうだ」

「まもなく日が暮れますが、いまからお発《た》ちですか」

「急用がある。やむをえぬ」

袁は簦をかぶった。これ以上の立ち話をきらったようである。望はあえてひきとめず、ふたたび頭をさげた。

——袁は、主持ちだな。

と、感じた。鬼公にまったく同情をしめさなかったということは、三公にかかわりがない族の者であろう。周人でもなさそうである。西方諸侯のひとりに仕えている者にちがいないが、それがたれであるのか見当もつかない。ただし、ひとつわかることは、

——袁をつかっている君主か族長は、そうとうな人物だ。

ということである。袁が朝歌《ちょうか》にあらわれたときも、いまも、馬を曳《ひ》いていない。推量すれば、袁は狩猟民族の出身ではあるまい。西方の農耕民族をさがせば、袁の邦か族にゆきあたるかもしれない。望はそんなことを考えながら、老卅の家をのぞいた。

なかには老卅の妻と掬《きく》とがいた。入口の人影をみた老卅の妻は、烈しい目つきをした。が、来訪者が望であるとわかり、身構えをくずした。

老卅は日没後に帰ってきた。炉端にすわっている男を刺すように視《み》たものの、すぐにするどさを笑みでかくし、

「たれかとおもったら、あなたか。すっかり寒くなった。この裘衣《きゅうい》のおかげで、冬の寒さをしのぎやすくなったよ」

と、いいながら、炉端にきて、火に手をかざした。老卅は田圃《でんぽ》から帰ってきたのではないようである。衣服によごれはない。

望はうしろにも目のある男である。老卅が家にはいった直後の異様なけはいを感じとっていた。

——この老夫婦を、べつな目でみる必要がある。

と、同時に、擽の父母の死も、単純なものでなかったような気がした。だが、望にはこの家の秘密を穿鑿《せんさく》しているひまはない。

みちみち寒さがつのるのを感じたが、雪に遭《あ》わずに向邑《しょう》に着いた望は、晅《けん》だけが自分の帰りを待っていてくれたことを知った。

「あの二十人は、どうした」

「且《しょ》の配下として働いています。人数は五十人になりました。あらたに三十人が送られてきました。全員が鄭凡どのの護衛となり、西方へ行っています」

「そうか。馴どのは旧主へ恩返ししたことになり、且は裏切った鄭凡どのにつぐないをしたことになる」

「それで、西方諸侯は——」

「いよいよ、そろって起《た》つ」

望はするどい語気でいった。

「周公が羑里から、でるのですね」

「そうなるべく、これから蘇侯に会う」

「待っていました」

晅の目と口とに活気がさしのぼった。この日、望は執政の統に会って西方の事情を語っげ、且への伝言をたのんだ。一泊した望は亘をしたがえて蘇へ馬を走らせた。急に寒さがゆるんだようである。

「雪さえふらなければ、西方諸侯の到着は、一月のうちということになる」

「それから裁判がはじまるのですか」

「ふむ、そうなるが……」

「どうなさったのですか」

望が馬の速度を落としたので亘はそれにならった。

「亘よ、商の偵人《ていじん》について何かきかなかったか」

「向族もさぐられていたのですか」

「向侯は受王への貢物を吝《お》しんだことはないから、さぐられることはあるまいが、君主を人質にとられた形の周の動向を、受王が気にせぬはずはない」

「ははあ、周をさぐりにゆく偵人は、向邑を通るわけですね」

望が考えたのは、それもあるが、西へむかった偵人は老卅の家のある集落のどこかに泊まるのではないか、ということである。あるいは老卅の家に泊まることもありうる。

――袁は商の偵人か。

商王の、ということではない。たとえば箕子《きし》か比干《ひかん》の偵人ということであれば、望としてはいちおう納得できる。費中《ひちゅう》にも政敵はいるであろう。費中の失脚を狙う者は、費中の過失をしらべあげ、受王に訴えるにちがいない。権力者にとってもっとも危険なのは内なる敵である。

――こちらの視界におさまらない権臣に、邪魔をされたくない。

この勝負は、費中が相手であり、決着がつかぬうちに費中が罷免《ひめん》されては、望が打った手は虚空で殞砕《いんさい》してしまうであろう。

「いそぐぞ」

望は馬上で晅に声をかけた。

いちどふたりは雪まじりの雨に遭った。が、その雨は強くなく、翌日は、ふたりの頭上に晴天がひろがった。

蘇侯は邑にいなかった。朝歌にいるときかされた望は、さらに馬を走らせた。

「自邸に受王を迎えた蘇侯は、大いに面目をほどこしたらしい」

宇留《うる》の妻からおしえられた話である。

「すると馴どのは、受王の嗜好に適《あ》う什器《じゅうき》を蘇侯のためにそろえたのですね」

「はは、晅よ、王を迎えるためには、器は十では足りぬ。百は要る。馴どのがそろえたのは百器よ」

馴の富力は望の想像におさまりきらぬところにきている。賈人《こじん》としては大成功したといってよい。が、馴はその富力を商王朝を打倒するためにつかう。そこに望は皮肉を感じた。

費中が貶斥《へんせき》されれば、馴の富力は衰弱する。そのあたりのことを馴はどう考えているのであろう。馴という男は、望とはちがった観点でものごとをながめ、独特な勘で未来を見通す。費中が執政の位をおりたあとのことなど、すでに馴の未来図にはっきりと画かれているにちがいない。望の活動はたぶんに馴の富力にささえられている。しかしその富力をうしなうことはあるまいと望は安心している。

望と叵は朝歌にはいった。

さっそく望は蘇侯邸をおとずれた。

蘇侯は庭先にひかえた望の姿をみただけで、

「西方の諸侯がそろったな」

と、いった。

「周の使者が急行し、君にお報《しら》せする手はずになっております」

「わかった。周の使者が到着すれば、ただちにわしは費中に会うつもりだが……。諸侯のなかに周公の無罪をいう者がいて、それがうわさとなって、費中の耳にとどいたとおもわれる。すでに費中は西方をさぐっている」

「やはり、そうですか」

西方の闇のなかを費中の息のかかった偵人が往来しているような気がしていた望であ

る。

「西方諸侯は何人が朝歌にくるか」

「すくなくとも百人――」

「ほほう、百人……。この勝負は費中の負けだな」

蘇侯はふくみ笑いをした。望はわずかに顔をあげた。

「費中がもしも貶降させられれば、つぎに執政の席にすわるのは、どなたでしょう」

「おそらく、悪来《あくらい》だな」

悪来はいま朝歌の行政と治安をあずかっている。望にとってつぎの最大の敵は悪来になるであろう。

征伐

雪のない冬であった。

一月中旬に、西方の諸侯が大挙して朝歌《ちょうか》をおとずれた。一部の邑民《ゆうみん》は、

「なにごとであろう」

と、多数の君主の到着を怪しみ、噪《さわ》いだが、やがてかれらは周公《しゅう》が羑里《ゆうり》の獄からだされたことを知った。

「へえ、周公は羑里にいたのか」

邑民は、周公の釈放後にその事実を知った。知ったのはそればかりではない。受王《じゅ》が沙丘《さきゅう》において長夜の宴を催し、若い男女を裸にして、酒池のほとり、肉林のあいだを走

らせて、沈湎《ちんめん》をつづけ、鬼公《きこう》、鄂公《がくこう》、九公の娘を招いて淫戯《いんぎ》を強いたところ、三人とも受王にしたがわなかったので、怒った受王はその三人と三公を誅殺した。それをみた周公が受王をいさめることばをさがして、ため息をついたところ、崇侯《すうこう》はそのため息に謀叛の心があると讒言《ざんげん》し、周公から賄賂《わいろ》のとどかないことで周公を怨んでいる費中《ひちゅう》も周公をそしったため、周公は無実の罪で投獄された。いま周公が釈放されたのは、西方諸侯の訴えもあるが、周からの献上物によるところが大きい。

有莘氏《ゆうしん》の美女

驪戎《りじゅう》の文馬（縞模様の馬）

有熊《ゆうゆう》の九駟《し》（三十六頭の馬）

などのほかにも珍品奇物が費中を介して受王にささげられた。受王は大いに喜び、

――この一物《いちぶつ》、もって西伯を釈《ゆる》すに足《た》る。いわんやその多きをや。

と、いった。たったひとつでも西伯を釈放するのに充分であるのに、この多さはどうだ、とはしゃいだ受王は、さっそく周公に弓矢斧鉞《きゅうしふえつ》をさずけ、西伯として征伐することをゆるし、さらに、

「西伯のことをそしったのは崇侯虎《こ》である」

と、周公におしえた。

すべてうわさである。うわさによって邑民はそれだけのことを知った。これまで商の

民が王宮でおこなわれる祭政の内容を知ることはほとんどなかった。それゆえ受王は雲の上の人であり、上帝にもっとも近い人として民に尊崇されてきた。費中も人格を知られることなく、その執政も批判の対象にされなかった。が、ここにきて、受王と費中は民の想像の網膜にあらたな像を結んだ。

うわさのもとを創《つく》り、伝播《でんぱ》させているのは望《ぼう》である。

かれは虚空に受王像と費中像とを画《か》き、それをことばに移し、世間へながした。まさに流言である。望と馴《しゅん》は朝歌や棘津《きょくしん》など繁華な地に拠点をもっており、配下をつかって多数の住民や旅人に望の創作による話を吹きこんだ。

——受王と費中の悪評が地方へつたわるのは早かろう。

と、望は考えている。流言は飛語となるのである。このうわさをきいてもっともおどろくのは崇侯にちがいない。周公をそしったのが崇侯であると受王が周公におしえたということは、

「崇侯を伐《う》ってよい」

と、受王が周公にいったようなものである。あわてて崇侯は費中にことの真偽を問いあわせるであろう。一方、世間は、周公をそしったのは崇侯ばかりでなく費中もそうしたと信じはじめており、費中に処罰がおよばなかったことに不公平を感じるであろう。こういう世論に費中が敏感であれば、崇侯へのかかわりを断とうとするであろうから、

崇侯からの問いあわせに応《こた》えることをせず、崇侯のために弁護をすることはけっしてない。そうなると崇侯は孤立してしまうので、費中の反勢力にすがろうとするであろうが、その反勢力は讒言者の崇侯と悪評の高くなった費中をひとまとめにして葬り去ろうとするであろうから、けっして崇侯に助けをださない。

——崇侯は孤立無援になる。

その崇侯を周公が伐てば、周にとって東進への道がひらける。いままで周の勢力が東へ伸びなかったのは、崇があったからである、といっても過言ではない。崇は商のために堅強な藩《かきね》になってきた。崇侯は独特な勘で、商にとってもっとも危険なのは周である、とみたのであろう。それゆえ周が離叛するまえに、その君主である周公を抹殺することを受王に勧《すす》めた。が、受王と費中は周公に罪をみつけだすことができず、かれらの厳正さにおいて、周公を釈した。望にはそのことがわかる。

受王は英邁《えいまい》な王である。

西方諸侯の訴えをとりあげ、費中の再調査をきき、周公を釈放するまで、多くの日をついやさなかった。みずからの過《あやま》ちに気がついたからであろう。だが、受王がどれほどすぐれた王でも、望にとって商という王朝が悪であるかぎり、受王は悪王なのである。

仲夏になって、周の重臣が四人そろって望のもとにやってきた。

四人はそれぞれ望に謝辞を呈した。

「ついに大雪にはなりませんでしたね」

望は閎夭《こうよう》に微笑する目をむけた。

「わが君は天にも救われたが、人にも救われた。わが君が羑里からでられて、帰途につかれたとき、獄に菖蒲《しょうぶ》の葅《そ》をさしいれてくれたのはたれか、と下問なさったので、わしは望どのの名をだしたが、よかったか」

と、閎夭はいった。

「かまいません。が、ほんとうのところは、周公が天を動かし、天がわれわれを動かしたのでしょう。われわれは諸侯を動かし、諸侯は商王を動かした。すなわち周公はすべてを動かした」

「そうかもしれぬが、すくなくとも人を動かしたのは望どのだな。わしも歩きまわったが、散宜生《さんぎせい》は地の果てまで行った」

太顚《たいてん》は散宜生のほうに顔をむけた。

「いや、わしは――」

と、謙遜《けんそん》するように散宜生は首をふった。事実、この男は珍品奇物をもとめて、異邦を歩き、辺愁のなかで月日をすごした。ただし独行したわけではない。つねに数人の配下がいた。散宜生はいわば小領主であり、主君と仰がれる身分の人なのである。いや、太顚、閎夭、南宮括《なんきゅうかつ》の三人も散宜生と同格であるといってよい。そういう身分の人が、履《くつ》を破り、足を痛めるほど歩いたのである。その東奔西走する人々の足音が地祇《ちぎ》をも動かしたのかもしれない。

四人の努力はむくわれた。

「さきに引き揚げた西方諸侯は、わが君の釈放と帰還を知って、程《てい》まで出迎えてくれた」

そういった南宮括の目が感動で濡《ぬ》れた。喜びにいろどられた壮観が望の想像の目にうつった。天地をゆるがすような万歳の声さえきこえるようである。南宮括の感動が望にかよってきたということであろう。よくみると、ほかの三人の目も濡れて光っている。しばらくこの五人はことばをわきにおいて、苦難の年月をふりかえった。やがて、太顚

が、

「われわれは望どのを信じた。というより、望どのにはわれわれを信じさせる何かがあった。わしは驚嘆するばかりだ」

と、しみじみといった。

「実際、望どのは小子旦《しょうしたん》さまをいそがせたが、衣《い》王、いや商王は、わが君を釈放すると、ほどなく遠征にでたときいた」

閎夭のいう通りである。受王はいま東方にいる。人方討伐《じんぽうとうばつ》のためである。ここにも望の読みの正確さがある。

「それで、いま周公は、どうなさっていますか」

わざわざ四人がきたのは、謝辞をたずさえてきただけではない、と望はおもっている。

「わが君は芮《ぜい》と虞《ぐ》に兵をむけ、東進なさっておられる」

太顚はむしろをめくり、土のうえに地図を画《か》こうとした。望は腰をあげ、木片をとってくると、それを太顚に手渡した。

「これが河水で――」

太顚はたてにまっすぐ木片を動かして、それを急に右にまげた。屈曲したところに左からすじをつないだ。

「このように渭水《いすい》は河水にながれこむ。この合流するところに芮という邦《くに》がある」

「虞は知っています。このあたりでしょう」

と、望は河水をあらわすすじのすこし上に指をついた。さらにいえば、虞の東に鄸《ぼう》という邦があり、その対岸に老卅《ろうそう》の住む集落がある。

「大きな声ではいえぬが、芮と虞は、商王がつぐないとしてわが君に下賜《かし》した邦だ」

と、散宜生は声を低くしていった。つまり芮と虞の君主はいままで商に入朝していたのだが、これからは周公に従わねばならなくなる。ただしその二邦の君主が周公に服属することを拒否すれば、周公としては武力で二邦を取らねばならない。

「芮と虞は抗戦したのですか」

「われわれは軍からはなれて、朝歌へ直行したので、戦闘の有無はわからぬ」

望はまた地面に指をついた。

「虞の東に宣方《せんぼう》がいます。ここはどうなっていますか」

宣方は勤王色の濃い族であるときいている。

「むろん、攻めるわけにはいかぬ」

と、太顚がいった。

「すると周公は芮と虞とを巡靖《じゅんせい》なさって、帰途におつきになる」

「そうではないのだ」

太顚の木片が動いた。その木片は河水を越えて、さがった。

「このあたりを攻める」

「そこには南人がいますね。召《しょう》の勢力がおよんでいる地域です」

「よくご存じだな。商王は召をきらいぬいておられる」

「なるほど、受王は周公を西伯にふたたび任じて、召を駆逐しようとした」

「それはよいのだが、望どのは炮烙《ほうらく》の刑をやめさせることができると豪語なさったとか。わが君はそれに関心をしめされた」

望が何侯《かこう》に話したことが小子旦につたわり、周公の耳に到ったということである。

「はは、周公は良い耳をおもちです。炮烙の刑の廃止を受王に願いでるのは、当然、周公でなければなりません」

望はめずらしくときめきをおぼえた。

河水のほとりで小さく打った鐘の音が、西方で鳴りひびいた感じである。

――周公とは、そういう人か。

会ったことも、見たこともない周公だが、望の意図をくみとるのが早く、しかも腹におさめてから、発言し行動する人のようである。炮烙の刑は諸侯への恫《おど》しである。が、そのような刑罰をもちいなくても、受王にさからう君主や族長を伐つのは、西伯にお命じください、と周公がいえばよいのである。

「明年、わが君は西方諸侯を率いて、受王に拝謁する。そのとき、炮烙の刑の廃止を受王に申し上げて、かまわぬのだな」

太顚は膝《ひざ》をつめた。

「かまいません。受王はその諫言《かんげん》を容《い》れるでしょう」

ふっと太顚は小さく息を吐いた。ほかの三人はしばらく望を凝視した。

「なるほど、望どのは尋常な人ではない」

あいかわらず散宜生の声は低い。

この世で、受王に諫言を容れさせる者は、ひとりもいない。王族の箕子《きし》でも比干《ひかん》でも、炮烙の刑を諫止《かんし》することができない。ところが周公がそれについて直言すれば、受王はものわかりよくその刑を廃止すると望はいう。万人が不可能であるとおもうことを、この賈人《こじん》はいともたやすく可能にする。周公へのつぐないのために、周公の訴願を何でも聴《ゆる》すほど受王は甘くない。それがわかる散宜生は、

——わが君も、この男にあやつられはじめた。

と感じた。

「望どのことばを、そのままわが君におつたえする」

と、いった南宮括は、いちど家からでて、路上にひかえている従者を呼んだ。従者はすぐに馬上の荷をおろして家のなかにはこびこんだ。荷は望の身長より高くなった。望は身をそらしてその荷をながめた。

「わが君からの礼物だ。望どの、ご笑納あれ」

閎夭は笑いながらいい、望とともに外へでた。望はきびしい表情をしている。

「どうなさった」

「南人の地を征伐すると、崇《すう》を攻めやすくなります。西方を歩いてみて、わかったことは、周に反感をいだいている族もすくなくない。崇ばかりをみていると、背後や足もとがおろそかになる。それを周公に申し上げたいのです」

「よく、わかった。このこともわが君におつたえする」

四人は多くの従者に合図を送り、馬に乗ると、すみやかに去った。

望は荷のなかみをみた。

つぎつぎに玉器があらわれた。

――さすがに周は玉の産地だ。

望は獬《かい》や熊《ゆう》などに、

「これらを馴に渡してくれ」

と、いいつけ、荷の大半を馴の肆《みせ》に移してしまった。荷をあらためた馴はおどろきをかくさなかった。玉器の半分は最良とおもわれる物で、

「これひとつで、二十頭の馬と交換できる」

と、酒器をとりあげた。荷のなかみを知らなかった獬と熊も、あけた口をふさぐのを忘れた。

「まさか、鹿台《ろくだい》の宝庫にあった物がこれということではないでしょうね」

と、馴は微笑しながらいった。

「周公の礼物だそうです」

「なるほど、周には富力がある。周の公室は商の王室より豊かであるかもしれない。これらを望どのは、どうなさるのか」

「馴どのに進呈するとのことです。馴どのが随意になさればよいのです」

望の手もとには三つの荷しか残っていないことを獬は知っている。

「そうですか……」

馴はわずかに考え、すぐに配下を呼んで荷を蔵におさめさせた。それから獬と熊に同行して、望に会った。このころ馴は望にむかって、おもに、

「主《しゅ》」

と、いう。望のことを、長、とよぶのは班《はん》や呉《ご》など、呂《りょ》族の者だけである。

「ひとつ懸念が生じました」

と、馴は費中について語った。二日まえに馴は費中邸に伺候《しこう》した。王宮からもどってきた費中はいきなり、

「邑の民がわしのことを何といっているか、知らぬか」

と、問うた。うわさが費中の耳にとどいたのである。費中の性格を考えると、佞臣《ねいしん》とうわさされたことに腹を立てるだけではなく、うわさのでどころをつきとめようとするのではないか。

「費中の陰臣《いんしん》が邑内を徘徊しはじめたと想像しておくべきではありませんか」

「まさに――」

策におぼれると視界がせまくなる。危険が迫っているのに気づかないという暗愚さにいつのまにかとらわれてしまうことはありうる。

「よく、おしえてくれた。明日、後宮に玉器を届けたら、肉屋を閉じて、西方へ徙《うつ》る」

望は速断した。打つべき手はすべて打ちおえた。朝歌《ちょうか》の肆と住居をひきはらい、牧野《ぼくや》で働く者のなかから望の配下をぬきとっても、不都合は生じないであろう。

その日のうちに朝歌にいる全員に西方へ移住することを告げた望は、翌日、後宮へゆき、絵《かい》に会って玉器をみせ、これを妲己《だっき》に献上してくれるようにたのんだ。

「しばらく西方に住みます。炮烙の刑については――」

「こころえております。妃は心を痛めておられ、王が遠征からお帰りになれば、かならず廃止をお訴えになるとのことです」

と、絵は細い声でいった。

「お訴えになる時宜《じぎ》があります。蘇侯《そこう》ご自身か、使者が、妃に面会なさったあとがよろしい。時宜をはずすと、蘇侯に益はありません」

周公が西方諸侯を率いて受王に貢物《こうぶつ》をささげにくるとき、連絡をうけた蘇侯が妲己を動かし、妲己が受王に炮烙の刑の廃止を訴える。いまや妲己の言は神託にひとしく、妲己の訴えをしりぞける受王ではない。

「諸侯のまえで炮烙の刑を廃したことをあきらかになさるべきです」

と、妲己に勧められた受王は、西方諸侯のまえでそれをいうであろう。が、周公に随行してきた西方諸侯は受王が自発的に廃止したことを信じぬであろう。

「西伯の諫言を商王がききいれた」

と、おもいこむにちがいない。そうおもわせるためには、今年のうちに、

「わしは羑里《ゆうり》をでたとき、商王に炮烙の刑をやめるように言上した。わしへのご信頼が篤ければ、炮烙の刑は長くはつづくまい」

と、周公は西方諸侯にいっておかねばならない。周公は遠方にいても望の密計がわかるのである。この密計に蘇侯をさしはさむことで、あざやかさが増す。周公は蘇侯に二重の恩を感ずるはずである。

——わたしは陰謀家か。

後宮をあとにした望は自分を嗤《わら》った。哀しみが胸をよぎったような感じがした。晴れ

わたった夏空の下にいる自分が、かぎりなく微小な存在におもわれてきた。受王が象であれば、自分は蟻《あり》である。周公という虎を象と戦わせて、蟻にどんな利益があるというのか。

——利益などない。

蟻も踏みつぶされるまで戦うのだ。

「青《せい》よ、どこにいる」

望は深い青色の空にむかって亡き妻の名を呼んだ。目がうるみ、空がゆれた。

日が傾くまえに肆を閉じた望は、多数をひきつれて朝歌をでて、牧野にむかった。望のふたりの子の手を引いている継《けい》は、

「また、向《しょう》へゆくの」

と、きいた。

「いや、もっと遠い。周までゆく」

望はすでに決心している。

牧野で望を出迎えた班は、目くばせをして、

「西方へ移住するのなら、つれていってもらいたい人がいると鳴《めい》が置いていった」

と、小屋の近くにかたまっている者たちを指した。目でかぞえると八人いる。そのなかにふたりの女がいる。

「周公を生かすために、きわどいことをやった者たちかもしれぬ。あるいは商の法の網をくぐりぬけようとする者かな」

望はその者たちをするどく視《み》てから、つかつかと近づいてゆき、

「わたしが望です。今日は、いっしょに食事をしましょう。明朝、出発します」

と、大きな声でいった。かれらはにぶく首をあげた。ひとりの女だけがはっきりと仰首し、望をみつめた。望はその女に微笑をむけた。

「いやだな。あの女《ひと》は望が好きになったのよ」

いつのまにか望のうしろに立っていた継がささやいた。

「いやか……」

「いやよ。望にはどんな女も近寄らせせない」

継は望のふたりの子を養視《ようし》しており、望の妻になったような気分でいる。その継にも、望は微笑をむけた。

夕食のとき、望は自分が率いてゆく者たちをたしかめた。

——これが、わが族か。

そんなおもいで全員をながめた。

自分のふたりの子のほかに、班、呉、詠《えい》、継、牙《が》、咺《けん》、員《うん》、条《じょう》、加《か》、玄《げん》、玲《れい》、且《しょ》、逸《いつ》、魋《たい》、獬《かい》、龍《りょう》、熊《ゆう》、虎《こ》がそれで、望をのぞいてぜんぶで二十人である。それに商からのが

れでようとする八人がいる。

「ゆく先は、周である。向にとどまれば、向に迷惑をかけることがありうるからである」

望ははっきりいった。一年間、望は西方を歩き、渭水の流域にくわしくなった。族の居をすえるところも望の脳裡に画かれている。

「冬がくるまえに、集落をつくってしまいたい」

「邑《くに》をつくるのか」

呉のおどろきが、明るいざわめきをつくった。望は一笑した。

「向にいる五十人をくわえても、およそ八十人だ。八十人の邑など、きいたことがない」

「いや、それでも邑だ。邑をつくりにゆくのだ」

呉がめずらしくはしゃいだ。朝歌や牧野に住むことは多かれ少なかれ緊張を強いられる。が、周の勢力圏にはいれば、警戒をゆるめて生活することができる。そうおもえば、解き放たれた感じになるのであろう。

夜中、炬火《きょか》が牧野に近づいた。嗚がさらにひとりを望にあずけた。そのひとりとは、小瑜《しょうゆ》であった。

牧場の管理を馴《しゅん》の配下にまかせた望は、十頭の馬と十五頭の羊を曳《ひ》いてゆくことにした。玄のような老人や足弱の者を馬に乗せ、空《あ》いている馬の背に飲食物を置いた。

牧場をでるとき、見送ってくれる嗚に、

「ゆくさきは周原《しゅうげん》だ。馴に危険が迫るようになったら、ひたすら周原をめざしてくれ」

と、いった。

「充分に気をつけます。小瑜がいた家は閉じましたので、主が朝歌におもどりになったときは、郊外の林間の家をおつかいください」

「ふむ、わたしの家は隣人にゆずってしまった。小瑜がいたあの家も、われわれとは何のかかわりもない者に住まわせるべきだ」

「そうします」

嗚は軽く頭をさげた。急に嗚が養女の小瑜を望にたくす気になったのは、小瑜の家が費中《ひちゅう》によって偵知されそうになったこともあろうが、ほかの理由もあるように望には感じられた。が、それを訊《き》かずに、出発した。

甯《ねい》という邑に着いたとき、望の近くに人がいないのをみすました小瑜は、

「お話がございます」

と、いった。結婚のことである。小瑜は班の妻になりたいという。なるほど小瑜の意中には班がいたので、晅には好意をみせなかったのか。だが、そうわかったところで班

の胸中をのぞいたことのない望は、多少の当惑をおぼえた。

「班に話してみるが、わたしはこういう話をまとめるのは、うまくない」

正直にそういっておいて、望は小瑜の意中を班につたえた。班はしばらく黙っていた。

——やはり、この話は吉ではない。

望は自分の媒介《ばいかい》のまずさにあきれた。

「妻にする娘は、すでに決めてある」

班は重い口をひらいた。

「ほう、たれか」

「掬《きく》——」

そういわれた瞬間、望の胸でひらめいたものがある。班の母の面差しである。その面差しと掬の容貌は似通っている。

「よく、わかった」

望は不首尾を小瑜に語《つ》げなければならない。

小瑜はいちど目を伏せた。まつげが濡れたようである。が、あえて口もとに笑みをつくり、目をあげて、

「あきらめました」

と、かすかにふるえる声でいった。

「こうなっても、周へゆくか」

「はい……」

「商の天地は小瑜に適《あ》わぬのだ。かえって周へゆけば福に遭《あ》おう」

望はとっさに傷心の小瑜をなぐさめたが、そうことばにしてみると、実際に周では幸運が小瑜を待っているような気がしてきた。

旅をするあいだに小瑜が継に狎《な》れはじめたような風情をみせたので、望はほっとした。小瑜と継とは、ほぼ同年齢であるが、継のほうが年上にみえる。いまや叵の妻といってよい条は、継より四歳ほど上であっても、継の指示にしたがっており、つまり年齢にかかわりなく、集団のなかの女たちは継に仕えるかたちをとっている。

威福といういいかたがあるが、継から発散されるものは強く、威を張るばかりでなく優しさも人一倍ある。威と福とを兼有《けんゆう》する者に人望が集まるのは世のつねであろう。

――継には天与の気格がある。

とさえ望にはおもわれる。とにかく継が女たちをまとめてくれているので、この旅は順調であった。

向《しょう》にはいった望は、ここで仮寓《かぐう》している五十人をひきとった。宰相《さいしょう》の統《とう》は望が周に移住することを知り、五頭の牛と十頭の羊を贈ってくれた。さらに二乗の馬車を望にみせて、

「これはわが君からの贈り物です」

と、いった。向族は牧畜から牧農へ生産の基盤を移して成功した。しかも狩猟の方法を知ることによって軍事力をそなえた。もっといえば新兵器というべき四頭立ての兵車の製作に成功し、兵車を輸出することによって、みじかいあいだに巨《おお》きな財物を得た。そのすべてが望の発想と指導による。

「侯と統どのが、聴く耳をもっておられたからです。牛羊と馬車は、喜んでいただきます」

向をあとにした望は何《か》へ行った。

「舟をさしあげよう」

いきなり何侯はいい、小さな舟を馬車に置かせた。何族と周とのつきあいは濃厚になりつつある。羑里から釈放された周公は、帰途、何侯に面会を求め、ふたりだけで長時間話しあったらしい。

――さすがに周公だな。そつがない。

周にとって何侯は兵略的に重要である。それがわかり、しかもみずから足をはこんで何侯に会った周公は、人というものがわかる君主なのであろう。あるいは、羑里の獄という孤独な空間にいて、心眼をひらいたか。

何侯のもとをしりぞいた望は、津《みなと》で飯を売っている五人に会い、

「駉が交替の人数を送ってきたら、周原にきてくれ」

と、いい置いて、出発した。

老卅《ろうそう》のいる集落にはいったとき、暑気は盛りをすぎた。

暗い家のなかに掬だけがいた。うずくまり、うつろな目をしていた。

配下の者を分宿させるあいだ、掬の近くに班を置いた望は、夜、この家を襲った不幸の内容を班からきかされた。

老卅は隣の集落にでかけ、帰り道に何者かに殺害された。老卅の妻は悲嘆のあまり縊《い》死《し》したという。掬の首にも紐をまわした老卅の妻は、落涙しつつ、紐をほどき、

「わたしには殺せぬ。掬は班どのが好きであろう。班どのの妻となり、幸せに生きるがよい」

と、この孫娘に遺言して自殺した。

「いつのことだ」

と、望は訊いた。この家には不透明なところがある。

「七日まえ、といっていた。老夫婦の埋葬は集落の人がやってくれたようだ」

「掬には親戚はないのか」

「掬は知らぬといっている」

「奇妙な話よ。そうではないか。老夫婦の子が掬の父だとすれば、母はどこからきたか。

母の家を知らぬはずはあるまい」

「掬のいいかたからすると、親戚のことを知っていながら、かくしているわけではなく、ほんとうに知らぬとおもわれる」

「ふむ……」

いちど腕を組んだ望は、眉間にしわを寄せて考えこんだが、すぐに立ち、

「この集落の長の家を知っているか」

と、班をうながして、炬火をもち、夜道をいそいだ。七日まえに何があったのか。それを知る手がかりが欲しい。

集落の長は温厚な人物で、夜中、突然の訪問にいやな顔をせず、望の問いに答えた。

「そのころ周軍が対岸からここに上陸して、一泊して南へ去った」

「あ、そうでしたか」

芮《ぜい》から虞《ぐ》へ兵をすすめた周公は、髳《ぼう》にはいり、舟をつかって河水を横切り、ここから南方に攻めこんだ。老卅の死は、周軍にかかわりがあるのではないか。

「ところで、掬の母は、どこからきた人か、ご存じですか」

「老卅は何もいわなかったが、南人ではないかな。わしはそうおもっている」

望の推量もおなじである。

掬の家にもどったふたりは、掬がねむったのをみとどけてから、老卅の死について語

りあった。

「老卅は隣の集落に行ったのではないな。周軍を蹤《つ》けたのだ。その尾行を周兵にさとられて、斬られたのだ」

「わたしもそうおもう。すると、掬の父母も、山菜とりに行ったのではなく、たれかを蹤けてゆき、殺害されたのか」

　班がそういったとき、掬が声をあげた。夢をみて、うなされたようであった。

　翌朝、望は班と掬とをともなって集落の長に会い、掬を班の妻としてもらいうけることを告げた。掬の意志をたしかめた長は、ほっとした表情でふたりを祝った。この長は、掬のゆくすえについて心を痛めており、埋葬がすんだあと、

「朝歌へゆきます」

　と、いった掬をひきとめ、掬がたよろうとしている賈人《こじん》がこの集落にくるまで待つようにいった。一載《さい》待ってもその賈人があらわれない場合は、人を付けて掬を朝歌へ送るつもりであったという。

「独りになった掬を老卅があわれんで、班どのを招いたのであろう」

「同感です」

　と、望はいった。望は人外に住む者を信じない男であるが、老夫婦の死後まもなく班がここに到ったふしぎさは認めざるをえない。班が掬を愛する悃《まこと》も、このふしぎさにか

かわりがあるのかもしれない。

とにかく望が率いる集団は掬を吸収して周へむかった。

望を感動させたことがひとつある。

掬にたいする小瑜の態度である。汪々《おうおう》とした愛情をみせて、この薄幸の少女をなぐさめ、温言でくるんだ。

それをみた望は、ふと、いまの掬はかつての小瑜ではないかとおもった。小瑜はけっして過去を語らないが、孤児となり、鳴《めい》に拾われたときがあるはずであり、そういうきわめて淋しい風景に立つ者が自分だけではないとわかったことで、秘してきた情が発露したのではあるまいか。つまり、掬をいたわる小瑜は、自分自身をいたわっているともいえる。

小瑜という娘はなかなか内側の顔をみせなかったが、ここにきて、ようやく心の緘封《かんぷう》を解いた。そういう変化を小瑜に生じさせたのは、じつは継という存在が近くにあったからであろう、と望は洞察した。

――感化とは、そういうことだ。

望は心のなかで継を美《ほ》めた。

さて、程《てい》は周の東端の邑であり、副都であるといってよい。それをあずかり守っていたのは南宮括《なんきゅうかつ》と檀伯達《たんはくたつ》である。南宮括は朝歌で望に会ってから、途中まで太顚《たいてん》、閎夭《こうよう》、散宜生《さんぎせい》と同行したが、河水南岸で周公に復命をおえると、ひとり戦陣を離れて程に帰還していた。

ふたりは望の顔をみておどろき、望が周に移住するために族人を率いてきたことを知ってさらにおどろいた。檀伯達はすぐに事情を察し、

「朝歌に住みにくくさせたのは、わが邦であろう。周は望どのにつぐないをせねばならぬ」

と、いった。

「いえ、周原の一隅をお貸しくだされば充分です」

望はふたりの重臣のゆるしを得て西行し、岐山《きざん》の南麓にはいり、さらに西行して、周原の西端に集落をつくることにした。

「雪がくるまえに、家を建てるぞ」

という望の声が周原の片隅であがった。ただし、この声にはりきみがない。羌《きょう》族の望にとっては、どうしても木造の家が必要というわけではなく、たやすく移動することのできる幕舎で充分なのである。だが向の邑《くに》づくりにたちあった班と熊は、集落のまわりに牆壁《しょうへき》を築くかわりに溝を掘りたいといい、掘開《くっかい》によって得た土で壇をつくりたいともいった。

「壇はふたつつくる」

と、班はいう。ひとつは宮室のための基壇となり、ほかのひとつは祭壇となる。

「宮室とは、おどろいた」

望は笑った。

「笑いごとではない。祭壇はわが族を守護してくれる山霊が降下するところであり、室も神聖な建物である。わが族の長である望よ、矢を射《い》よ。矢の至った地に宮室を建てる」

厳粛さをくずさない班に弓矢をもたされた望は、虚空にむかって矢を放った。

こうして呂族の微小な邑づくりがはじまった。

おなじころ周公は洛水《らくすい》流域を平定しつつあった。洛水上流域から東南にゆけば伏牛山《ふくぎゅうざん》があり、そのあたりは南人の本拠であるので、慎重に兵をすすめている。

「南人は強悍《きょうかん》である」

というのが定評である。実際、商軍は南人との戦闘ではかばかしい戦果を得たことがない。いわゆる奴隷狩りでも、この地では獲物がまことにすくない。

「王にかわってわたしが南人を伐《う》ちましょう」

羑里からでた周公はそういって受王を喜ばせた。南人のうしろにはぶきみな召がいることをわかっていても、周公はあえてそういった。これは受王への媚辞《びじ》ではない。洛水の東西にはびこっている南人の勢力を駆除しないと、崇《すう》を攻める道を確保できないからである。

羑里の獄は、極惨極毒《きよくさんきよくどく》そのものであった。

——わしはここで死ぬ。

と、周公は闇のなかでなんどうめいたかしれない。事実、絶望し、心力も体力も衰弱したときがあった。が、かれを蘇生させたのは、菖蒲《しようぶ》の葅《そ》であった。それがさしいれられたとき、

——わしを助けようとしている者がいる。

と、気づいた。周公の好物が菖蒲の葅であることを知っている者はすくないので、当然、周のたれかが獄吏《ごくり》に手をまわしたのだとおもった。ところが獄をでてから、その陰助者が、

「望」

という呂族の長であることを知った。同時に、自分をおとしいれたのが崇侯であることも知った。

——崇侯を伐つ。

死地を脱した周公の復讎《ふくしゆう》の主題はあまりにも明確である。

だが、讒言《ざんげん》をなした者よりも、その讒言を信じ、周公を獄に投じた受王のほうが、悪

の点では上ではないか。また周公の長子の伯邑考《はくゆうこう》はいかなる罪によって極刑に処せられたのか。

「三公の謀叛には加担しない」

ということは、伯邑考につたえてあり、周公の意向にそむくような行動に奔《はし》るほど伯邑考は不遜《ふそん》な子ではない。すると伯邑考を中傷したのは、費中《ひちゅう》なのか。さらに、周公の満身を怒りで震わせるのは、伯邑考を煮殺した鼎《かなえ》でつくられた羹《あつもの》を食べさせられた事実である。その極悪の料理を考えついたのは、ほかならぬ受王である。夏《か》の桀《けつ》王は悪王であったといわれているが、これほどの慝邪《とくじゃ》をおこなったとはきいたことがない。

――受王は人ではない。

悪霊そのものである。ところがこの悪霊は美貌をもち、美衣を着て、帝位にすわっている。それを伐てるか、と自問すれば、答えに窮さざるをえない。周公はその悪霊によって西伯という宗主権をさずけられたかぎり、悪霊の手先になったも同然であり、人にたちかえるためには西伯という栄爵を返上しなければならない。

――わしも悪霊よ。

人である周公は羑里で死んだ、と周公はおもうことにした。周公は五十代のなかばをすぎており、余命を考えると、少々なまぐさい外交と軍事を敢行せねば、目標に到達し

ない。それゆえ羑里でいためつけられた肉体をふるいたたせて、まず近隣の族を伐ちたいらげるつもりでいた。ところが太顚は、

「百を超《こ》える族とすでに友誼が成り立っております」

と、いった。周公が羑里にいるあいだに、周は外交の手を八方にひろげて、周の力を諸族に達せしめていた。

「それも呂望の献策によると申すか」

周に帰還した周公がわずかな休息をとるだけで立つことができる環境はととのえられているのである。

「程でごらんにいれたい物がございます」

閎夭《こうよう》にそういわれた周公は、百を超す族長と千を超す民の歓声に迎えられたあと、邑内の庫で四頭立ての兵車をみた。しばらく無言で車体をみつめていた周公は、

「望という男は、わしに受王を伐たせようとしている」

と、つぶやいた。そのつぶやきをきいたのは、伯邑考の死によって嫡子となった次男の発《はつ》だけであった。

ところで、羑里をでて邦にもどった周公について、『淮南子《えなんじ》』という書物はこんな話を載せている。

周に帰還した周公（『淮南子』では文王と記されている）は、玉門をつくり、霊台を築

き、美少女《め》を愛でて、鐘鼓《しょうこ》を打ち、受王（紂王《ちゅうおう》）の失政を待った。受王はそれをきいて、

「周伯昌《しょう》は道を改め、おこないを易《か》えた。これでわしに憂いがなくなった」

と、いい、炮烙《ほうらく》の刑をおこない、比干《ひかん》を剖《さ》いて殺し、孕婦《ようふ》の腹を割り、諫《いさ》めた者を殺した。周公はまんまと謀《はかりごと》を遂《と》げたのである。


紀元前一二〇年ころに成立したといわれる『淮南子』の編述者たちには道《どう》家の学者が多く、有為の受王にたいして無為の周公をすえて、無為が有為にまさることを諷意している。ついでにいえば、これは有為の儒教にたいする無為の道教の優位を説いていると解してよい。

が、紀元前十一世紀を生きる実際の周公は、無為の人ではない。


かれは愚をよそおい、受王の頽墜《たいつい》を待っていたわけではない。帰還後、わずかに休息しただけで兵を挙げた。これは受王から、

「わしは東夷を討つ。西伯は南人を伐て」

と、命じられたからであろう。周公は洛水の西に兵をいれるまえに、芮《ぜい》と虞《ぐ》の君主に、

「今後、周に入朝せよ。ききいれぬ場合は、兵馬をもって服属させるであろう」

と、迫った。


芮侯も虞侯もこの恫喝《どうかつ》に屈した。

虞の南に位置する髳《ぼう》の君主はかねて周との交誼《こうぎ》を望んでおり、周軍が虞にむかうと知

って、兵を率いて周公を迎え、周軍に合流した。それゆえ周軍は髳の舟をつかってたやすく河水を渡った。

いよいよ南人を攻めるのである。

洛水のほとりで南人の急襲をうけた。周の兵は商の兵とちがって起伏のある戦場になれている。その急襲にたじろぐことなく、激闘のすえに、勝利を得た。勝利のあかしとは捕虜の多さである。周公はその捕虜を検分したあと、

「すくない」

と、不快げにいい、軍を東にすすめようとした。伏牛山のほうにむかおうとしたのである。が、このとき太顚が言を揚げた。

「恐れながら、君は崇ばかりをごらんになっておられませんか。背後や足もとに目をくばられることが肝要かと存じます」

いちど慍《むっ》とした周公は、突然口もとに笑みをあらわして、

「なんじにそうささやいた者がいるのではないか」

と、いい捨てて、軍を西にむけた。

周公は洛西の地で越冬した。

雪はすくなく、寒さに苦しめられることもほとんどなかった。

春になるまでに洛西の族との会戦があった。かれらは単一の民族ではなく、これまで

たびたび争いをおこしたのであるが、周の大軍の侵入を知るや、個々に戦う愚をさとり、連合を計《はか》った。さらに地の利を活かして、周軍が分散して進まねばならぬ地形にはいったとき、総攻撃をおこなった。

だが、周民族はのんびりと平和を満喫してきたわけではなく、周公の父の季歴《きれき》のころには、戦いにつぐ戦いを経験し、中華で最強の兵団を形成していた。周公はその兵団の指揮を引き継ぎ、質を落とさないどころか、質量ともに向上させた。たとえば太顚や閎夭などは、季歴の代のときは、周の勢力圏の外にいたのに、周公の代になって、周に帰服した。かれらは山間にあって洛西の族の猛攻にさらされたが、一歩も退かず、驚異的な強さを発揮した。

周公の子の発も群弟の兵を指揮して敵を撃退した。

大敗した洛西の族は、西へ西へと進む周軍に最後の決戦をいどみ、甚大な損害をこうむって、ついに潰走《かいそう》した。あまつさえ、洛西の地から遁竄《とんざん》したのである。敵にふみにじられた地は穢《けが》されたわけであるから、その地にはもはや棲《す》めないと感じたからであろう。

ふたたび捕虜を検分した周公は、

「これで受王に復命できる」

と、ようやく満足の色をみせ、西方諸侯に東上をうながすべく使者を発した。自身は華山《かざん》の麓に到り、そこで諸侯を待つことにし、兵の大半を周に帰した。

華山の南麓は広大な草地で、春の光に満ちていた。東麓には桃林《とうりん》の墟《おか》がある。

甲《よろい》をぬいだ周公は春景色のなかに立った。

むろん春の衍《ゆた》かな光と色とを楽しんでいただけではない。

——周の兵馬を養うのは、ここがよい。

そういう目で華山の麓をながめている。片目でながめているといったほうがよい。もうひとつの目は商をながめている。商との距離を脳裡ではかっている。崇を攻め、商を攻めるには、兵の駐屯地を東へ移す必要があり、それにともない首邑を遷移《せんい》しなければなるまい。さしあたり程を本拠とするしかない。そこまではさほどの困難はあるまいが、問題がひとつある。驪山《りざん》氏である。程と華山のあいだに蟠踞《ばんきょ》している驪山氏は周と友誼があったにもかかわらず、周公の釈放後に不可解な沈黙をまもり、その首長はまだ周公に使者さえ送ってきていない。

「旦《たん》よ、驪山氏へ使いせよ」

周公は驪山氏を征伐するつもりはない。驪山氏にかぎらず羌族は力政《りょくせい》をきらう。周公が洛西の族を攻めたのは、受王の命令によるものであり、周公の恣意《しい》によるものではなく、むろん驪山氏に害意をむけることはけっしてない。そのことを驪山氏の首長につたえるべく、旦をその使者にえらんだ。

嫡子の発と四男の旦のあいだに鮮《せん》という子がいる。

「叔鮮《しゅくせん》」

と、よばれるこの小子は、外交よりも軍事に才があり、性質は直情径行《ちょくじょうけいこう》をふくんでいるので、事を荒だてずにすます使いにはむいていない。しかしながら軽佻《けいちょう》というわけではなく、兵を掌握する威をそなえている。兄弟のなかで叔鮮は質のちがう重さをもっているといってよいであろう。

旦が出発するのを横目でみた叔鮮は、兄の発に、

「父君はここを駐留地にすることを考えておられる」

と、いった。叔鮮は軍事にかかわる思考に冴えをみせる。

「なるほど、それで旦が駛《はし》ったのか。そうなると、犬戎《けんじゅう》が程の南にいるので、父君はどうなさるであろうか」

「あの族に懐柔《かいじゅう》は不要です。周軍が東へ移れば、川を越えてかならず周に攻めこんできます。明年は、犬戎との戦いになります」

叔鮮はこういう読みができる男である。

渭水《いすい》の南岸に犬戎とよばれる強力な異民族がいる。まさに足もとにいる強敵である。それを掃蕩《そうとう》しておかないと、周の重心を東へ移せない。叔鮮のいう通りである。

やがて諸侯が集まりはじめると、周公は叔鮮だけを残し、ほかの子はすべて帰した。

「商へゆける」

叔鮮は喜色をあふれさせた。

西方諸侯がほとんど集まったとき、程にいるはずの檀伯達《たんはくたつ》が周公のもとに到着した。

——何があったのか。

わずかに周公は眉《まゆ》をひそめた。

「君のお許しを待たずに、処事をいたしました」

檀伯達の声は低い。周公は身をかたむけて檀伯達のいうことをきいていたが、小さく笑い、

「そこに定住したのか。太顚や閎夭が周に帰ったらおどろくであろう。なに……、あの者は、もはや犬戎の動向をつかんでいるのか」

と、いってから太い息を吐いた。周公はいちど天をふり仰ぎ、すぐに足下に目を落として、なんじのいうように、あの者は一歩半先を歩いている、といった。

周公が西方諸侯を率いて商に入貢《にゅうこう》したことは、『逸周書《いつしゅうしょ》』では、
維《これ》三月既生魄《きせいはく》、文王は六州の侯を合わせ、商に奉勤す。

と、書かれている。既生魄とはみなれぬ語であるが、これはいまでいうひと月のなかの第二週をしめしていると考えられている。

商では太陽が十個あると考え、それを甲、乙、丙、丁とかぞえて癸《き》でしめくくった。ひと月が三十日であるとすれば、それらの太陽は三巡する。一巡、すなわち十日のことを商では、旬《じゅん》、という。上旬、中旬、下旬のようにひと月は区分される。ところが周は商の暦をとりいれながらも、月の盈欠《えいけつ》によってひと月を区分することを考えた。

「初吉《しょきつ》、既生魄、既望《きぼう》、既死魄《きしはく》」

が、それである。

魄は霸とも書かれるが、要するに、白、である。既生は、すでに生じた、と読むことができる。望が満月であるとすれば、既望は満月をすぎた、ということになる。ひと月を四分するという発想は周人独自のものであった、といいきるには不安があるが、すくなくとも東方ではみうけられぬものであり、商が天文を観念のなかにとどめたのにたいして、周は農産などに即するように実生活にひきさげたといってよいであろう。

それはそれとして、受王に謁見した周公は、洛西を平定したことを告げ、大量の捕虜を献じた。ついで、炮烙の刑の廃止を訴願した。

「あの刑は、もはやおこなわぬ」

すぐさま受王はいった。

周公は内心嗤《わら》った。受王の声は、周公のうしろにひかえている諸侯の耳にしっかりとどいたにちがいない。

さらに周公は、

「法は、罪ある者を罰し、罪なき者を守るものです。罪なき者に罪を衣《き》せた者を罰するのも法です。わたしに罪を衣せた者は、いま羑里《ゆうり》におりましょうか」

と、きいた。

「いや、おらぬ」

「その者が治める邦も、その者の名もわかっておりますのに、王は手をこまぬいておられる。なにゆえでございますか」

「いずれ、裁く」

「いずれ、とは、いつか。おききするのはやめます。王は公明正大です。かならずお裁きになるでしょう」

周公は受王の妄《うそ》を感じつつ、言を引いた。

——もはや、ここにくることはあるまい。

そう予感しながら王宮を去った。このとき周公は商と訣別したといってよいであろう。

西方諸侯のなかにも、受王に不実なものを感じた人はすくなからずいて、忿怨《ふんえん》をかくさず、帰途、周公に、

「受王は法を枉《ま》げ、愛幸する者の言しか聴かず、日々、音楽をたのしみ、政治を荒怠《こうたい》している。もはや、王朝の紊乱《びんらん》を匡《ただ》すのは西伯を措《お》いてほかにおらず、すみやかに受王をのぞいて、賢名の高い王子を即位させたらどうか」

と、語気するどくいった。

周公はかれらをなだめ、

「それは天が決めることであり、天命がくだれば、わしはそれに従うだけだ」

と、いった。すると諸侯のひとりは、

「天命はくだっている。西伯が羑里からでたことが、それにあたる。天は西伯を正とし、受王を邪とした。それに、周では、赤鳥が社に集まるという吉瑞《きつずい》があったときく。西伯が羑里からでるすこしまえだ。赤は周の色であろう。鳥は天の使いだ。天意は西伯にあって、受王にはない」

と、あたりをはばからぬ大声でいった。

いままで商と受王とを恐れに恐れていた西方諸侯が、突然、大言壮語を吐くようになったのは、どうしてであろう。

西方諸侯の意識を変えた者がいなくては、こういう事態にはなりえない。

ひとしきり激語があがり、それを鎮《しず》めてから周公は、近くにひかえていた閎夭に、

「なんじの従者であった者は、妖術をつかったらしい」

と、いい、目で笑った。すかさず閎夭は、

「その従者は、こう申しております。天下の宝物に満ちた鹿台《ろくだい》は、その重さで、おのずと崩れ落ちるであろう、と」

と、こたえた。

周公の目から笑いが消えた。昨年の受王の親征によって、東夷である人方《じんぽう》は駆逐されたようである。のちの地名でいえば梁山《りょうざん》のあたりが激戦地となり、受王は威信を守りぬくために、大軍を投入して、勝利を得た。だが、人方を南方へ追い払って、商王室にどのような利益があったのか。東方との交通を回復したとはいえ、ついやした軍資は巨大なものである。商軍の滞陣をささえつづけたのは東方の民であり、商軍の損耗《そんもう》をおぎないつづけたのも東方の民である。東方の民は朝歌《ちょうか》の建造から王室に奉仕しつづけて、ここまできている。東方は疲弊《ひへい》したとみるべきであろう。受王にもそれがわかり、南北の諸侯に入貢を強要している。その苛酷さは周公にもきこえた。いわば王室に納められる貢物は、民の怨みそのものであり、万民の怨みが満ちあふれた鹿台は、地中に沈んでゆくしか怨みの鎮めようはないかもしれない。

西方はふたたび商王朝の間接支配地になったので、諸侯は王室の誅求《ちゅうきゅう》をまぬかれた。かれらは周に入貢すればよく、周公はその貢物を存分にすることができる。西方諸侯は受王のさしずをうけることをいやがっており、この感情が冷《ひ》えぬうちに、周公は西方をさらに平定し、力をたくわえておきたい。いつか受王の過量の要求が周公につきつけられる。そのとき周公はその要求を拒絶するつもりであり、たとえ受王から、

「西伯を免ずる」

と、通告されても、動揺しないほどの巨大な富力と武力とをそなえておかねばならない。そのために天から周公にあたえられた時というのは、今年をふくめて三年であろう。

途上、周公はそんなことを考えていた。

蘇《そ》にさしかかった。

「ここは、素通りできぬ」

と、いった周公は、聘物《へいぶつ》を用意させて、蘇侯に面会を求めた。

「これは、わざわざ——」

宮門の外に周公を出迎えた蘇侯は、鄭重に宮中にいざない、堂において対座した。

「侯のご助力で、わしは死地から脱することができた。しかも今回は炮烙の刑をのぞき、諸侯に安堵をあたえることができた。これも侯のおかげだ」

まず周公が謝辞を放った。

「周では、それを、天祐と申すのではありませんか。わたしはその天祐に微力をそえたにすぎません」

「そう謙遜してもらっては、こまる。侯のご陰助がいかなるものであったかは、わしは

よくわかっている」

「恐縮するばかりです」

蘇侯はまったく誇色をみせない。ここがこの君主の賢さであろう。むろん両者にとってこれが初対面ではなく、たがいに相手を観察する機会は過去にあった。が、周公が、

——蘇侯は信頼に足る。

と、見定めたのはこの対談においてであろう。蘇侯は謙譲のなかに剛毅がある、と周公はみた。

「王族が揺れております。ご存じですか」

「知らぬ」

きわどい話題にふれたくないわけでなく、周公は王族については昏《くら》い。

東方で輿望《よぼう》のあるのは比干《ひかん》であり、北方で尊崇《そんすう》されているのは箕子《きし》である。受王はそのふたりの意見に耳を貸さず、費中《ひちゆう》をつかって、王族に圧力をかけはじめた。人質をださせ、貢物と人口を献遣《けんい》させはじめた。すなわち、さきの東夷征伐で、王室の府庫は空《から》になった。蘇侯はそういうのである。

「十万もの大軍が動けば、日々、どれほどの食がうしなわれてゆくものか、想像するのに難くはありません」

さらに蘇侯はいう。

——十万……。

周公は肚《はら》のなかで戦慄した。商の討夷軍は十万であったのか。それにひきかえ周軍は一万五千である。邦が空《から》になるほど兵を集めても三万余であろう。

「その十万は——」

「むろん、すべてが受王直属の兵ではありません。商軍の中枢は王族の兵です。それが七万五千で、あとは東方諸侯の兵だとおもわれたがよい」

「そうか……」

東夷征伐に北方と南方の諸侯は参加していない。参加していれば、商軍は十五万という未曾有《みぞう》の大兵を現出させたであろう。周公の肚のなかの計算が蘇侯にはみえるのか、

「ついでに申しますと、北方で尊敬されている箕子が諸族に号令をくだせば、たちどころに数万の兵が集まります。また受王がすべての侯と長とに出兵を求めれば、その数は——」

と、いい、いちど息をいれた。

「その数は——」

周公は蘇侯の目をみつめ、つぎのことばを待った。

「五十万……」

蘇侯はいった。周公は笑った。笑ってきさながすしかない数である。五十万の兵が行進すれば、平原の草は一日にして磨滅し、緑のゆたかな山は禿山《とくざん》に化すであろう。

「だが、西伯は、百をこえる西方諸侯をおさえておられる。各族が一旅《りょ》（五百の兵）をだせば、五万余の兵が集合しましょう。それに周軍をくわえれば、七万五千ですか」

「いや、六万五千だ」

「総動員をおこなえば、十万にはなりましょう。十万対五十万ですか。よい勝負です」

「侯よ、そこもとの目には、よい勝負と映るものが、わしの目には優勝劣敗としか映らぬ。十万が五十万と戦って負けぬということは、ひとりが五人を相手にしてひけをとらぬということとは、ちがうのではないか。勝負にならぬ」

いま周公は受王と戦う気はない。

「周兵は海内《かいだい》で最強の兵であるといわれています。周兵ひとりで商兵五人を倒せましょう」

「はは、もうよい。わしは受王に仕える者だ。受王とは争わぬ」

受王に攻撃されたらうけて立つ気はあるが、周公はそれを口にしなかった。

「西伯、十倍の敵を撃ち破る兵略の才をもっている者がおります」

蘇侯は目をすえていった。

十倍の敵を撃ち破る兵略の才をもっている者とは、たれか。周公は問わなかった。問わずに周公は蘇をあとにした。むろん周公には、その者の名はわかっている。

——わしは受王と戦うつもりなのか。

周公は自分に問うた。戦うつもりであれば、周原の片隅に住むその者の異才を必要とするであろう。戦うつもりがなければ、その者の激越な思想にふれることは危険である。

周公は自答することができず、周に帰着した。すぐに檀伯達を呼び、

「羌《きょう》の族長は、いま、どうしているか」

と、下問した。

「ちかごろは釣竿《つりざお》をもち、渭《い》水《すい》のほとりを往来しております」

「漁人に擬《ぎ》していると——。羊を飼育する者が、魚を釣る……。はは、これは、どうしたことか」

「羊の手なずけかたはわかっているので、釣竿をもったのでしょう」

檀伯達のいいかたにはふくみがある。周公は軽くうなずき、

「なるほど、羌でない族を釣りあげたいわけか」

と、いったあと、黙然とした。

明年、周公は犬戎《けんじゅう》を伐つ。それは心のなかで決めている。が、周が渭水を越えて兵を南下させれば、北方の密《みっ》がかならず動き、攪乱《かくらん》をはじめる。というのは、犬戎のうしろには召がおり、密は召とおなじ姞《きっ》姓の族であり、召は密を使嗾《しそう》するにちがいないからで

ある。じつは檀伯達にそう語ったのは望であり、周公が檀伯達からそれをきかされたとき、

——なんという男だ。

と、望をぶきみに感じた。そのぶきみさがいまだに胸裡《きょうり》に残っている。望が敵にまわれば、周公がうつ手はことごとく看破されて、虚空をつかむしかなくなる。

——望が召へ移るようなことになると……。

召の軍事力は飛躍し、周は圧倒されるときがくるかもしれない。この想像は周公に恐怖をあたえた。

「羌族をよく視《み》て、不足があれば、ただちにおぎなってやれ」

「わかりました」

檀伯達がしりぞいたあと、周公は鼻にしわを寄せて、

「釣られて、たまるか」

と、いい放った。

この年、周の外で、ひとつの事件があった。芮《ぜい》と虞《ぐ》の二邦が境界について争い、その争いが結着をみないので、二邦の君主は周公に訴え、裁きを求めたのである。

いがみあっている芮と虞の君主は周の邦にはじめてはいって、岐陽《きよう》にむかった。奇妙なことに、周の首邑に近づいたころ、この二君主の目にあった憎悪の色が衰え、ふたり

はときどき相手をさぐるような目つきをした。同時に小さな吐息をすることがあった。首邑にはいった衙内《がない》において檀伯達の応接をうけた。

「境地について争訟《そうしょう》ありとうかがいました。わが君に成《たいらぎ》を質《ただ》すご所存ですね」

「まあ、そうだが……」

またしてもふたりは顔を見合わせた。

「わが君は阮《げん》からまもなくお帰りになります。それまでお待ちください」

阮は密の北方に位置する邦である。

宿舎にさがった二君主は、二日後にそろって檀伯達に面会を求め、境地については解決した、西伯をわずらわすまでもない、といって帰途についた。檀伯達はいぶかしげにふたりを見送った。

いったいこの二君主に何があったのか。

こうである。

芮と虞の君主はそれぞれ従者をひきつれ、険悪なふんいきを保ったまま、周にはいった。周をみるのはこれがはじめてである。すぐにかれらが目撃したのは周の民のありさまであった。

——耕《たがや》す者はみな畔《あぜ》を譲り、民の俗はみな長に譲る。(『史記』)

農耕をする者は田の境界をゆずりあい、人民は目上の者にゆずるという風俗なのである。この良俗は首邑にきても目にすることができた。愧色《きしよく》をあらわにした芮侯と虞侯はついに話しあった。

「われわれが争っていることは、周人《しゆうひと》が恥じていることではないか。このまま争訟を西伯のもとにもってゆけば、恥をかくだけである。やめようではないか」

「同意である。長に譲るのが周の民俗であるのなら、西伯も天下をゆずって、天子の位につくことはあるまい」

このふたりは、

――その争う所を譲り、もって間田《かんでん》と為《な》す。(『尚書大伝』)

ということをした。間田は『説苑《ぜいえん》』では閑田と書かれているように、二邦のどちらでもない緩衝地《かんしようち》ということである。この件に関して、『説苑』は孔子の解説をそえている。孔子はこう述べたという。

「何と偉大であることか、文王の道は。つけくわえることは何もない。文王は動かずして変じ、無為にして成る。敬慎《けいしん》によっておのれを恭《つつ》しんでいるだけで、虞芮の争いはおのずと解決した」

一方、『史記』は、芮侯と虞侯が周の民俗を知り、愧《は》じて帰ったことを聞いた諸侯は、西伯は天命を受けた君主であるといった、と記した。

芮と虞の紛争がそのまま周にもちこまれようとしたことでもわかるように、西方に住む諸族で生じた難件が周に移され、それを西伯である周公は解決しなければならない。調停をおこない、裁定をくだし、法にしたがわぬ族を伐ち、困窮する族を救う。そこに正義と公平があれば諸族は順服しつづけるが、そうでなければ諸族は離叛する。

周にあるのは王朝といってよい。

周公は覇王である。

実際、周原から出土した甲骨文には、

「王」

という文字があり、その王とはおそらく周公であろう。周公は周の外では西伯とよばれ、周の内では周王とよばれていたのではないか。周公が羑里からでたときのことをふりかえってみればよい。周公は受王から、

「弓矢斧鉞《きゅうしふえつ》」

を、下賜《かし》された。辺境にいて異民族の侵入を弓矢で防ぐ者を、侯、といい、斧鉞の柄のない形こそ、王、と象形される。すなわち、斧鉞をもつ周公は、周王、なのである。

この西方の王は、諸事に忙殺されつつ年を越した。

——今年は犬戎を伐たねばならぬ。

早春の光のなかに立った周王は、

「狩りをする。吉の方角を占え」

と、史官の編《へん》にいった。軍が錆《さ》びつかないように狩りをしておくのである。が、のちのことをおもえば、この日のこの発言が、周という邦《くに》の運命をさだめたといっても過言ではないであろう。

史官の編は亀甲をとりだして灼《や》いた。亀甲にはしったすじを兆《ちょう》という。その兆を凝視した編は、おどろきの目をあげた。

「渭陽《いよう》で狩りをなされば、大きな獲物がございます」

渭陽は、渭水の陽《きた》（北）ということで、首邑から南にゆけば渭水につきあたる。

「そうか」

周王は腰をあげようとした。

「お待ちください。大きな獲物とは、竜ではなく、彲《みずち》ではなく、虎ではなく、羆《ひぐま》でもありません。この兆によりますと、公侯を得るとあります。天はなんじに師を遺《おく》り、その者をもって昌《しょう》を佐《たす》け、その王佐は三代におよぶであろう、ともあります」

編は容易ならぬことをいった。公侯というのは周王にとっての貴臣ということであろう。その貴臣は周王の師となり輔佐ともなるばかりか、周王の子と孫まで佐けてくれるという。昌は、むろん周王の名である。

「それほどの兆であったか」

「わたしの太祖の史疇《しちゆう》が、帝舜《しゆん》のために占って皐陶《こうよう》を得たことがあります。この兆は、そのときのものとほとんどちがいはありません」

周王は三日間斎戒《さいかい》したのち、田車《でんしや》とよばれる狩り用の馬車に乗り、渭陽で狩りをおこなった。すると岩の上に白い茅《ちがや》を敷いて、その上に坐して魚釣りをしている男をみた。周王は近づいてねぎらいの声をかけた。

「あなたは魚釣りを楽しんでおられるのか」

「君子は志を得るのを楽しみ、小人《しようじん》は物を得るのを楽しむ。いまわたしがしている魚釣りは、それに似た意味あいがあるのです」

「どのような意味あいがあるといわれるか」

「釣りには三権があります。祿で釣るという権、釣ったあと殺すという権、あるいは釣ったあと官に任ずるという権がそれです。釣りとは得ようとする欲求です。その情趣には深いものがあり、釣りによって大きなものを観るべきです」

と、男はいった。周王はさらに近づいた。

「どうかその情趣をきかせてもらいたい」

「糸が細く、餌がはっきりしていれば、小魚がそれを食べます。糸が中くらいで餌が香《かんば》しければ、中魚がそれを食べます。糸が太く、餌がゆたかであれば、大魚がそれを食べます。そのように祿をもって人をとりつくすことができ、家をもって国をとろうとすれば、国を奪うことができ、国をもって天下をとろうとすれば、すべてをとることができるのです」

「人心を収斂《しゅうれん》して、天下をとるには、どうしたらよいのか」

「天下はひとりの天下ではありません。天下の天下です。天下の利を民と共有する者が天下を得て、天下の利を独擅《どくせん》する者は天下を失うのです。仁のあるところ、徳のあるところ、義のあるところ、道のあるところに天下は帰するのです」

こういった男こそ太公望であり、周王は話をききおわると再拝して、

「まことにそうである。天の詔命《しょうめい》を受けぬわけにはいかぬ」

と、いい、太公望を馬車に乗せて帰り、師と仰いだ。

以上は、戦国時代に太公望を尊敬する兵家《へいか》のひとり（あるいは複数）が想像した、周王と望の邂逅《かいこう》の場面である。『六韜《りくとう》』という兵法書の冒頭を飾っているのがこの説話である。伝説の好きな司馬遷《しばせん》は『史記』のなかに、望と語りあったあとの周王のべつなことばをとりいれている。

「わしは先君の太公（季歴《きれき》）よりこういわれていた。やがて聖人が周にくるであろう。その聖人によって周は興るであろうと。あなたがその聖人にちがいない。わが太公はあなたを望み待って久しくなりました」

太公が望んだ人ということで、太公望という、と司馬遷は書いた。呂《りょ》が氏で、尚《しょう》が名

であると暗示している。実際、いまだに太公望の名は尚であると信じている人はすくなくない。

のちに望は、

「師尚父《ししょうほ》」

ともよばれる。周王は望を尊崇《そんすう》して、

「これを師とし、これを尚《たっと》び、これを父とす」

ということから、その尊称があるといわれる。まことにかってな想像であるが、尚はもしかすると向《しょう》で、向は「きょう」とも発音されることから、それは、すなわち羌かもしれず、父は甫《ほ》で呂に通ずるのではないか。

ところで太公望が釣りをしていたという伝説の地である磻渓《はんけい》には釣魚台《ちょうぎょだい》があり、巨岩の上に太公望のひざのあとがある。太公望の釣りかたは奇妙なもので、ひざをそろえてすわり、釣竿をつかわずに糸を垂らし、鉤《かぎ》はまがっておらず、しかもその鉤を水中に沈めず、魚が飛びあがるのを待っていたという。

ちなみに磻渓は渭水の南岸にあるので、渭陰《いいん》、と書かれるべきであろう。さまざまな伝説には齟齬《そご》がある。

周王が望の集落をたずねたか、あるいはたまたま釣りをしていた望を周王が発見したのか、事実はさだかでないにせよ、ふたりが会談をもったことはまちがいない。

——これが西伯か。

望の目のまえに巨軀《きょく》があった。虎肩《こけん》といわれる肩は、たくましさとしなやかさを秘めている。すこし目を細めるくせがある。

「菖蒲《しょうぶ》の葅《そ》を獄中に送ってくれたときいた。瞑々《めいめい》たる地中ですごしていたわしにとって、それは、闇を破る光であった。わしはその光をつかみ、ここまできた」

と、周王は感謝の念をこめていった。その声には衍《ゆた》かさがある。温かみもある。が、望の耳には、

——ひとたび吼《ほ》えれば、天を震《ふる》わせ、地を裂く声であろう。

と、きこえた。

「その光は、ここで罄尽《けいじん》したわけではありますまい」

「むろん、光はつづいている」

「光があるのは、西方だけです。東方は闇のなかに沈んでいます。王が掌握なさった光を、東海のほとりにまで達することをなさらなければ、天下は明るくなりません」

「受王を伐《う》て、といわれるか」

「暗黒を吐き出す受王を殺し、血みどろの商王朝を地中に葬らねばなりません。王がそれを敢行なさらねば、おそらく天下の民は、あと百年、光にふれることはありますまい」

「わしは、受王を伐たぬ。というより、伐てぬ。察してもらいたい」

周王はそういった。しかし周王が受王にむかって斧鉞《ふえつ》をふりあげぬのであれば、望と語る必要はない。察してもらいたい、とは、そういうことであろう。

周《しゅう》と召《しょう》

呂望《りょぼう》は七十歳で読書をはじめ、九十歳で文王《ぶんおう》（周王《しゅうおう》・姫昌《きしょう》）の師となる、などという記述のある書物もある。『列仙伝《れっせんでん》』では、望は受王《じゅおう》（紂王《ちゅうおう》）の暴政を避けて、遼東《りょうとう》——孤竹《こちく》の邑《くに》よりさらに東——に四十年のあいだ隠棲し、それから周へ赴いて南山に隠棲《いんせい》して、磻渓《はんけい》でよく釣りをした。三年のあいだ魚を釣りあげることがなかったので、近くに住む人々は、

「もう釣りはおやめなさい」

と、口をそろえていった。が、望は、

「おまえらの知ったことではない」

と、こたえ、ついに大きな鯉を釣りあげて、その腹から兵法書を得たという。そこから浮上してくる望の像もけっして若くない。

が、五十八歳の周王の目がしっかりととらえた望は、三十歳をわずかにすぎた壮年の男である。

眼光は、強く明るい。燦々《さんさん》と輝く感じをうけた周王は、

――知恵の豊かさが、この男を輝かせている。

と、みた。この男は一歩半先をすすむ者であろうが、この男の目は千里の先をみることができるのではないか。

「わしは蘇侯《そこう》に会った。そのとき蘇侯は、五十万の商軍と十万の周軍とは、よい勝負になるといった。解《げ》せぬことではないか」

と、周王はさりげなくいった。望が兵略の才をもっていることは、なんとなくわかる。が、軍事について意見を求めたのは、これが最初である。

「蘇侯の言は、剴切《がいせつ》です」

「はは、剴切どころか、的をはずしている。わしがいうのは、五十万の商軍を険阻《けんそ》で邀《むか》え撃つのではなく、たとえば平原で対したとき、十万はけっして五十万をしのぐことはできぬということだ」

望はゆるやかに首をふった。

「王は受王を補翼なさって戦場をお踏みになったので、商《しょう》軍の内容をご存じのはずです。もしもある平原で商軍と周軍が対したとすれば、商軍の先頭にならぶのは兵ではなく、巫女《ふじょ》です。周軍を呪い殺すためにならぶ巫女の数は、五千、いや一万かもしれません」

そう説きはじめた望の耳に妖《よう》の色が幽《ほの》かに生じた。

――この男には狂がある。

と、周王はおもった。望のどこかに怨毒《えんどく》が立てる炎を周王はみたといってよいであろう。だが望には合理を尊ぶ精神があり、実在するはずがない天上の神々に、人を贄《にえ》とするような時代にこそ狂気があると望はおもっている。時代の狂気を否定しようとする者に、時代の常識に慣れた人々が狂気をみるのは、古往今来《こおうこんらい》、かならずあることであり、それは革命者の奕々《えきえき》たる宿命である。

だが周王は古流の人ではない。より正確にいえば、羑里《ゆうり》に下獄するまでの周王は古制の遵奉者《じゆんぽう》であったが、羑里のなかで幽明《ゆうめい》の境をさまよううちに、古流を脱いだ。その古流というのは、たとえば周王は受王に仕えているがゆえに受王の父祖や商の太祖を周でも祀《まつ》るという宗教的な色あいをいう。

また、文王の法のひとつに、

――亡《ぼう》あらば荒閲《こうえつ》せよ。

というものがあり、亡というのは逃亡のことであり、荒閲は検閲である。周から逃げだす者がいたら、人民を集めて、検閲をおこなえ、というものである。こういう険《けわ》しさは、逃亡者をむやみにうけいれている商の法の不正な寛厳の対極にあり、商にたいする批判はのちに、

「受王は罪人を昵比《じつぴ》した」(『書経』)

という弾劾《だんがい》となってあらわれる。それも周王が古流を脱いだしるしであろう。すなわちこの時期の周王は、法をふくめて祭政の独自のありかたを確立しようとしており、ひとつ軍制に不安があり、その改革をおこなうために周のなかには人がおらず、周の外に大きな頭脳をみつけようとしたということであろう。

その大きな頭脳とは、望のことである。周王はそう予感して、望との対話をひそかに

たのしんでいる。

「商軍には巫女ばかりではなく祭祀や占卜《せんぼく》にかかわる者が多数おり、戦闘をおこなわずに従軍する者は全軍の半分を占めます。それゆえ、商軍が五十万であっても、兵の実数は二十五万です。一方、周軍の十万のうち、戦闘をおこなう者は、八万でしょう。すると周軍から五倍にみえていた商軍は、三倍の兵力であることがわかります」

望の校勘《こうかん》にはすきがない。

「なるほど、それは認めよう。だが、まだ兵力は一対三である。平坦なところで一の兵力が三の兵力にまさることはありえない」

「王よ、商軍の三は、一を組みあわせたものではなく、連動することなく孤立した一が並列しているもので、その実態は、戦闘前に一であったものが戦闘開始とともに一以下にしかなりえないものです。よろしかったら、実例をお目にかけましょう」

望がいうのは、呂族の兵を周兵と戦わせてみせましょう、ということである。

「よし、みせてもらおう」

数日後、周王が周原に出現させたのは、周軍のなかで最強とおもわれる兵で、太顛《たいてん》、閎夭《こうよう》、散宜生《さんぎせい》にそれぞれ五十人をあたえ、合計百五十人をならべて、呂族の兵を待った。

やがて望が兵車に乗ってあらわれた。従う兵は五十人である。

「わが兵は五十、王の兵は百五十、これで一対三になります」

さらに双方がつかう武器は、矛《ほこ》、戈《か》、干《たて》、弓矢のみとし、刃や鏃《やじり》には朱《あか》い泥を塗り、朱い泥をつけられた者はただちに戦闘をやめて戦場の外にでなければならない、と望は数日前にいった。

兵車をおりた望は周王に一礼し、三将に会釈をした。

「きまりが守られているか、鑑別《かんべつ》するのは、わが弟である」

と、周王はふたりの男を指した。虢仲《かくちゅう》と虢叔《かくしゅく》である。ちなみに、虢仲は東虢とよばれる邦《くに》の始祖となり、虢叔は西虢の始祖となる。ふたりは戦場の東西にわかれて、兵車上に立った。

閎夭は望に近づき、

「手加減はせぬぞ」

と、微笑とともにいった。望は微笑をかえして、

「こちらもぞんぶんにいたします」

と、力まずにいった。三将が去ったあと、望は動かず、兵車に乗ったのは班《はん》であった。班が呂族の将ということである。周王がいぶかしげな目つきをしたので、望は、

「あの三将でしたら、班で充分です」

と、こたえた。周王は笑いをこらえたような顔つきをした。あの三将は泣く子もだまる名将である。その三人を子どもあつかいしたような望のいいかたに、周王はおかしみ

を感じたのである。

急造の望楼がある。その上に周王はすわった。望は楼下にすわった。気がつくと、楼下に若い貴人がいた。望は腰をあげ、その貴人に頭をさげると、

「呂望どのか。わたしは叔封《しゅくほう》です」

と、さわやかな声がきこえた。叔封は周王の子である。のちに康叔封とよばれ、衛《えい》という邦の始祖になる人であるが、このときは二十代である。

——活《い》きた目をしている。

望は即座に好感をいだいた。この戦いをみたいと父にせがんだのであろう。漫然と周王に随行してきたわけではない、と望は看破した。

「旗をあげ、鼓を打て」

楼上から周王の声がふってきた。

周王の従者が赤い旒《りゅう》を樹《た》て、叔封が鼓を打った。戦闘開始の合図である。

三将は相談し、太顚が主将になり、閎夭と散宜生が佐将となった。太顚は中央に布陣し、閎夭が右翼、散宜生が左翼で、かれらはいわば鶴翼《かくよく》の陣を布《し》いた。

当然であろう。

三将はそれぞれ五十人の兵をもち、呂族の兵が五十人しかいないことがわかっているのであるから、左右の翼でつつみこんでしまえば、勝つことは火をみるよりもあきらか

である。

兵車に乗るまえに閎夭は、

「わしの兵だけで羌兵《きょう》を四分五裂してみせよう。おふたりは敗残兵を獲るだけであろう。悪くおもわないでもらいたい」

と、二将にいった。散宜生は一笑し、閎夭の背をみたあと、太顚に、

「われら三人は呂望が尋常な者ではないことを、ほかのたれよりもわかっているのに、かれの兵を甘くみている。中堅が薄いような気がするので、わが兵を十人残しておきましょうか」

と、いった。太顚は苦笑した。

「わしこそ、そこもとに兵を貸そうとおもっていた。挟撃《きょうげき》された羌兵は、一兵も、ここにくることはできまい。わしはおそらく戦場をながめているだけであろう」

この慎重な男が、まもなくはじまる戦闘を楽観でくるんだ。事実、太顚も敗北を経験したことがない。

一方、望のかわりに指揮をとることになった班は、いたって冷静であった。配下の五十人の兵は武技をみがきにみがき、周人《しゅうひと》にはとても信じられぬ鍛練を積んできている。

「商兵が相手なら、この五十人で千人を破ることができる」

あるとき望はひそかに豪語した。その兵が魚鱗《ぎょりん》の陣を形成した。陣の中央に兵車があ

る。御者《ぎよしや》は呉《ご》で、右《ゆう》は咺《けん》である。

開始の合図で、兵はいっせいに杵《しよ》を立てて、おもむろに前進をはじめた。

「何だ、あれは——」

車中の閎夭はひたいに手をかざした。羌兵の影は巨大な干に没して、兵車さえ消えてしまった。

「恐れるな。突進せよ」

閎夭は兵をはげまし、兵車の速度をあげさせた。が、この場合、右翼と左翼とはおなじ速度で羌兵にぶつかるべきであったろう。実際はそうならなかったところに、周側の失敗があった。閎夭の兵はすさまじい勢いで杵の壁にぶつかったのであるが、びくともせず、かえって杵のすきまから突きだされた矛で、またたくまに数人の兵が朱い泥をつけられた。

閎夭の武勇は周の諸将のなかで卓犖《たくらく》としており、かれの兵は退くことを知らぬとさえいわれている。鋭気のかたまりのようなこの隊が敵の兵団に一撃をくわえれば、かならずその兵団は摧破《さいは》された。それを知っている散宜生は、崩れて分散するはずの敵兵を包囲するような陣を布くのがつねであり、このときも閎夭のすすみかたをみながら、ゆるやかに羌兵に近づいた。

が、信じられないことに、閔夭の兵が撃退され、羌兵は徐々に太顚の陣に近づいてゆく。

――なんということだ。

散宜生《さんぎせい》はめずらしくあわてた。

「かかれ」

と、緩慢な足なみの兵に急に突撃を命じた。それに気づいた閔夭はすぐに兵をまとめ、猛然と兵車を突進させた。するとおどろくべきことに、敵陣は大魚の口と化して、閔夭の兵車を呑みこみ、羌兵の矛が閔夭を兵車から顚落させるや、五人一組が巨大な鱗《うろこ》となって散宜生の兵と渡りあい、一瞬のうちに十数人の周兵を地に這わせた。

嚇《かっ》とした散宜生が兵馬を猛進させたとき、鱗は密集しはじめ、杵のあいだから飛んできた矢がかれの甲《よろい》に朱い泥をつけた。

「散公、退かれよ」

戦いの判定者である虢仲の声に、はっと我をとりもどした散宜生は兵車をおりて、苦笑した。

二将をうしなった兵はばらばらと太顚のもとに走った。

――まるで怪物のようだ。

車中の太顚はゆっくりと近づいてくる羌兵を睨《にら》み、兵を拡散させず、まとめにまとめて前進を命じた。こうなったら敵将の班を伐《う》ちとるほかない。まっすぐに押しつづけて、こちらの兵車を班の兵車に寄せてやろう、とおもった。ただし太顚にとってきみが悪いのは、いままでの戦闘で羌兵が三人しか退去していないことである。こちらの兵力は半減している。

「急ぐな」

太顚は兵をいましめ、自身をもいましめた。羌兵を近くにみた太顚は、

「押せ、押し破れ」

と、号令した。矛をそろえた周兵が足をはやめたとき、杵が左右にひろがった。大魚が鵬《おおとり》に変じたのである。それを知りながら太顚は、引け、とはいえない。すすむしかない。杵にぶつかった周兵の足がとまっているあいだに、左右の翼は周兵を包みはじめ、身動きのできない兵は背後から矢をうけた。いつのまにか班の兵車が周兵の後方にまわっていたのである。

楼上の周王は手を拍《う》って哄笑《こうしょう》した。

羌兵がどのように動き、その陣を変容させたか、逐一みていたのは周王だけである。

「太顚も伐たれたわ。旗をおろせ」

そういった周王は、おもむろに望楼をおりて、楼下の望に近づき、

「一が三に勝つさまをみせてもらった。周の兵のありかたを編み直さねばなるまい。わ

しはそれを望にまかせたい。このたのみをきいてもらえようか」

と、いった。わしに仕えてもらいたいと周王は望にいったのである。

「喜んで――」

と、望はこたえた。これは望個人のこたえではない。族内で討論をおこない、今後呂族は周に従ったほうがよいという衆説にそったものである。

「たのみは、もうひとつある」

呂族の本拠を周原の西端から東端へ遷《うつ》してもらいたい。というのは、周も本拠を岐陽《きよう》から程《てい》へ遷すからである。呂族の武力にたのもしさをおぼえた周王としては、この族を岐陽と程のあいだにすえておきたい。

「承知いたしました」

望は武器を偃《ふ》せて集合した族人に、ただいまから周王に従う、と告げ、本拠を東遷することもつたえた。族人はいっせいに周王にむかって跪拝《きはい》した。満足げにうなずいた周王は、つかつかと班に近づき、

「みごとな指揮であった」

と、声をかけた。班は感激したらしく、面貌に赤みがさした。

さらに周王は、気の萎《な》えたような三将を明るくねぎらい、もとの位置にもどると、御者をさし招いた。自分の馬車に望を乗せた周王は、車中から呂の族人に、

「しばらく族長を借りる」

と、高らかにいい、岐陽の邑にむかって馬車を発進させた。

この日をふくめて五日間、周王と望のあいだで、軍制改革についての問答があり、それから日をおいて、周王は程に近い畢《ひつ》に兵を集め、観兵をおこなった。それにさきだって周王は弟と子、それに重臣に望をひきあわせ、

「軍伍のつくりかた、軍行のしかた、また軍法や軍陣にかかわるすべてを望に教えてもらうがよい。命令はわしがだすが、望の勧告はわしの意向であり、不服があればわしにいえ」

と、きびしい表情でいった。ちらりと不満の色をみせた叔鮮《しゅくせん》はあわててうつむいた。

畢における治兵《ちへい》は盛大であった。これまで将の意志に従って進退をおこなってきた兵は、はじめて軍の意志下におかれ、その進退は、軍の目的を達成するための機能でなければならなくなった。

初夏にはじまった呂族の移住は、初冬に完了した。

その間、望はしばしば周王のもとにゆき、諮問《しもん》にこたえた。周王は諮問の席に太子の発《はつ》をくわえるようになった。

ところでこの時代、太子は大子と書かれたであろう。また大子は王の嫡子ということではなく、小子の集団である多子を率いる者をいう。むろん発は多くの小子の頂点にい

たであろうから、大子であるにちがいない。また、のちに大子は太子と書かれることが多くなるので、慣用にしたがうことにする。

この席で、望は、

「虎賁《こほん》を――」

と、周王を護衛する勇者の隊の創設を提案した。これまで戦場における周王に直属する隊はなく、周王のまわりには数十人の護衛の武士がいるだけである。王族の兵が中陣を形成し、戦いかたはそれぞれの将にまかせられていた。だが、それでは軍に核がない、と望はいうのである。

周軍はいまでも中華で最強であるが、その軍のなかに最精鋭の兵の集団をすえる。これを虎賁とよび、虎賁の隊は十倍の敵兵を撃破することができる。この隊が三百人であれば、三千の敵兵を斃《たお》し、三千人であれば三万の敵兵を挫《くじ》くことができる。この隊は周王の命令どおりに動くので、軍全体は虎賁の動きに連動し、諸将の恣意《しい》による失敗を減少させることができる。

さらにいえば、商軍が何十万の規模をもっていようが、十全の戦闘能力をもっている兵はせいぜい三万であり、つまり周軍が三千人の虎賁をもてば、かならず商軍に勝つ。

望はそう説いた。

羌兵の恐るべき強さを自分の目でみた周王は、この提案をためらうことなく容《い》れ、

「まず、三百人か」

と、つぶやくようにいった。

さっそく勇者を募《つの》り、望に鍛えてもらわなければならない。

べつな日に、望は兵車の重要さを説いた。商軍にあっては、兵車は戦場における動く祭壇であり、指揮台としてのみつかわず、戦闘に投入すべきであろう。この機動部隊はすばやく敵を指揮のための台でもあるが、戦闘に充分に活用されていない。周軍はこれ軍の弱みを衝《つ》くこともできるし、自軍のほころびをつくろうこともできる。

「発よ、いま兵車は何乗あるか」

「十五乗です」

「望が考える乗数は――」

「三百乗です」

瞠目《どうもく》した周王は太子発と目で笑いあった。

ところで、

「今年中に犬戎《けんじゅう》を伐つ」

と、いっていた周王であるが、冬になり、十二月にはいっても師旅を催さなかった。

周王が多忙であったということのほかに、

「犬戎を伐つまえに、召《しょう》に誼《よしみ》を求めるべきです」

という望の意見が周王を起たせなかった。犬戎のうしろには召がいる。その召と周が結べば、犬戎は動けなくなる。犬戎がおとなしくなれば、周王は安心して本拠を東に遷すことができる。

「それは、わかっている。が、召は周を嫌っており、召伯はわしの使者が邦内にはいったと知れば、容赦なく殺戮《さつりく》するであろう」

と、周王はにがみをふくんでいった。

「その使者に、わたしがなるわけにはまいりませんか」

望は商王も恐れる召伯なる人物に会ってみたい。

「羌公《きょうこう》を——」

と、周王は望を羌族の首長として認めた呼称を用いるようになった。羌公を、いま喪《うしな》うと、周の軍略は虚耗《きょもう》におちいる、と周王はいった。周王が伐ちたいらげた洛西の族も召にかかわりがあったはずであり、周は召の憎悪の的になっており、この険悪な関係を改善するすべはない。

だが、周にたいする犬戎は、商にたいする人方《じんぽう》のようなもので、犬戎の民は周の武威をまったく恐れず、周兵にひけをとらぬ強兵となって周軍を苦しめるであろう。その勢力を渭水《いすい》の南岸から放逐《ほうちく》するのに数年を要するにちがいなく、そのために軍資をつかいはたせば、受王とおなじ失敗を周王がおかすことになる。

「犬戎を攻めず、順服させる道を、おさがしになるべきです」

と、くりかえし望はいった。

——そうしたいが、さて、どうするか。

周王が考えあぐねているうちに、一年の最後の月を迎えてしまった。寒さは厳しいが、雪は降らない。

望は周原の東端にある集落にもどっている。

ここに少数の従者とともに叔封がおとずれた。この小子は望の兵略に心酔している。

「ご迷惑でしょうが、教えを乞いにきました」

叔封は親しい人にも礼容をくずして接することのない人である。

「迷惑どころか、大いに歓迎します」

望はおもに小瑜《しょうゆ》に叔封を応接させた。

翌朝、烈しく鼓が打ち鳴らされた。剣をつかんではね起きた叔封は、すでに族人に指示をおこなっている望をみつけた。

「どうなさった」

「大挙して犬戎が襲ってきました。小子にもひと働きしていただきましょう」

望はすばやく望楼にのぼり、周原に侵入した犬戎の兵をながめた。

——三千といったところか。

その三千がこの集落にむかって直進してくる。足下をみると、門は車と杵《しょ》で閉じられ、族人たちは武器をもって柵の内側で臨戦のかまえをつくりつつある。老人、女、子どもたちは族長の家というべき宮室へ避難のためにいそいでいる。

この集落の人口はいまや三百人である。

周原の西端に集落をつくったときは八十人であった。それから朝歌《ちょうか》にいる馴《しゅん》が五十人を送りこんできたが、住みなれてきた族人が、ここを安住の地とみて、父母兄弟や妻子を招いたため、にわかに住人の数がふえた。が、この族は壮年の者が多く、武闘をおこなうことができる者は半数をかぞえる。しかも羌族が大同団結するとき呂族の兵が中核を形成することを想定し、族人がおこなってきた軍事訓練はすさまじいものである。

こういう族人が衛《まも》っている集落とは知らずに、犬戎の兵は近づきつつある。

望楼からおりた望は、叔封に、

「敵兵の足が速すぎます。人や家畜を掠奪《りゃくだつ》するのが狙いでしょう。しつこい攻撃はありません。宮室に籠《こ》もった人々をたのみます」

と、いった。つぎの瞬間、咺《けん》が曳《ひ》いてきた馬に乗った望は、門のほうへ走り去った。

正面の門を防衛する族人を指揮しているのは班である。班に声をかけようとした望は、門に殺到した犬戎の兵をみた。呂族の族人たちはいっせいに矢を放ち、侵入者を退けようとしている。だが犬戎の兵は干《たて》で飛矢をふせぎながら、押しあい揉《も》みあって、ついに門を突破した。

「きたか」

望はゆとりのある笑みを浮かべ、眼下の熊《ゆう》に、

「ぞんぶんに暴れてよいぞ」

と、いい、ゆっくりと馬をすすめた。望の手には戈《か》がある。犬戎の兵が喚声とともに迫ってくる。ところが熊の手にあった殳《しゅ》がうなりを生じたあと、敵兵の干はくだけ、またたくまに数人が地にころがった。敵兵にひるみをみた望はたくみに馬をすすめ、戈をまわした。望の武技のすごみを知ったのは敵兵だけではない。望の配下もあきれたように足をとめて、ながめた。望は激闘のなかに割ってはいり、そこに静寂をつくった。犬戎の兵は木の人形のように倒れてゆく。

ついに敵兵の腰がひけ、足がふるえはじめた。望がひと睨みすると、敵の兵気が凍った。熊が敵兵をなぎ倒したとき、彼此《ひし》の勢いが逆転した。

――ここは、これでよい。

望は馬具をかえして、宮室に駆けつけた。

「ほう、あれは継《けい》か」

宮室のまわりで戦闘がおこなわれている。そのなかに白皙《はくせき》の者がいて、ちょうど敵兵を斬り伏せたところであった。宮室を衛っているのは咺や虎《こ》など武勇にすぐれた者ばか

りで、かれらにまじって継が刀をふるっていた。近くにいた叔封がおどろいたように継をみた。

望に従って走ってきた魋《たい》と逸《いつ》がその戦闘のなかに飛びこんだ。魋は剛強というわけではないが、武技にしなやかさがあり、あまり動きまわらずに敵兵を倒してゆく。逸はまっすぐに押してゆく。望の馬がゆっくりと敵兵に近づいた。敵兵の干は裂け、かれらのからだはゆらりとかたむいた。遠くからみると、馬がふしぎな力を発揮して敵兵を左右にかたむけてゆくようである。

その光景を目撃した叔封は剣をもっている手から力がぬけそうになった。

——羌公には、神力がある。

そうとしかおもわれない望の強さである。

敵兵が退いた。

それを追撃した望は、まだ戦闘が続行しているところを走りぬけて、敵兵の首を虚空に揚げた。

「恐るべき集落である」

と、犬戎の将は気づいたらしく、攻撃をやめさせ、兵を西へむけた。死傷者は数百人である。犬戎の兵が去った呂族には死者はおらず、負傷者は三十人ほどであった。

剣を斂《おさ》めた叔封は、

「いそぎ、兄に報《しら》せます」

と、馬車に乗ろうとした。が、望は一笑し、

「報せるべきところには、すでに報せてあります。食事をなさってから発《た》たれませ」

と、いった。このまま犬戎の兵が西行すれば、閎夭《こうよう》や太顚《たいてん》の族を襲うであろう。望は犬戎襲来を知った瞬間、呉と加《か》を呼び、北と西に駛《はし》らせた。犬戎の兵が周原を荒らして引き揚げる際に、どこで渭水を渉《わた》るかも想定してあり、散宜生にはその地点に伏兵を設けておくようにつたえた。

「いまごろ太子のもとから程におられる王のもとへ急使がむかっておりましょう。王がお怒りになれば、三日後には犬戎征伐の命令がくだります」

「わたしはどうすればよいのか」

「小子は各族の被害と犬戎の損害とをおしらべになり、太子にご報告なさるべきです」

周王はおもに王族の兵で犬戎を攻めるであろう、と望は予想している。三百人の虎賁《こほん》の強さもためしたいはずである。

はたして周王は嚇怒《かくど》した。

「戎醜《じゅうしゅう》め」

と、犬戎をののしった。醜は衆または聚《しゅう》ということであろう。浅黒い皮膚が赤くなるほど怒った周王であるが、その怒りの内側に水のような冷静さがある。

犬戎が十二月に周原を侵《おか》すということは、食が欠乏したからであろう。周原で食を獲得したかどうかで、こちらの攻めかたもかわってくる。とにかく周王は、

「犬戎を攻める」

と、迷わずに決めて立った。わずかな兵を従えて西へむかった周王のもとに続々と兵が集まってきた。この呼応の早さは驚異的である。望が周王に仕えるまえにはなかった早さである。

岐陽の邑に周王がはいるまえに、兵を率いてきた太子発と会った。やや周王は気色を直した。

「被害はどうか」

「封《ほう》がしらべてまいりました」

と、太子発はさりげなく弟の機転を父に認知させるようにいった。こういうところに太子発のおおらかさがあるといってよい。この太子はふしぎな人格をもっており、およそ人から憎まれたことがない。望もそのけたはずれな器量に気づき、

「器が巨大すぎて、人の目には映らぬ」

と、班にいったことがある。

周王の足下で跪拝した叔封は、自身でしらべたことと望の使いである呉からきいた情報をあわせて述べた。それによると犬戎の兵は食を得るどころか、呂望、閎夭、太顚、

散宜生の族人に手ひどい目にあわされ、渭水の南岸に逃げ帰ったことになる。とくに散宜生の用兵はみごとで、渭水を渉りかけた犬戎の兵を急襲し、敵将に重傷を負わせたようである。


黙って耳を澄ましていた周王は、小さく破顔し、

「散公の功は上賞にふさわしいが、それより上の賞にふさわしいのは羌公である。封よ、異存があるか」

と、目を細めた。封はおどろいたように仰首《ぎょうしゅ》した。

「仰せの通りです。わたしは羌公のもとにいて犬戎と戦いました。羌公は百五十の兵で三千の敵兵をしりぞけ、しかも敵兵の進路を予想し、散公に伏兵を置く場所を指示しました」

「羌公は神のごとき目をもっているが神ではない。封よ、羌公に学びつづけるがよい。謙虚な学問が、いつかなんじを救うであろう」

周王は王族の兵と犬戎に襲われなかった族の兵を率いて、渭水を越え、犬戎の本拠にむかった。

――犬戎には食べ物がない。

この機に、周にとって宿痾《しゅくあ》にひとしい犬戎を覆滅《ふくめつ》させたい。周王はみずから兵を指揮して、渓谷を越え、岑蔚《しんい》を拓《ひら》いて、山間に居をかまえていた犬戎の族を急襲した。

犬戎としては周がこれほど早く師旅を催して、報復にくるとは考えておらず、

――戦いは、春だ。

という甘い観測のなかで、ひもじさを耐えていた。春になれば鳥獣が動きはじめ、食べ物は狩猟によって獲得することができる。そういう犬戎の希望をうちくだくように、電光のごとき速さで周兵が侵入してきた。

「こうなったら、周兵を殺し、その食を奪え」

犬戎の首長はそう命じ、険峻な地を利用して、兵を伏せ、周の中陣を襲おうとした。しかしながら周王はかつての周公ではない。望に兵略を教喩《きょうゆ》されており、地形によって陣を変幻させることができる。山岳地帯での基本の陣は、

「烏雲《ううん》の陣」

であり、これはつねに山や阜《おか》の両面に兵を配して、協力できる布陣で敵を待つというものである。周兵の戦いかたを熟知しているつもりの犬戎の首長は、べつな山径をすすんでいる隊をみのがし、周王のいる陣だけ視界におさめたことになる。

黎明、犬戎の伏兵は起《た》ち、猛然と周王の陣に突進した。が、周王のまわりには望に鍛えられた虎賁がおり、かれらは闇のなかでも戦闘をおこなうことができる兵であり、わずかな異変でも察知して陣をすばやく形成できる。それゆえ犬戎の奇襲にもあわてず、またたくまに周王の前後左右を三百人で固めた。

犬戎の兵としては意外であった。

悲鳴をあげて立ち噪《さわ》ぐ周兵を想像していたのに、その陣は干《たて》にかくれ、静けさを保っている。周兵はまだねむっているのか、とさえおもった。陣に激突したかれらは、眼前に数百の射手がならんでいることに驚愕した。数百本の矢が飛んだ。犬戎の兵の足がとまった。さらに飛矢はつづき、犬戎の兵が干でその矢をしのいでいるうちに、射手は左右にわかれ、そのあいだから矛をもった兵が噴出した。

虎賁に守られている周王は悠然と鼓を打った。望からいわれていることは、

「陣を敵の目からかくしておくことです」

ということである。この陣が犬戎の奇襲をしのいでいるうちに、太子発が率いる別動隊が迅速に動いて、犬戎の兵の退路をふさいだ。挟撃されると知った犬戎の兵は四散して山中に逃げ去った。しかしながら周王は、

「戦いは、これからだ」

と、いい、犬戎の支配地に兵をすすめた。

春を迎えても周王の帰還がないので、望は岐陽《きよう》の邑にゆき、留守《りゅうしゅ》の小子旦《しょうしたん》に会った。

「北境を警戒なさるべきです。かならず密《みつ》が動きます。わたしは閎公《こうこう》を誘って、渭水《いすい》の南をみてきます」

それから二日後に望は渭水を越えた。望は五十人の兵を率い、閎夭は二百人の兵を率いた。

「どこへ行くのか」

閎夭はゆったりしている。望とともにゆくかぎり、自分であれこれ考える必要はない。ゆく先も、戦いかたも、望にまかせておけばよい。

「小子度《しょうしど》をひそかに援護するのです」

小子度は叔度ともよばれ、周王の五男である。小子旦のすぐ下の弟である。かれが兵《へい》站《たん》をまかされている。望は配下を犬戎の地へ遣《や》り、諜《さぐ》らせているが、いちど周王と戦っただけで山中に消えた族がいるという報告をうけた。その族は犬戎のなかでも強剛を誇っていたようで、南へ奔《はし》ったといううけはいはない。山中で飢えをしのいでいるとすれば、そろそろ限度であり、かれらが考えることは、おそらく兵站の基地を襲うということであろう。兵站の基地は渭水の南岸にある。守備兵はすくない。

「そういうことか」

閎夭はすぐに納得した。

「長ければひと月、山中にいることになります。が、ひと月を越えることはありますまい」

「なにゆえ、ひと月を越えぬとわかる」

「王がご帰還になるからです」

帰らざるをえなくなる、と断言してもよい。が、閎夭はそのわけを質《ただ》さず、笑っただけであった。

犬戎の首長は洛南へ奔り、召に食を乞うているかもしれない。そうなると、周王が渭水の南岸から引けば、ふたたび犬戎は故地に蟠踞《ばんきょ》することとなり、この遠征は徒労におわる。望は犬戎と戦うことに反対してきたが、こうなったかぎり、周王に戦果をもたせたい。

望と閎夭は半月間山中に隠伏していた。

急報がはいった。

嶇路《くろ》を急行する兵をみたという。

「閎公――」

「まかせておけ。腹のすいた山犬をことごとく殺してくれよう」

「できることなら、捕獲してもらいたいものです」

望と閎夭の兵も急行をはじめた。兵站の基地に近づいたふたりは、潰滅《かいめつ》寸前の周兵をみた。が、小子度は逃げず、必死に防戦していた。閎夭の兵は犬戎の兵の背後を襲い、望の兵は敵の側面にまわった。犬戎の兵はおよそ五百であったが、戦闘が熄《や》んだとき、族長をはじめ百人が捕虜となった。

兵と捕虜とを率いて渭陽《いよう》にもどったとき、

「この族長は殺すには惜しい人物であるとみました。周に服属するように説き、どうしても諾《だく》といわぬなら、解き放ってくれるように小子旦に話してください」

と、望は閎夭にたのんだ。

「おいおい、敵の首長や族長を捕らえたら、宗廟《そうびょう》のまえで殺すときまっている」

「さて、小子旦はどうなさるか」

閎夭とわかれた望は兵とともに集落にもどった。

三日後に叔封が飛びこんできた。

「羌公、密が阮《げん》を攻めた。すでに王には急使がむかっている」

阮君の使者が周に救いを求めにきたという。周王は犬戎征伐を中止し、阮を救助しなければなるまい。

「密は周を攻めず、兵を北にむけましたか。これで密は犬戎を救ったつもりでしょう。ところで、犬戎の族長はどうなりましたか」

「兄は捕虜のすべてを解き放った」

「小子旦は、よくなさった。王がお怒りになれば、わたしが救解いたします」

望の態度はゆったりしている。いぶかしさをおぼえた叔封であるが、

「羌公に秘策あり、とみた」

と、なかば安心をおぼえながらいった。

「秘策ですか。小子よ、人には策を超えるものがある。それがない者は策を弄することになります」

この日からかぞえて六日目に周王は渭水を渉《わた》って周原の地を踏もうとしていた。犬戎征伐を成功させたという手ごたえがない。たしかに犬戎の族人を遁竄《とんざん》させたが、首長を伐ちもらした。捕虜もすくない。胸中に湧いてくる虚しさを払いようがない。

――あらためて犬戎を攻めるほかない。

自分をなぐさめるようにつぶやいた周王は、周原に立ち、おもむろに兵車に乗った。岐陽の邑にむかった周王は、やがて自分の目をうたがった。なんと天を翳《かげ》らすほど多くの旒旗《りゅうき》が樹《た》ち、地を隠すほどの大兵がいるではないか。

出迎えた小子旦が拝手してから、

「諸侯が王業を賛《たす》けたいと兵を率いて集まっております」

と、うやうやしく述べた。

周王は感動して、飛ぶように兵車をおり、すべての君主に声をかけた。それからこの大軍をふたつにわけ、ひとつを太子発に率いさせて再度犬戎征伐にむかわせ、ひとつを自身が率いて密攻めにむかった。車中の周王は、急に、

「わしが釣った魚は大きかった」

と、いい、御者《ぎょしゃ》と右《ゆう》を困惑させた。

ところで周王が密を伐つことの是非について問答があったことを『説苑《ぜいえん》』は記している。

周王の三男である叔鮮《しゅくせん》がその征伐に反対した。

「密の君主は天下の名君です。それを伐つのは不義です」

それにたいして望は、

「わたしはこう聞いています。先王は枉《おう》を伐ち順《じゅん》は伐たず、険《けん》を伐ち易《い》は伐たず、過《か》を伐ち不及《ふきゅう》は伐たずと」

と、いった。周王はそれをきいて、

「善《よし》」

と、いい、密を伐ったというのである。

不義とは、おもいやりに欠けるということである。叔鮮は世評をきき、密の君主の英明さを信じ、それを伐てば周王の声望に傷がつくと諫言《かんげん》を呈した。ところが望は、むかしのすぐれた王は、正道を枉《ま》げる者を伐ち正道に順《したが》う者は伐たず、険要を恃《たの》む者を伐ち、そうでない者は伐たず、過分である者を伐ち及ばない者を伐たなかった、といって、征伐の正否について明言をさけた。むろんそこには諷意《ふうい》がある。たとえ密の君主が名君であっても、西伯である周王のゆるしを得ないで兵馬を動かしたことは、枉、にあたり、過、にあたるであろう。また密は、険、という地形を誇っている。密の君主は周王をあなどっているのであり、周王としては自身の緝熙《しゅうき》を翳らす者を放っておいてはならぬであろう。

周王はすぐにその諷意を察して、わかった、といい、征伐にむかった。

このとき周王に従う諸侯は多い。

阮を攻めていた密の兵は、周軍の北上を知って、いそいで引き揚げ、防衛の陣を布いた。ところが、密にむかってきた周軍の規模は、巨大なもので、その兵の数が五万を越えているという情報に接して諸将は戦意を喪失した。密の兵は二千である。

それでも一戦があったが、密兵はあっけなく撃破された。

あとは戦いとはよべぬ小さな抵抗があちこちであったものの、周兵の歩みを衰えさせるものではなく、ついに周王は密君の宮室に近づいた。が、もはや武器をつかう必要がなかった。密の民が周王を迎え、

――その主を縛《ばく》して文王に与《あた》う。（『呂氏春秋《りょししゅんじゅう》』）

ということをしたのである。密の民が君主を縛って突きだしたということは、阮を攻めたのは民意によらぬ行為であったということを訴えたかったのであろう。叔鮮のいう名君の末路がこれである。

「みずからの耳目をもって人をたしかめよ」

と、周王は叔鮮に叱声《しっせい》を落とした。

この年、周王は南北の敵を掃殄《そうてん》した。

おもいがけなく諸侯に賛助された征伐であったことが、周王に深い喜びと強い自信をあたえた。

――これで東方に兵をむけることができる。

はじけるような口ぶりでそういいたいところであるが、周王は用心深く自我の露呈をおさえ、諸侯の声に耳をかたむけた。おどろくべきことに、諸侯は、

「商を伐つべし」

と、大胆にいっている。西方に伝聞があり、受王は悪政をおこなっているという。

――悪政ではない。

商王朝の内実を知っている周王にはわかっている。商の祭祀《さいし》の内容が西方につたえられるようになったにすぎない。人を殺して神にささげるという宗教的行為のなかで、人を殺す、という行為のみが残虐なひびきとなって西方諸侯の胸を打っているのであろう。人のからだを剖《さ》くのも、生け贄《にえ》のささげかたのひとつであるから、受王が妊婦の腹を割ったというわさの内実は、生け贄になった女がたまたま妊娠していたということにすぎない。ただし生け贄になる者は穢《けが》れのない清らかな者であるはずなのに妊婦がまじっていたことは、祭祀官の質が悪くなっていることを暗示している。また、

「受王は朝渉《ちょうしょう》の脛《はぎ》を斮《き》った」

といううわさもある。冬の朝に、川を渉る者を目撃した受王は、あの者の足は常人とはちがうのではないかとおもい、その者を捕らえさせて、脛を切ってしらべてみた、というものである。この行為は祭祀や刑罰にかかわりがなさそうなので、うわさをきいた周王は首をひねった。

ほかに、

「淫酗《いんく》して虐《ぎゃく》をほしいままにしている」

と、受王を非難した君主がいる。淫酗する、とは、大酒をくらう、ということである。酒を呑むのは、嬉楽であるというより、やはり宗教的な意味をもち、つまり酩酊《めいてい》することによって神と一体になる行為である。しかしひごろ酒を呑まぬ西方諸侯には、その意義はわかりようがない。

さらに、ある君主は、

「牝雞《ひんけい》は晨《あした》することがないはずなのに、商では、牝雞が晨している」

と、商の政柄《せいへい》が閨室《けいしつ》にあることを皮肉った。牝《めす》のにわとりは時をつげぬものなのに、ということは、婦人が政治に口をだしてはならぬ、という西方諸侯の通念がそういわせている。だが、商においては、婦人の地位は高く、軍事においても婦人の意向が尊重されることは、いまにはじまったことではない。

西方諸侯は商王朝のありようを知らなかったのである。

祭政のちがいにおどろいた、というより、嫌悪したというのが西方諸侯の真情であろう。商のようななまぐさく酒くさい政体と絶縁したいと願う心が、宗教において残虐さや淫猥《いんわい》さのない周に寄り集まった。

周王はよく、

「孚《まこと》」

ということをいった。誠信ということである。西伯である自分が模範をしめせば、群臣も諸侯もそれにならうであろう。

孝道などという思想は商にはなく、その発生源は周王室にあるのかもしれない。周王は孝行の模範をしめしたといえる。

周王が世子《せいし》であったとき、かれは父の季歴《きれき》に、一日に三度伺候《しこう》した。朝、にわとりが鳴くと衣服を着て、父のいる宮室の外へゆき、奥むきの役人に、

「今日の安否は何如《いかん》」

と、父のようすをきいた。安《やす》し、といわれると喜んだ。昼も夕《よる》も同様なことをした。ときに、安からず、といわれると、憂色をあらわして歩行をさだめることができなくなった。季歴が回復して膳にむかったと知って、自分も膳にむかった。自分が食べ物をす

すめるときは、かならず食べ物の温度をたしかめた。また、食膳がさがってきたとき、何をお食べになったか、と膳宰《ぜんさい》に問い、お食べにならなかった物をふたたびだすようなことをしてはならぬ、といい、膳宰が、わかりました、というのをきいて退出した。

周王は幼齢のころそういう孝行をおこなった人である。

この周王が疾《やまい》に罹《かか》ったとき、太子発は冠帯《かんたい》を脱がずに看護し、周王が飯を一口食べれば自分も一口食べ、周王が二口食べれば自分も二口食べた。それを十二日間つづけて、周王は治った。

周王室の家風とはこういうものである。家族をおもいやる心を他人《ひと》におよぼせ、というのが周王のひそかな主張であり、その行為には、孚、がなくてはならぬとおもっていたようである。

それはそれとして、

——受王を悪王にした者がいる。

と、周王は胸の奥で嗤《わら》った。が、この嗤いには複雑な色あいがある。悪を伐たぬことは悪である。そういう声が生じはじめていることを知っている。受王は悪王ではない、と諸侯に説くつもりはない。羑里《ゆうり》で死にかけた周王は、けっして受王が聖王であるとはおもっておらず、父を謀殺されたくやしさを忘却したわけではない。

「商をゆさぶってみるか」

周王は明年をみすえて、つぶやいた。

周の軍は古くは三師であった。それがこのころはっきりと六師《りくし》という形をとるようになった。のちに、

——王（天子）は六軍（七万五千人の兵）。（『周礼《しゅらい》』）

と、いわれるようになるが、その原形はここにあろう。一師は二千五百人の兵より成るといわれるので、六師は一万五千人ということになる。

望は師旅の整備を手がけ、近衛兵団というべき虎賁《こほん》を養成しつづけている。はじめ三百人であったものが、いっきょに四倍となり、いまや千二百人になった。ひろく勇者を募った結果、さまざまな族から応募があった。野人もいれば、牧人も漁人も農人もいた。望はかれらに面接して採用をきめてきたが、ひとしくかれらにいったことは、

「虎賁が武功を樹てる機会は万にひとつもない。王を守護するのみである。虎賁の名が揚がるということは、王が危地にあるわけで、師旅の名誉にはならぬ。それを承知するのであれば、虎賁の一員となり、励め」

ということであった。

この年の冬に、周の重臣を集めた周王は、

「来春、東方に出師《すいし》する」

と、告げた。

——いよいよ崇《すう》を攻めるのか。

と、たれしもがおもったが、周王の口からでた地名は、

「耆《き》（飢）」

であった。満堂に緊張がはしった。

耆といえば、太行《たいこう》山脈の西にある邑で、そこまで進出すれば、大邑商《たいゆうしょう》でも朝歌《ちょうか》でも、一気に衝《つ》くことができる。すなわち周王は耆を攻めるといってはいるが、その真意は、商都の攻略にあるのではないかと重臣は考えたのである。

散会後、閎夭《こうよう》と散宜生《さんぎせい》はそろって大きく息を吐いた。閎夭は横を歩く望に、

「まさか羌公の策ではあるまいな」

と、さぐるようにいった。

「わたしの兵略を超《こ》える奇襲です。周軍が耆を攻撃するということは、上帝でさえ予想していないでしょう」

「王は朝歌をも急襲し、受王を伐つのか」

「さあ……、それは、王ご自身でもわからぬことでしょう」

と、望はこたえた。それより望は周王の体調に不安をおぼえている。来年、受王は朝歌にいるが、再来年は二十祀《し》にあたるので、受王はまた遠征にでるであろう。そうなると受王を伐つ機を逸すると周王があせりはじめたのであれば、その原因は体調の異常に

あるのではないか。望が恐れるのはむしろそのことである。

耆に進出した周王がどうするのか、周王自身にもわからぬとこたえた望であるが、その旌旄《せいぼう》が商都にむかった場合のことも考えておかねばならぬであろう。周王が運よく受王を殺し、朝歌を制圧したにせよ、二日以内に朝歌は南北から商軍に迫られる。周王は受王に復讎《ふくしゅう》したいだけであり、天下に号令する政権を朝歌に樹《た》てたいわけではあるまいから、すみやかに軍を引くにちがいない。しかしながら進路をそのまま退路にするには危険が大きい。

――商には箕子《きし》がいる。

望がつねに恐れているのは、この英明な大臣の存在である。箕子は北方の諸族をおさえている。たとえば耆の北方には余無《よむ》の戎《じゅう》の本拠があり、かつて余無の戎は周王の父の季歴に伐たれたことがあるので、周への怨みを忘れておらぬであろう。箕子は余無の戎などをつかって周軍の退路をすばやく遮断し、太行山中で別の路をさがしている周軍に商軍をむけるにちがいない。この挟撃をしのぐのは至難といってよく、周軍が窮地におちいらない退路をあらかじめ選定しておくのも望の任務なのである。

望はひそかに小子旦に晤《あ》い、長時間の話しあいをもち、翌日には、呉《ご》と虎《こ》をしたがえて朝歌にむかった。

すなわち、冬のあいだ、望の姿は周原から消えていた。

望は、何《か》、向《しょう》に姿をあらわし、ついで蘇侯に内謁《ないえつ》し、なんと蘇侯の使者として朝歌にあらわれ、後宮の門をおもむろに通って妲己《だっき》と面談した。それから馴《しゅん》の家に立ち寄り、そこで二泊して、帰途についた。蘇に到った望は、宇留《うる》と跖首《せきしゅ》と密談をおこない、跖首から地図を渡された。

「これで周軍は死地を踏むことなく、帰還できます」

と、望は帛《きぬ》に画《か》かれた地図を懐中におさめた。

「ところで望どの、いや羌公、……わが娘の縞《こう》を、ご身辺の掃除につかってくださらぬか」

と宇留はいった。縞を望の妻に、という話である。

「ははは、縞どのは、朝歌のほうがお似合いだ」

望は婉曲《えんきょく》にことわった。いま呂族の女たちをまとめているのは継《けい》であり、望のふたりの子も継を慕っている。そこに縞がはいってくると、いまの調和がこわれてしまう。族長としての望は、自分の不便を措《お》いて、まず族内の修睦《しゅうぼく》をこころがけるべきであり、その点で自身の再婚は念頭になかった。

周原にもどった望は、地図の写しを小子旦に呈した。

「公のおもどりが遅いので、はらはらしましたぞ」

と、小子旦はいった。まもなく周軍は遠征に出発するようである。

嫋々《じょうじょう》と春の風が吹いている。

出師に際して周王は太子発に周の留守《りゅうしゅ》を命じ、叔封《しゅくほう》と季載《きさい》というふたりの子に発の補佐を命じた。

周の六師のうち三師を率いて周王は発《た》った。

芮《ぜい》にはいり、そこから北上して莘《しん》に次《やど》った。莘は周王の正后である太姒《たいじ》の実家である有莘《ゆうしん》氏の本拠である。有莘氏の舟をつかって河水《かすい》（黄河）を渡ったこの軍は、しばらく北上したあと、汾水《ふんすい》ぞいに東行することになった。汾水からはなれても東行をつづけ、沁水《しんすい》を渡れば太行山脈に近づくことになる。

——周公はよく路《みち》を知っている。

と、望は内心舌をまいた。

周の戦歴をふりかえってみれば、先君の季歴が戦った相手である西洛鬼戎《せいらくき》、燕京《えんけい》の戎、余無の戎、翳徒《えいと》の戎などはみな河水と太行山脈のあいだにいる族であり、周王は少年のころ父に付いて征途をすすんだのである。商王がそれらの族を季歴に伐たせたということは、太行山脈を越えて商都を襲う族に脅威をおぼえつづけていたということになろう。商王は太行山脈の西にいる大族を季歴が征伐したと知るや、脅威の消滅をおぼえ、あらたな脅威となりうる季歴を誑誘《きょうゆう》して殺害したのである。

商王のために奔命に働いた父をあざむいた商王を、周王はゆるせぬであろう。

途中、班《はん》は、

「この征途は、羑里にいた周王の胸に画かれたものではないのか」

と、望にいった。望はうなずいた。獄中の周王は受王に復讎することだけを考え、商都をどう攻めたらよいかを考えることが、延命の糧《かて》であった。奇襲を成功させる進路は、ただひとつ、耆を通って太行山脈を越えるというものであったにちがいない。いま周王はその路をすすんでいる。この路こそ、もっとも人目にふれずに、商都に迫ることができる路である。しかも周王は兵数をしぼって行軍を迅速にした。ここまでの周王に迷いはまったく感じられない。

――熟慮のすえの挙兵であろう。

と、望にもわかる。だが、ほんとうに周王は朝歌に攻めこむのであろうか。

前途は、花ざかりである。武具を赤く染めた周兵は、黙々とその路を踏んでゆく。

東行をつづけてきたこの軍は、進路を変えた。北上しはじめたのである。

「あと六日で耆だ」

と、望は班におしえた。すでに千三百里を踏破した。一日三十里がふつうの行軍であるのに、この軍はここまでひと月を要しただけである。

耆《き》という邑の名は、『書経《しょきょう》』では、

と、書かれている。じつは東方にも黎とよばれる邑があり、商は東西に黎という邑をおいていたことになる。黎とは、農民が耕作をする姿をあらわしており、農民の色の黒さから、この字は、くろい、とも読まれるようになる。東西の黎邑は、どちらも異民族と接する位置にあり、いわば辺境にあるので、商王の威光がとどきにくいから、くらいという意味で黎とよばれるようになったのかもしれない。東方の黎は、受王が喪をのぞいた直後に諸侯の兵を集めて大規模な軍事演習をおこなった地であり、そこを拠点に東夷征伐をすすめたのであるから、軍事的重要都市であるといえる。それなら西方の黎も、同様の機能をそなえているとみてさしつかえあるまい。

すなわち耆は、商王室直属の邑であり、兵だけが住む城あるいは要塞であるとおもってもよいであろう。

そこを周王は急襲した。

まさに黎明、曚《くら》い地から赤い旒旗《りゅうき》が樹ち、喚声が静安を裂いた。

戍兵《じゅへい》の大半はまだねむっており、すでに起きていた兵が武器をとって門にいそいだころ、門は大破された。どっと周兵が邑内にはいった。戦闘はここからはじまったといえよう。

「殲滅《せんめつ》する」

「黎《れい》」

と、攻撃まえに周王はいった。みな殺しである。その宣言のうらには、生存者が商都に奔《はし》って、受王に急報をいれてはこまる、という意《おも》いがある。望はそう感じた。

呂族の兵の指揮を班にまかせた望は、周王の近くにいる。

東の空が赤くなった。朝焼けである。

——天気がくずれるかもしれぬ。

兵が走ってきて、望に戦況を告げた。周兵は押しつづけている。

やがて日が昇った。雲が多く、しばらくすると日光が消えた。

また兵が走ってきた。戍兵の小集団がべつな門から邑外にでて逃走したという。追撃しているのは小子度《しょうしど》であるともいう。望はそれを周王に報告した。周王は小さく唇を噛んだ。

急に明るくなり、日光があちこちに落ちた。

邑内から煙が立った。

周王は唇を強く嚙んだ。家屋に火をかけるな、と命じてある。煙が高く昇れば、黎に異変があったことが、近隣の族に知られてしまう。

微風が起こった。邑内の煙はゆらぎ、まもなく薄くなった。

日が中天にさしかかるころ、戦闘は熄《や》んだ。

奇妙な静寂を望は感じた。

——これが、勝った、ということなのであろう。

望のまなざしは周王にそそがれた。周王は目を細めている。邑をみているというより、邑のかなたをみているようである。突然、周王は望に近づいてきて、

「わしはどうすべきか」

と、低い声で問い、天を仰いだ。その横顔から光がうせた。どうすべきか、とは、ここから兵を東進させて受王を伐つべきか、それとも、周に帰還すべきか、ということである。そのことをほかの将に問わず、望に問うたということは、受王にたいする怨恨の強さが望ほどはなはだしい者はいないことを知っていて、

「受王をお伐ちになるべきです」

という答えを希《のぞ》んだためかもしれない。望はすこしまなざしをさげた。

「受王の首ひとつを取って、万民の心を失うか、万民の心を取って、受王の首を失うか、などとは申しません」

周王ははっと望をみた。

「天の声をおききになれますか」

「何もきこえぬ」

「天と人とが和していないからです。天の声は人の声となり、人の声は天の声となる。そうなっていないがゆえに、王は無声のなかで孤独です。受王は自身と祖霊のために沙《さ》

丘《きゅう》に台を築きましたが、王は天と人民のために台をお築きになるべきです。人民が喜ぶ声のなかに立たれるべきです」

「羌公《きょうこう》……」

周王は憑《つ》きものが落ちたような表情をした。この武威を発揮しつづけてきた君主が、万民に敬慕される徳をそなえはじめたのは、この瞬間からであったかもしれない。

「なるほど、わしにはすべきことがある」

明るくきびすをかえした周王は、諸将に褒詞《ほうし》をくだすや、引き揚げを命じた。ふりはじめた細雨のなかで、周軍はすみやかに帰途についたのである。

周軍の突風のような攻撃で、商の牙城が崩れた事実は、受王の支配力に深刻な打撃をあたえ、商王朝崩壊のきっかけになった。商の民は恐怖をおぼえ、その恐怖の声が、執政の費中《ひちゅう》への非難にかわった。また商の防衛が脆弱《ぜいじゃく》であることを知った異民族は、息をふきかえしたように、商の支配圏を侵蝕しはじめた。人心の動揺は王族にも有司にもつたわり、受王の専制をくつがえそうとする動きを産んだ。

一邑をつぶしただけで、商王朝をそこまで黷煩《とくはん》させることになろうとは、周王はおもわなかったであろう。

さて、望は、帰途につかなかった。望のうしろには、班、詠《えい》、呉がいる。すべてが騎馬であった。

十二日後、この四騎は、草原に立つひとつの喬木《きょうぼく》に近づいた。

「あった。あれだ」

望の指は喬木に向けられた。

十八年前に、望もほかの三人もみた喬木である。月下で黄金に輝いた喬木であるが、その夢幻の輝きをみたのは望だけである。ほかの三人にとっては、その喬木は長い旅への始発点であり、そこで馬羌《ばきょう》の族長の肝《かん》に遭《あ》ったので、苦難の象徴であった。しかしながらそれぞれの記憶のなかで、この喬木は特別な意味をうしなわなかったらしく、

「あの喬木の根元に剣が埋められているので、それをとりにゆく」

と、いった望に、かれらは迷わず同行した。

四人は馬をおりて喬木をみあげた。この場にいなければならぬ者が、ふたり欠けている。ひとりは継《けい》であり、ほかのひとりは彪《ひょう》である。六人がそろって喬木をながめる状況を得ることはできまいと感じたため、望は周王にゆるしを乞い、孤竹《こちく》の山中にいた老人からあたえられるはずの剣をうけとりにきたのである。

四人は無言で喬木をながめつづけている。はじめに呉が目をうるませ、胸もとのふたつの貝をまさぐった。つづいて詠と班がしずかに涙をながしはじめた。やがて詠がかすれた声で、

「こうしてわたしが生きているのは、長のおかげです」

と、いい、望にむかって頭をさげた。班と呉の唇がふるえている。望の胸がにわかに熱くなった。口をひらくまえに、涙が落ちそうになった。それぞれの過去には消しがたいきわどさがあるが、そのきわどさの原点は、炎の林から黄金の喬木までの逃走にあるといってよいであろう。人は他人に遭うことによって死活のはざまをさまよわなければならぬこともあるが、他人に遭わない森林や草原に投げこまれた六人の子どもは、たとえ一心同体であっても、いや、一心同体であったがゆえに、確実に死にむかっていたといえる。いわばこの喬木は、瀕死の六人を蘇生させてくれたのである。望は喬木にむかって心のなかで手を拍《う》った。

「さて、剣はあるか」

望はうつむき、地に手をついた。指にきらりと涙が落ちた。ほかの三人の手も地をさぐりはじめた。

「ここかな」

班は地上に盛りあがった根の下に手をいれて土をのぞいた。しばらくそれをつづけるうちに木の箱の上部があらわれた。三人によって掘り出された箱が望の目前におかれた。望はいちど箱を両手でもちあげ、かすかに眉《まゆ》をひそめ、耳を箱にあてた。それからおもむろに箱を草むらの近くにはこび、さっと蓋《ふた》をとった。

「あっ――」

望のうしろから箱をのぞいた三人は腰を引いた。なんと箱から白蛇の頭がでた。望はくりかえし手を拍った。白蛇はその音に誘われたのか、嫌ったのか、箱からでて草むらのなかに消えていった。

「今夜はここで——」

と、望はいった。喬木の根元に箱があったということは、老人は箱のなかに剣をおさめて埋めてくれたのであろう。その年とは六年前のはずであり、老人が剣のかわりに白蛇をいれたのであれば、その白蛇がいままで生きていることはない。たれかが箱を掘りだして、剣をつかみだし、白蛇をいれたのである。その者とは、もしかすると、

——丙《へい》族の巫女《ふじょ》ではないか。

と、おもったので、望は一夜喬木の近くで露宿《ろしゅく》することに決めた。

「一糸も掛けぬ美女が、多数、出現するかもしれぬ」

と、望は三人に話した。目前の喬木が黄金に輝くはずはないとおもっている三人は、望の話を笑ってききながした。

まるい月が昇った。しかし喬木は黄金の光を放たない。三人は小さく笑いあって横になった。草の上で望だけが目をひらき、喬木をみつめている。

——あれは夢ではない。

望は自分のひたいに指をあてた。鳥の羽の衣をまとった女の指の感触をひたいがおぼえている。

「商人《しょうひと》は、ここを、天という」

と、いった女の声もおぼえている。

――なるほど、ここに天があった。

望は笑った。とたんに視界が明るくなった。

「班、起きよ」

と、望は叫んで、班のからだをゆすった。喬木が黄金に輝きはじめたのである。望はからだを起こし、呉と詠の肩をつかんでゆり動かした。が、三人は死んだようにねむっている。はっと目をあげると、喬木のまわりを女たちがまわっていた。佼《うつく》しい裸身がゆるやかに動いている。

望は立って、喬木にむかって歩きはじめた。

「きたな。望よ」

喬木の声ではない。根元に鳥の羽の女が立っていて、その女に抱かれるように剣があった。

望が喬木に近づくと、女たちは、鳥の羽の女の左右にならんだ。

「剣はわたしのものだ。かえしてもらおう」

「これで受王を殺すか」

「殺す」

「受王を殺しても、上帝は殺せまい。上帝に勝てぬ者は、ここで死んでも、さしてちがいはない」

鳥の羽の女は剣をぬいた。すると、まったくおなじ剣が裸女たちの手ににぎられ、白刃がきらめきながら望を襲った。

望の木剣はまたたくまにふたつの剣をはねかえした。その木剣は肩に迫った白刃をきわどくうけとめるや、相手の剣をまきこむような動きをみせた。剣が虚空に浮かんだ。が、それは地に落ちるまえに消えた。

鳥の羽の女がいない。望は頭上の枝をつかみ、からだを浮かせると、木剣を突きあげた。小さなうめき声が黄金の葉のあいだから漏れた。つぎの瞬間、おびただしい花びらが降り、白銀の大鳥が喬木から飛び立った。

「のがさぬ」

地上におりた望は木剣を投げあげた。ゆるやかに回転した木剣は大鳥の首にあたった。地上の裸女たちの手から剣が消えた。ほとんど同時に、望の手にもどった木剣が、地に倒れている鳥の羽の女ののどをおさえていた。

「師から、わたしをためすように、たのまれたか」

「そうじゃ……」

　女は苦しげである。

「箱のなかの白蛇は、箕子《きし》とみた。白蛇を殺さなかったぞ」

「わかっている。白蛇を殺せば、なんじは師に斬られるであろう」

　望は女の足もとにある剣をつかみ、鞘《さや》におさめた。そのすきに女はすばやく起きあがった。望はふとやわらかく笑った。

「商はやがて倒れる。受王は死に、上帝も消滅する。丙族は商に与力せぬとはいえ、これからどうするのか」

「ほう、わが族を心配してくれるのか。わが族は商にもどる」

「やめよ。受王のような悪王のために、死ぬことはない」

「ふふ、たやすく商は倒れぬ」

　そういった女は黄金の喬木にむかって跪《き》拝《はい》し、手を拍ってから、歩み去った。裸女たちが草中に消えたあと、望は首をまわし、

「師よ、剣を拝受しました」

　と、大きな声でいった。

　朝まで三人は熟睡した。目をさました三人は望が剣をもっているのをおどろき怪しんだ。苦笑した望は、喬木をゆびさし、

「剣はあの上にあった」

と、いい、木の箱に木剣をおさめて根元に埋めた。むろん喬木は黄金に輝いてはおらず、花も消えていた。しかし幹に新しい傷があった。望はその傷にしばし目をとどめていたものの、くるりと喬木に背をむけて、

「さあ、周に帰るぞ」

と、明るい声でいい、馬に乗った。三人にはいわなかったが、望の帯の内に鳥の羽がかくされていた。望はその羽を継にだけみせるつもりであった。

――丙族を王朝に呼びもどしたのは、たれか。

受王ではないことはたしかである。受王は祭祀官の数を減らそうとしているはずであり、丙族のような呪術《じゆじゆつ》集団を制度の外に押しだそうとしている。いまさら招きいれることは絶対にない。箕子も受王の理路に立つ人であるから、丙族の招致に賛成するはずがない。そうなると受王のやりかたを批判する有力者が、ひそかに丙族を招いたのであろう。つまり王朝内の勢力図が微妙に変わりつつある。

帰途、望はそんなことを考えていた。

周にも、変化があった。

新邑を造るという。程《てい》からさほど遠くない渭水《いすい》の対岸に、豊水《ほうすい》という川がながれていて、その川の西岸に邑を造り、首都をそこに遷すらしい。周王は、

「豊（酆《ほう》）」

と、よばれるその地にいるというので、望は程から渭水を渡り、豊水ぞいに南下した。

ところで『詩』（詩経）には、

すでに崇《すう》を伐《う》ち
邑《ゆう》を豊に作る

と、あって、この首都が完成するのは、崇を征伐したあとということになる。また詩句のなかに、これ淢《きょく》あり、とか、これ豊の垣《かき》、などがみえ、この邑が淢、すなわち濠《ほり》をもち、垣、すなわち城壁をももっていたことがわかる。

話が先走るようであるが、豊に遷都した周王はあまり時をおかず、豊水の対岸に新邑を造ることをおもい立ち、その造営を太子発《はっ》に命ずる。豊水東岸の新邑こそ、のちに、

「鎬京《こうけい》」

とよばれて、周王朝の中心となる。が、周王が鎬京を造ろうとしたのは、東方への出兵と西方の防衛とをあわせた軍事的意図によるものであろう。

さて、豊の地にいた周王は、望の到着を知るや、さっそく幕舎に招きいれ、

「召のことだが……」

と、いった。召は高宗武《こうそうぶ》丁《てい》王のころに商王朝に離叛し、それから今日まで一貫して商王朝と対立してきた。また召は周を敵視することをやめず、周も召に歩み寄ることをしなかった。が、周王が天下ということを考えると、問題の大きさは、商より召のほうにある。ここで周は、望のいうように、召との交誼《こうぎ》をさぐるべきであり、できることなら、召を帰属させたい。しかし召へ送る使者にふさわしい人物がおらず、考えあぐねた周王は、

「もしも召が羌公を殺すようなことをすれば、わしは邦を挙げて召を伐つ」

と、いい、望をその使者に任命した。

周召同盟《しゅうしょうどうめい》

　望《ぼう》は継《けい》の髪に鳥の羽をさした。

「まあ、きれいな羽——」

　継の近くにいた小瑜《しょうゆ》が明るい声をあげた。継は望の手が自分の髪にのびてきたので、とまどったような微笑を浮かべたが、髪飾りを差されたと知って、さぐるように手をあげた。指が羽にさわった。

「これを、どこで……」

「あの喬木《きょうぼく》で、といっても、継はおぼえていないだろう」

「ええ」

継はいちどだけ黄金の喬木の話を望からきいたことがある。が、その木がどのような形をしていたのか、まったく憶《おも》いだせなかった。いまもそうである。

「長はそこへ――」

「行ってきた。われわれを生かしてくれたのは、あの木かもしれぬ。感謝の祈りをささげていると、天から花が降り、地中から多くの巫女《ふじょ》が裸で浮きあがり、木のなかから鳥の羽でからだをくるんだ聖女が出現し、羌《きょう》族を祝福してくれた。この羽はその聖女が身につけていたものだ。小瑜も触れてみよ。福がさずかろう」

継は髪から羽をぬいた。その羽を小瑜にもたせてから、

「長に随《したが》った三人は、剣の話しかしておりませんでした。三人がみなかったものを、長だけがごらんになったのかしら」

と、なかば笑いながらきいた。

「あの三人は、ねむりつづけていて、世にもふしぎな光景をみそこなった」

「あら、ねむって夢をみていたのは、長だけでは……」

そういった継は小瑜と目をあわせて、肩で小さな笑い声を立てた。

「はは、信憑《しんぴょう》がないこと、おびただしい」

望は腰をあげた。おもだった族人が集まったようである。族長である望が三十三歳なのであるから、この族には若さがみなぎっている。とはいえ、この族は犬戎《けんじゅう》の急襲に耐

え、周《しゅう》王の耆《き》の攻略に従軍して、いよいよ殺《き》勇《ゆう》を大きくそなえ、軽佻《けいちょう》さを殺《そ》ぎ落とした性格をもつようになっている。みなの顔をながめわたした望は、それぞれの風貌《ふうぼう》の良さを愉《たの》しく感じつつ、

「わたしは召《しょう》へ使者としてゆく。従《とも》は要らぬ」

と、いい、全員をおどろかせた。

「殺されにゆくようなものです」

と、けわしいけはいでいったのは晅《けん》である。ほかの族人もいっせいに声をあげ、望の敢行《かんこう》をとめた。

「これは、周王のご命令だ。うけぬわけにはいかぬ」

「主が周の正使であるなら、従者が要ります。どうかおつれください」

晅と虎《こ》がほとんど同時にいい、日ごろ口

数のすくない熊《ゆう》も、わたしを従者にくわえてください、と太い声でいった。望は手をあげて、

「よく、きいてくれ。召は妖術《ようじゅつ》の邦だ。その術を破ることができぬといのちを落とす。わたしひとりなら、なんとかなるが、従者はおそらく死ぬ。それゆえ、たれもつれてゆかぬ」

と、いってから、剣を引き寄せて班《はん》にあたえた。班は眉《まゆ》をひそめた。

「わたしが帰らぬときは、なんじが族の長となれ」

班は剣をうけとらず、

「長に嫡子がいないのであれば、考えなければならぬが、伋《きゅう》どのがおられるのに、剣をうけるわけにはいかぬ。万一、長が帰らねば、わたしが伋どのを傅育《ふいく》する」

と、きっぱりといった。

伋はすでに十三歳である。まだ戦場を踏んだことはないが、父に肖《に》て、凛々《りり》しさをもっている。

「では、伋よ、父の剣を守っておれ。班に父事《ふじ》せよ」

「はい」

その声に、うなずいた望は、この族の長老というべき玄《げん》から釣竿をわたされた。

「霊木で作ってもらった。これで邪気《じゃき》を祓《はら》いながらゆく」

よくみると、その釣竿に糸はついているが、糸のさきに鉤《かぎ》がついていない。その釣竿をもち、馬に乗った望は、一路、東にむかった。夏の匂いに満ちた路《みち》である。蒼《あお》い夜の底で露宿《ろしゅく》をかさねた。

華山《かざん》を南にみて、河水ぞいに馬をすすめ、かつて老卅《ろうそう》が住んでいた集落にはいった。望は老卅の家が廃屋になっていないことをたしかめると、集落の長に会いに行った。

「望と申します。憶えておられますか」

「おお、忘れるものか。掬《きく》は健勝かな」

「班の妻となり、すでに一男を産み、いままたつぎの子を産褥《さんじょく》で待っております」

「それは、よいことをきかせてくれた」

「ところで、つかぬことをお訊《き》きしますが、掬の実家に、どなたかが住んでいますね」

「そうなのじゃ。二載《さい》ほどまえに、老卅の甥《おい》がきて、住むようになった。泯《びん》といって、おとなしい男だ。顔立ちは老卅に肖《に》ている」

老卅には兄弟や親戚がいなかったはずではないか。それなのに、突然、老卅の甥だと告げて、この集落に住むようになった男とは、何者なのか。

夕方、望はその泯をたずねた。泯の顔が入口にあらわれた。皮膚の浅黒い壮年の顔である。

——なるほど、老卅に肖ている。

すると、この男は老卅にとって赤の他人ではないのか。そう考えつつ、望は頭をさげた。

「わたしは望と申します。旅行でこの鄙《むら》を通るたびに、老卅に宿を貸してもらっておりました。老卅はお亡くなりになったようですが、一夜、泊めていただけますか」

「ああ、そういう人なら、喜んで——。さあ、おはいりなさい」

泯は望の釣竿をしげしげとながめた。

「あれは、釣竿ですか」

夕食後、泯はきいた。釣竿にしては太すぎるとおもったのであろう。

「そうですよ。大魚を求めて、これから南へゆくのです」

「南へ……」

「召という邦《くに》があるらしい。そこで釣りをするのです」

泯はいそがしく手を振った。

「召はやめたがよい。異邦人をこばんでいる。むりにはいると、殺されます」

「恐ろしい邦であることはわかっているのですが、そこで釣った魚をみたがっている人がいましてね。やめるわけにはいかないのです」

小さく笑った望は、泯の表情に目をとどめ、それからあくびをした。泯の口数がすくなくなったところで、望は横になった。

翌朝、出発前に、

「袁《えん》という人も、ここを宿にしていたが、立ち寄ったことはありませんか」

と、望はいってみた。

「袁……、いえ、そんな人は知らない」

泯の口もとはあいまいであった。

——泯は袁を知っている。

泯がほんとうに老卅の甥であっても、いまの掬には関係がないので、泯の素性をさぐるのをやめた望である。あの年配で、妻も子もおらず、あの家に独りで住んでいるというのも、なんとなく不自然である。泯は袁の配下ではないのか。もしかすると、老卅も袁の配下であったのか。

望は日をかさねて洛水《らくすい》に到り、洛水を越えて召をめざした。ただし召の本拠がどこにあるのか、わかっているわけではない。

驟雨《しゅうう》が過ぎた山谷は、青熒《せいけい》に満ち、あまりの美しさに馬上の望は茫然とした。その青いきらめきのかなたに召はあるのであろう。

望という男は歇息《けっそく》を知らぬようである。

休むとすれば、馬のためであり、自身のためではない。

ときどき岨《いしやま》をみつけては、その頂に登り、風をうかがった。

——召から吹く風はなまぐさいという。

自分の感覚をとぎすまして召の本拠を風にたずねるのである。

ある日、峡中《きようちゆう》をすすむうちに、遠い緑の重なりから人影があらわれ、また忽然と消えた。その夜、望は用心して木の上で眠った。

二日後、怪異な枝振りの多い林にはいった。ひとつの枝から垂れさがっている白い物をみた。

——頭骨《とうこつ》か。

するとここから妖術の邦か。ついに召の邦へきたのである。望は慎重に馬をすすめた。

突然、頭上の枝が揺れた。望の手の釣竿が頭上からふってきた人を打ち、自身は馬からすばやくおりた。

「商《しよう》の貞人《ていじん》か。ならば、生かしてかえさぬ」

六人の男が木から飛びおり、そのなかのひとりは望の釣竿に打たれて、地にころがった。立っている五人は柄のみじかい戈《か》をもっている。

「商の貞人ではない。わたしは呂望といい、西伯姫昌《きしよう》の使者である。召伯にお目にかかりにきた」

そういった望は、足もとの戈をつかんだ。瞬間、気が動いた。人を殺そうとする気が望を襲った。戛《かつ》と望の戈が音を生じた。人影が回転した。小さな風が立ったのは望の戈の目にもとまらぬ動きのせいであろう。その風が回転する人影を止め、倒した。同時に、風も熄《や》んだ。

折れて地に落ちた戈がふたつあり、男たちは林間に消えた。

——明日は多数に襲われそうだな。

召が問答無用の邦であることが残念である。また望は風をうかがうために、林をぬけ、高所に登った。

——凶《わる》い風ではない。

微風であるが、澄んだ明るさがあるように感じられた。扼喉《やっこう》されるような予感はない。

翌朝、ゆく手の草地に人影が立った。十五人はいるであろう。全員が無言で、望を凝視している。

「そんなに殺したいのなら、殺されてもかまわぬが、そのまえに、召伯に会わせてくれ」

と、望はやわらかくいった。

ひとりとして口をひらく者はいない。目を異様に光らせている。

「ただし、十五人が相手なら、わたしは殺されることはない」

望は目で笑った。

ふしぎなことだが、まうえから烈風が吹きおりてきて、生《は》えそろっていた草を左右に割った。地がむきだしになるはずなのに、風が地中に落ちた。

——あぶない。

望は跳びすさった。あと一寸、望が足をまえに踏みだせば、深い坎《あな》に落下するところであった。足もとの草は幻であった。

あたりの草がうねりはじめた。十五人の男たちの影は消えた。風が妖術を破ってくれたのである。望は馬に飛び乗り、草地から脱出しようとした。望の手の釣竿が動いた。乾いた音がして、飛矢が落ちた。また釣竿が動いた。

「げっ」

と、ものを吐くような声が草中で生じた。草中に伏せていた者を釣竿で突いたのである。

草地をぬけると疎林があった。林間にはいったとたん、瞑《くら》くなった。前方に白い柵のようなものがみえた。さらに近づくと、それは骸骨の並列であった。望はいささかもたじろがず、釣竿で撃破した。突然、馬が高々と前脚をあげた。地中から巫女《ふじょ》が噴出した。おびただしい数である。馬のおどろきをしずめた望は、ふりかえった。後方に数十人の男たちが立っている。

——たいそうな歓待よ。

望は釣竿を背に斂《おさ》め、馬にくくりつけておいた戈をとった。かれは馬上から、

「巫女どのに申す。わたしはどうしても召伯にお目にかからねばならぬので、ここを突破する」

と、高らかにいい、巫女の群れのなかに馬を乗りいれた。巫女たちはすさまじい形相《ぎょうそう》で、手にもっていた縄を投げた。望の姿が馬上から消えた。

「落ちたぞ」

その声をきいた巫女たちは一所に殺到した。馬は走りつづけている。

「はは……」

突如、馬の背に望の姿がよみがえった。

「や、や、あれよ」

巫女のひとりが気づいたときには、望と馬は疎林をでるところであった。

望の目ははじめて農地と果樹園をとらえた。召の本拠にはいったにちがいない。

遠くから鼓の音がながれてくる。

ますます視界がひらけた。

が、視界の底に兵の影が生じた。

——ついに正規兵をくりだしてきたか。

この男は逃げない。二、三百人の兵にむかって馬をすすめた。

兵が堵列《とれつ》している。

馬を停めた望は、隊長らしき男に、

「西伯の使者です。道をあけて、召伯のもとに先導されよ」

と、すこし高い声でいった。隊長はその男ではなく、兵のうしろからあらわれた少壮の男がそれで、かれは弓で望を指し、

「周人《しゅうひと》は正しいことばを知らぬ。西伯ではなく周侯であろう。西方の伯はわが君を措《お》いてほかにおらぬ」

と、とがめるようにいった。

「なるほど、召人は正しいことばを知らぬ。伯をさずけるのは帝であり、その帝にそむいた召伯は、いまや召君とよぶにふさわしい。伯でも侯でもなかった」

「なにを――」

目を吊りあげた隊長は、さっと矢を弓につがえた。五十人ほどの射手もそれにならった。

「召人は、ひとりを射るのに、五十の矢を要するのか。わたしが隊長であれば、一矢で相手をかたづける」

「ほざいたな」

隊長は嚇《かっ》としたようである。

「その一矢をしのいだら、わたしを召君に会わせるか」

「そうはいかぬ。召伯は聖なる人である。なんじのように穢《けが》れた者を宮室にいれれば、宮室の気がよごれる」

弦に張りがでた。射手も肱《ひじ》をあげた。

——くるか。

と、おもった望は、

「わたしを殺せば、すべての山岳の霊を敵にまわすことになるぞ」

と、いい放った。隊長の指が動いた。弓からはなれた矢は望にむかって飛んだ。が、望の胸にとどくまえに、折れて、地に落ちた。望はいささかも動かなかったように兵の目には映ったので、

——この者は、妖術をつかう。

と、兵は恐れた。

「うぬっ」

隊長はすばやく二の矢を放った。その矢も虚空で力を失い、落下した。それを怪しんだ隊長は、驚愕の色をみせている兵を一喝して、あらためて弓をあげさせた。

突然、歩兵の列が割れた。騎馬があらわれ、

「やめよ」

という声が、射手を動揺させた。騎馬が最前列にすすみでた。望は一笑した。

「やはり、袁どのか」

「望どの、召伯が面謁をおゆるしになった。ついてまいられよ」

と、袁は無表情にいった。

望の想像の矢は的中した。ながいあいだ望は袁のことを考えてきたのである。老卅《ろうそう》の死をきっかけに、

――袁は召伯の臣ではないか。

それも賤臣《せんしん》ではなく側近か腹心ではないか、と想像をのばしたのである。

袁は召伯の内命によって商都をさぐった。そのとき望を助けることになった。老卅は袁の配下で、鄙《むら》や邑《まち》に住む間諜《かんちょう》であり、商の偵人が西方をしらべにきたとき、老卅は自分の子にその偵人を蹤《つ》けさせたが、その子は殺害された。妻が同行したとは考えにくいので、夫をさがしているところを、商の偵人に殺されたのではないか。老卅がそれを袁に報《しら》せたため、袁は偵人を追ったが、神足《しんそく》の偵人は追跡をゆるさなかった。また、望と配下が鄂《がく》の兵に捕らえられたとき、縄を切ってくれたのも袁であろう。逃げよ、といった声はいまも望の耳の底に残っている。老卅の死についていえば、老卅はやはり周軍をさぐろうとして兵に殺されたのであろう。あの集落が周の勢力圏にはいり、間諜がいな

くなったので、袁は配下の泯《びん》を送りこんだのである。泯は当然望が召に侵入することを袁に報せた。しかしその侵入者が望であることを袁が気づくのがおくれて、今日にいたったということであろう。

「袁どのが召伯にとりなしてくださったのか」

と、望はまえをすすむ袁に声をかけた。

「ちがう、わしではない」

袁は馬を停めた。望は馬をならべた。

「では、どなたが――」

「召伯のご嫡子だ。たったひとりで、ここまで深くわが邦にはいってきた者はいない、その者は神霊に護《まも》られているゆえ、殺すと不吉である、と仰せになり、召伯に引見をお勧めになった」

「神霊とは、これですよ」

望は釣竿をなでた。袁はかすかに笑った。

田圃《でんぽ》で働いている人がちらほらみえた。視界はつややかな光に満ち、なんとなく豊さがかよってくる。歉敝《けんぺい》から遠い光景である。

――召伯は善政をおこなっている。

直感である。望の心も豊かになった。

家が多くなった。やがて門がみえた。

「門前で下馬されよ」

袁にいわれた通りに馬をおりた望は、歩いて門をすぎた。しばらく歩くと、袁が二頭の馬を役人にあずけた。望の目前に宮門がある。

宮中にはいった望は無言のまま袁のうしろを歩いた。堂というべき高床の建物のまえで、

「釣竿をおあずかりする。背中の嚢《ふくろ》もおろされよ。なかをあらためる」

と、袁はいった。

まもなく望は低い階段をのぼり、席に着いた。さほど時がたたぬうちに堂下に人がふえ、堂上に数人があらわれた。召伯の重臣のようである。そのなかに袁がいた。

席が三つ空《あ》いている。

首《しゅ》の席とその左右である。

咳払いがきこえた。重臣は立ち、望も立って、拝手した。清らかな童子にささえられて着席したのが召伯である。金文《きんぶん》に、

「召伯父辛《ふしん》」

とあるのがこの人であり、商王とおなじように十干名《じっかん》をもっている。召伯の左右にすわったのは少壮の人物で、ひとりは十代にみえた。その十代の貴人が、

——嫡子にちがいない。

と、望の慧眼《けいがん》はみぬいた。ほれぼれとみた。容姿に光がある。英知をそなえ、しかも覇気があり、さらに優雅である。望はこれまで貴人をすくなからずみてきたが、これほど強く感通《かんつう》した人は過去に知らない。

まさしくこの貴公子こそ、召伯の嫡子で、

「奭《せき》」

という。『史記』では召公奭と書かれ、金文では、大保《たいほ》、公大保、皇天尹大保《こうてんいんたいほ》などと記されることになる、その人である。ついでにいえば召伯の子は奭のほかに、憲《けん》、旨《し》などがいるが、かれらの長幼はさだかではない。

「周侯姫昌《きしょう》の使者は呂望《りょぼう》と申します」

と、重臣のひとりが高齢な君主に告げた。

「呂望よ、周侯の言はいかなるものか」

召伯の声は高い。

「恐れながら申し上げます。周は先代の君主より商王に仕え、王朝に害をなさんとする族を伐《う》ち、王業を佐《たす》けてまいりました。が、ここにきて、商王の悪業は諸侯の和合を崩壊させ、民の生活を凝閉《ぎょうへい》させるようになりました。それを知った姫昌は、怏悒《おうゆう》のなかにおりましたが、ついに王佐の務めを棄《す》て、世を匡救《きょうきゅう》する決意をかためました。清世《せいせい》を実現させるために、清名のある召伯とお会いして、教戒をたまわりたい。それが姫昌の言でございます」

「ふむ、周侯はおのれの叛逆に、わしをまきこまんとするか」

「恐れながら――」

「黙れ。商王の悪業はいまにはじまったことではない。周侯はその手先となって、罪もない族を伐ってきた。しかるに自身が羑里《ゆうり》の獄に投げこまれるや、商王を怨み、出獄すると商王に戈矛《かぼう》をむけるという。その見識の低さ、その節操のなさは、きくたびに耳が穢れるおもいがする。さらに周侯の無礼は、わが邦にゆかりのある邑や族を滅ぼしておきながら、詫びのひとつもいわぬことだ。呂望よ、なんじはみどころがあるが、主が悪い。狼心《ろうしん》の主よ。わしは死ぬまで周侯には会わぬ。そう伝えよ」

謁見はこれで終わりであった。望は多少の落胆をおぼえた。

「羌公《きょうこう》――」

さわやかな声である。この声が望を愁困《しゅうこん》から救った。

羌公とは周のなかでの望のよばれかたである。異邦にいてそうよばれた望はおもわず首をあげ、声の主をみつめた。

微笑する白皙《はくせき》の顔があった。

「太子……」

と、おもわず望は奭をそうよんだ。

「はは、周侯は王きどりであるゆえ、世子《せいし》も太子というか。わしは小子でよい」

「小子のご高配で、この外臣は、途中で斃仆《へいふ》せず、拝謁の席にのぼることができました。感謝申し上げます」

「なんじは羌であるそうな」

「商に迫害された民のひとりです」

「羌族は山岳を守り、野におりてくる族はすくない。商と戦う族はさらにすくない。が、呂族は別で、その強さは鬼神を恐れさせるほどらしい。犬戎《けんじゅう》をみごとにいためつけてくれたな」

「不本意でしたが……」

「いやいや戦って、あれか」

奭は笑声を放った。堂上と堂下にいる人の数は半減している。むろん召伯はすでにいない。

「恐れいります」

「羌公が周の軍制を改革したことにより、周の軍事力は向上の一途をたどっている。周は渭水《いすい》の沿岸を制圧し、その威勢を東に伸ばそうとしている。すると、かならず商とぶつかる。周の兵力を三とすれば、商は十であろう。周の軍師として羌公の勝算はどうか」

「勝てぬとしても、負けはしません」

「微妙なことをいう」

「まもなく天下は二分されましょう」

「召を忘れてもらってはこまる。召兵は、羌公が鍛えた周兵にひけをとらぬ強さをもっている」

「小子、周は商にささげた洛西《らくせい》の地を、商より奪いかえして、召に献ずる用意があります。さらに、召の故地である河水の南岸を取り、それも召にさしあげましょう。そのかわり、周を後援していただきたい」

奭は微笑を斂《おさ》めた。

「羌公には誤解がある。召はかつて上帝より西方の天を祀《まつ》るゆるしをあたえられた。ゆえに西方の天下は召のものである。召が周に協力するとすれば、周が西方の天地を召にあずけ、西方からでてゆくときである」

「それは――」

むりだ、といいかけて、望は口をつぐんだ。

奭は腰をあげた。

「羌公、父君が死ぬまで会わぬと仰せになったのは、周侯に対してであり、そこもとにではない」

この一言は重要であった。

――召は周を完全に拒絶したわけではない。

というふくみを保った言であり、召は羌族とならば結んでもよいという意を諷《ふう》しているともいえた。さらに、異邦人の入来をこばみつづけてきたこの邦が、望にのみ、越境をゆるしたことになる。

――たいした世子だな。

帰途、奭の言動をふりかえるたびに、望は感心した。望の目に奭は十八歳くらいに映った。堂々たる十八歳である。召伯は老懶《ろうらん》の一歩まえにおり、おそらく奭が政務をおこなっている。邦を富ませ、兵を強くしているのは、奭の懿績《いせき》といってよいであろう。むろん奭は因循姑息《いんじゅんこそく》の人ではない。時勢に鋭敏であることは、望を羌公とよんだことからでもわかる。

――あの小子が召伯になれば、天下さえ取れる。

おのずと胸に盈《み》ちてきたこの空想は、不幸なひびきをともなっている。両雄はならび立つことができない。姫昌も奭も英雄であり、受《じゅ》王をあわせ考えると、三邦鼎立《ていりつ》、という図が浮かんでくる。夏《か》王朝が滅ぶすこしまえがそうであった。夏の桀《けつ》王、商の湯《とう》王、それに昆吾伯《こんごはく》が天下を三分して立っていた。

——そうなると、まさに澆季《ぎょうき》となる。

戦いは熄《や》むことはなく、難渋するのは民ばかりということになる。望としては、どうしても召と周とを結びあわせたい。が、周王も召伯も、主になっても従にはならぬ人であり、両国の同盟は至難というべきか。

郊まで送ってくれた袁《えん》に、

「召に入朝している族の数を教えてくれまいか」

と、訊いた。

「大小あわせれば、百を越える」

望はおどろかなかった。予想していた数である。召伯は周王にひとしい威光をそなえている。そう認識した望は、袁と別れて、周へむかった。

渭水に近づいたとき、山径に周の兵があらわれた。

「羌公か——」

「おお、小子……」

叔封《しゅくほう》が心配して渭水の南岸を巡回していた。かれは望のぶじな姿をみて大いに喜んだ。

そのあと、

「小瑜《しょうゆ》をわが妻に迎えたい」

と、いった。それについては周王の内諾をえており、小瑜の意向もたしかめたのだが、小瑜の養父というべき望の帰還を待って婚儀をすすめることになっていた。

「小瑜が喜んでいるのなら、わたしも愉《うれ》しい。周の地は、やはり小瑜に福をさずけてくれた」

望は自分の肩に明るい軽みをおぼえた。

望は周王に復命した。

黙って望の報告に耳をかたむけていた周王は、ときどき苦い表情をした。謦言《けいげん》を待って、

「召伯は自尊の化け物だな」

と、苦さを吐きだすようにいった。

「王よ、召伯に西方を残らず譲与なさいませ」

望はおもいきったことをいった。

「む……」

「天下の四分の三を周が有し、四分の一を召が有す」

周王は声のない笑いをみせた。

「わしは受王を伐たぬ」

「では、王が受王に東方をさずけ、天下の半分を有する」

「そう、うまくゆくかな」

「明年、受王は東方征伐にでかけます」

「ほう、東方へ征《ゆ》くと決まっているのか」

「そうです」

「ときどき羌公はふしぎなことをいうが、羌公にとっては自明なことなのであろう」

「そこで、周は邘《う》を伐ち、さらに崇《すう》を伐つ」

邘は盂方《うほう》の本拠があったところで、そこが盂方の滅亡後、商王室の直轄地になり、邘と名を変えた。崇はいうまでもなく崇侯虎《こ》の邦である。つまり邘と崇とを伐つということは河水の北岸と南岸を制圧するということで、周の勢力が商の近畿に接することになる。

周王の眼底から光がのぼってきた。

しばらく考えていた周王は、

「邘が先か、崇が先か」

と、問うた。

「邘」

望の答えは、みじかい。なぜか、と周王は問いを重ねなかった。

「では、邗を伐とう」

　この決定は周王と望とのあいだでおこなわれたものであり、内定といってよく、望はいったん集落にもどって族人にぶじな顔をみせ、小瑜を祝ったのち、日を置かず、蘇《そ》へむかって出発した。いよいよ何氏《か》、向族、有蘇氏《ゆうそ》の力を借りるときがきたのである。望の従者は、晅《けん》、虎《こ》、呉《ご》、魋《たい》、獬《かい》の五人である。この五人はしきりに召《しょう》のことをききたがった。

「三度ほど死にそうになったが、風と釣竿が助けてくれたよ」

　望はそういうだけで、くわしいことを話さなかった。が、この五人にかぎらず、族人のすべては、望が召から生還したことに驚嘆していた。かれらにとって望の存在は神に近くなった。

　望が、何侯、向侯、蘇侯に会見して、帰途についたとき、秋が闌《たけなわ》であった。三人の君主は周王に従うことを約束してくれた。ついに周の勢力は中原《ちゅうげん》を侵すのである。

「邗を先に――」

　と、望がいったのは、邗が耆《き》とおなじように商の軍事都市であったからにちがいない。王の兵が常住している邑をまずつぶしておく。そういう策戦であろう。

　望は五人の従者のうち、呉だけを朝歌《ちょうか》にむかわせた。駲《しゅん》の家に滞在して、受王が東方へ出発したら、周へ急行する手はずである。

——呉の馬術であれば、受王の出発後、二十日以内に報せをもたらすであろう。

それから周軍がでてもおそくはない。望は周王に言上し、春を待った。

周原に薄く雪が積もった。春になれば小瑜は望のもとを去り、叔封の妻となる。

「継《けい》よ、さみしくはないか」

「さみしい。……さみしいかしら。やはり、さみしい」

「小子は継をえらばず、小瑜をえらんだ。なにゆえであろう」

「そういうさみしさではありません。わたしが刀をふるったのをみて、小子はひそかに愕《おどろ》かれたのでしょう。わたしは嫁するつもりはありません。ここがよいのです」

「そうか……。小子が食邑を有すれば、その妻である小瑜は君主の夫人となる。それにひきかえ継は呂族のなかで、声誉《せいよ》から離れて、生きてゆかねばならぬ。継をよく知っているわたしとしては、くやしいことだ」

「わたしは生きて、長のもとにいれば、それで満足です。長が結婚なさると知れば、さみしいと申します」

継の目に淡い雪が映っている。

——すでに継は二十二歳か。

十代が女の結婚適齢期である。そうおもえば継は婚期を逸しつつある。望の心に継のあきらめのようなものが染《し》みてきた。

年が明けた。

　呉が到着すれば、すぐさま出師《すいし》できる。そういう緊張とともに月日がすぎてゆく。小瑜の婚儀の日がきた。叔封が馬車で小瑜を迎えた。その馬車に乗って小瑜が去ると、継は声をしのんで泣いた。望は小瑜のために数人の族人を付けた。かれらは今後叔封の臣下となる。小瑜のほんどうの養父である鳴《めい》に、この婚儀のことを報せたが、この日にはまにあわず、鳴が望のもとにあらわれたのは、婚儀の日から十日後であった。

「主よ、こんな娯《うれ》しいことはない。小瑜は旧主の女《むすめ》です。これで主家の血胤が絶えずにすんだ」

「朝歌はどうか」

「朝歌では費中《ひちゅう》の評判がますます悪い。比干《ひかん》はついに王佐の席を棄て、東方に帰りました。比干が東方で叛乱を起こすと朝歌の民はうわさをしております」

　ついに商の王族内に巨大な亀裂が生じたのである。比干は東方で声望が高く、いわば東の伯であり、その有力者が受王を扶助することをやめたとなれば、かならず波瀾が起こる。比干の叛乱はうわさだけでおわらず、現実のものとなりうる。すると受王の東方征伐は長びくであろう。

「箕子《きし》のことは、きかぬか」

望の脳裡にあるのは、つねにこの賢臣の動向である。自分が打った手をはずし、逆手をとりうるのは、箕子しかいない。望がこの世で恐ろしいとおもっているのは、箕子ひとりである。

「ききません。が、玉座の近くにはいないようです」

と、鳴はこたえた。望がおもうには、箕子と受王が離れているときに、周が挙兵するのがもっとも安全であるということである。それゆえ、受王が東方へ発《た》つのを待っている。

鳴は呂族の集落に三日ほどいて帰った。

それから二ヵ月後の六月に、呉が周原にあらわれた。

「受王がでたか」

五月に受王は親征のために朝歌を発したという。呉がもたらした急報はすでに程《てい》にいる周王のもとにとどいている。望は立った。凜々《りんりん》と歩いた。

――商と戦う。

この意識が濃厚になった。このたびの出師は、隠密な行軍はせず、河水にそって堂々とゆく。虚を衝《つ》くのではなく、充分に構えた相手を、ねじふせるのである。周軍の真の力をためす戦いである。

――父よ。いよいよ望は商と戦います。

　出師のまえに廟《びょう》にむかってそう告げた望は、なにかがこみあげてくるのをおぼえた。たった六人の族がここまで大きくなったのである。

「員《うん》よ、留守《りゅうしゅ》をたのむ」

「今回はおとなしく命令に従いますが、つぎはそうはいきませんぞ」

　望は微笑しつつうなずいた。

　周軍は七月に孟津《もうしん》に着いた。何族は武装し、おびただしい舟を河水に浮かべて周軍を迎えた。ここでいちど軍議がひらかれた。周軍が邘《う》を攻撃すれば、河水の南に位置する皐《こう》や鄭《てい》などから援兵が発せられる。それを何族に遮断してもらわねばならない。

「河水上、および南岸の路は、わが族が制している。商軍は一兵たりとも通さぬ」

　と、何侯は豪語した。

　北岸の路《みち》を向侯《しょうこう》と蘇侯《そこう》に制してもらわねばならぬので、周王はこの日のうちに渡河をおえて、向侯の迎えをうけた。

　翌日、向邑にはいった周王は蘇侯の到着後、布陣を確認しあった。向の西方には勤王の族である宣方《せんぼう》がおり、その宣方に退路をふさがれないように、向族に周軍の後方を警戒してもらわねばならない。また、有蘇氏には、河水の北岸に布陣してもらい、商の援軍をくいとめてもらう。

　蘇侯は目を赤くして、

「これでわが有蘇氏の宿願をはたせる」

と、感慨をあらたにした。およそ五百年間、有蘇氏は商に屈服しつづけてきた。長い屈辱の歴史である。その汚辱《おじょく》から、今日、脱するのである。

「たとえわが軍が邗を落としても、この先、蘇、向の各邑は商の脅威にさらされる。それでもよろしいか」

と、周王は念を押した。

「いまや群黎百姓《ぐんれいひゃくせい》、受王を憎み、周王の到来を待ち焦がれております。滅びゆくしかない受王が回天の機をつかむようなことになれば、この世は塗炭《とたん》の苦しみとなり、わたしはそういう世に未練《みれん》はない」

と、蘇侯はきっぱりと言った。周に帰属したかぎり、死んでも商には降伏せぬという決意を述べた。向侯もそれはおなじで、

「人を犠牲にしつづける王朝を終わらせるために、微力をささげたい」

と、はっきりいった。

「伊尹《いいん》のごとき人よ、鳴條《めいじょう》の戦いは、いつあるのか」

蘇侯が急に望に顔をむけた。商との大決戦はいつになるのか、と問うたのである。

「五年以内です」

あっさりと望はいった。

にやりと笑った蘇侯は、

「周王には隠さずに申しますが、羌公がまだ無名の賈人《こじん》であったころ、この者が千載《さい》にひとりの英傑であるとみぬいたのは、わが史官の磊老《らいろう》であった。わたしも呂望の異才を認め、臣下にしたく存じましたが、やんわり断られました。その大才を臣従させた周王は、万載にひとりの聖王でありましょう。周の王朝は、千載続くと祝わざるをえませんん」

と、張りのある声でいった。

「蘇侯の祝辞、愉《たの》しく受けた。では、立とう」

この一声で、周軍は北上を開始した。

五日目に周軍は邘の攻撃をはじめた。後軍をあずけられている小子旦《しょうしたん》に、

「商の援軍と戦うことになれば、ご一報を——」

と、望はいった。周軍は急にふくれた。野にかくれていた盂《う》方伯《ほうはく》の旧臣や鄂《がく》の遺民が従軍を乞い、邘の攻撃に参加したからである。

七日後に、向侯と小子旦からの急報が同時に本陣にはいった。宣方の兵が向邑を攻撃中であるという。宣方の兵はおよそ千五百である。

「わたしがかたづけてまいりましょう」

望が腰をあげると、周王は掣《せい》し、

「おもな援兵は東からくる」

と、いい、檀伯達《たんはくたつ》を呼び、兵をさずけた。

おなじころ、河水の上で舟戦がおこなわれていた。皐侯《こうこう》が兵を発し、渡河を敢行しようとしたのである。それを察した何侯が河水上に舟をならべて阻止した。一方、鄭北《ていほく》にある商の軍事基地から、正規兵が河水を渡り、北岸の路を通って邘を救援しようとしていた。蘇侯の配下がそれを知り、

「王のご指示を――」

という使者が本陣に駆けこんできた。

「蘇侯は沿岸からお動きにならぬように――」

と、速答をあたえた周王は、邘の包囲のために二千に満たぬ兵を残し、主力軍を東に移動させた。

ところで、鄭北の軍事基地は、金文《きんぶん》では、

「闌《かん》」

と、いう。闌はふつう、らん、と読まれるが、のちにその地名は、関《かん》とも管《かん》とも書かれるので、やはり、かん、と読むのが正しいであろう。それゆえ闌に駐屯していた兵は、闌師とよばれる。その闌師が猛進してくる。

「兵力、二万」

続報がはいった。周の主力軍は一万余である。

「ここで潰滅《かいめつ》させてしまえば、あとが楽です」

と、望は平然といった。

「相手は諸侯の兵ではなく、商王の兵だ。羌公、自重してもらいたい」

「虎賁《こほん》を隠しておきます。王はゆったりとご見物を——」

そういった望は呂族の兵を先鋒に置き、自身は兵車に乗って、闌師を邀撃《ようげき》する陣を布《し》いた。呂族のうしろには太顚《たいてん》、閎夭《こうよう》、散宜生《さんぎせい》の強兵が詰めている。そのうしろに芮侯《ぜいこう》、虞侯《ぐこう》、髳侯《ぼうこう》の陣がある。

草原のかなたに白旗があらわれた。白い林が出現したようである。周軍の旗は赤で、草原に立つ炎のようであった。

すぐには交戦せず、一夜を経て、戦闘が開始された。望は背に風を感じている。いつのまにか闌師は逆風に立たされている。こうなると弓矢の威力が格段にちがう。おもむろに敵陣に近づいた望は、

「放て」

と、射手に命じた。矢合戦で勝ちを得るや、すぐさま歩兵を前進させた。このするどい攻撃は、斧鉞《ふえつ》を敵陣にうちこんだようで、そこから敵陣が裂けた。勝機をのがさぬ閎夭は、兵の先頭となって商の先陣を切り崩しはじめた。

呂族の兵が前進するにつれて、敵陣が大きく割れてゆく。白い林を赤い炎がなめてゆくようである。そのあざやかさにうっとりしはじめた周王は、はっと我にかえり、虢仲《かくちゅう》と叔鮮《しゅくせん》に合図を送った。兵車を中陣近くにひかえさせていたのだが、商軍の陣が四分五裂しそうなので、兵車を繰りだして退路をふさぎ、追撃にかからせた。合図とともに百五十乗の兵車が左右にわかれて発進した。同時に周王のいる中陣も前進した。鵬《おおとり》が翼をひろげて飛びはじめたといってよい。その兵車の突撃によって商軍の側面が大破され、先陣が孤立し、中陣が簸蕩《はとう》した。ほとんど同時に呂族の兵は敵の中陣に尖角《せんかく》を突き刺した。どっと商軍が崩れた。

「殺すな。獲《か》れ」

望は声を嗄らして命じた。闡師の半分は商民族ではない。捕虜になればすなおに周に従う民である。

兵車が旋回してきた。車上の武人は閎夭である。

「羌公、——大勝ぞ」

「閎公のお働きはめざましい」

「はは、そうか、そうか」

機嫌のよい大笑とともに閎夭は潰走する商兵を追撃しはじめた。

——まさに大勝である。

快勝とはこれであろう。周王は王族の兵を放ち、敵兵の捕獲を命じた。翌日まで追撃戦を続行した。それによって得た敵兵は二千を越えた。周王は日没をみて追撃戦をやめ、一夜休息をとって、翌朝、邘《う》にむかい、翌々日、邘を苛烈に攻めた。闌の援兵が潰滅したことを知った邘の兵は戦意を喪失し、ついに降伏した。のちにこの邑には太子発《はつ》の子がはいるが、さしあたり周王は重臣のひとりに守らせることにした。

続々、捷報《しょうほう》がとどいた。何氏は舟戦で阜兵を破り、檀伯達は向族と協力して宣方の兵を撃退した。また小子旦の後軍は、別途を通って邘を援けようとした蕭侯《しょうこう》を降した。

周王は周軍に協力した盂方伯の旧臣や鄂の遺民を邘にいれ、降伏した商兵を檀伯達にあたえた。

「津《みなと》のすぐ北に邑を築け」

向を衛《まも》り、宣方を防ぎ、河水の南からくる商兵にそなえるために、その地に要塞を築くのがよい。その邑を出現させることによって、向、邘、蘇という方形の空間が生じ、たがいに連絡をとりあえば防衛が固くなる。

帰路、のちに成周とよばれる洛陽の地をながめた周王は、

「ここに大邑を造りたい」

と、左右の者にいった。このころ邘の陥落を知った崇侯《すうこう》は、

——つぎは、わしか。

と、戦慄した。

周兵といっても武装を解けば民にもどる。秋の収穫時に戦場に民がいることは、国力を落とすことになる。その点、周軍の帰着は適時といってよかった。

だが、望は休むひまなく、召へむかった。根気よく召伯を説かねばならない。往来に
危険がなくなったので、望は咺《けん》と獬《かい》を従者とした。召にはいると人の白骨が目につくの
で、

「この邦は商とおなじではありませんか」

と、獬は眉をひそめた。ぶきみな邦であることはたしかである。

今回は、召伯の体調がすぐれぬということで、拝謁はかなわず、小子奭《しょうしせき》と会談した。

「周は邘《う》を落としたか」

「来年は、崇《すう》を落とします。太嶽《たいがく》をとりもどす足がかりができます」

「周は東へ東へ往《ゆ》き、召に西方を明け渡してくれるのか」

「そうしなければ、召の協力を得られないのですから、そうするしかありますまい」

「ふむ、たとえば周が天下の半分をにぎる。そのとき周はほんとうに召に西方を譲る
か」

「周の君主は、そういう人です」

信じられぬ、という顔つきを小子奭はした。古往今来、そんな覇者はきいたことがない。

「ところで、邘が落ちるや、商の使者が召伯のもとへ馳《はし》らなければならないのに、そのけはいがない。箕子が健在であれば、かならず打つ手は、それしかない」

「箕子は受王にうとまれ、顕職にはいない。引退同然である」

「よくご存じです」

「つぎは、崇か……」

小子奭は冴えぬ口ぶりでいった。崇の陥落は召にとっておだやかならざることである。周が巨大となっても、召は商と結んで周に対抗するつもりはない。戦うとなれば召は単独で戦う。その時宜《じぎ》を逸すると召は衰退しなければならなくなる。

「羌公は女好きだな」

「はて——」

望は面食らった。

「そうではないか。女を釣りたがっている」

望は宮室をしりぞいたあと、身をそらして笑った。咺と獬はあっけにとられた。

「わたしは天下の好色か。さすがに小子奭よ」

「どういうことでございますか」

「わたしの釣竿は、まず周王を釣った。つぎに召伯を釣ろうとしている。周は姫《き》姓よ。召は姞《きつ》姓よ。どちらも女へんがついている」

「あ、なるほど」

文字のわかる獬は、困惑ぎみの咺に、足もとに文字を書いて説明した。ようやく咺が歯をみせた。

この年、受王は帰還しない。

冬のあいだに望は出師の準備をおえた。

——ついに崇を伐つ。

この感慨は周王において特別なものであろう。崇侯の讒言《ざんげん》によって周王の運命は一変し、生死のあいだをさまよった。無実の罪を衣《き》せた崇侯を受王は処罰せず、放置したままである。崇を伐つことは両者の不正を匡《ただ》すことになろう。そう考えているにちがいない周王の意中を察し、望はきたるべき遠征を成功させるべく、呉《ご》と加《か》の兄弟、それに牙《が》を河水の南岸へひそかに遣《や》った。霍侯《かくこう》に周の挙兵に協力させ、許《きょ》族の長に武装をうながすためである。

さらに周王に内謁して、

「別動の兵をもって、何《か》族の舟をつかい、皐《こう》を急襲すべきです」

と、戦略を披露した。皐の位置は重要で、そこをおさえないかぎり周の経路は穴があいたままになってしまう。

「よし、旦《たん》と封《ほう》にやらせよう。それに弟を付ける」

弟は、虢仲《かくちゅう》のことである。のちに皐は東虢と呼ばれ、虢仲の食邑となる。

春風が吹くや、周軍は発した。

この行軍はかなり速い。

受王がいつ帰還するかわからないので、望は用心し、迅速な攻略をこころがけたのである。

「きたか」

崇侯は近隣の勤王の諸侯に急使を送り、さらに使者を朝歌へ駛らせた。意外なことに、反応がなかった。ひとり麿侯《れきこう》だけは援兵をだそうとしたらしい。

「だが、霍侯は周公に通じており、麿の兵を伐つかまえをしており、麿の東方にいる許も麿の背後を狙っています。麿の兵は動けません」

帰ってきた使者はそう述べた。

「何たることだ」

崇侯は憤慨した。が、費中《ひちゅう》は自分を見捨てぬであろうとおもった。しかしながら崇の使者の訴えをきいた費中は、

「周公はけしからぬ」

と、いっただけで、いつ援兵をだすとは確約しなかった。費中の一存では王軍を動かせぬということもあり、できるかぎり崇侯にはかかわりたくないという保身のおもいが、かれの決断をにぶらせた。翌日、突然、箕子が参内し、

「費中、なんじは商を滅ぼす気か。牧野《ぼくや》の兵をすぐさまだして崇を救え」

と、けわしくいった。が、費中は冷笑を浮かべ、

「ご老台こそ、商を滅ぼしましょう。牧野の兵は王都の衛りです。それをはずして、王都が衛れましょうか」

と、こたえた。商は崇を見殺しにした。この事実が、諸侯を周へ奔《はし》らせることになる。商の宰相であり、受王の忠臣である費中が、崇の危難をきいても動けなかったほかの要因として、

微子啓《びしけい》

の存在があったかもしれない。『史記』には、微子は帝乙《ていいつ》の長子で受王（紂王《ちゅうおう》）の庶兄であると書かれている。が、受王の子であるとも考えられる。あるいは有力な王族のひとりであるのか。また子啓の封邑である微がどの地であるのか、わかっていない。微は郿《び》であるという説があり、それであると位置は周より西ということになり、いかにも商都から遠すぎる。ほかに微は魏《ぎ》であるともいわれる。魏の位置は虞《ぐ》と芮《ぜい》のあいだであ

る。それでも遠いであろう。人方《じんぽう》との激戦のあった梁山《りょうざん》の北に微というところがある。ここならわからぬことはない。のちに微子啓は周に降り、商丘に首都を置き、宋《そう》の始祖となる。その商丘は東方の微からまっすぐ南下したところにある。微は東方の一邑であったのではないか。

ひとつわかっていることは、微子は受王の批判者であるということである。耆《き》が周によって滅ぼされたとき、かれは受王の祭政のありかたに激しく疑問をおぼえ、諫言《かんげん》を呈した。が、その諫言が冷《ひ》ややかにしりぞけられたとき、もはや受王を諫《いさ》める者はこの王朝にはいないと絶望し、

——死するべきか、去るべきか。

と、悩んだ。死滅せざるをえない王朝と運命をともにするか、それとも王朝から離れるか。この懊悩《おうのう》は微子ひとりのものではなく、王族も群臣もそれぞれ決心がつかず、いわば反受王勢力が微子に結集しはじめた。費中が恐れたのはその勢力であり、自身が軍を率いて王都をでれば、その勢力によって玉座の周辺は一変させられ、自分も放逐されるのではないか。それゆえ費中は居竦《いすく》まったかたちをとらざるをえず、かれが戦う相手は周王ではなく、微子であり、

——微子を亡き者にしよう。

というのが、費中の行動の主題であった。費中は世論にも追いつめられていたのであ

る。

そういう王朝内の反目が、周王の軍事行動をたやすくした。

周王の賢さは、崇を攻めるにおいて、復讎《ふくしゅう》の色を消したということである。すなわち、崇侯は父兄を軽んじ、年長者を尊敬せず、訴訟の判決に公平を欠き、富の分配に偏《かたよ》りがある、崇の民は疲労しきって衣食を得ることもままならぬ。その崇の民を救うために崇侯を伐つ、と宣明した。さらに攻撃の直前に、

「人を殺してはならぬ。室《いえ》を壊してはならぬ。井戸を埋めてはならぬ。樹木を伐《き》ってはならぬ。六畜《りくちく》を動かしてはならぬ。命令にそむく者は決して赦《ゆる》さぬ」

と、全軍に厳命した。

人を殺さぬ軍がしずかに崇邑《すう》を包囲した。

が、周軍から別れて皐を攻略した軍は激烈な戦闘をおこなった。人方が立て籠もった梁山のふもとの沢は、のちに梁山泊《りょうざんぱく》とよばれて、難攻不落の地のひとつとして有名になるが、項羽《こうう》と劉邦《りゅうほう》が戦った楚漢戦争のころに、皐は成皐《せいこう》とよばれ、劉邦がその険阻《けんそ》をたのんで陣をすえたのがここである。要害の地は古代においてもおなじである。

小子旦の奇襲は成功した。かれにとってさいわいしたことは、皐侯をはじめ要人たちは、商人《しょうひと》のつねとして、酒に酔っていたことがあるらしい。のちに旦は弟の封《ほう》に、

「酒をやめよ。商をみてわかるように、徳を乱喪《らんそう》するのは、酒が原因である。大小の邦

が滅亡するのは、やはり酒が辜《つみ》をつくるからである」

と、さとした。ちなみにふたりの父である周王は、

――酒を彝《つね》にするなかれ。（『書経《しょきょう》』）

と、いい、酒の常習を禁じ、外交上の宴席での飲酒は認めたが、酩酊《めいてい》するまで飲むことをゆるさなかった。酒を飲んでいては民を教化することはできぬというのが周王の考えであった。

皐の兵は大いに戦ったが君主が酩酊から醒《さ》めぬことによって、この邑は陥落した。この要害は酒に溺れたといってよい。

一方、崇では、邑民が門をひらき、周軍に投降した。周王は崇侯を斬った。たったひとりを殺しただけの戦いであった。この周軍の戦いかたを知った諸侯と諸族の長は、周の軍門をおとずれ、周への帰属を乞うた。

ついに周王は河水の両岸を制したのである。

そこまで周が進出したということは、数年のうちに商との一大決戦があると予想され、近畿の諸侯も帰趨《きすう》に迷いはじめた。

周へ引き揚げる周王は、無言で無表情であった。怨みを晴らしたという悦びをいささかもみせなかった。どちらかといえば怏鬱《おううつ》のなかにいるようであった。

鳳黄《ほうこう》の虚《きょ》とよばれる地にさしかかったとき、周王の韈《べつ》（足袋）のひもが解けた。周王

が自分でそれを結んだので、近くにいた望が、

「どうしてほかの者にお命じにならぬのです」

と、きいた。すると周王は、

「上等な君主のまわりにいる者はみな師である。中等な君主のまわりには友がいる。下等な君主のまわりには召使いしかいない。それゆえ、近くの者を使うわけにはいかぬ」

と、いった。

周に帰った周王は豊邑《ほう》の完成を太子発《はっ》からきかされた。その完成と戦勝を祝う諸侯が続々と豊邑に集まった。周王はそれら諸侯にむかって、

「再来年に、孟津《もうしん》に集まってもらいたい」

と、迷いのない声でいった。

――再来年に、孟津に……。

それが何を意味しているのか、あきらかすぎることである。いよいよ商軍との大決戦である。戦いというものは、運よく勝つのではなく、戦ってみなければ勝負はわからぬというものでもなく、勝つべくして勝たねばならぬ、と望はおもっている。周王が軍を発することは、勝ちを取りにゆくのではなく、敵の負けを確認することでなければならない。そのためには、敵の内部を崩しておき、立ちあったとき、指一本で相手を倒せる

状態にしておきたい。

そう考えているときに、馴《しゅん》の配下が望のもとにきた。商王朝の有司や官人が周へ亡命したがっているという。

――よし、王朝が空《から》になるほど、亡命させてやる。

望は周王に内謁した。

「朝歌《ちょうか》に行ってまいります」

「羌公、わしは再来年に、悪王になるかもしれぬ」

「悪王を伐つ者は聖王でございます」

「桀《けつ》王を伐った湯《とう》王をいまだにそしる者がいる。いかなる王でも、主は主だ……」

周王は幽《くら》く笑った。

その声が、望が耳にした周王のさいごの声であった。まさか翌年に周王が逝去するとは知らぬ望は、おもだった族人を十人ほど従えて朝歌にむかった。馴の家にはいった望は、

――まだ受王が帰っていない。

と、知っておどろいた。まもなく夏が終わる。

「受王は東方で遊んでいるのか、苦しんでいるのか」

「遊んでいるのでしょう」

「幸せな人だ」

「苦しんでいるのは費中です。その費中に愛顧されているわたしに風当たりが強く、悪徳賈人とよばれそうです」

「駟よ、もうよかろう。肆《みせ》を閉じ、周へ移れ。それにしてもなんじが積んだ財は、巨富《きよふ》といってよい」

「周で太公とよばれる主が邑をさずけられるのは、遠いことではなくなりました。邦の運営には、祭祀や行政に長じた官人がどうしても要ります。亡命を希望する官人のなかで、すぐれた者をお招きになり、邦の建立にそなえねばなりません。そのための財です」

「そうか、財政はなんじにまかせる」

この日から、望は朝歌に隠伏して、王朝の貴人や官人の亡命を陰助しはじめた。また、妲己《だつき》の侍女のなかの間諜を摘発した。その女は費中の手先ではなく、飛廉《ひれん》と悪来《あくらい》という父子の内命をうけた者であった。

この年も、受王の帰還はなく、年があらたまって六月にようやく受王は東方から帰った。

この二年を越える受王の東方遠征は何であったのか。遠征を記録する甲骨文から戦闘の音はきこえてこない。

とにかく朝歌に帰った受王は愕然としたであろう。崇をうしない、諸侯はつぎつぎに離叛し、官人の脱出がつづき、微子《びし》のような親族も無断で王朝を去った。そこに比干《ひかん》が東方の兵を率いて強諫《きようかん》にきた。

「費中を罷免し、微子を執政にすべきである」

比干はそう受王に迫った。費中の罷免についてうなずいた受王であるが、受王を批判した微子に政柄《せいへい》をあたえるわけにはいかない。そこで比干を宮中に招いた受王は、比干を捕らえさせ、処刑した。つづいて近衛兵と牧野の兵をつかって、朝歌を制圧していた東方の兵を駆逐した。これによって東方の民がいだきつづけてきた商王朝への同情は冷えきった。

これよりすこしまえに、望は周へいそいでいた。

――周王崩御《ほうぎよ》す。

その訃報に接した望は、目の前が昏《くら》くなった。商王朝は崩落寸前なのである。この肝心なときに、周は主柱をうしなった。

――受王の運の強さよ。

はたして諸侯は太子発の命令に従うであろうか。ともすれば気が萎《な》えてくる望は、くりかえし自分をはげました。周にはいった望は、殯宮《ひんきゆう》が程《てい》にあるとき、そこへ直行した。埋葬はまだであった。棺《ひつぎ》のまえで望は哭《な》いた。涙がとまらなかった。卑しい賈人であった自分を、公、と呼んでくれた。つねに敬意をもって接してくれた。これだけの人物がほかにいようか。

望は悲しみのあまりこぶしで地を打った。手の皮が破れるまで打った。

――あの声をもはやきけぬのか。

望はひたいを地につけ、哭《な》きくずれた。

気が付くと、かたわらに太子発がいた。

「羌太公……」

わが師よ、われを導いてもらいたい、と発はしめった声でいった。

やがて周王の遺骸は程から畢《ひつ》に移されて埋葬された。畢は周の聖地で、周王がはじめて禴《やく》（瀹《やく》）という祭りをおこなったのもこの地である。その禴祭は、新菜を煮る祭りであるらしい。動物を犠牲にする商の祭祀とは一線を画するものであった。

太子発はこれから喪に服さねばならないが、望を招き、

「わしは父君の遺命を果たしたい。わしでは受王に勝てまい。どうすべきか、忌憚《きたん》なく述べてもらいたい。わしは公の教えにかならず従う」

と、いった。望はこの濁りのない声をきいて、ああ、天は周を見捨てなかった、と確信した。

「王の崩御を、諸侯に通達なさいましたか」

「いや、たれもが秘したほうがよいと申すので、訃《しら》せてはいない」

「それでは、先王の死をかくし、太子は即位なさらず、鎬京《こうけい》の造営をおつづけになるべきです」

と、望は強い口調でいった。

「だが、明年、孟津に集まった諸侯にはすべてがわかる。わしは諸侯を誑《あざむ》いたことになろう」

「先王の遺命こそすべてです。喪を秘したのも、受王を伐って商の民を救うのも、先王の遺命です。孝を徳の第一とお考えになっている太子は、遺命にそむくことを恐れるべきで、諸侯を恐れてはなりません」

「よく、いってくれた」

太子発はほっと肩から力を抜いた。

――正直なかただ。

望は内心に微笑を浮かべた。だが、正直だけではこの難局を乗り切ってゆけない。先王、すなわち文王が、人心を掌握する力ははかりしれないほど大きかった。たとえば受王の愛情をひとりじめにしているといわれる妲己の父である蘇侯が、受王に優遇されながら、娘を棄て、受王と手を切ったのは、きわどい賭けであり、その危うさのなかで周を恃《たの》んだのは、ひとえに文王を敬い、信じたからであろう。蘇侯は周という邦を信頼したわけではない。文王ただひとりを信頼したのである。自尊のかたまりというべき何侯《かこう》の真情もおなじであろう。そういう君主や族長はほかにもすくなからずいて、文王の死を知れば、翻身《ほんしん》して商に奔《はし》るかもしれない。櫛《くし》の歯をひくように続々と諸侯が離叛してゆく危機を周は迎えたといってよい。

「太子は諸侯を恐れてはなりませんが、諸侯を恐れさせると同時に尊敬されなければなりません」

「それよ、羌太公」

「太子の威光を天下に知らしめる手段はひとつしかありません」

「その、ひとつとは……」

「召伯を臣従させることです」

瞠目《どうもく》した太子発は、すぐに弱い笑いを目もとにあらわして、

「父君でさえできなかったことが、わしにできようか」

と、冷《さ》めた声でいった。

「先王にはできぬことも、太子なら、可能なのです」

望は地図をひろげ、孟津の南に指をついた。

「ここに新邑を築き、首邑とし、周の民はひとり残らずここに移るのです。空いた渭水のほとりを召にあたえる。それを決断なされば、召伯は太子の器量の巨大さに打たれて、

気をうしなったはずみに、臣従しましょう」

むろん冗談ではない。

太子発は歯をみせたが、その歯のあいだから笑声は漏れなかった。召に西方をあたえ、商との戦いに敗れれば、周の依《よ》る所はなくなり、ここまでの仡々《きつきつ》たる盛事は淅瀝《せきれき》たる風雪の下に沈むばかりである。

「太子よ、虎賁《こほん》はすでに三千人となりました。この虎賁だけで三万の商兵を破ることができます。さらに三百乗の兵車がそろいつつあります。それに周の全兵士の四万五千がくわわります。受王が二十万の兵を率いても、けっして周軍が負けることはありません」

決戦にそなえて文王は軍の充実をいそいだ。これも大いなる遺産である。

「羌太公が勝つというのであれば、きたるべき戦いは、勝つのであろう。よし、わしは迷わぬ。商に勝ち、中原へ移住する。父祖の地を召へ譲ろう」

「ご英断です」

望は腹の底から太子発を賛《ほ》めた。

——この一言で、太子発は文王を越えた。

と、いっても過言ではあるまい。すぐさま望は召へむかった。このとき望は小子旦に正使になってもらい、自身は一歩さがって副使になった。西方を召伯に譲るというのは、天を巨大な器に盛ってささげるたぐいの、すぐには信じてもらえそうもない話なので、太子発の弟を証人に立てたのである。

この年、はじめて小子旦と小子奭《しょうしせき》とが顔をあわせた。のちにこのふたりが周王朝の柱石となるのであるから、この初会見は事件といってよい。

「明年、周は軍を発します。それまでに召は岐陽《きよう》に移られよ」

と、小子旦は具体的なことをいった。

――この小子はみかけより肝が太い。

望はひそかに感嘆した。

小子奭は沈思していた。目前のふたりの声をきいているというより、ここにはいないたれかの声をきいている。望はふとそんなことをおもった。

「極秘のことであるが……」

奭は口をひらいた。召伯父辛《ふしん》の病が篤《あつ》いという。が、たとえ召伯が病牀《びょうしょう》にあっても、召伯が生きているかぎり、召は周とは結ばない。いまはそれしかいえぬ、と小子奭はいった。さいごに小子奭は、

「太子は大事をいそぎすぎておらぬか」

と、警告した。

「東土の民の湫々《しゅうしゅう》たる声に、天がいそげば、兄もいそがねばなりません。周の力がおよばず、東土の露と消えたら、召が天にかわって商を倒すべきです」

たしかに小子旦は器量を巨《おお》きくした。小子奭はここではじめて笑った。

秋から冬にかけて商人《しょうひと》の亡命がつづいた。

呂族もそれら亡命者をうけいれた。亡命にためらいのある君主は、周に密使を送り、交誼《こうぎ》を求めた。賢臣である辛甲大夫《しんこうたいふ》が商をでて周に奔ったのもこのころである。望は微《び》子《し》の脱出に手を貸したことがあるので、周王朝の樹立後は、商の遺民を微子にあずけて、反動をおさえることを考えていた。が、叔鮮《しゅくせん》は、

「王族のなかで、丁《てい》族が最有力である。丁族を利用せぬ手はない」

と、主張した。商の王族の使者も周にきているということである。裏を考えれば、太子発に受王を伐たせておき、丁族から商王をだすたくらみがないとはいえない。

――わたしは微子に会ったが、叔鮮は丁族の王子に会ったことはあるまい。

叔鮮には、武に長じている者がもつ傲慢さがある。傲慢さほど阿呆らしいものはないと望はおもっている。傲慢さは知恵を曇らせ、他人の知恵を近寄らせない。自信満々な者に献じられることばは諛言《ゆげん》しかなく、それは人格を低下させることばの毒である。受王をおもえばよい。耿暉《こうき》を放っていた王がいまや蹙迫《しゅくはく》のなかであえいでいる。叔鮮が周王室の嫡子であったらどうであろう。玉座のまわりは劣才で盈《み》ちるであろう。そうでな

いことは、天祐であるといえる。

商との決戦は明年の冬である。

望は厳冬のなかで多忙であった。

寒風のなかに馴《しゅん》の到着があった。馴に従ってきた者は、拇《ほ》や鳴《めい》をはじめ五百余人という多さである。

「すでに費中は貶降《へんこう》させられ、いまや商の執政は悪来《あくらい》です」

その報せには望はおどろかなかったが、つぎの馴の話に自分の耳をうたがった。

「比干の刑死後ほどなく、箕子《きし》が発狂しました。受王は、髪をふりみだして邑内を走りまわる箕子を捕らえ、獄舎にいれたようです」

「馴……、周は戦わずして商に勝った。勝負とはえてしてこういうものだ。相手が負けてくれる」

「主にとって、箕子はそれほどの難敵ですか」

「わたしは若いころに箕子に遭った。箕子は北方の王だ。機略にすぐれ、徳も大きい。周軍が冬に商を攻めるのは、北方の兵を雪によって商軍と切り離すためだ。だが、箕子に異常が生じたとなれば、北方の兵は商軍を援《たす》けないであろう。ただしそれが箕子の策略であるとすれば、当然、その発狂は佯《いつわ》りであり、箕子は受王を騙《だま》すとみせて、ほんとうの狙いは周を騙すことにある」

馴は顔色を変えた。

「配下を商都から引き揚げましたので、その真否をさぐりようがありません」

「まだ時がある」

あわてることなくそういった望の脳裡に浮かんできた人物がいる。

餤《たん》、である。

鄭凡《ていはん》の荷を護衛して東方へ行った仲間のひとりである。かれは鄭凡のために大いに働いたので、朝歌に帰還後、鄭凡の推挙により箕子に仕えることになったときいた。餤は武張った男であるが、おのれを知ってくれる者にたいして渾身《こんしん》で実直さをしめす良質をもっており、おそらく箕子の忠臣になったであろう。その餤を見張れば、箕子の異常の背後にたくらみがあるか、ないかがわかる。

望は周をでて鄭凡に会いに行った。

鄭凡は本拠を程から孟津《もうしん》の近くに移そうとしている。鄭にいる弟の鄭巡《ていじゅん》と連絡をとりあって交易をすすめてゆくには、本拠が河水の沿岸にあったほうが便利なのである。

望が鄭凡の家に着くまえに年があらたまった。

——ついに決戦の年になったか。

不安がないといえば妄《うそ》になる。亡くなった文王が兵を集めるのである。はたして諸侯は亡霊の指揮にこころよく従うであろうか。

鄭凡は活気のある表情で望を迎えた。大邦となった周で最大の交易をおこなう賈人になったのである。玉《ぎょく》と塩をあつかうようになってから、かれの富力は飛躍的に増大した。零落した自分を救ってくれたのが望であることをこの男は忘れたことがなく、望の来訪を知るや、最大級のもてなしをした。

「箕子に仕えた餤に親しい者が、配下にいないだろうか」

「おります。皁《そう》はよく知っています」

「皁は鄭凡どのの片腕だが……、ここは、周のために皁を貸してもらいたい」

望は事情を話した。鄭凡は眉をひそめた。

「箕子が獄舎を脱し、北方に帰っていたらどうなさいます」

「出師を延ばし、策略を練り直す」

それしかない。箕子はかならず北方諸族の兵を翕合《きゅうごう》する。その兵力が十万未満であっても、その軍は騎兵で成り立っており、商軍とはちがって迅速さをもった強兵である。とくに土方《どほう》が箕子を援けたときが問題である。

望は皁にも会ってから、孟津近くに邑をかまえている君主につぎつぎに会い、皐《こう》を守っている虢仲《かくちゅう》との会談をさいごに、周へ帰った。

「羌太公、晩春の風は吉報をはこんできた」

召の使者として袁《えん》がきた、と太子発はいった。召伯が薨《こう》じ、すぐさま小子奭が即位した。召伯奭は周との同盟を決意し、ひそかに太子発と会盟したいといってきた。たがいに喪中ゆえ、この会盟は極秘裏におこないたいということである。望はおもわず手を拍《う》った。

「何百の諸侯より、召伯ひとりのほうが頼りになります」

決戦

単純に密約とはいえない。

複雑な意味をもった会見がおこなわれたのは、渭水《いすい》の南岸である。

太子発《はつ》は渭水を渡って南下し、召伯奭《せき》は渭水にむかって北上した。周《しゅう》と召《しょう》の勢力が接するところが、会盟の地にえらばれたとおもえばよいであろう。

この会盟の微妙さは、太子発が周の君主でありながら、父の文王《ぶん》がまだ生きていることになっているところである。西方の君主のなかで文王の死去を知っているのは召伯奭のみであり、それゆえ召伯奭の会談の相手は周の最高指導者にちがいないものの、対外的には、周王の代人に会ったことになる。この会見は極秘裏におこなわれたのはたしかであるが、同盟の成立をあきらかにしなければ、とくに周にとって利益が希薄になる。

——周と召とが結んだ。

と、天下に喧伝《けんでん》してこそ、文王の死による諸侯の異意《いい》をおさえこみ、商《しょう》の顕貴な臣に動揺をあたえ、周の民の不安を解消することができる。一方の召伯奭は父の死をかくす必要はないが、喪に服しているあいだは、周と結びたくないという父の遺志を尊重しなければならず、周召同盟は密約にしておきたい。それゆえ召伯奭は会見の席で、

「わが邦《くに》は、あと二年、周のために兵を動かすことはしない」

と、はっきりいった。

すなわち今年の冬に予定されている周商決戦に召は参戦しないということである。太子発は大きくうなずき、

「先君の懿戒《いかい》のなかに心身をおくことが孝です。戍衛《じゅえい》に徹せられよ。周は召の静座を怨むことはない。またこの同盟は対等であるがゆえに、たがいに聘問《へいもん》しあうことはあっても、貢物《こうぶつ》をもって入朝することを強要しないようにしたい」

と、いった。

要するに、周は召の実力を下にみることはなく、召の武力を借りることもせず、召との交誼《こうぎ》をはじめたいということである。ともすれば、いやみにきこえかねないことを、太子発は何の衒《てら》いもみせずにいった。器量の声といってもよい。召伯奭もこの時代の偉《い》

器《き》であるが、太子発に果てしない大きさを感じ、圧倒されそうな自分に気づいた。

「太子、二年がすぎたら、わたしは伯を廃《や》め、公と称しましょう」

これが召伯奭からの贈り物であった。

ところで、ちかう、という字は、商では誓《せい》と書かれ、周では盟《めい》と書かれる。商人《しょうひと》は言《ことば》でちかう。それにたいして周人《しゅうひと》は血でちかう。盟の下部の皿は血が正しい。いけにえの血をすすりあうのである。

太子発と召伯奭の会盟は、ことばでも血でもちかったので、誓盟であったというほうがより正しいであろう。召は商王朝とおなじ質の祭祀を保存しており、召人のちかいかたは商人とおなじ流儀である。

とにかく周召同盟は成立した。

——これで召伯は受王に協力することはない。

それを確認できたことだけでも、周にとっては大収穫である。中原《ちゅうげん》にむかった周軍が背後を衝《つ》かれるということはなくなった。望《ぼう》は会場を去ろうとする召伯奭に拝手した。するど召伯は幽《ほの》かに笑い、

「ついにわしも釣られたか。女は、鉤《かぎ》なしで釣るにかぎる」

と、よく通る声でいった。その声を耳にした太子発は、あとで、

「召伯はおだやかならぬことをいい置いて帰ったが、羌《きょう》太公が女を鉤なしで釣るとは、

どういうことか」

と、望に問うた。

「周は女に臣が姓、召は女に吉《きっ》が姓、この両女を結びあわせるために、鉤をつけぬ釣竿をかついで奔走したことを、褒《ほ》めてくださったのでしょう」

太子発は感に堪えぬように手を拍《う》った。

「まことにそうだ。羌太公は天下一の釣り人である」

望は二邦を釣ったというより、のちのことをおもえば、天下を釣りあげたのである。

帰途についた太子発は、渭水を越えるまえに、ひそかに望を招いた。初夏の風が川面を渡っている。おなじ風が青葉を揺らし、木陰をも揺らした。太子発がすわっている筵《むしろ》に陽光がしたたり落ちている。

照れたような表情をしている太子発をみ

た望は、

――やわらかい話のようだ。

と、直感した。

「娶嫁《しゅか》について、ゆるしを得たい」

と、太子発ははぎれの悪い口調でいった。

「結婚でございますか」

「ふむ……、すでにわしには婦がおり、数人の子もいる。が、正婦をさだめておらず、当然、世子も決めておらぬ」

「存じております」

「そこで、呂《りょ》族から正婦を迎えたい」

「わが族から……」

「継《けい》どのだ。ゆるしてもらえようか」

望の心のなかに苦笑が浮かんだ。

――太子は継をごらんになったことがある。

おそらく叔封《しゅくほう》が継について太子に語り、興味をいだいた太子はひそかに呂族の集落をのぞいたのであろう。望が苦笑をおぼえたのは、そのこともあるが、男女を結びつける道筋を撩《おさ》めることに不器用である自分を感じたからである。

「太子……、わたしは最悪の媒人《ばいにん》です。配下の結婚をひとつとしてうまくまとめたことがなく、この話を継にもってゆけば、たちまち破却となりましょう。わが族が王婦をだすのはたいそう名誉なことであると同時に、すぐれた器量をもった継にとって、太子は天与の夫であるので、この婚儀を吉慶《きっけい》に載せて運びきる媒人をお立てください」

「羌太公でも苦手なことがあることを、はじめて知った。それでは、人を選んで、あらためて申し込もう」

「恐れいります」

「ただし、わしが生きて還ってこなければ、この話は虚空に消える」

太子発は渭水に目をやった。碧流《へきりゅう》に、一瞬、風の痕跡ができた。

集落にもどった望は、門前に立っていた継をみて、胸を衝《つ》かれるおもいがした。望は継を近くに置いているが、夫婦のごときいとなみをしたことはない。継が女であるという意識の目を望はどこかに置き忘れた。ところが太子発は新鮮な感覚で継をとらえ、継のなかに正婦にふさわしい何かをみつけたのであろう。

——たいした眼力よ。

望は太子発の勇気にも感心した。呂族は大族ではない。族人の数は千五百を越えたが、それでも周に属する族では中程度であり、しかも古参ではない。いわば周王の后《きさき》をだせるような家格ではない。だが太子発は、

「継どのを正婦に——」

と、はっきりいった。

太子発の篤実《とくじつ》な性格を考えると、その発言は、望を喜ばせたいだけの虚言ではあるまい。今後の王室のありかたをみすえた太子発は、継という一女性に渾々《こんこん》たる徳慧《とっけい》をおぼえ、王室内をその徳慧で染めぬきたいとおもったのではないか。大族を外戚にすることは、みかけの安定をもたらしてくれるが、太子発は虚飾をきらい、実を尊ぶので、正婦の出自を顧慮せず、人そのものを正面にすえて凝視し、洞察したといえるであろう。

——だが、継は太子の婦になることを喜ぶであろうか。

いちど継を手放して辛酸をなめさせたというにがい憶《おも》いのある望は、自分の口から結婚を勧《すす》めるつもりはない。

夏のあいだに、いちど、皐《そう》の使いがおとずれた。

「箕子《きし》はあいかわらず獄舎にいるとおもわれます」

「そうか。佯狂《ようきょう》だとおもったが……。いや、まだわからぬ。すまぬが、秋の終わりまで、餤《たん》から目をはなさないでもらいたい」

望は用心深いところもある。きたるべき決戦で太子発を殺すわけにはいかない。望の目に映らない兵力とは、北方の兵力であり、それが商軍を援けるか、援けないかで、戦況はいちじるしくちがってくる。

　秋にはいると、旱自身が周原にきた。

「羌公、商軍の兵力がだいたいつかめました」

「わかったか」

「おどろくべき多さです」

「わたしはおどろかぬ。いってくれ」

「すくなくとも四十万です」

　周軍の兵数のおよそ十倍である。ちなみに四十万を四億といったほうが正しいかもしれない。古代では、一、十、百、千、万という数の単位があったことはまちがいないが、万のすぐ上の単位が億であったとおもわれる。したがって一億が十万であると考えればよい。

　望は微笑した。

「商は底力がある。だが、それでも、受王は周の力を甘くみている。周の兵力はおよそ四万五千だが、兵の質がちがう。商軍が四十万、あるいは五十万でも、周軍が勝つ」

「箕子が獄舎にいてくれればの話ですね」

「そうだ。まさか箕子は獄舎のなかから、北方に命令をくだしているのではあるまいな」

「それはないとおもいます。餤どのは、沈憂《ちんゆう》のなかにいて動きません」

「いい男だな、餤は。箕子は捨て身で受王を諫《いさ》めたのだ。餤にはそれがわかっている」

「いったい受王は何を誤ったのでしょう」

「おもしろい質問だな。受王ひとりが正しかったがゆえに、王朝が誤謬《ごびゅう》をおかした、といったら答えになるか」

「ますますわかりません」

「はは、そうよな。正しい受王を諫めた者はすべて愚臣ということになる。とにかくあの王朝は明けても暮れても祭祀で、王をはじめ王族、貴族は毎日酒を呑んでいる。そういうかたちにしたのは受王の父の帝乙《ていいつ》だ。受王はいくら酒を呑んでも、酔わず、醒めている。それゆえ箕子は狂ってみせて、受王も狂いなさいといったのさ」

「いや、はや、わたしの頭のなかが狂いそうです」

皁が帰ったあと、望は秋空を見あげた。

——商という存在そのものが誤っている。

心のなかで、そう叫んでみた。

この年、望は三十七歳になっている。

ついでにいえば、太子発は五十歳である。

このふたりが、周に吹く風につめたさを感じたころ、周原に八百人ほどの集団があらわれた。数日後に呂族の集落に多数の男を従えた族長がおとずれた。かれは望に面会を求めた。

「わたしを憶《おぼ》えておられるか」

「むろん」

望は目で笑った。目前にすわった男は、犬戎《けんじゅう》のなかのひとつの族の長で、望と閎夭《こうよう》によって捕獲され、小子旦《しょうしたん》のもとへ送られたことがある。小子旦はこの族長を斬らず放遣《ほうけん》した。

「犬方《けんぽう》の族の多くは、渭水《いすい》の南から北へ遷《うつ》った」

と、この族長はいう。方《ほう》は人方《じんぽう》や宣方《せんぽう》などとおなじ方であり、邦《ほう》と意味はかわらないが、中央からみて実体がつかみにくく低俗であるという蔑視がふくまれた字かもしれない。それはそれとして、犬戎とよばれる犬方の族が北遷したのは、召が周と結んだせいであろう。犬戎には周にたいする根づよい反感がある。要するに、犬戎は周に従いたくないのである。

「周王の攻略によって、犬方は大損害をうけ、首長が病歿すると、後継をめぐって対立が起こった。首長の子のひとりは周にも召にも属さずに新天地を求めて北へむかい、ほかのひとりは召に帰付した。だが、わたしは周に付きたくなった」

「内郤《ないげき》にいや気がさしたか」

「それもある。わたしは強い者が好きだ。それで周にきた」

「小子旦にお会いになったか」

「会った。が、周と犬方とは仲が悪い。わが族は周人に嫌われているので、周では住みにくかろうといわれた」

「ふむ……」

「ただし、羌公だけが異邦の民をかかえて族をつくっていると教えられた。それに呂族が周では最強であることを知った。そこでわたしは率いてきた族人だけで集落をつくるのをやめ、呂族にはいらせてもらえまいかと考えて、ここにきた」

「わかった。わたしの下には且《しょ》という南人がいる。その者のさしずに従って住居をかまえるがよい。ただし大急ぎでやってもらわねばならぬ。あと二十日で出師《すいし》する」

「え、商を伐《う》つのか」

「そうだ。周の戦法に馴れてもらわねばならぬ。これも大急ぎだ」

「さっそく、大戦か。よいときにきたものだ」

と、族長は腕をさすった。

「名をきかせよ」

「わたしは狻《さん》という」

「では、猗よ、馬車に乗って族人を迎えにゆくがよい」

邦や族の力は人口に比例する。

ついに呂族は二千を越える人口をもった。この族は周のなかでは羌氏ともよばれているが、純粋な羌族の出身者は三百人未満である。まさに殺雑《こうざつ》たる族で、このなかには亡命してきた商人《しょうひと》もいる。望は族人を観察して、行政能力のある者をえらびだして、すでに小さな行政府をつくっていた。呂族が周の法に従うのは当然であるが、呂族にだけ適用する法も望は制定した。異民族をかかえ、治めてゆくには、法を最優先するしかない、と考えたからである。各民族がもっている宗教感情を越えたところに法を置かないと、この族はまとまらない。違法行為には、望は峻厳《しゅんげん》さをみせた。法には軍法もふくまれる。

「他族は知らず、わが族は、斉《ひと》しく生き、斉しく戦う」

と、望は猗をはじめ、犬戎の民に教えた。十日ほどたつと、猗は望を主とよび、

「主は公平な人だ」

と、敬意をあきらかにした。呂族の民は犬戎の移住民に嫌悪をしめさず、住居の建設にこぞって協力した。それにたいする謝意も述べた猗に、

「人は定住することで屯困《ちゅんこん》をふやしたかもしれない。緝穆《しゅうぼく》がいかにむつかしいか。だが、わたしは理想を追いつづけてゆく。そのためにわたしが努力するかぎり、族人はついてきてくれる」

と、望は諄々《じゅんじゅん》といった。

神の力を借りず、法の力を過信せず、族内を治めてゆくには、族長が徳を積んでゆかねばならぬこともさることながら、族人に理想を明示することである、と望は気づいていた。その理想を一言で、

「斉《せい》」

と、望はいった。不公平のない邦を樹てるのが理想である。商を伐つのはその理想への大いなる前進となろう。

「よく、わかった。わたしも努力する」

「狻は、兵車に乗ってくれ。族長であったという理由でそういうのではない。兵の統率力や指揮の能力がまさっているからだ。斉は、適材適所からはじまる」

中国で適材適所をこころがけ、はじめておこなった人物は伊尹《いいん》という太古の宰相《さいしょう》である。望の脳裡にある理想の人物は伊尹であったかもしれない。

周に寒冷の気がおりた。

いよいよ出師である。望の嫡子の伋《きゅう》は十七歳になっており、凜《りん》と張った声で、

「わたしも戦陣におつれください」

と、願意をあらわにした。伋は武威にあこがれてはいるが、どこかにやわらかみがある。そのやわらかみが戦場で伋を死なせぬであろうと望は感じつつ、うなずいた。

出師の直前、望はすべての族人に訓示をおこなった。

この決戦に勝てば、周は東進し、それにともない呂族は周原を去ることになろう。負ければ呂族の兵は中原の塵《ちり》と化す。その場合も、女と子どもだけになった呂族は、周原を去らねばならぬであろう。望が戦死するということは太子発も死ぬということであり、太子発の群弟のなかで、小子旦が生還すれば、呂族は小子旦を恃《たの》み、小子旦も戦死したならば、小子封を頼り、小子封も帰らぬときは、召伯奭《せき》に帰属を願いでたらよい。

それが訓示のおもな内容であった。

すべての族人は粛静《しゅくせい》として耳を澄ましていた。

呂族の兵は集落をでた。その数は八百余である。兵車は十乗で、そのなかの八乗に百人長が乗り、ほかの二乗は将の望と佐将の班《はん》が乗った。百人長は、呉《ご》、詠《えい》、員《うん》、牙《が》、馴《しゅん》、且《しょ》、咺《けん》、狻の八人である。望の兵車の御《ぎょ》は獬《かい》で、右《ゆう》は熊《ゆう》である。嫡子の伋は咺の兵車に乗ることになった。

このとき太子発は畢《ひっ》へゆき、文王を祭り、位牌《いはい》というべき木主《ぼくしゅ》を兵車に載せて中軍にすえた。ただし文王の死を諸侯に知られたくないのであるから、諸侯の集合場所である孟津《もうしん》まで、その木主には布がかけられていたであろう。

寒風に背を押されるように、周軍は発した。

が、すぐに小さな事件があった。

この軍が驪山《りざん》の北を通過中に、すくなからぬ兵馬が接近してきた。

「停まれ。あれは驪山氏の旅《りょ》であろう」

太子発は、一瞬、驪山氏が与力してくれるものだとおもった。小子旦が驪山氏の懐柔をおこなってきたが、この族はいまだに帰趨《きすう》を明確にしない。が、ついに周に従うことを決めたのであろう、と太子発はほっとした。

驪山氏の使者であろう、ふたりの男が、歩いて太子発に近づいた。

――おや。

望は兵車からおりて、太子発の兵車にむかって歩いた。

ふたりの男は太子発をうやまうしぐさをせず、馬の手綱をつかみ、仰首《ぎょうしゅ》した。

「あなたは亡くなられた父君を葬りもせず、干戈《かんか》を起こした。それが孝《こう》といえますか。臣下でありながら君主を弑《しい》せんとしている。それが仁《じん》といえますか」

激越な詆訶《ていか》である。

さすがの太子発も慍《むっ》とした。

側近は愕《おどろ》き、怒り、ふたりを斬ろうとした。その刃を押し退《の》けたのは望である。

「これぞ義人である」

と、いい、ふたりをかかえるようにして去らせた。

望が助けたふたりの男は兄弟であり、兄を、

「伯夷《はくい》」

と、いい、弟を、

「叔斉《しゅくせい》」

と、いう。じつは望は兄の伯夷の顔にみおぼえがある。伯夷というのは孤竹《こちく》の君主の呼称であり、望が孤竹の邑に住んでいたころ、君主のかたわらにいた童子を二、三度みかけた。その童子こそ、君主の嫡子であり、年齢は望とさほどちがわない。君主の席にすわるべき嫡子が、どうして驪山氏の使者としてあらわれ、太子発をなじったのか。望には、そのわけがわからず、また、訊《き》くひまもなかったが、ひとつわかることは、驪山氏は周の挙兵に反対しているということである。その兄弟は驪山氏の首長の代弁者であったということである。もしも太子発の側近が伯夷と叔斉を斬れば、驪山氏はあきらかに周に敵対し、驪山の麓を周軍に通らせないようにするであろう。そういう最悪な事態を望は未然にふせいだ。

ところで、兄弟の出奔のわけはこうである。

一年ほどまえに孤竹の君主が亡くなった。この君主は亡くなるまえに、三男の叔斉を君主に立てることを示唆した。それを察知した長男は、父が薨《こう》ずるや、弟に君位を譲ろうとした。長男はいちど即位したのである。そうでなければ伯夷とよばれない。

「父君のご命令である」

伯夷は叔斉にいい置いて孤竹の邑をでた。が、叔斉は、兄をさし置いて君主になるわけにはいかぬ、といい、兄を趁《お》って邑をでた。君主が不在になった孤竹では、邑民が仲子《し》を奉戴《ほうたい》して君位に即《つ》けた。

父祖の邑をあとにした兄弟は、周の文王が善政をおこなっていることをきき、はるばると周をめざして歩いた。羌族のひとつである驪山氏にたどりついたとき、すでに文王は亡く、太子発が挙兵したことを知った。驪山氏は周の隣にいるだけに、文王の死は知っていた。正義感に満ちたこの兄弟は太子発の暴挙をおもいとどまらせるために、驪山氏の首長を説き、兵をだしてもらった。しかしながらふたりの直言は無視された。憤然としたふたりは、

「今後、けっして周の粟《ぞく》は食べぬ」

と、決意を語りあい、実際、驪山氏が周に同情を示すようになると、驪山を離れ、渭水ぞいに東行し、河水を渡って首陽山《しゅようざん》に隠れて、そこでついに餓死した。ふたりは死ぬまで太子発、すなわち武王を非難しつづけ、武王の革命は、

——暴《ぼう》を以て暴に易《か》える。

という愚行であり、武王はその非を知らないと痛罵《つうば》し、周のいう天命とは虚《うそ》であり、真の天命は衰えている、と血を吐くように嘆いた。

たといってもよい。

伯夷と叔斉の壮絶な主張と行動は、革命期という激動の時代における、一隻眼《いっせきがん》であった。

周王朝の樹立を死んでも認めない勢力があったはずであり、かれらはその代表者となった。

しかしながらふたりが太子発《はつ》をいさめたことばのなかに、孝と仁があり、望がふたりをかばったとき、義人、といった。その孝、仁、義はどう考えても儒教の理念であり、孔子以後の用語におもわれるので、伯夷と叔斉の説話は事実無根であるといいきることもできる。武力革命でない革命は、禅譲《ぜんじよう》、とよばれ、王が臣下に王位を譲るかたちのものであるが、その禅譲の思想が一般に知られるようになったのは、戦国時代の斉の威王《い》の治政以降であり、威王は姫《き》姓でないのに王を称したのであるから、周王室の正当さを否定する話を悦んだにちがいない。伯夷と叔斉の説話はそういう思想の土壌から生じて大きく根を張り、葉を繁らせたもののひとつであろうと考えたくなる。

それはそれとして、挙兵の前後に、

「いかに遺命とはいえ、それを果たすことは、叛逆になります。ご再考ください」

と、太子発に直言した者がいたと想像できなくはない。太子発はその諫言《かんげん》をきかずにして兵を東に進めた。

——気色《きしよく》がすぐれない。

望の目に太子発はそう映る。諫言がこたえているのであろう。受王に勝っても受王をうわまわる悪王になっては立つ瀬がない。

——なるほど、これは悪だ。

と、望はおもう。が、悪にとどまっている悪ではない。善をつきぬけたところにある悪であり、この悪もつきぬければ善にあたる。いわば比類ない善であり、こういう善を展開する者は数百年にひとりである。そう太子発にいいたいところであるが、太子発は人を近づけぬふんいきをもっていた。

諸侯の集合場所である孟津まであと三日というところにきて、太子発は木主の覆いをとり去った。そのときから太子発の表情に晴れ間がのぞくようになった。懊悩《おうのう》からすこしずつ脱しているのであろう。

——きまじめなかただ。

望はますます太子発が好きになった。太子発は孝子である。文王の死をかくしたまま兵をすすめると、叛逆の汚名を文王がかぶることになる。父を尊ぶ太子発は、もはや父の死をあきらかにして、その汚名を自身に浴びることに肚《はら》を決めたのであろう。望はそうみた。

四方の地平から旒旗《りゅうき》と兵馬の影が湧いた。諸侯の兵である。立ち昇る砂塵が天を暗くした。

集合した諸侯のほとんどは文王の死を知らず、木主をみて、はじめて太子発が喪中にあることを知った。が、周の実情を知っても、陣を払って帰る君主や族長はひとりもいない。西南方の族はかつて周に誼《よしみ》を求めたことはないのに、参戦しようとしている。

――召伯の好意であろう。

と、望は察した。召に入朝している族は百を越えているときいた。それらの族がこぞって周を助けようとしている。

「諸侯の数は五百を越えました」

と、獬はおどろきの声をあげた。

「あと一日待って、河を渡る。対岸にはすくなくとも百の諸侯が集合しているはずだ」

太子発のもとに、河水の北岸に邑を築いた檀伯達《たんはくたつ》が報告にきた。その報告を望もきいた。商軍の兵力はやはり四十万である。

「わたしが得た情報でも、四十万でした。商にしてはすくない」

望がそういうと、檀伯達は目をむいて、

「四十万ですぞ」

と、声を高めた。だが、望の計算では、商王朝に同情する諸侯は千人はいるはずで、かれらが一旅《りよ》（五百人の兵）をだせば、五十万という兵力が現出しなければならない。ところが商軍は四十万であるという。

——やはり、北方の兵が不参加なのだ。

それに東方の兵も参陣していないであろう。そうおもえば、受王は四十万人をよく集めたといえなくはない。

「受王はその四十万をどうするのか」

と、太子発が望の意見を求めた。

「大軍には策は不要です。広大な平原にすえて、敵軍を包囲殲滅《せんめつ》する。その広大な平原とは、牧野《ぼくや》でしょう。牧野しかない。しかしながら受王は周軍に付属する諸侯の兵の多さをみて、落胆するでしょう。まず、包囲はできない」

「ふむ……」

太子発は望がひろげた地図を穴のあくほどみつめていた。

翌日、諸侯の数が百人ふえた。

ついに太子発は有司を通じて諸侯に訓言をあたえた。

斉栗《せいりつ》して信なれ。予《われ》、無知にして先祖の有徳《ゆうとく》の臣を以《ひき》いる。

小子、先功を受けて、畢《ことごとく》賞罰を立て、以《もっ》て其《そ》の功を定めん。

斉栗するとは、斉慄《せいりつ》する、つまり慎《つつし》み恐れるということで、そういう態度でわが言をきけ、と太子発はいったのである。信なれ、とは、わしを疑ってはならぬ、ということであろう。小子は太子発自身の謙称である。ここにきて賞罰を立て、功を定める場所は戦場以外ありえない。

すぐさま望は、諸侯にたいして、

「なんじの衆庶《しゅうしょ》となんじの舟楫《しゅうしゅう》を総《す》べよ。おくれて至る者は、斬る」

と、号令した。衆庶は多くの人ということであるが、この場合、兵である。楫は、かじ、または、かい、のことである。

諸侯の兵は争うように河水を渡りはじめた。

太子発の舟が中流にさしかかったとき、吉瑞《きつずい》があった。白魚が舟に躍《おど》りこんだのである。白は商が尊ぶ色であり、魚の鱗《うろこ》は甲《よろい》である。すなわち白魚とは商兵であり、その白魚が周の舟にはいった。太子発はうつむいて白魚をとらえ、天を祭った。

吉瑞はまだあった。

太子発が河水を渡りきると、突如、下流の河上に火が起こり、それが水面を走って上流へゆき、復《かえ》ろうとする火が太子発の屋形《やかた》に近づくや、ながれ去って烏《からす》となった。赤い烏である。そのふしぎな鳥が、

「魄《はく》」

と、鳴いた。いうまでもなく、赤は周の色であり、鳥は天帝の使者である。太子発の

偉業がまもなく成就することを告げにきたのであろう。

　白魚をみた者はすくないが、赤烏《せきう》をみた者は多い。

「このたびの勝利はまちがいなし」

という声が、あちこちの兵営であがった。呂族の兵営も明るいおどろきの声に満ちたが、望だけは表情を固くしていた。それに気づいた獬が、

「わたしは河上を走る火が烏に変ずるのをみました。あれは天が太子を祝ったあかしではないのですか」

　と、訊いた。

「獬よ、受王も上帝に貞《と》い、吉をさずけられて、出陣するのだ。吉瑞は周にばかりあるわけではない。戦うまえから、勝った、と浮かれていては、行軍や布陣に傲慢さがでる。吉瑞をみたら、かえってつつしまねばならぬ。それを諸侯は忘れている」

　望はいやな予感をおぼえはじめている。

　翌日、河水の北岸に百数十の諸侯があらわれた。合計すると、孟津の地に集合した諸侯は八百にのぼる。その兵と周兵とをあわせると四十万を越える。商の兵力にまさることになった。諸侯はうちそろって、

「紂《ちゅう》(受)、伐つべし」

と、声を大にした。その声がくりかえされるなかに姿をあらわした太子発は、諸侯に

たいしておもいがけないことをいった。

「なんじ、いまだ天命を知らず。いまだ可《か》ならざるなり」

天命を知らず、とは、天命の所在を知らず、ということであろうか。あるいは天命とはいかなるものなのか、わかっていない、ということであろうか。

望は内心のけぞった。

——太子にこそ、天命がある。

と、痛感したからである。孟津に集合した諸侯は文王を慕い、文王のくわだてに助力しようとした。かれらは文王の死を知り、文王の遺志が商を征伐することにあると想像し、文王の遺子を奉戴《ほうたい》して商都に攻めのぼろうとした。しかし、それでは太子発も兵車上の木主にすぎず、諸侯の意志に推輓《すいばん》されるがままになってしまう。たとえ商軍に勝っても、諸侯は口をそろえて、

「われわれが勝たせてやった」

と、太子発にいい、恣意をむきだしにするであろう。太子発にとってそういう勝利は不要である。孟津に木主を運び、集合した諸侯を文王の霊にみせたのは、太子発の孝行のひとつである。が、商を攻めるのは自分の意志としておこないたい。文王にではなく自分にどれほどの諸侯がついてくるかをみきわめたい。それゆえいまは商を攻めぬ。太子発の胸中にあったことばはそれではなかったか。

――何という勇気か。

望は感動した。しかしながら、諸侯は唖然《あぜん》とした。蘇侯《そこう》は望に近づき、

「もしや、太子は千載一遇の好機を逸したことになるのではあるまいか」

と、幽《くら》い息を吐いた。

「僥倖《ぎょうこう》によって得た勝利の上に王朝を開いても、朝露のごとくはかないものです」

望は諸侯に解散を命じた。

周兵は黙々と帰還した。

太子発はあっさりと即位式をおこなうと、喪に服すかたちで、あまり人を近づけなかった。

この年、のちに武《ぶ》王元年と記される。

ところで『史記』には奇妙な記述がある。武王が商を伐つべく出師して孟津に至り、集合した八百諸侯に、まだ商を伐つことはできない、といって帰還した年を、

「九年」

としていることが、それである。武王が即位して九年もたつはずがなく、文王の在位の年数にしてはみじかい。では、その九年とは何であるのか。考えられることは、文王が天命を受けたと信じられている年があり、その年を「受命元年」として、それから九年目にあたるということであろう。いいかえれば天下に臨《のぞ》む王朝は、商王朝から周王朝

へ移行され、その周王朝の九年にあたるということでもあろう。が、文王は受命九年に亡くなったとおもわれ、武王が軍を起こしたのはその年の冬ではなく、翌年の冬であるとしてこの物語はすすんできている。つまり周王朝の十年目が武王元年であり、帰還してすぐに武王二年になった。

春が熟さぬうちに、武王の使者が望のもとにきた。

望は継《けい》を呼び寄せた。

「わたしは何もいわぬ。継ひとりできいてくれ」

望は席をはずした。

使者が去ったあと室にもどった望は、ぞんがい冷静な継をみた。

「おどろかぬのか」

「なかば、おどろいております」

「王は太子のころ、継をみたらしい」

「存じております。叔封《しゅくほう》さまの従者になりすましして、ここにいらっしゃいました」

「はは、そうであったか。継にひと目で見破られていたか」

「威がちがいます」

「威光というやつだな。継はその威光をみぬき、しかも威光にたじろがなかった。太子にはそれがわかったのであろう。いままで継を忘れなかった」

「主は――」

と、いったとき、継の目が濡《ぬ》れた。

「わたしは諾否を王にお伝えしておらぬ。お断りしても不快におもわれる王ではなく、呂族にいかなる迷惑もふりかからぬ。継の心のままにすればよい」

「継はおそろしいのです」

と、肩をふるわせた継の手をとった望は、

「よく、わかる。わたしも恐ろしい。王宮は人を不幸にする。それゆえ、わたしは継を二度と手放さぬと自分に誓った」

と、いいつつ、涙の目をみつめた。

「ああ、主のおかげで、わたしは幸せでした。けれど、わたしは不安に満ちたかたをみてしまったのです」

ふしぎないいかたである。太子発に威をみた継は、おなじ目で不安をみたという。

――するどい女《ひと》だ。

望は驚嘆した。武王はいかめしい容姿をしているが、じつにこまやかな気くばりをする人で、人を傷つけぬように心をくだき、その心底には優しさが色濃くある。そういう優しさが、自己にたいしてはきびしさとなる。だが、継をみた太子発は、そのどちらにも徹せぬ自分をさらけだしたのであろう。もしかすると太子発は継に甘えたいとおもったのかもしれず、孤独な魂が癒《いや》されるのを感じたのかもしれない。おどろくべきことに、その太子発の声なき声の問いかけに、継は無言で応えたのである。

——これだから、男女はわからぬ。

ふと、望の目に涙が湧《わ》いた。継が去ってゆく、と全身で感じた。

「継……、ゆくのか」

不覚にも、涙が落ちた。目のなかのうなじが揺れた。継の髪が望のあごにふれた。継のふるえが望の胸中に幼いころの継の姿を、表情を、しぐさを、つぎつぎに映しだした。日をあらためて、再度、継の意思をたしかめた望は、小子旦に会い、それから驪山《りざん》にむかった。驪山氏に折衝を重ねてきたのは小子旦であり、その小子旦をさしおいて、驪山氏の首長と会談をもつことは、外交のすじからはずれるので、小子旦の代人として驪山にむかったのである。

——王の心痛の種は、驪山氏の態度である。

周の近隣にいる族で驪山氏だけが周に交誼《こうぎ》を求めず、武王を批判しつづけている。望が恐れているのは、周の国力がさらに増大すると、小子や重臣のなかに傲岸《ごうがん》が生じ、

「驪山の戎《じゅう》など撃攘《げきじょう》してしまえばよい」

と、いい放つ者がでることである。周が驪山氏と争うようになれば、せっかく周に順

服しはじめた各地の羌族が、

「周は商と変わらぬ」

と、その力政《りょくせい》を憎み、離叛するにちがいない。批判をうけいれるのではなく、批判者を撲殺するのが周王であるという悪評が立てば、武王の躬化《きゅうか》は無になり、たとえ武王が受王に勝って王朝を中原でひらいても、入朝する族は多くないであろう。おそらくいま武王が悩み苦しんでいるのはそのことであり、知恵の衍《ゆた》かな小子旦でさえ、驪山氏の懐柔をあきらめかけている。

が、望は驪山氏の首長の介心《かいしん》を融《と》かすつもりである。

要するに、驪山氏は周に帰属することがおくれ、いまごろ周に従えば、軽くあつかわれると恐れ、武王のくわだてに同調せぬのであろう、と望は考えている。驪山氏は誇り高いのである。それゆえ首長に面談した望は、

「西伯の舅《しゅうと》になったらいかがです」

と、おもいがけないことをいった。

「あなたが、伯夷《はくい》と叔斉《しゅくせい》を助けた、羌公か。なるほど知者らしいことをいう。が、残念ながら、わしには西伯の妃にふさわしい娘がおらぬ」

「存じております」

「知っていて、なにゆえ婚姻の話をだしたのか」

「驪山氏もわが族も羌族です。わが族に羌族の名を高める娘がおり、まもなく西伯に嫁しますが、首長にその娘の養父になっていただき、驪山からその娘を周へ送りだしていただきたい。さすれば首長は西伯の舅になりましょう」

「羌公――」

首長はおもわずうなってしまった。驪山氏は周王室の外戚《がいせき》になる。悪い話ではないと首長が感じた瞬間、周がかかえてきた難件のひとつがかたづいたといえよう。

この年の初夏に、望は武王の婚儀にそえて驪山氏の入朝を実現してしまった。以後、驪山氏は羌姓を棄《す》て、姫《き》姓を称えることになる。ただし驪山氏は山岳をおりて平原に邑を造ることをせず、その生活形態を変えなかったようである。また、驪山氏の養女として周王室に帰嫁した継は、名を邑《ゆう》とあらためた。史書には、

「邑姜《ゆうきよう》」

と、記される。姫《き》や姞《きつ》はその文字のなかに女をふくんでいるが、羌の字の下部が女に変わるのも、周王朝の体制のなかで、姓という意識が高まったからであろう。周王室が血を重視したがゆえに、母系による血縁集団が姓としてとらえられるようになったのであろう。それゆえ商王朝下では姓にたいする意識はとぼしかったであろうとおもわれる。

ちなみに羌太公は、のちに姜太公と書かれるようになる。

王后となった邑姜は、翌年、男子を出産する。

「誦《しょう》」

である。誦は武王の世子となり、武王の歿後に即位して成《せい》王となる。ところで成王の時代に、

「王姜」

とよばれる人物が周王室にいたことが金文《きんぶん》で確認されているが、それは成王の母か后《きさき》にちがいなく、臆断をいえば、幼い成王にかわって王室をきりもりした邑姜がそうよばれたのではあるまいか。ついでにいえば、文王と武王は諡号《しごう》であるが、成王は生号《せいごう》である。

さて、望は、継が呂族を去ってから、しばらく空虚感にさいなまれた。

小子旦に望の外交手腕は絶賛され、武王には大いに感謝されたものの、何かたいせつなものを失ったような気がしてならず、独りで馬を走らせ、渭水《いすい》のほとりに腰をおろして、碧《あお》い水のながれをぼんやりとながめるときがあった。

——わたしは、どうしたのだ。

と、望はくりかえし自分に問うた。継が他家に嫁することははじめからわかっており、いまさら武王の后になったことに驚嘆することはない。それなのに、継がいなくなると同時に、知覚がはがれたようで、夏の暑ささえ感じない。武王は明年に出師するかもしれないというのに、緊迫感が遠いものになっている。時のながれを泳いでいた魚が突然

岸に打ちあげられたようである。とにかく、むなしい。

——そうか。彪《ひょう》はこういうむなしさにいたのか。

集落にもどった望は、詠《えい》のほか数人に声をかけ、彪に会うために牧野《ぼくや》へむかった。

望はいきなり近畿にはいることをせず、河水南岸の道をえらび、闞《かん》もさけ、鄭《てい》にも立ち寄らず、さらに東にすすんでから北上した。棘津《きょくしん》にいた馴《しゅん》の配下はほとんど引き揚げて周に移り住んだが、まだふたりの配下が残っているときいたので、望は抙《ほ》をともなった。望はそのふたりの顔を知らない。

抙は津《みなと》へゆき、すぐにふたりをみつけた。ふたりは舟人として働いている。望は舟に乗った。ふたりが住んでいるのは対岸の崖下をくりぬいた横穴の住居である。入口を蔓《つる》草《くさ》が簾《すだれ》のようにかくしている。

「優雅な住まいだな」

冬は蔓草の葉が落ちるので横穴のなかに陽光が射しこむであろう。望がそういうと、抙は咽《のど》で笑った。

なかはぞんがい広い。

「こちらが羌公だ」

と、抙がいうと、ふたりの男は地にひたいをつけた。

「しばらくこの住まいを借りたい」

と、望はいった。

舟人のひとりがいうには、いま商人《しょうひと》で西伯を知らぬ者はいないが、ついで有名なのは羌望であるという。費中《ひちゅう》にかわって執政の位についた悪来《あくらい》は、羌望を憎み、羌望やその配下の所在を密告しただけでも賞をあたえるといっているようである。

「そうか。ずいぶん朝歌《ちょうか》をかきまわしたからな」

「今年は、朝歌を逃げ出す人がふえました」

事実である。西伯の軍がいちどは河水を渡ったことを知った官人や庶人は、つぎはかならず朝歌が攻撃されると予想し、この王都から脱出しつづけている。

「受王はまだ箕子《きし》を幽閉しているのでしょうか」

拶は望に顔をむけた。

「おそらく」

「わかりません。箕子を釈《ゆる》せば、北方の兵を商軍にくわえることができるのに……」

「悪来はそうはおもっていない。幽閉を解かれた箕子は北方へ去る。すると箕子の盛名をしたう官人や庶人はこぞって箕子のあとを追う。そうなれば北方に王朝ができて、箕子が王となる。それは受王にも悪来にも不都合であろう」

「なるほど、ありえますね」

「ところで、比干《ひかん》の墓がどこにあるか知らぬか」

と、望はふたりの舟人にきいた。

「はい、たしか、牧野にあるときいたことがあります」

翌朝、望は詠を牧野に遣《や》った。比干の墓をさがすためではない。彪に会うためである。

数日後、望は独りで北へむかった。

「望が独りでくるなら、会おう」

と、彪が詠にいったからである。小さな沢があり、そのほとりに樛木《きゅうぼく》がある。そのまがりさがった枝は奇異に感ずるほど青い葉をつけている。望は葉の下にすわって彪を待った。夏の風もここではさわやかである。

やがて、草の上に、ひとつの騎馬があらわれた。

馬からおりたのはまぎれもなく彪であり、かれは無言で、樛木の陰にはいった。

「久しいな」

「うむ……」

彪の表情には澄明感がある。望のきらいな表情ではない。望は自分より二歳したの彪が三十六歳になっていることを複雑なおもいとともに実感した。年齢の重さが体貌《たいぼう》にある。

「どうだ、周にこないか」

「危険を冒して、それをわたしにいいにきたということは、冬に周は出師《すいし》をするのか」

「いや、今年、西伯は喪に服している。出師があるとすれば、来年の冬だろう」

「望は周の軍師であるそうな。すぐれた族長になったな」

「わが族は渾殺《こんこう》よ。いろいろな民族がいる。商人《しょうひと》さえいる。こういう族でよかったら、なかにはいり、わたしを佐《たす》けてくれまいか」

「望よ、まだわたしは怨みを晴らしきってはいない」

彪の口調に多少のりきみがくわわった。

「彪はたれを怨んでいる。受王を、ではないか。それなら、周にきてもその怨みを晴らせよう」

「受王を倒すのは、望にまかせよう。わたしがかたづけたいのは小盗のごとき者たちだが、そやつらがこの世でもっとも悪い。かれらをすべて葬ったら、わたしは望のもとへゆこう」

「来年の冬までに、そのかたづけは終わるのか」

「さあ、どうか……」

彪は周にきたくないので遁辞をかまえたともとれなくはないが、

——この男は本当のことをいっている。

と、望は感じた。過去にあったわだかまりが解けている。それは彪も感じていることであろう。彪は人を憎むことで生きのびてきた。ある意味では、望もそうである。が、望は文王に遭《あ》い、人を愛する力のほうが大きいことを知らされた。彪はどうであろう。憎悪の的をすべて消し去ったあとに、何がみえるのか。

彪は枝をつかんで立った。ひとひらの葉が彪の足もとに落ちて青く光った。

「望よ、いい貌《かお》をしている。また、会おう」

馬に乗った彪は、風にむかって去った。

おなじ風を背にうけた望は、ふと苦笑して、歩きはじめた。彪のいった、いい貌とは、むなしさをかくさない貌ということであろう。望の下にいる族人たちも、つねに気力を充実させて生きているわけではない。それぞれに悩みがあり、生きることをやめたくなるほどのむなしさにおちこむこともあるであろう。そういう族人たちを励ます立場にいる望が、空虚のなかでさまよっていては、族はたちゆかない。

――文王は偉かったな。

おのれのむなしさを家族にも臣下にもみせたことはなかったであろう。それだけ自己にきびしかったからである。そのきびしさがどこからきたのか。

「そうか。天と対していたからだ」

天ははじめから空《くう》である。そこには何もない。何もないところに意志をみつけ、そこから声をきいた。

——わたしは文王におよばない。

と、あらためて望はおもう。天命のわかる人は千載《さい》にひとりであろう。文王はそのひとりであり、武王が孟津《もうしん》でいった、

「なんじ、いまだ天命を知らず」

は、じつは文王の霊が木主におりて、武王の口を借りていったことばであろう。望はようやくそれに気づいた。武王の孝心が天にとどき、あのまま商都につき進んで行ってはむざんな結果しか得られない武王を文王が守護したのだ。孟津で行軍が止まったことで、望も戦死せずにすんだといえる。

棘津《きょくしん》にもどった望は、詠《えい》と捗《ほ》に、

「わたしがすでに死んでいることを、彪に教えられたよ」

と、いい、ふたりが当惑するのをみて笑った。その笑いからむなしさが引きはじめていた。

周原に帰った望は、宮室に縞《こう》がいることを知った。

「班《はん》よ、これはどうしたことか」

「王のおはからいによることです」

それ以上のことは問われますな、という目つきの班である。あとで知ったことであるが、蘇侯の命令で、宇留《うる》が縞につきそってきたらしい。その蘇侯を動かしたのは武王で

あり、武王に懇請したのは邑姜《ゆうきょう》にちがいない。

二十八歳の新婦である。

――逢青《ほうせい》は春の光をもっていたが、縞は秋の光をもっている。

そうおもいつつ望は、やはり自分はいちど死んだのだと感じた。

「孤竹にいた縞が、いまわたしのもとにいる。ふしぎだな」

「伯夷《はくい》がわたくしをあわれんでくださったのでしょう」

縞のいった伯夷とは孤竹の神のことである。宮室に射している初秋の陽光が縞の皎《しろ》い手にとどいた。その輝く手を望は引き寄せた。


さて、武王が商を伐つ時宜《じぎ》について、『呂氏春秋《りょししゅんじゅう》』はつぎのような話を採っている。

武王は人を遣《や》って商をさぐらせた。復《かえ》ってきた者は、

「殷《いん》(商)は乱れております」

と、いう。武王がどの程度乱れているかと問うと、その者は、

「讒慝《ざんとく》、良《りょう》に勝つ」

と、表現した。人を中傷することと隠れて悪事をなすことが讒慝であろう。そういう陰険な臣が良臣にまさっている。報告をきいた武王は、まだまだだな、といった。つぎに往復した者は、

「乱れがひどくなりました」

と、いった。どの程度ひどくなったかといえば、

「賢者出でて走れり」

と、賢臣が王朝を去り商からでている事実を告げた。武王は、まだまだだな、といった。そのつぎに往復した者は、

「乱れに乱れております」

と、いった。すなわち、

「百姓《ひゃくせい》あえて誹《ひ》怨《えん》せず」

と、乱れが極限にきたことを報じた。百姓は農民だけを指さず、人民をいう。誹怨せず、とは、受王や王朝を誹《そし》りも怨みもしないということである。商の民は完全に沈黙したのである。それをきいた武王ははじめて反応を異にした。

「嘻《ああ》」

とのみ声を発し、すぐにその情報を太公望につたえた。武王に謁見した太公望は、

「讒慝、良に勝つことを、戮《りく》といいます。賢者の出でて走ることを、崩《ほう》といいます。百姓あえて誹怨しないことを、刑勝《けいしょう》といいます。乱れはきわまりました」

と、説明し、武王の出師を勧めた。

けっきょく国民が声を失い、ことばが死んだとき、国も死ぬということであろう。

その出師は、武王三年の冬におこなわれた。長い商王朝期を終わらせる出師であり、中国の古代史のなかで一大異変を生じさせる出師でもある。また、この出師は、神政下にある人々を宗教的呪縛《じゅばく》から解放することにもなり、格別な意義をもつ。

この年、受王はまたしても東方にでかけた。遊畋《ゆうでん》のためではあるまい。冷《ひ》えきった東方との関係を修復するためであろう。奇妙な空想かもしれないが、塩の調達も旅行の目的のひとつではなかったか。西方の虞《ぐ》と芮《ぜい》のあいだに塩の産地があり、そこを文王にあたえた受王は、東方を失ってから塩の不足をおぼえたにちがいない。出発まえに受王は悪来から、

「冬に、かならず西伯は師旅を催します。秋にはご帰還ください」

と、いわれた。冬のはじめに朝歌にもどった受王は、周軍の襲来にそなえた。

周にいる望は、

――受王は東方にいてくれたほうがよい。

と、おもっている。決戦をさけたいということではなく、最善の武王の勝ちかたをおもえば、武王は受王を殺さず、古昔に鳴條《めいじょう》で湯《とう》王が桀《けつ》王に勝ったあと桀王を放逐したように、受王を中華の外へ逐《お》うべきなのである。が、受王が朝歌にいれば、そうたやすくことをはこべないであろう。

周は飢饉《ききん》にみまわれた。

「往路をまかなう食糧しかありません」

と、望は武王にいった。

「わかった。食は商にある。商を取れば、食も取れよう」

武王は出師の意志をあきらかにした。すぐさま望は諸族に出師の日を伝達した。その日までに召伯奭《せき》が周に到着したことが武王を喜ばせた。このときから召伯は召公となる。

「周は空《から》になる。召公に守っていただきたい」

西方を召に進呈するつもりの武王はそういった。

「周はわが兄弟が守ります。わたしは王に従い、商を討伐したい」

召公は武王に臣従するかたちを諸侯にみせるというのである。呪術《じゅじゅつ》でも商をおびやかしてきた召の君主が周軍にくわわったことを知れば、商の呪術を恐れている諸侯は安心する。この時代の兵は、宗教的想像のなかにある力の優劣に敏感であり、兵力の大小や戦術の良否などでは勝敗が決しない。

「それはありがたい」

武王は素直にいった。

ついに出師の日がきた。武王は兵を鮮原《せんげん》に集めた。鮮原は岐陽《きよう》の小山のことであるといわれているが、畢《ひつ》に文王が葬られているのであるから、畢に近い地であったのではあるまいか。そこで武王は召公奭と畢公高《こう》とを召して、出師の祭りをおこなわせた。畢公高は文王の子であり、武王の弟である。畢に封《ほう》ぜられたので畢公とよばれる。

周軍は、鮮原を発した。

兵車三百乗、虎賁《こほん》三千人、甲士四万五千人という周軍の兵力は二年前とかわりはない。ところが諸侯の集合場所である孟津の天候は二年前とちがって、大荒れに荒れており、河水の波は逆流し、強風が吹き、昼であるのに夜のごとく晦《くら》く、近くの人馬さえみえなかった。

ところで武王が周を発ったのは十二月二十八日で、孟津に至り諸侯を迎えたのは一月二十七日であった。夜になっても風波がおさまらないので、とうとう武王は河岸に立ち、左手に黄鉞《こうえつ》を操《と》り、右手に白旄《はくぼう》をにぎり、目を瞋《いか》らせて水底の河水の神にむかっていった。

「わしは天下を有せんとしている。わが意を害せんとすることができようか」

その声に、ぴたりと風波がやんだ。

夜、全軍が河水を渡った。そのとき暗雲がにわかに明るくなり、まるで昼の明るさになったので、八百諸侯の兵は、いっせいに歌を歌った。

――一月戊午《ぼご》、師、孟津を渡る。

と、『書経《しょきょう》』に書かれている。その戊午とは二十七日ではなく二十八日であるといわれる。そうなると武王はまる一日孟津にいて、諸侯を待ったことになる。そうではなく二十七日に渡河し、翌日は河水北岸にとどまっていたとも考えられるが、ここでは二十八日に渡河したことにする。それから武王は朝歌へむかって猛進した。ただしこの軍は悪天候に悩まされつづけた。

武王はいったいどのような進路を択《えら》んだのか。

戦国時代の思想書である『荀子《じゅんし》』には、つぎのように書かれている。

周軍の出発日は兵家が忌避する晦日《かいじつ》であった。東方に進み、氾水《はんすい》に至り洪水に遭った。懐《かい》では道路がこわれていて、共頭山《きょうとう》では山崩れが生じた。武王の弟の霍叔《かくしゅく》(小子処《しょうししょ》)は恐れて、

「孟津をでて三日にしかならぬのに、五つの災難に襲われた。商に勝つことなどできぬのではないか」

と、兄の小子旦《しょうしたん》にいった。すると小子旦は、

「商王は比干《ひかん》を剳《さ》き、箕子《きし》を囚《とら》えた。いま飛廉《ひれん》と悪来《あくらい》の父子が悪政をおこなっている。勝てぬことがあろうか」

と、いい、馬をととのえて前進した。この軍は戚《せき》で朝食をとり、夕方、百泉《ひゃくせん》で宿営した。日の出のときに牧野において商軍に対した。

こまかなことはさておき、前漢の経書である『韓詩外伝《かんしがいでん》』には、べつな地名が記され

ている。

武王は邢丘《けいきゅう》に至った。楯《たて》が三つに割れた。雨は三日間降りつづいた。恐れた武王は太公望を召して、問うた。

「紂（受）をまだ伐ってはならぬのか」

「そうではありません。楯が三つに割れたということは、軍を三分すべきであるということです。雨が三日間降りつづいたということは、天がわが軍を灑《あら》いたかったからです」

太公望の言にはげまされた武王は、甯《ねい》において武を修《とと》えたので、甯という邑はのちに修武《しゅうぶ》とよばれるようになった。

以上の記述をあわせてみると、どうなるか。

周軍が孟津で渡河したことはまちがいない。ところがすぐに氾水の氾濫にぶつかった。氾水は河水の南岸にあって北流して河水に合流する川である。すると周軍は河水北岸から渡河して南岸を東進したのか。また周軍は一日で氾水に、二日で懐に、三日で甯に、四日で共頭山に至っている。孟津から氾水まで軍を移動するのにふつう四日はかかる。その行程を一日でこなしたということは、舟をつかって河水をくだったとしか考えられない。周軍は河水を渡り、北岸の諸侯の兵を吸収してから、ふたたび舟に乗り、氾水西岸にある皐《こう》（周の一邑になってから制《せい》とよばれるようになったかもしれない）のあたりでおりたのか。

ここで邢丘という地名が浮上する。邢丘は皐からみて対岸にある丘である。おそらく周軍は皐で休息し、汜水の氾濫をみて東進をあきらめ、舟で対岸に渡って邢丘に至ったのであろう。そこから東北にすすむと、懐に着く。邢丘と懐のあいだはさほどの距離ではない。孟津から二日で懐に至ることは可能である。懐を発《た》った周軍はさらに東北へすすみ、甯に至った。懐と甯の距離はおよそ九十里であり、兵が不眠不休で歩くと一日で九十里すすむことができるので、孟津から三日で着いたのは甯であろう。共頭山まではむりである。甯から共頭山まではおよそ六十里である。その共頭山が孟津から四日の地にあたろうか。百泉は共頭山の北にある。つぎの日の夕方までに周軍は百泉に着いたとみるべきである。

整理してみると、つぎのようになろう。

戊午《ぼご》（一月二十八日）に孟津渡河
己未《きび》（一月二十九日）に汜水
庚申《こうしん》（二月一日）に懐
辛酉《しんゆう》（二月二日）に甯
壬戌《じんじゅつ》（二月三日）に共頭山
癸亥《きがい》（二月四日）に百泉

百泉は牧野を東にのぞむ地である。すなわち周軍と商軍は南北に対するのではなく、東西（周軍が西で商軍が東）に対することになるのである。牧野について『水経注《すいけいちゅう》』は、

——朝歌より以南、南の清水《せいすい》におよぶまで、土地は平衍《へいえん》にして、皐《ぬま》を拋《お》き、沢を跨《また》ぎ、ことごとく坶野《ぼくや》なり。

と、表現している。牧野は坶野とも書かれる。湿地帯はあるものの、まったくたいらな地が牧野である。周軍は比較的足場のよい地を確保するために共頭山から百泉へおりたのであろう。

「武王は二月癸亥の夜に布陣をはじめ、それが完了せぬうちに雨が降った」

と、『国語』には書かれている。武王と周軍は雨にたたられつづけたといえるであろう。が、望は内心この雨を喜んでいた。

——鳴條の戦いをおもえ。大雷雨であったではないか。

革命があり、天下に臨む王朝がかわるときには、天が地を灑うものなのである。これこそ吉瑞であると喜ぶべきなのに、武王の群弟や重臣たちは不安を隠せない。ただひとり平然と雨をみているのは召公だけである。望は召公に近づき、

「兵に音楽をあたえてはいけませんか」

と、きいた。

「羌公、商軍の兵力を知っているか。七十万だ。受王はよくも集めたものだ。夜が明け

れば、目前に白い林がかぎりなくひろがっていることであろう。その林のなかの喬木《きようぼく》が受王だ。周兵は音楽を楽しみつつ、旦《ひので》を待つか。悪くない」

召公は兵に音楽をゆるし、鼓を打たせて舞をさせた。このときから周軍に活気が生じた。

闇のむこうの商軍の先頭には何千人という巫女《ふじよ》がならび、目にくまどりをほどこし、周軍を呪《のろ》いみているにちがいない。その呪術を破るために召公が太鼓を打たせて舞をさせたのだと兵はいちようにおもった。商の呪術をしのぐことができるのは召の呪術しかないとこのころの人は信じている。

多くの兵が雨中で歓楽鼓舞《かんがくこぶ》した。

その音は、眠っている地祇《ちぎ》を起こしたことであろう。

なにしろ諸侯の兵車は四千乗である。八百の族はそれぞれ五乗の兵車をもっていることになる。このころすくなくとも一乗の兵車に百人の兵が付くから、諸侯の兵だけでも四十万である。それに周軍をくわえれば、およそ四十五万人が商軍の七十万人と闇をはさんで対峙《たいじ》していることになる。双方とも、布陣が完了したのは、夜明け近かったであろう。

雨足が衰えてきた。

――受王は喜んでいることであろう。

と、望はおもった。商人《しようひと》は雨がきらいである。太陽は商を守護してくれると信じているにちがいない受王は、雨がやんで、日があらわれれば、商軍の勝ちであると予想しているであろう。が、望の心にみだれはない。これほど多量の雨が降ったのであるから、大地は水をふくんでいて、商の巫祝《ふしゆく》が呪詛《じゆそ》を地中に埋めても、何の効力もあるまい。雨水で浄められた周兵にはいかなる呪いもとどかない。召公が平然としていたのは、それをおもっていたからではないか。

――とうとうここまできたか。

望が受王を倒すと決心してから二十五年がたった。しかしここに立っているのは、武王のために受王を殺したくないと考えている男である。受王は東方にいるべきであった、とも考えている男である。

――妲己《だつき》と絵《かい》はどうしているか。

ふたりは受王の勝利を鹿台《ろくだい》のなかで祈っているであろう。ところが妲己の父の蘇侯は武王の麾下《きか》におり、絵の妹の縞《こう》は望の婦となっている。時は人を離合させ、おもいもよらぬ運命の色で人を染めぬく。

「妲己と絵を殺したくない」

近くにいる咺《けん》と牙《が》にきこえるようにいった。ふたりはさぐるように望をみた。

「箕子を殺してはならぬが、逃してもならぬ」

これはもはやふたりにたいする密命である。ふたりはあわてて跪拝《きはい》して、

「うけたまわりました」

と、低い声でいった。

雨がやんだ。

太鼓の音が大きくなった。太鼓を打つことは衰弱した太陽をはげますことであり、日蝕のときにかならず太鼓を打つのはそのためである。やがて太鼓の音もやんだ。地上にある物の形が青黒く浮きあがった。しばらくするとその青黒さから黒色がはがれ落ちはじめた。このときを、

「甲子《こうし》昧爽《まいそう》」

と、史書は記す。武王は左手に黄鉞《こうえつ》をとり、右手で白旄《はくぼう》をにぎり、周軍を巡察し、訓示をおこなった。軍事における訓示を、誓《せい》、といい、行政における訓示を、誥《こう》、という。それをおえた武王は諸侯の軍へゆき、誓を宣《の》べた。

このころになると商軍の白旗が周兵の目にはっきりと映るようになった。

七十万人という兵をどのように想像したらよいであろうか。そういう巨大な軍容はこののち、春秋時代にも出現せず、戦国時代になってようやく再現するのである。

殷商の旅《りょ》 (殷商の兵は)

その会林《かい》の如《ごと》し　（林のように集まった）

という『詩』（詩経）の表現は正確であろう。白い林である。

「さて、征《ゆ》くか」

望はこともなげないいかたをし、班に微笑をむけてから、兵車に乗った。わずかに静寂があった。が、この静寂は両軍の兵にとってかなりの長さに感じられたであろう。

雲が割れた。

一条の陽光が剣のごとき鋭さで牧野につきささった。

ほとんど同時に両軍の中軍から太鼓の音が生じた。周の先陣が動いた。兵は杵《しょ》をゆっくり前進させてゆく。

——これは鶴のくちばしよ。

と、望はおもっている。商軍の先陣に立つのは兵ではなく巫女である。それを視界におさめた望は、

——丙《へい》族がいなければよいが……。

と、おもったものの、兵車上からではみわけることができない。数千人の巫女がいる。巫女を王朝の外に逐《お》った受王は、この日のために呼びもどしたのか。なんとなく妖しげな気が前方にただよっている。望は剣をぬき、その気にむかって突きだして、

「破れ」

と、号令した。周の先陣は巫女の列を突き崩した。巫女のうしろには数万の長兵があり、巫女の崩れをみて前進してきた。が、望は眉《まゆ》ひとつ動かさず、

――このくちばしで受王をくわえてやる。

と、内心豪語していた。

斉《せい》の邦《くに》

牧野《ぼくや》は輝きはじめた。
草の葉にとどまっている雨滴や地面の水たまりがいっせいにきらめいた。そのなかでの周《しゅう》軍のありさまは、
牧野洋洋《ようよう》たり（牧野の広さははてしなく）
檀車《だんしゃ》煌煌《こうこう》たり（檀の兵車はきらめいて）
駟《し》騵《げん》彭彭《ほうほう》たり（四頭の馬は奮い立つ）
と、形容された。『詩』はさらに、「会朝《かいちょう》、清明なり」といい、会戦の朝はすがすがしく晴れたことを証言している。

周軍の先陣には、望《ぼう》に率いられた呂《りょ》族の兵のほかに、文《ぶん》王の四友とよばれる太顚《たいてん》、閎《こう》天《よう》、散宜生《さんぎせい》、南宮括《なんきゅうかつ》の強兵が数千とならび、商《しょう》軍の先陣と激突した。

戦闘開始直前に武王は諸侯の軍へ足をはこび、

「今日の戦いでは、六歩七歩とすすんだら、いちど止まって陣をととのえよ。突撃は四度か五度で、六度七度を越えてはならぬ」

と、いましめた。周軍にそのことをいわなかったということは、望に鍛えあげられた周兵は隊伍を乱さぬような戦いかたを身につけていたからである。すなわち望は、五人十人という兵の小単位を重視し、その単位のなかで兵が助けあうように教えた。そういう単位をまとめて、旅《りょ》をつくり、旅をつなげて師《し》をつくった。組織としての軍をつくったのである。多少の被害では分裂しない機能をそなえた軍といってよい。周の諸将が集まった軍議の席で、望は、

「わが軍の兵が、それぞれひとりの商兵を倒せば、戦いはわが軍の勝利となって終わる」

と、いってみなを唖然《あぜん》とさせた。およそ五万の周兵が、敵兵の五万を倒せば、その時点で商軍に乱れが生ずる。商軍が何十万であっても、各隊はたてにもよこにも結びあわされておらず、ただ兵が百人、千人と集合したものにすぎない。

「それを烏合《うごう》の衆という」

周軍

と、望は強い口調でいった。望には自信がある。人と人とが助けあう軍をつくったつもりである。神に助けを求めて戦う商軍とはちがう。周軍が崩れないかぎり諸侯の兵が逃げ散ることはない。

「獬《かい》よ、いそぐなよ」

商兵の矛《ほこ》の林に突入した望は、御者《ぎょしゃ》である獬に声をかけ、兵車上で矢を連射した。

――地の神が歌を歌っているのではないか。

ふと、望はそう感じた。この牧野には、両軍の兵をあわせて、百十五万人の兵がいる。かれらが声を発し、動き、武器を合わせる。その音は虚空にあるというより、いちど地に沈み、地をふるわせているようである。

――天が歌うときは、どちらかが勝った

ときだ。

望はまだ天をみない。

呂族の兵団は小さな要塞のようであった。商兵の手にある数千の矛が、このわずかに突きでた兵団に蝟集《いしゅう》したが、杵《しょ》をつらぬくことができず、やがてじりじりと押しかえされた。商兵は自分の手にあまる敵をさけて弱兵をさがした。そういうながれが商軍のなかに生まれたとみるや、望はすかさず突撃を命じた。地面をかくしていた白旗が割れた。土があらわれた。その土は、すぐに商兵の屍体《したい》でおおわれた。

兵車上の望は、周軍のほかの隊にも目をくばっている。南宮括の隊が崩れたが、二陣の檀伯達《たんはくたつ》の隊が商兵の突撃をしのいでいる。商軍の右翼が猛攻を開始した。白い大津波のようである。

――諸侯の軍を潰《つぶ》そうとしているな。

望には受《じゅ》王の狙いが手にとるようにわかる。諸侯の軍の先陣には、蘇《そ》、霍《かく》、虞《ぐ》、芮《ぜい》の兵を置いた。とくに霍の兵は強力であるから、むざむざ壊滅せぬであろう。そうはおもったが、諸侯の軍は白い大津波をかぶって引きぎみである。そちらのほうをみると視界は白い旗で満ちている。首をまわして右手をみると、赤い旗が押している。西南方の諸侯の軍が奮戦している。一部、乱戦になっている。

――勝負はこれからだ。

戦いのはじめに力をだしつくしてしまえば負ける。敵の鋭気が衰えるまで耐えて待つ。それが必勝の法である。それゆえ望は配下の兵をいそがせなかった。大きな干《たて》をつかって防衛し、兵を休ませては、ゆっくりと前進した。しかし商兵の目には、この兵団は怪物のように映った。矛の刃が立たず、ときに急速に動いて、商兵をなぎ倒す。急造の望《ぼう》楼《ろう》の上から戦場をながめていた受王は、このぶきみな兵団に気づき、ゆびさして、

「悪来《あくらい》、あれを潰せ」

と、号令した。悪来は軍吏《ぐんり》にいった。

「肝《かん》につたえよ。羌望の兵を殲滅《せんめつ》せよ、と」

軍吏は馬羌《ばきよう》の兵団に受王の命令をつたえた。商軍のなかにあって、めずらしい騎馬隊である。およそ五百の騎兵を指揮するのは、馬羌の族長の肝である。かれは六十に手のとどく年齢であるが、体貌《たいぼう》に老いをただよわせてはおらず、精悍さをみなぎらせて、

「羌望とは、あの孺子《じゆし》か。こんどはその首を旗竿《はたざお》に吊るしてやろう」

と、冷酷な目つきでいった。

この騎馬隊には、呀利《かり》という猛将がいる。その呀利が不敵に笑ったとき、進撃がはじまった。

「どけっ」

騎兵から発せられた声に、商の歩兵は左右にわかれて道をつくった。望の目は商軍の

なかからまっすぐこちらにむかってくる騎馬隊があることをみのがさず、

「杵を高くあげよ。矛で馬の脚を払え」

と、すばやく兵にかまえさせた。ほどなくこの兵団は疾走してきた騎馬隊に襲われた。

まず矢の雨を浴びた。

熊《ゆう》が左肩をおさえてよろめいた。二本の矢が熊の肩に立っている。

「なんの、これしき」

右手で二本の矢を引き抜いた熊を横目でみた望は、残っている矢を放って数人の騎兵を転落させ、戈《か》をとるや迫ってきた騎兵を斬った。

馬羌の攻撃にさらされた呂族の兵は足をとめ、防衛のかまえを保ちつづけた。が、はじめて大きな損傷をうけた。それを認めた望は、

——肝を斬るしかない。

と、おもい、獬に、

「隊長にむかって直進せよ」

と、いった。このころ員《うん》は襲ってきた騎兵のなかに仍《じょう》をみつけ、戈をふるい、戦っていた。

「ほう、妻を寝とられた男が、ここでは百人長か。この旅《りょ》は懦夫《だふ》ばかりとみえる」

仍はにくにくしげにいい、鋭気で員を圧倒しつつあった。員は息が切れてきた。

——しょせん、わしはこの男に勝てぬのか。

絶望感が全身にひろがったとき、仍の矛先が咽《のど》もとをかすめた。つぎの瞬間、その矛先が車中に落ちた。員を衛《まも》っていた虎《こ》が、小刀で矛の柄を斬ったからである。

「員どの——」

虎の声に、渾身の力で戈を一閃《いっせん》させた員は、仍の首が虚空に飛んだのをみた。

「あ、主の兵車が——」

虎がおどろいたように、兵車上にいるすべての者が、望の突出に気づき、あわてた。望の兵車に騎兵の攻撃が集中しはじめたではないか。

「望——」

班《はん》もぞっとして、望を殺してたまるか、と叫び、御者の龍《りょう》に、いそげ、いそげ、と声をかけた。が、班のゆくてをさえぎったのは呀利である。

「ほう、あの孺子が、いまや副長か。わしはなんじが嫌いではないが、羌望とともにここで死ぬことになろう」

軽く矛をまわしただけで猛獣が吼《ほ》えたような音がした。その呀利の馬が班の兵車に接近した。

班の手にある殳《しゅ》が、電光のような速さで襲ってきた矛を撃った。しかしその矛は兵車の一部をこわした。班の上体が揺れた。揺れながらも、呀利のつぎの攻撃にそなえた。

呀利の矛が大気を裂き、轅《ながえ》を砕いた。車体がかたむいた。すぐに車輪がはずれた。

班のからだが飛んだ。

地面にたたきつけられた班は目がくらみ、呀利の馬が背後に迫っていることに気づかなかった。

「孺子、さらばだ」

呀利の矛が班を刺しつらぬこうとした。そのときべつな方角から疾走してきた馬が、班の頭上を通過した。高々と跳躍した馬が着地したとき、首をうしなった呀利の体軀《たいく》がゆらりとかたむき、地に落ちた。

「班――」

きいたような声である。目をあげた班は、馬上に彪《ひょう》をみた。

「彪か……」

彪は商軍の隊長ではないのか。

「わたしが望を助ける」

そういった彪は配下の兵に、白旗を棄《す》ててわしにつづけ、といい、馬羌の騎兵に挑んだ。およそ五百の兵は白旗を投げ捨てて騎兵を襲った。彪の配下の兵はすべて奴隷出身で、むしろ商を憎んでいた。かれらは隊長の指示を喜び、矛を商軍にむけた。横撃された騎兵は動揺した。

望の兵車は危地を脱して、肝の馬に猛然と迫った。肝は逃げず、剣をぬいて、望の兵車にむかった。それをみた望も剣をかまえた。両者はすれちがった。

肝の剣がふたつに折れた。

「みたか」

望が叫ぶと同時に両断された肝のからだが馬上から消えた。

「望、みごとだ」

「おお、彪か」

「呀利はわたしがかたづけた。攻めよ、受王はあの望楼の上にいる」

はるかかなたに喬木《きょうぼく》が立っているようにみえるのが、その望楼であろう。その望楼の下に望が立てば、世をとざしている闇は消え、あたりは燦然《さんぜん》と明るくなるにちがいない。

「商兵よ、なんじらの敵は受王である。矛のむきをかえよ」

彪は大声で呼びかけながらすすんだ。それに応ずる兵が、十人、二十人とふえはじめたところ、左翼の苦戦をみた武王《ぶ》は、二百乗の兵車を援護にむかわせたあと、

「受王の陣まで突き進むぞ」

と、中華で最強である三千人の虎賁《こほん》を前進させた。

すでに日は中天をすぎた。

両軍の兵は六時間ほど戦いつづけたことになる。

——血流れて杵《しょ》を漂わす。

という『書経《しょきょう》』の表現は誇張されたものではあるまい。両軍の兵士がながした血で、広大な牧野は血の海となり、重くて大きい干《たて》である杵が漂ったのである。しかしながら周軍の虎賁が前進したことにより、はじめて両軍は優劣にわけられた。

虎賁はむらがる商兵をやすやすとしりぞけ、商の中軍を撃破した。兵車にもどった受王は精鋭部隊を虎賁にむけた。が、その部隊はこなごなに砕かれた。それを知った商兵は、突如、後続の兵に矛《ほこ》をむけた。商兵どうしで戦闘がはじまった。

——勝った。

と、望が実感したのは、このときである。先陣の兵は疲れきっている。望は兵を休ませた。そこに召《しょう》公の兵車がきた。

「羌公、商軍は潰走しはじめた。王は受王を追っておられる。みごとな働きであった」

「比干《ひかん》の墓は、ここ、牧野にあります」

「承知した。王に申し上げる」

慧敏《けいびん》な召公にはみなまでいう必要がない。

配下の兵をながめた望は、咺《けん》と牙《が》の隊がいないことに気づいた。あたりは赤い旗ばかりである。やがて大きな集団が近づいてきた。先頭に彪がいた。下馬した彪は、望に跪《き》拝《はい》した。

「うしろにいる千人は、羌公の指揮を仰ぎたいといっている。わたしもふくめて、ゆるしてもらえようか」

「彪、帰ってくれるのか」

「まだまだ戦いはつづく。羌公の手足になりたい。おもうぞんぶん使ってくれ」

「よくぞ、いってくれた」

「孤竹《こちく》では班を置き去りにした。すまぬ」

班のほうにむいた彪は、地に頭をつけた。班はしばらく無言でいたが、両手で彪の肩を起こした。

「あれからの辛さは、わたしより彪のほうが大きい。怨んではおらぬ」

「ゆるしてくれるのか」

「もう離れるな。これから邦《くに》をつくることになろう」

と、班は嗄《か》れた声でいった。

「さあ、立って、ゆくぞ」

望は天をみた。

――天は歌っているか。

たしかに歌がきこえる。日がかたむきかけたが、天空の青はまだ衰えをみせていなかった。

望は、倒された望楼の横に立った。

――ここに受王が立っていたのか。

楼上とおもわれるところに手をさしのべた望は、その手を急に引いた。

白刃がきらめいたのは一瞬で、望の手は剣把《けんぱ》から離れた。望が何をしたのか、ほとんどの者はわからなかった。が、刀の達人といってよい虎は、

――主は受王を斬ったのだ。

と、すぐにわかった。

日没である。

周軍の主力は武王にしたがって朝歌《ちょうか》に突入した。望は朝歌にははいらず、諸侯の軍を配置して、朝歌を包囲させた。軍吏《ぐんり》が急行してきた。

「羌公に申し上げます。王は受王を鹿台《ろくだい》で討ち取り、諸侯をお招きになっています」

「わかった。ただちに参る」

望はいそいで諸侯を率いて鹿台の下へ行った。鹿台の上にかすかに大白旗《たいはくき》がみえる。

武王が大白旗を手にもち、諸侯に、

「あがってくるように」

と、いっているようである。鹿台のなかは焼け焦げのにおいがただよい、実際、上に

のぼると黒くただれたような室があった。すっかり暗くなったので、炬火《きょか》を照らさないと足もとがみえない。武王はゆかをゆびさした。

——屍体《したい》がある。

焼死した者が受王であることはあきらかである。望はほっとした。受王は室に火をかけて自殺したのであり、武王に斬られたわけではない。

受王の死を確認した諸侯は口をそろえて武王に戦勝の賀辞を献じた。

「すでに夕《よる》だ。鹿台のなかをしらべるのは、明日にしよう」

この武王の言により、諸侯と周兵は引き揚げ、邑外で宿営した。営所に帰る望のうしろにいつのまにか咺と牙がいた。

「妲己《だっき》さまと絵《かい》どのは、経死なさいました。また、鹿台の一室に幽閉されていた箕子《きし》は、すでに袁《えん》どのの監視下にあります。ご命令を果たせず、申しわけありません」

と、咺は小さな声でいった。

——妲己と絵は、受王のあとを追ったのか。

望は胸のかたすみに痛みをおぼえた。妲己と絵の屍体は蘇《そ》へ送らず、受王の陵《はか》の近くに葬るべきかもしれない。

この夜、悪来《あくらい》と費中《ひちゅう》の死を知った。

翌朝、朝歌の邑民はすべて邑の外にでて武王の到来を迎えた。ふたたび鹿台にのぼった武王は受王の首を黄鉞《こうえつ》で斬り、その首を大白旗にかけた。さらに道路を清掃させてから、罕旗《かんき》を先駆させ、王宮にはいった。社の南に立った武王は革命が成ったことを報じ、鹿台の財を散じるなど邑民や諸侯が喜ぶことをつぎつぎにおこなった。閎夭《こうよう》に命じて比干の墓を封じたのも、そのひとつである。

商の遺民を武威でおさえつけるのはまずい、というのが周の首脳の一致した意見で、武王はその意見を採《と》り、朝歌や大邑商《たいゆうしょう》などの商都を、商の王子に治めさせることに決めた。

「王子庚《こう》がよい」

と、叔鮮《しゅくせん》が声をあげた。商の王族のなかで最大であるのは丁《てい》族である。その血胤《けついん》にある王子庚を立てれば、商の遺民は納得し、周の行政にさからうことをしないであろう。

「微子啓《びしけい》がいるが……」

と、やわらかく反対したのは小子旦《しょうしたん》である。

「微子は受王の庶兄ではないか。受王を憎む者は多く、その兄弟でも子でも、統治者として不適任である。それに微子はいちど王室をでている。商では輿望《よぼう》がない」

微子啓は商都を脱出したあと封邑《ほうゆう》にもどり、情勢を静観していたが、周軍が孟津《もうしん》に諸侯を集めたころ、兵を率いて朝歌にむかい、共頭山《きょうとうざん》で周軍にくわわった。孟津に諸侯が集合する期日を、小子旦か望からまえもって伝えられていたのであろう。

　だが叔鮮の眼中には微子はなく、王子庚を強力に推《お》して、武王の許諾を得た。しかし王子庚を商の地にすえて主権をあたえるのは危険であるという判断から、

「封よ、朝歌にとどまれ」

　と、武王はいった。王子庚には監視者が要る。商の旧都での叛乱を未然にふせぐための方策は、そのように決定した。ところでこの会議に望は出席していない。兵を率いて東行していた。商都を奪回しようとする旅《りょ》がいるときいて、朝歌をでた。族の名は方来《ほうらい》という。

　丙寅《へいいん》（二月七日）、その族と遭遇した望は、やすやすと撃破し、つぎの日である丁卯《ていぼう》には多数の捕虜を率いて武王に復命した。

「商の故地は、王子庚が治めることになった」

　と、召公から告げられた望は、

「周はみずから困難をすえたことになるでしょう」

　と、いい、憮然とした。

　ちなみに王子庚は、史書では、武庚禄父《ぶこうろくほ》と書かれ、受王の子であるとも記されているが、金文では、この武庚禄父は、天子聖と自称し、父丁《ふてい》という文字もみえるところから、かれの父は帝辛《ていしん》すなわち受王ではない。

驕慢《きょうまん》な人物であったようにおもわれる。

朝歌の民の動揺がおさまったのをみた武王は、旧近畿の掃討を開始した。諸将を四方に発し、武王自身も残存勢力を潰滅させるべく北上し、羑里《ゆうり》の奴隷を解放し、大邑商を収め、鉅橋《きょきょう》の粟《ぞく》を人民にあたえ、沙丘《さきゅう》に至って獣を捕獲した。それから邢《けい》を伐《う》った。邢にはのちに小子旦の子が封ぜられる。この大規模な掃討戦と牧野の戦いで死んだ商兵の数は、百十万七千七百七十九人であり、捕虜になった者は三十万をこえる。

北伐《ほくばつ》をおえた武王は、南下し、河水を渡り、河水の南岸域の征伐をおこなった。武王は鄭北《ていほく》から南進して、闌《かん》を攻めた。闌は河水南岸にある最大の軍事基地であるが、守備兵の半数は牧野へゆき敗走した。闌に帰らなかった兵は多数いたが、牧野で大敗した商兵のうち南へ逃げた者もすくなくなく、闌がそれらの兵をうけいれたので、ここを守る兵は以前の三倍の多さになった。それを周の主力軍が攻めたのである。

武王が闌を攻めているあいだに、諸将は、越戯方《えつぎほう》、磿《れき》、蜀《しょく》などを攻略した。河水北岸の宣方《せんぽう》を攻伐しはじめたのもこのときである。

周軍には勢いがある。その勢いが闌の守りを突破した。激戦のすえに闌を制した武王は、弟の叔鮮《しゅくせん》を呼び、

「なんじはここにとどまれ」

と、いった。このときから闌は管の文字がつかわれ、叔鮮の封地《ほうち》となった。この文王

の三男は管叔鮮とよばれるようになる。さらに武王は叔度《しゅくど》を呼んで、

「なんじは祭《さい》を治めよ」

と、命じた。祭は鄭北の地にある河水に近い邑である。ところでのちに叔度の子が南方に封じられた邦を、蔡《さい》、というので、その邦名をとってこの文王の五男は、蔡叔度《さいしゅくど》、と書かれるが、草かんむりのない祭が封地名としては正しい。すなわち武王は、商の故地で叛乱がおき、反攻が開始される最悪の事態を懸念し、防衛のために叔鮮に軍事の主権をあたえ、叔度に兄を補佐させたのである。ちなみに『書経』は商の遺民を監督する三人の者を、

「三監」

と、記している。三監とはたれのことであるのか。三監とは、武庚《ぶこう》と管叔鮮と蔡（祭）叔度である。あるいは、その三人とは、管叔鮮と蔡叔度と霍叔処《かくしゅくしょ》である。そのように二説ある。三監という呼称は後世に生まれたようなので、あえてとりあげるまでもあるまいが、どちらかといえば前者が正しいであろう。武庚は商の王子であったが、商王になったわけではなく、商の故地を治める一君主にすぎない。武王の臣であり、武王に任命されて商の遺民を監督する者である。

武王は管から制《せい》（以前の皐《こう》）へ移った。

河水北岸の防備を確認してから、ようやく帰途についた武王は、文王が関心をもった

洛陽《らくよう》の地をみて、

「なるほど天室である」

と、いい、ここに新邑を築きたい意望をもったようであった。が、洛陽の地に新邑《しんゆう》がつくられ、成周《せいしゅう》、とよばれるようになるのは武王の死後である。

豊《ほう》邑に帰った武王のもとに、つぎつぎに捷報《しょうほう》がとどけられた。諸将の征伐はつづいているのである。

が、武王の顔色は喜色そのものというわけではない。天下を取ったあとは、天下を治めねばならない。そのことを日夜考えつづけているので、むしろ顔色は冴《さ》えない。ときどき眠れないことがあり、そのときは小子旦を寝所に招きいれて、悩みをうちあけた。

また望や召公に諮《と》う日が多くなった。

ある日、武王は豊邑をでて、渭水《いすい》を渡り、程邑《ていゆう》をすぎて、さらに川ぞいに北へすすみ、豳《ひん》の地に至り、阜《おか》に登って東方をながめた。豳は、周民族が興隆をはじめた地で、ひとつの聖地といってよい。その阜から東方をながめたということは、遠祖の力をもさずかりたいという意《おも》いがあったからであろうし、それほど東方のことが心配であったのである。

帰ってきた武王は望をみて、

「なんということだ」

と、おどろいたように声をあげた。

「どうなさいました」

「このたびの戦いで、殊勲の第一は羌公である。わしは羌公に首封をさずけなければならないのに、そのことをすっかり忘れていた」

「王よ、わが族は多くの人をあたえられ、いまや族人の数は一万に迫り、三千という兵をもつ富庶《ふしょ》に至りました。このうえ、何を望みましょうか」

「いや、封邑をあたえたい。どうか、望みの地方をいってもらいたい。羌公を賞さねば、わしの失徳となる」

武王はくりかえしいった。望は恐縮し、

「それでは、東海に近い一邑を賜《たまわ》りたく存じます。逢《ほう》にはわが舅《しゅうと》がおり、その近くにゆきたく存じます」

と、いった。武王はあきれて瞠目《どうもく》した。東海に近い地域に周は一兵たりとも足を踏みいれてはいない。おそらくその地方には商の敗残兵があちこちに籠《こ》もり、険悪な空気が漂っているであろう。沿岸の一邑をさずけるといっても、実質は何もあたえたことにならず、武王は虚言を吐いたことになってしまう。

「よろしいのです。いずれ周軍は東海に達します。それまでお待ちします」

「そうか……。それでは、羌公に東海に近い一邑をさずけよう。佚《いっ》よ、記せ。おお召公もきいていたか」

佚は史官である。

朝歌より東の平定をいつおこなうか。武王は多数の難問に直面している。武王は周の王族と重臣のなかから、これといった人物を選んで封土をさずけ、諸侯の本拠を認定し、あるいは移封した。ちなみに武王の在位期間をふくめて周王朝の初期に建てられた侯国は七十一あり、そのうち五十三の国の君主が姫《き》姓であったと『荀子《じゅんし》』には書かれている。『春秋左氏伝《しゅんじゅうさしでん》』によってそれを補足すると、文王の子が封ぜられたのは、

管《かん》、蔡《さい》(祭)、郕《せい》、霍《かく》、魯《ろ》、衛《えい》、毛《もう》、聃《たん》、郜《こう》、雍《よう》、曹《そう》、滕《とう》、畢《ひつ》、原《げん》、酆《ほう》、郇《じゅん》

の十六国であり、武王の子には、

邘《う》、晋《しん》、応《おう》、韓《かん》

の四国がそれぞれあたえられ、周公(小子旦)の子孫が封ぜられたのは、つぎの六国である。

凡《はん》、蔣《しょう》、邢《けい》、茅《ぼう》、胙《そ》、祭《さい》

祭という地名が二回あらわれるが、はじめ蔡叔度の封邑であったものが、あとで周公の子にさずけられた。蔡叔度の子の蔡仲《さいちゅう》が封ぜられた国が、祭よりはるか南にある蔡である。それゆえ最初の十六国についていえば、文王の子が封ぜられたのが祭であり、文

王の孫が封ぜられたのが蔡である、と書かれるのが正しい。

それはそれとして、列挙した国名の合計は二十六であり、とても五十三にはとどかない。周の王族のなかで封建された人はほかにも多く、また諸侯のなかでも姓を姫にあらためた人がいたとおもわれる。

武王は天下を経略するむずかしさを痛感している。天下のことを裁くとは、こういうことか、と実感しつつ、聴政に明け暮れた。武王は受王を討ち豊邑に凱帰《がいき》してから、およそ二年のあいだ、寝食を忘れて王朝の確立のために腐心した。かれの左右にはつねに周公旦《しゅうこうたん》と望と召公がいた。この三人にたいする武王の信頼は絶大なものになった。

「召公にはまだ西方を譲渡していない」

と、いった武王は、邑姜《ゆうきょう》が産んだ子の傅《ふ》育《いく》を召公にまかせたい意向をほのめかした。その子を太子にすると武王は明言しており、世子《せいし》の後見を召公がつとめるようになると、召公の権力が巨大になる。そうなると、武王は西方ばかりか、王朝をも召公に譲渡したことになろう。周公旦は異論をとなえなかったものの、

「早計は禁物であると存じます」

と、諷諫《ふうかん》した。

「なんじは召公の器量を知っておろう。民をいつくしむ心の広さと深さは、わしもおよばぬ。本心をいえば、わしの死後、召公が王になってもかまわない。が、召公はけっし

て王位には登らぬ。わしにはわかる。わが子の誦《しょう》を守りぬき、輔《たす》けつづけてくれるにちがいない。なんじは東方を定めることになろう」

そういった武王は、ほどなく病の牀《とこ》についた。

――暑気にあたられたか。

と、当初、周公旦は軽く考えた。

おもいがけなく武王の病が篤《あつ》いとわかり、王朝に緊張がはしり、重臣は愁顔を寄せあった。ここで武王が崩御《ほうぎょ》すると、つぎの王はどうなるのであろう。邑姜の子の誦はまだ四歳である。四歳の童子が王位に登っても聴政をおこなえるはずはない。そうなると武王の弟が王になるのが妥当であろうが、では、たれが王にふさわしいのか。長幼の序にしたがえば武王のすぐ下の弟は管叔鮮《かんしゅくせん》であるから、かれということになる。たしかに管叔鮮は武にすぐれているが、徳量にとぼしい。諸侯と群臣を掌統してゆく威に欠ける。それにひきかえ周公旦は孝心が豊かで、人臣へのおもいやりも篤く、淫辞《いんじ》を吐かぬ正平《せいへい》な人である。

――次代の王は、周公旦がよい。

というのが周都にいる人臣の感情の声であった。重苦しく日がすぎてゆく。

当の周公旦の顔色はますます冴えない。

――このままでは、王は死ぬ。

と、わかっているのは、周公旦と望と召公、それに邑姜の四人のみである。

周公旦が金縢《きんとう》を作ったのは、このときである。

縢は紐《ひも》とも綱ともいえるが、周公旦は祈りの文を書いたものを匱《ひつ》に納め、金属を融《と》かしてその匱に封をした。それが金縢である。望と召公のいないところで、三つの壇を築き、そこに璧《へき》を置き、父祖である古公亶父《ここうたんぼ》と季歴《きれき》と文王の霊にむかって、

「あなたがたの嫡孫は、明日をもしれぬ病にかかっております。どうかこの旦を身代わりにしてください」

と、訴えたのである。

祈りは人に知られてはならない。祈る姿も人にみられてはならない。祈りの内容は極秘にされるべきである。周公旦はそれを守ったのである。

なんと翌日に、武王は快癒《かいゆ》した。

王朝全体が愁眉をひらいたといえるであろう。

また聴政をはじめた武王は、ふと憶《おも》いだしたように、召公を招いて、

「箕子《きし》に会えようか」

と、いった。武王が朝歌にはいって以来、箕子は召公の監視下にある。武王は箕子に邸《いえ》をあたえ、周都に住まわせている。かたちとしては優遇しているが、実際は、逃亡を恐れての処置である。箕子が北方に去ったら、北方に一大王国ができて、周は北方平定

に五十年を要することになる、といっているのは望である。おなじ恐れをいだいている召公は、

「箕子には、死ぬまで周都にいてもらう」

と、いい、臣下に箕子を監視させている。その箕子邸に武王が訪問した。

「なにゆえ商は滅亡したのか」

武王が箕子に問いたかったのは、そのことである。商を滅ぼした当人が、最大の疑問をおぼえていたのは、数百年もつづいた商王朝が一朝一夕にして倒れたことである。受王の何が悪かったのか。それを知ることにより、おのれをいましめ、王朝の永続をはかりたい武王は、商の群臣に尊敬され、商の邑民の声望を集めていた箕子に問い、解答を得ようとした。

商の大老というべきこの人物は、武王に多少の好意をおぼえたようであるが、受王の非についてはいっさいいわず、邦が興亡する原則を説き明かした。箕子はこのころの中華で随一の博識の人である。その言は武王を圧倒した。

このとき箕子が武王に何を教えたのか。後世の学者が想像して書いたものが『書経』のなかの「洪範《こうはん》」である。まったくの空想の所産であるのか、文献にもとづいて書いたものであるのか、さだかではないが、

鳴呼《ああ》、箕子、惟《こ》れ天、下民を陰隲《いんしつ》し、厥《そ》の居を相協す。我、其の彝倫《いりん》の叙《じょ》する攸《ところ》を知らず。

と、まず武王は問うたことになっている。天は陰《ひそ》かに人民を隲《さだ》めて（安定させて）いる。また、人民の住む地に和合をくだしている。わしはその彝《つね》なる倫《みち》（常理）がどのように秩序だてられているのかを知らない、と武王はいったのである。それにたいして箕子は、

「一に五行《ごぎょう》」

と、答えた。五行というのは世界を構成する要素を、水、火、木、金、土とする思想で、戦国中期以降の思想であるから、むろん箕子がいうはずはないが、この世がどのようにできたのかという話からはじめたと想像するのは、あながちまちがいではあるまい。長時間、箕子と対話した武王は、得たものが多すぎたのか、邸を去るとき疲れの色をかくせなかった。

ほどなく、その邸から箕子が消えた。

「羌公、箕子に妖術《ようじゅつ》をつかわれた」

と、召公はいった。武王が箕子を訪問した翌朝に邸内に箕子の姿はなかった。夜中に逃げたのであろうが、召公の臣下には逃走者をみのがすほど怠惰な者はいない。

——王の従者のなかに、箕子を逃がした者がいる。

とっさに望はそうおもった。武王の近くには商王朝の官人であった者がすくなからずいる。そのひとりが箕子を邸外にはこんだにちがいない。それから箕子は独りで逃走したのであろうか。召公が捜索させているのに、手がかりさえつかめぬというのは、箕子を助けた者がほかにもいるということである。

「わたしも捜してみる」

望は馬に乗った。従者はわずか五人である。

箕子が逃げたのは今朝ではなく、昨夕であろう。一日で逃げる距離はたいしたことはない。それでも捜索者は箕子を発見していない。

——待てよ。

箕子が舟をつかったとしたらどうであろう。一日にすすむ距離は、徒歩で陸上をゆく距離の四倍になる。昼夜、舟が渭水《いすい》をくだっていったとすれば、もう箕子は三百里のかなたにいるであろう。

「全員、馬に乗れ」

と、望は従者に命じた。いまごろ箕子は芮《ぜい》の近くに上陸し、北へ北へと歩いていると想像したほうがよい。

望は自分の勘を信じて馬を東に走らせ、翌日渭水を渡り、馬首を東北にむけた。その夜、小さな集落に泊まり、朝を迎えると、まっすぐ北上した。

――もう追いつくはずだ。

そういう目で前途をみているが、それらしい影はない。箕子が箕邑をめざしていることはまちがいあるまい。この路《みち》を通らなければ、芮から河水を渡って東北にすすんでいることになるが、芮にはいるのを箕子は避けたはずだと望はおもっている。

日が高くなった。

秋の光が降っている。空気が澄明である。

六騎は高地に立った。

「主よ――」

と、声をあげ、ゆびさしたのは虎《こ》である。

「おう、いたな」

眼下に小さな人影がある。人影はふたつあるようにみえる。

望は猛然とその人影を追った。灌木《かんぼく》と岩が多いが、人を隠すほど大きな森林はみあたらない。ふたりは騎馬に追跡されていることに気づいたらしく、走りはじめた。ついに望はふたりに追いついた。

「箕子さま、逍遥《しょうよう》の時は終わりました。周都へお帰りください」

望は馬をおりた。箕子をかばった男が棒をかまえた。

「おっ、餤《たん》ではないか」

「望、いや羌公、箕子さまは死んでも渡さぬ」

「わたしは餤も箕子さまも殺すつもりはない。餤が箕子さまに仕えたいのなら、周都で仕えよ」

望がそういったとき、餤の棒が動いた。望はしりぞいただけであるが、虎が一歩を踏みだして、おどろくべき速さで棒を両断した。その刀は、またたくまに餤の胸もとに迫った。餤は動けなくなった。

「望は、ついに西伯に仕えたか。あの丘の上で、わしは鬼公《きこう》からなんじを譲り受けるべきであった」

白眉《はくび》の下の目は深い色をしている。

――深く哀しい色だ。

と、望は感じた。箕子は受王を輔《たす》け、王朝の改革を敢行したのである。その先進の行政は後世の模範となるものであったが、惜しいかな、受王の思想と生活に頽弛《たいし》が生じ、箕子の叡哲《えいてつ》は王朝の繁栄と乖離《かいり》した。その商王朝を倒した周は、けっきょく箕子の思想を譲り受けて実践してゆくことになろう。望は箕子を恐れ、尊敬もしているが、

――この人を北に帰せば、どうなるか。

と、わかっているだけに、箕子を周都につれもどさねばならないのである。

「どうぞ、お乗りください」

望は自分の馬を曳《ひ》いてきた。そのとき、遠くに騎馬の影が浮かんだ。

――十騎ほどか。

莘《しん》の兵であろう、と望はおもった。箕子が馬に乗るのをみとどけると、望は配下の馬に乗った。配下のひとりは箕子の馬につきそって歩きはじめた。

餤はうなだれて歩きはじめた。周都で箕子が亡くなるまで仕えることになろう。望は内心餤を褒《ほ》めていた。こういう忠誠をつらぬき、主君のために必死にことをおこなう男は好きである。

十騎が接近した。

ふりむいて、望は剣をぬいた。莘の兵ではない。

馬上の十人の裘《かわごろも》は砂塵でよごれ、それぞれの顔は黒い。

「盗賊か」

「望――」

先頭の者が望に馬を寄せた。望は凝視した。

「斿《ゆう》どの……」

おもいがけなかった。斿は土公《どこう》の配下であり、孤児になった六人を孤竹《こちく》の邑まで送ってくれた人である。よくみれば旂のうしろにいる者にも、みおぼえがある。滝《ろう》もいるではないか。

「望はついに受王を倒したな。わが公《きみ》は感心なさっている」

「土公と旂どののご厚情で、孤竹に着くことができました。孤竹にゆかねば、いまのわたしはなかったでしょう」

「望はいまや太公望とよばれ、周王を支える三公のひとりであるときいた。通玄《つうげん》のきっかけは、孤竹にあったか」

「ご推察の通りです」

望は剣をおさめた。

「さて、わたしは公のご命令により、箕子さまをお迎えにきた」

そういった旂は馬をおりて、箕子にむかって跪拝《きはい》した。配下の九人はいっせいにそれにならった。首をあげた旂は、

「こんど望と会うのは、戦場かな」

と、いい、餤に箕子の馬を曳くように目で命じた。

「旂どの」

望は旂が馬に乗るのをさまたげた。

「望よ、箕子さまはご嫡子のもとに帰りたがっておられる」

「わかっています。土公のご恩を忘れてはいません。が、箕子さまを斿どのにお渡しするわけにはいかぬ」

「すると、われわれは戦わねばならぬ。たがいに無益な血をながす」

斿が望を払いのけたとき、ふたたび望は剣をぬいた。斿はおもむろに戈《か》をとった。

「斿どのを斬りたくない。どうか、箕子さまを残して引いてください」

「望こそ、引くべきであろう」

と、いったのは斿ではない。もっともうしろにいた斿の配下が望に近づいてきた。かれが手にもっているのは木剣である。

「あっ、師よ」

孤竹の山中で剣術を教えてくれた老人ではないか。もう九十歳に近いはずである。ふたたび会うことはあるまい、といって、姿を消した老師が、なにゆえここにいるのか。おもわず望は剣を土の上に置き、頭を深くさげた。老人はその剣をとりあげてながめ、望の手にもどした。それから斿にむかって手をふった。

——はやく、箕子をつれてゆけ。

ということであろう。

餤が喜々として動いた。望の配下のひとりが餤を止めようとして走った。老人はすばやく足をはこび、餤を襲おうとした者の足を木剣で撃った。虎はぞっとしたような顔つきをした。はじめて虎は望の師の剣術をみたのである。

老人はゆっくりと望のもとにもどり、

「水をくれぬか」

と、いって、地面に腰をおろした。このとき一頭の馬を残して騎馬が動きはじめた。

望は動けない。虎がもってきた皮の袋のなかの水を呑んだ老人は、

「箕子は孤竹より遠くに去るであろう。わしにも従者があり、その者たちは東方へゆきたいと申している」

と、淡々と語った。

「参《さん》どのと丙《へい》族の巫《ふ》女《じょ》ですか」

「丙族には美女が多いが、さきの戦いで、大半が死んだ。呪力《じゅりょく》の衰えた女どもをわしと参が率いて、東方へゆくことになろう」

「わたしは周王より東方の一邑を拝受しました。また東方でお目にかかりたく存じます」

馬の足音が遠ざかりつつある。

老人は腰をあげ、馬に乗った。望は立った。秋の陽射しの明るさのなかを去ってゆく馬上の影にむかって目礼した望は、

「虎よ、あの老人は商王の席に手がとどくところにいた。箕子もそうだ。が、商王朝は

選択をあやまった。それでも商王朝は数十年、倒れなかった。いまわが王朝がおなじまちがいをおかせば、三年ももつまい」

と、いってから、足を折られた配下を馬に乗せた。

冬、十二月、武王が突然崩《ほう》じた。

前日、気分が悪いといい、聴政をおこなわなかったが、つぎの日には息をひきとった。

有司百官は青ざめた。

急使が東方へむかった。武王の群弟と王族をすべて集めるためである。

一月下旬に王室において会議がおこなわれた。会議の冒頭に周公旦は、強い語気で、

「お集まり願ったのは、つぎの王を選出するためではない。太子がおられるのであるから、当然、太子が王位に即《つ》かれる。が、なにぶん新しい王は幼少であるから、われわれがどのようにお佐《たす》けすればよいか、それを通判するためである」

と、いい、管叔鮮《かんしゅくせん》がいだいている希望をうちくだいた。管叔鮮の不満をみた蔡叔度《さいしゅくど》は、

「天下の民が周に心服したわけでもないこのときに、幼い王を奉戴《ほうたい》すれば、人臣は不安をおぼえる。だいいち天下の事を裁定する者がいないではないか。幼い王が聴政をおこなえるはずはなく、それなら叔鮮をはじめから立てて、この難局を乗り切るべきである」

と、反発した。

「遺言がある。わが亡きあとは誦《しょう》を立て、旦と召公が王を輔《たす》けよ、と先王は仰せになった。これをきいたのは、わたしばかりではない。史佚《しいつ》もきいている。先王の遺言にさからう者は、王族と認めるわけにはいかぬ。ただちに封邑を返上して異境に去れ」

ほとんど叱呵《しっか》せんばかりの口調で周公旦は反論をおさえこんだ。

管叔鮮と蔡叔度とは恚《いか》りの目を周公旦にむけた。

——先王は急逝なさったときく。遺言があったとはおもわれぬ。

ふたりは同時にそうおもったが、周公旦の気迫のすさまじさに押された感じで、王位継承について蒸し返すことをひかえた。

三日間、会議がおこなわれた。

それがおわったあと蔡叔度は管叔鮮にささやいた。

「旦は先王を呪い殺したのかもしれぬ」

「何——」

「夏に先王が病牀《びょうしょう》にいたとき、召公と羌公《きょうこう》がつぎの王を占わせようとしたところ、旦がとめて、ふたりにわからぬように呪詛《じゅそ》をおこなったらしい。その呪文を納めた金縢《きんとう》が王室のどこかにある。要するに旦は先王を亡き者にしておいて、王位を簒奪《さんだつ》する肚《はら》だ」

「なるほど、兄を殺して、まず摂政になる。それから幼い王を迫害して、自分が王位に登る気だな。旦がそのつもりなら、わしにも考えがある」

管叔鮮は臣下に耳うちをして王宮をあとにした。

武王が畢《ひつ》に葬られたのは六月であり、その埋葬のあとに、望は召公に、

「いやな流言があります」

と、金縢のことをいった。

「周公旦が武王を呪《のろ》ったというのか」

「うわさはそればかりではありません。やがて周公が王位を簒奪するであろうというものもあります」

「周公が王になる……」

召公はわずかに眉《まゆ》をひそめた。周公がこっそり壇を築いて祈り、その祈りの文をかくしたことも不快であるが、最近の周公が独裁者のごとくふるまっているのはさらに不快である。武王の遺言では聴政を周公に摂行させるという明確なものはなかった。輔行《ほこう》ということばはあったが、摂行はなかった。

「羌公はどうおもう」

「流言には源があります。すこししらべてみます」

望は臣下を集めた。八十人という多数のほかに鳴《めい》と捗《ほ》と且《しょ》という諜報《ちょうほう》に長《た》けた三人を

呼んだ。鳴の養女は小子封《しょうしほう》の夫人としていま朝歌《ちょうか》にいる。それゆえ配下の三十人をつかって三監の周辺を鳴にさぐらせるのがよいと望は考えた。捗には朝歌より東の情報を採取してもらう。配下は三十人である。旦には配下の二十人を周都と近隣を歩かせて流言のでどころをつかんでもらう。

「周公に悪意をもっている者の策略であると頭から決めてはならぬ。兄弟を分裂させて、王朝を内から崩そうとする者が、われわれの目に映らぬところにいるかもしれぬ」

と、望は諜報活動を指揮する三人に注意した。召公さえ調査の対象からはずさないというのが、望のやりかたである。

初冬に、その三人が復命した。

「よく、しらべてくれた」

と、いった望の眼光が微妙な強弱をもった。

まず、周の各邑でうわさを播《ま》いていたのは、管叔鮮と蔡叔度の臣下であることがわかった。小子封は周公旦を敬愛しているので、うわさを否定しつつも、心を痛めているという。諸侯がそのうわさを信じれば、輿望は周公旦から管叔鮮に移るであろう。

――それはまだよい。

と、望はおもう。鳴と捗の口からおなじ君主名がでたことが、大問題である。

「奄君《えんくん》」

それが望の胸中で異状な重さをもった。奄という邦は、ちょうど朝歌と干《かん》の中間にある。その邦の君主が武庚《ぶこう》に謁見したあと、管まで足をのばして叔鮮と面談している。

「奄君は商の遺臣を多数かかえたといううわさがあります」

と、捗はいった。さらに捗は、奄君は天下に野望がある、という者さえいました、といった。

——天下を焼きつくす恐れのある火種は、奄にあるのか。

ひとりになった望は熟考した。

いま西方を周公が治め、東方を管叔《かんしゅく》が治めている。管叔は東方の民を慰撫するため、商王の子孫である武庚を尊重するかたちをとっている。いちおうそれで東方はことなきを得ている。だが、管叔には周王の位に登りたい欲望があり、武庚は商王として復活したい希望がある。そうした意望を察した奄君がふたりに、

「なるかならぬか、さいごは武力にまさる者が勝ちます」

と、ささやいたとしたら、どうであろう。東方の兵を翕合《きゅうごう》すれば、四、五十万にはなるであろう。さらに管叔が掌握している周兵がいる。三監と奄君が協力して周王朝にたいして叛旗をひるがえせば、ふたたび天下は二分される。奄君が天下に野望があるというのが本当であるとすると、周公と管叔を戦わせるのがかれにとって得策である。

——どうすべきか。

三監と奄君の陰謀の証拠をほとんどつかんでいない段階で、東方の火種を消すためには、三監を転封するしかない。しかしそれを敢行すれば、東方の動揺を抑える者がいなくなる。いや、周公が管にはいれば、大事にはなるまいが、摂行の特権を召公にゆずることに周公は難色を示すであろう。

——が、このまま傍観していると、武王の偉業は潰《つい》え去る。

望は意を決して、召公に面談した。

「わしもひそかにしらべたよ」

と、召公はいい、望の提言を正面で受けとめる真摯《しんし》さをみせた。

「王室の人事については容喙《ようかい》をひかえてまいりましたが……」

「わしもそうだ。だが、異変が生ずるまえに、周公に直言せざるをえない」

召公はすぐに周公に会った。

「ご兄弟が争えば、喜ぶ者がいる。それをお忘れにならぬように」

と、召公はいった。

「法は公正です。法廷での争いは、天下の民の目に醜悪《しゅうあく》とは映らぬでしょう。鮮と度とを召還します」

周公はそういい、王の名によって兄と弟に帰還を命じた。しかし叔鮮と叔度はその使者を追い返し、

「いよいよ旦の横暴がはじまった」

と、喧伝《けんでん》した。さすがにその声は周公の耳にとどいた。

「王命をないがしろにした者は、罰せねばなりません」

ついに周公旦はみずから東方に足をむけた。それを知った管叔鮮と蔡叔度は、挙兵にふみきった。

革命のあとには反動がある、というのが歴史の原理であろうか。

管叔鮮と蔡叔度の離叛をきっかけに反動勢力が驕揚《きょうよう》しはじめたといってよいであろう。

少数の従者とともに東にむかった周公は、容易ならぬ事態に直面し、兵の派遣を宗周（鎬《こう》）に要請した。すぐさま召公は周師を急行させた。そのときはすでに年があらたまっている。いまや成王誦《しょう》を守る者は召公と望しかいない。

「周公は制《せい》（皐《こう》）にはいったらしい」

と、召公は望に語《つ》げた。

「周公が強硬手段をとれば、武庚が立ち、小子封のいのちがあぶない」

「周公は小子封を愛しているから、殺すようなことはしないであろう」

召公はそう予想したが、はたして周公はいきなり兵をひけらかすことはせず、諸侯を説得し、管叔鮮と蔡叔度に付帯している勢力をそぎつづけた。さらに周公はふたりの属将にも密使を送り、管に駐留している周軍をたぐり寄せようとした。このこころみはなかば成功し、二、三の将が兵を率いて周公のもとに奔《はし》った。それを知った管叔鮮と蔡叔度は、危険を感じて、周公を攻めるべく兵をすすめたところ、多量の脱走兵がでた。その混乱に乗じて制を発した周公は、ついに管叔鮮と蔡叔度を捕らえて処罰した。

管叔鮮は死刑に、蔡叔度は追放に処せられた。

——これで終わった。

とは、周公はおもわなかったであろう。管を中心とする河水南岸域の治安をどうするかは難問である。周公自身が管を治め、親族を近隣に配置して、ようすをみるしかない。ところがさらに大きな難問が河水の北岸で生じた。小子封が家族や臣下を率いて周公のもとに避難してきた。

「武庚が叛乱を起こした」

と、小子封はいう。

叛乱軍の兵力は五万であるが、ふえる一方で、いまごろは十万に達しているかもしれないという小子封の報告である。それが事実であれば、周軍を渡河させて、叛乱軍を鎮圧することは容易ではない。周公の慎重さは、防衛という構えをとったことである。叛乱軍の西進をはばむというかたちである。

急報は召公にとどいた。ところが、召公にとどいた急報はそれだけではなく、周の邦の西部が異民族に侵寇《しんこう》されたというものがあり、西方の不穏はみすごしにはできない。

「西へは、わたしが征《ゆ》きましょう」

「羌公よ、周公も危ういのだ。西を救えば東が滅ぶ。東を救えば西が滅ぶ。いま周はどちらをとるか、速決しなければならない」

残留している周師は寡《すくな》く、それを率いてでれば、周都を衛《まも》る兵はいなくなる、と召公はいった。

革命後、周は最大の危機をむかえた。

この時期、商王朝が復活したといってよい。中原《ちゅうげん》の各地で蜂起した商の遺民は、武庚《ぶこう》禄父《ろくほ》を奉戴《ほうたい》して、大勢力を形成しつつあった。武庚が天子を称《とな》えたのは、このときであろう。奄君は東方にいて武庚の王朝を支援する構えをしめした。

それにたいして周は管、祭、制、蘇《そ》、邘《う》、単《たん》をむすぶ防衛線で、反動勢力の膨張を阻止しようとした。前にも述べたが、単は檀伯達《たんはくはつ》の封邑である。

周からみると中原も東方にあたる。異変は東方ばかりが大きかったわけではなく、西方の異民族の暴動も規模が大きく、その鎮圧に虢叔《かくしゅく》や散公があたっているが、兵が足りない、という訴えをもった急使がそれらの将から発せられている。

宗周と成王を守っている召公と望は窮地に立たされた。

ところがふたりの目前に立った人物によって、ふたりの対話は、結論を得た。その人物とは、邑姜《ゆうきょう》である。なんと邑姜は甲《よろい》を着ているではないか。さらに邑姜は幼い成王にも甲を着せ、手をひいている。

「王とわたくしは東方を征伐にでかけます。宗周を守っている兵を西方へさしむければよい」

と、邑姜はいった。召公はあきれぎみに邑姜をながめていたが、やがて、

「みごとなお覚悟です」

と、いい、頭をさげた。宗周に温存している兵を西方にむければ、当然、成王と邑姜に従う兵はいない。いや、羌公は一族をあげてふたりを守護するであろう。しかしその兵は三千余で、とても征伐軍とはいえない。邑姜が望んでいるのは召公の兵であろう。召公がここで出師《すいし》しなければ、かれの兵は傷つかず、戦乱の到来とともに西方を制圧するためにぞんぶんに使うことができる。が、邑姜とともに東方へゆけば、召公の利は希薄になる。

「どうか、召公は宗周をお守りください」

と、邑姜はいった。むろん本心ではあるまいが、周の災いは周の者がしのぐべきであるという気構えをあらわした。その胆力が召公を打った。

「王のおられぬ宗周を守っていては、武王に笑われます。この奭《せき》は王に随伴《ずいはん》いたします」

「おお、召公……」

邑姜の目に涙が光った。

幼い王のために甲を着て戦陣に立とうとする邑姜をみて、望も感動した。継《けい》を王婦にえらんだ武王の目はたしかであったというべきであろう。望は宗周の兵を西へさしむけたあと、

「わたしは東海を観《み》るつもりである」

と、族人に気概を示した。

東方の叛乱は拡大に拡大をかさねていた。

九夷《きゅうい》の本拠があった淮水《わいすい》沿岸は、いま淮夷《わいい》とよばれる族の勢力圏になり、その淮夷が暴れはじめた。

宗周を出発する望と召公は、そのことは知らない。ただし召公は東方の叛乱が一年以内におさまるとはおもっておらず、叛乱軍の兵力が巨大であると想定し、兵のすべてを集めて率いることにした。その兵力は二万五千である。

「ふたたび牧野《ぼくや》の戦いになるか」

と、召公は笑った。召公の兵に望の兵をくわえたものが王軍である。武庚の兵が何十万になっているのか、見当もつかない。

「商軍が三十万未満であれば、勝てます」

望は落ち着きをみせた。いま武庚のもとに集まっている兵に精鋭はいない。将の質も悪いであろう。かれらは多数を恃《たの》んで気勢をあげているにすぎない。

「さきの牧野の戦いとちがい、こんどの勝負は、あっけないですよ」

「羌公がそういうのであれば、そうなろう」

召公はまた笑った。

じつのところ、望は召公の兵の実力を知らない。召公の属将は召公の兄弟と子である。ひとり十代の将がいるが、それが召公の子であろう。召公の統率はみごとである。兵気の充実は、望にひしひしと感じられる。この軍が弱いはずはない。

「伋《きゅう》よ、召公の軍におくれをとるまいぞ」

と、望は嫡子にいった。

周公は制で成王を迎えた。この幼い王が戦陣に立つことに周公は反対した。しかし邑姜が、

「周が滅べば、どこにいても死なねばなりません。そのとき、周公がご存命であれば、ご自身の王朝を経営なさればよい」

と、きびしい口調でいった。周公が武王を呪い殺したといううわさは邑姜の耳にもはいっている。そのうわさを邑姜は信じたわけではないが、

――周公には気をゆるせない。

と、成王のためにおもった。邑姜の信頼は望と召公へ、大きくかたむいている。

周公はわずかに青ざめて、

「では、二方面を同時に攻略しましょう」

と、いい、自身は南方にむかうことをあきらかにした。諸将を招いてひらいた軍議が終了してから、邑姜は、

「周公は慎重すぎる。あのかたには兵勢というものがわかっていない」

と、辛辣《しんらつ》なことをいった。邑姜の男まさりの性格が徐々に露呈してきたといってよい。望は邑姜に、わが子のためなら死をも恐れないすごみをみたような気がした。いまの邑姜であれば、死地に飛びこんで活を拾うことができるであろう。

河水の北岸を防衛していた将と兵のすべてが成王に属して朝歌をめざすことになった。

幼い成王が兵車に乗った。

そのことが周の全兵士に感動をあたえた。

――あの王を戦死させてはならぬ。

その意《おも》いが全軍の意志となった。悲壮さのただよった軍をみて、望は、

――王朝を救うのは、召公やわたしではなく、継《けい》なのだ。

と、実感した。

王軍は発した。途中、叛乱軍の小部隊と遭遇したが、一撃で潰滅させた。翌日にも敵

兵とぶつかった。それを撃破した夜に、急襲してきた兵があったが、難なくしりぞけた。

翌朝、召公は、

「なるほど、叛乱軍は統制がとれていない。進撃をはやめよう」

と、望にいった。敵にこちらの勢いをみせるということである。望はうなずいた。王軍のすすみがはやくなった。それを知った武庚は大軍をさしむけた。およそ十五万という兵力である。敵陣を遠望した召公は、

「三倍の兵力か。武庚の威光はとても受王におよばぬ」

と、かろやかにいい、勝利を確信した。

「羌公は王をお守りしてくれ。わしがやる」

布陣をおえた召公は、太鼓を打った。召公の兵の強さが天下にしれわたるのは、この戦いからであろう。王軍の先陣の鋭気はすさまじいもので、雲のごとく湧いてくる敵兵を消し去ってゆく。その強さは望にも邑姜にも爽快感をあたえた。

「望どのが武王に召公を結びつけてくれた。いま、感謝の気持ちでいっぱいです」

と、邑姜は小さな声でいった。

「武王の懿徳《いとく》が召公を招いたのです」

周王室が召公を得なければ、いまごろどうなっていたか。周の王族だけでは支えきれぬ王朝を、召公と望という異姓のふたりが支えている。これが歴史の実相であり、後世

への教訓であろう。

およそ三時間の戦闘で、王軍は叛乱軍を潰走させた。

「さあ、朝歌だ」

召公の兵車はやすまない。颪を切って走った。

朝歌で敗戦の報に接した武庚は、邑門を閉じて、抗戦の構えをとった。その門は十日後に破られた。

「東方では負けぬ」

と、叫んだ武庚は、朝歌を脱出するや、東へ奔った。それを知った召公は、

「羌公よ、東海までゆくぞ」

と、高らかにいった。

「望むところです」

すばやく望は晅《けん》と牙《が》をひそかに先行させた。

叛乱軍の拠点は散在している。

王軍はそのひとつひとつを潰してゆく。

月日のかかる攻略であるが、召公の指揮はあざやかで、王軍に遅滞はない。この快進撃はのちに『詩』（詩経）に、

——日に国を辟《ひら》く百里。

と、書かれた。人々はそのように歌って召公の驍名《ぎょうめい》を慕った。一日の行軍が三十里であるというのは、春秋時代の常識である。それをこの時代にあてはめると誤謬《ごびゅう》が生じそうであるが、とにかく一日に百里をゆく軍はありえない。空を飛ぶに近い表現であり、召公の指揮下にある王軍が驚異的なはやさですすんだことをいいたかったのであろう。

しかしこの破竹の勢いをはばもうとする山がある。梁山《りょうざん》である。かつてこの山は、人《じん》方《ぼう》が立て籠もって、受王に率いられた商軍と大激戦をおこなった戦場である。大規模な要塞といってよい。ここに武庚が逃げこんだ。歴史のふしぎさはここにもあり、往時、この山を攻略した名将の小臣艅《しょうしんゆ》が、いまこの山の守将であり、武庚を保庇《ほひ》して周軍を邀《よう》撃《げき》しようとしていた。

「小臣艅が相手か。相手に不足はない」

召公は闘志をみせた。

小臣艅はいまや老将といってよいが、よく配下の兵を掌握し、周軍の猛攻をしのいだ。

召公の快進撃はここで足どめをされた。

滞陣は百日をすぎた。

「受王はこの山の人方を駆逐するのに六年を要したようです」

山中の敵の食道を断つしか望としても手の打ちようがない。

「まもなく年が明ける。六年どころか六月もここにいたら、王朝は影も形もなくなろう」

　召公の苦笑のなかにあせりがある。梁山を落としても、つぎに奄《えん》がある。

「小臣馀はみごとな武将です」

「殺すのは、惜しい。王のために役立てたい」

「では、使者をお送りになったらいかがですか」

　成王の近くには辛甲大夫《しんこうたいふ》のようにかつて商王朝の高官であった者が数人いる。かれらを使って小臣馀を説かせたらどうであろう。

「そうしよう」

　召公は速断した。

　軍使が梁山に登り、交渉がはじまった。年が明けてもこの交渉は続き、ようやく小臣馀が軟化した。食糧がとぼしくなったせいでもあろう。小臣馀が提示した条件は、

「武庚を殺さぬこと。この山にいる兵を殺さぬこと」

　というふたつである。召公は後方にいる成王と邑姜に使いを送り、許諾を得た。これにより小臣馀は降伏し、武庚は処罰されずに西方で食邑をもつことになった。梁山の兵は、周軍に吸収された。

「さて、つぎは奄だが……」

「召公には奄を討っていただき、わたしは東海にむかって先行します」

そのほうが鎮圧の速度が増す。

「それはよいが、羌公の兵がすくなすぎる。王軍の兵がふえたので、二分しよう」

「奄は強敵です。あなどってはなりません。わたしはいまの兵力で充分です」

望は三千余の兵を率いて東北にむかった。望がめざしたのは逢《ほう》である。

「敵兵の影がないな」

と、車上の班《はん》は首をかしげた。

叛乱軍にとって梁山は最大の拠点で、そこを失ったため、商兵はべつな拠点へ奔《はし》っているのであろう。

十日がすぎて、逢に近づいた。

「やあ、あれは——」

獬《かい》が声をあげた。霞《かすみ》から旒旗《りゅうき》と兵馬がしみでてきた。旗の色は白ではない。

「舅《しゅうと》どのか」

望はひたいに手をかざした。

ゆるやかに近づいてくる兵は、殺気をともなっていない。やがて二騎が疾走してきた。

馬上にいたのは咺と牙である。

「主よ、逢尊《ほうそん》さまが、出迎えておられます」

「おお、やはりそうか」

望の兵車だけが走りはじめた。すこしおくれて伋《きゅう》の兵車が追走した。伋は今年の夏には二十五歳になる。

望の目は馬上で破顔している人物をとらえた。

「舅どの――」

望は兵車から飛びおりた。

「望どの……」

おもむろに下馬した逢尊はきらきら光る目で望をながめ、手をさしのべた。その手をとった望は、胸が熱くなり、その熱さが口や目にさしのぼってきた。

「ついに帰ってきました」

「よくぞ、なされた。いまや太公望呂尚《りょしょう》の名を知らぬ者はいない。わしは望どのが王になるとおもっていたが、万民に敬仰される度合いは、いつか、周王にまさるであろう」

「めったなことを申されますな」

「いやいや、天に愛される周王は孤独なものだ。が、望どのは地に愛され、人に愛されて、その生涯には温かい華やぎがあろう。東海に近い一邑を周王から賜ったそうではないか」

「それよりも、逢はもともと舅どのの家が治める邑です。逢を制して、成王の認定を得ましょう」

「はは、すでに逢の邑主はつまみだしておいた」

逢尊は胸をそらした。

「すると商兵は――」

「干《かん》から薄姑《はくこ》にかけて山のようにいる」

逢尊が率いている兵は千五百で、牙の出身の羌族の兵が五百である。望の兵の三千余とあわせると、およそ五千になる。

「干の民は叛乱軍に協力しているのですか」

「すすんで協力しているとはいえまい」

「では、舅どのは干を攻め、わざと敗走してくれませんか。そのあいだにわたしは邑内に潜入し、干の民を味方につけます」

干の邑外には三万余の兵がいるが、邑内にはわずかな将士しかいないようである。逢をでた望は百人ほどの配下とともに待機した。逢尊は兵馬を北上させて南郊にある叛乱軍の兵営を襲った。この急襲は日没前におこなわれた。日没とともに逢尊は兵を引き、あえて敗走のかたちをみせた。干の兵は追撃した。夜陰にまぎれて邑内にはいった望は、まず、魚白《ぎょはく》と魚叔《ぎょしゅく》の兄弟に会い、干の民が叛乱兵にしいたげられている事実を知り、兵を排除するための協力を乞うた。魚氏の兄弟はめだたぬように邑民を説き、二日後に、望は配下とともに宮室を襲い、叛乱軍の将を斬った。ほとんど同時に邑民は門を閉じ、壁上に赤い旗を立てた。おどろいた邑外の兵が、干に攻め寄せるべく、動いたとき、班と逢尊がかれらの背後に兵を出現させた。将と邑とを失った商兵はまたたくまに崩れ、薄姑をめざして奔った。

干を取った望は、近くの丘に登った。

王軍が到着するまで干を確保しておきたい。兵を駐留するには丘の上のほうがよい。頂上までできて、望の足がとまった。草木がまったくなく、土が露呈しているところがある。それが矩形《くけい》をしている。望はしゃがんだ。土の上に木の象《かたち》が画《か》かれている。あの黄金の喬木《きょうぼく》にそっくりである。

――ここだ。ここに邑を築く。

望は自分の族の邦がここに樹《た》つことを確信した。

「営丘《えいきゅう》」

と、よばれる丘がここである。斉《せい》という邦はここから発し、この首都はのちに規模が拡大して、臨淄《りんし》とよばれ、東方一の大都会になる。

望はおもだった族人を丘の上に集め、

「わが邑をここに築き、伋を邑主とする」

と、告げた。みな歓声をあげた。

望が理想としてかかげた、

「人々が斉《ひと》しく住める」

という邦が誕生するのである。民族の差別のない邦でもある。

「われわれの邦だ。成王のご到着まで、死守しよう」

望の声に応じたのは呂族の兵ばかりではない。干の民は移住を願い、堡塁《ほるい》の建造に協力した。防禦壁が高さを増しはじめたころ、営丘は莱方《らいほう》とよばれる異民族の襲撃をうけ、守兵は奮戦して激しい攻撃に耐え、実現しつつある希望の邦の原形を守りぬいた。

ついに王軍が営丘に達した。

「召公、望はここに邑を造りたく存じます」

「それはかまわぬが、このあたりの土地は痩せている。農耕に適した土地をほかに選んだらどうか」

「ここが、よいのです」

「欲のない人だ」

召公は斉《せい》の邦の貧弱さをあわれみ、特権をあたえた。東は海まで、西は河水まで、南は穆陵《ぼくりょう》まで、北は無棣《ぶてい》まで、そのなかにいる諸侯が罪を犯せば、それを征伐してよい。

この特権は成王が召公に命じて望にあたえたものであるが、召公の好意が邑姜《ゆうきょう》を動かしたとみるべきであろう。

望は農産物のかわりに海産物を得ようとした。なにより大きかったのは、塩をにぎったということである。さらに望はこの地に商工業を興すことになる。『漢書《かんじょ》』には、望が貨幣制度をはじめたように書かれているが、邦を支える産業に農業以外のものをすえた望の開明思想が後世の者にそうおもわせたのであろう。

叛乱軍は薄姑において最後の抗戦をおこなった。王軍がそれを大破したことで、周王朝の危機はひとまず去った。が、召公は安心せず、周公と連絡をとりあって、周公の軍が東進しつつあることを知るや、奄と梁山にとどめておいた兵を南北にむかわせた。

「北には土方《どほう》がいて、南には淮夷《わいい》がいる」

叛乱軍のなかで生きのびた兵は、やはり南北にむかったはずである。それらを平定するまで何年を要するのかわからないが、召公は兄弟に兵をあたえて、長期の征伐を続行させた。ちなみに奄は召公の兵に占領されて匽《えん》となり、その兵が北上して北京のあたりに樹《た》てた邦が燕《えん》である。また『史記』には、周の穆王《ぼくおう》（成王の曾孫）のときに、徐《じょ》の偃《えん》王《おう》が叛乱したと記しているが、その徐は淮夷の本拠であり、偃王とは召公の末裔《まつえい》かもしれない。ついでにいえば、召公の兵が転出したあとの奄（匽）に周公がはいり、東方を監視させるために子の禽《きん》を置いた。奄はふたたび名があらたまり、魯《ろ》となった。召公と周公はこのあと洛陽を検分して、副都というべき成周の造営にとりかかる。

望はひと足おくれて営丘を去ることにした。

丘を登ってくる女づれの老人がいる。女たちはみな美しい。望は老人に目礼した。ひとりの女が目をあげ、望を直視しつつ、

「望は上帝に勝ったか……」

と、しわがれた声でいった。

「天のみぞ、知っております」

「なあに、そこで土をいじっている者のほうがよく知っている」

老人はいちど背のびをして、北の空をながめた。


（完）

あとがき

太公望呂尚《たいこうぼうりよしよう》は伝説にいろどられた人である。

たとえば『列仙伝《れつせんでん》』では、太公望の出身を冀州《きしゆう》であるとしている。冀州はいまの河北省と山西省、それに河南省と東北地方の一部をあわせた広さをもっていた。その冀州に生まれた太公望は、殷《いん》の紂《ちゆう》王の暴政をさけるために遼東《りようとう》へゆき、四十年のあいだ隠棲《いんせい》した。それから周《しゆう》へゆき、やはり隠棲しつつ、磻渓《はんけい》で釣りをした。三年のあいだまったく魚を釣ることができなかったので、近隣の住人に、

「もう釣りはおやめなさい」

と、いわれたが、

「おまえたちの知ったことではない」

と、いい、釣りをつづけた。そのうちに大きな鯉を釣りあげ、魚の腹から兵法書を得

た。まもなく周の文《ぶん》王は太公望のことをきいて、磻渓へでかけてゆき、かれを車に載せて帰った。武王が紂王を討伐するや、太公望は武王のために多くの謀計を立てた。太公望は沢芝《たくし》、地衣《ちい》、石髄《せきずい》などを服用し、二百歳近くなって死を予告して死んだ。埋葬がおこなわれなかったので、のちに子の伋《きゅう》が父を葬った。遺骸はなく、棺《ひつぎ》のなかにはただ『玉鈐《ぎょくけん》』という書物があったといわれる。

以上が『列仙伝』にある太公望の小伝の大略である。伝説のかたまりのようなこの小伝が、おどろくべき浸潤性をもって人々をとらえたせいで、太公望はべつな像をもったといってよい。そのべつな像が実像を消してしまった観さえある。

二十世紀がまもなく終わろうとするいま、紀元前十一世紀に活躍した太公望の実像をさがそうとする。伝説ばかりで信憑《しんぴょう》性のとぼしい史料から、組綴《しゅうてい》するとしたら、どんなものができるのか。

じつは私には太公望をあつかった小説が二作ある。ひとつは『王家の風日』という長編小説で、箕子《きし》と受《じゅ》王（紂王）の側に立ち、太公望を敵とみなして書いたものである。ほかのひとつは「甘棠《かんとう》の人」という短編小説で、これは召公を主とし太公望を友として書いたものである。私の歴史小説についていえば、『王家の風日』が処女作であり、「甘棠の人」は第三作である。三十代であった私は商（殷）周革命から中国史へはいった。その革命こそ中国史の原点であるとおもわれたからである。ふたつの小説を書きおえた

あと、

——商王朝は太公望ひとりに倒された。

という感想をもった。太公望を正面から書かねば、商周革命を書きつくしたといえぬではないか。そうおもいつつも、私の興味は夏商革命へ移り、そこで伊尹《いいん》を書き、ついで春秋時代へくだって重耳《ちょうじ》を書きはじめた。すでに四十五歳をすぎた私のもとに、文藝春秋の松成武治さん、萬玉邦夫さん、明円一郎さんがおみえになり、

「何か、ひとつ」

という話をなさった。何か、ひとつ、長編小説を書きませんか、ということである。私は即座に、

「太公望を書きましょう」

と、こたえた。課題というべき人物である。この課題はどうしてもかたづけねばならない。そういう意気込みをもってこたえたのであるが、それから歳月がながれて、私は五十歳になっても太公望にとりかかれなかった。商周革命には融釈《ゆうしゃく》のとどかぬことが多くある。そのひとつひとつを自分の感覚で濴《あら》いなおさねばならぬことが苦痛であることと、古代についての知識がふえたことが自分のなかに保存されてきた愕《おどろ》きをけずっていることに気づいたことで、太公望にたいして跼斂《きょくれん》の姿勢をとるようになった。端的にいえば、商周革命と太公望を書くことが恐ろしくなった。史料についていえば闇とも

いえるこの世界に突進して行った三十代の自分をうらやましくふりかえるしかない。

勇気をうしないかけた私をはげましてくれたのは文藝春秋の阿部達児さん、高橋一清さん、それに萬玉邦夫さんである。

「産経新聞で連載というのは、どうですか」

そういわれて、ほどなく、産経新聞で太公望を連載することが決まった。準備期間は半年もなかったが、私はもうあとへはひけないと肚《はら》をすえて、いままで集めた史料を再読した。とたんに自信がなくなった。読めば読むほど、太公望がみえにくくなった。

——こんなふうで、連載を完遂できるのか。

と、悩みぬいたすえに、ふと手もとのノートをひらき、ここに帰るしかない、と決意した。そのノートは中国古代史研究用のもので、三十五歳から書きはじめ、七冊まできている。印刷された文字から感じられない何かがノートにはあったというしかない。

連載は平成八年（一九九六年）の一月に開始し、平成十年（一九九八年）の三月に完了した。さし絵は、西のぼるさんであった。

「これほど長い連載は、はじめてです」

と、西さんはおっしゃった。二年と三か月の連載小説に絵をつけつづけたのは、なみたいていの苦労ではなかったはずである。

ところで、本文では太公望の死にふれなかった。『竹書紀年《ちくしょきねん》』は、成王《せい》の子の康王《こう》の六年に太公望の死を明記している。『書経《しょきょう》』の「顧命《こめい》」には、崩御《ほうぎょ》する前日の成王が書かれており、そこには太保《たいほ》（召公）奭《せき》がいても太公望の影はない。成王の崩御の直後に奭はふたりの使者を斉《せい》侯の呂伋《りょきゅう》のもとへやり、太子の釗《しょう》（康王）を出迎えさせている。すると、太公望は成王の晩年には引退したのであろう。また『礼記《らいき》』のなかに、

——太公営丘に封ぜらる。五世に及ぶ比《ころ》まで、皆反《かえ》りて周に葬る。

という一文があり、太公望、丁《てい》公伋、乙《いっ》公得《とく》、癸《き》公慈母《じぼ》、哀公不辰《ふしん》という斉の五代の君主は、亡くなると周に埋葬されたようである。斉に残る棺のなかに遺骸はないはずである。

とにかく太公望は商王朝を倒し、その後ゆらぎつづけている周王朝を支えぬいた。周の文王は、伝説にあるように太公望を野から拾いあげたのではないというのが私の考えであるが、それでも他族の族長に周の軍政をまかせ、全幅の信頼をおいたという文王の眼力のすごさに、あらためて驚嘆せざるをえない。ちなみに太公望が釣りをしていたという伝説は渭水のほとりにだけあるわけではなく、『水経注《すいけいちゅう》』の「清水《せいすい》」によると、牧野の南にある汲《きゅう》の近くにも磻渓とよばれるところがあり、太公望の廟《びょう》さえあったようである。

さて新聞の連載小説が文藝春秋から出版されるに際して、萬玉邦夫さんの世話になった。けっきょく萬玉さんは太公望を七年待ってくれたことになる。ついでにいえば、萬

玉さんの手になる私の本はこれが四作目である。

平成十年六月吉日

宮城谷昌光

文庫版あとがき

太公望についての史料を蒐《あつ》めれば集めるほど、ますます困惑の度を深めたというのが、本当のところである。

商（殷）と周を考えるとき、革命の象徴である牧野《ぼくや》の戦いが不明さを多くふくんでいるばかりか、その直前と直後もそうとうにわかりにくい。昨年（二〇〇〇年）、中国では古代史の専門家たちが、

――周が商にとってかわった年は、紀元前一〇四六年である。

という統一見解を発表した。その結論が世界各国で中国の古代史を研究している学者を納得させれば、古代史に燦然《さんぜん》たる灯をともしたことになる。小説を書く者としても、年代を確定してくれることはありがたいが、たとえそれが確定しても、人と行動とがみえなければ話にならない。革命の指導者はいうまでもなく周の武王であるのだが、この

人の軍事と行政がまことにみえにくい。たとえば商という巨大な帝国を倒したあと、占領行政をおこなう。その行政の長官が三監《さんかん》である。『漢書』には三監についてわかりやすく書かれている。つまり、周は殷を滅ぼしたあと、その畿内を三つの国にわけた。邶《はい》、庸《よう》、衛《えい》の国々がそれであり、邶には殷の紂《ちゅう》(受《じゅ》)王の子の武庚《ぶこう》が封ぜられ、庸は管叔《かんしゅく》が尹《つぎ》どり、衛には蔡叔《さいしゅく》がはいったという。朝歌《ちょうか》の北が邶、南が庸で、東が衛である。さらに『漢書』では、武王が崩御したあと三監が叛《そむ》いたので、周公がかれらを誅滅《ちゅうめつ》し、その地方を弟の康叔《こうしゅく》にあたえ、孟《もう》侯とよんだ、とある。なるほど、三監とはそういうものか。信じて疑わない読書ほど幸せなものはない。しかし他の史料を読みはじめるとその幸せは崩れ去る。とくに金文《きんぶん》という史料は厳然たるもので、三監という名称を否定し、武庚の叛乱を伐ったのは周公ではなく召公であることを明記している。そうなると三監について、はじめから考えなければならず、小説のなかで独自の見解を表すようなきわどさをも覚悟しなければならなくなった。その種のことがすくなからずあるので、太公望をなかなか書きだせなかった。自分の勇気のなさを嗤《わら》ってすますわけにはいかなくなり、ついに目をつむって書きだした。豊かな森林と海のような草原、そのかなたに樹《た》つ黄金の喬木《きょうぼく》にたどりつけば、何とかなる。望に率いられた子どもたちのうしろに、もうひとりいたと想ってもらいたい。すべての羌《きょう》族が商に敵対していたわけではないことも読者に知ってもらいたかった。

そのことにかかわりはないが、甲骨文字を実際にみると、その優雅さと繊細さにおどろかされる。商王朝の一面を肌で感じることができる。文字の魅力と文字を自分の手で書く喜びを再確認してもらいたい意《おも》いも、この小説にこめたつもりである。

宮城谷昌光

平成十三年二月吉日

上巻

中巻

初出　「産経新聞」平成九年七月一日より
平成十年三月三十一日まで連載
単行本　平成十年七月　文藝春秋刊

文春文庫

太《たい》公《こう》望《ぼう》 下

定価はカバーに表示してあります

2001年4月10日　第1刷
2023年9月25日　第17刷

著　者　宮《みや》城《ぎ》谷《たに》昌《まさ》光《みつ》
発行者　大沼貴之
発行所　株式会社 文藝春秋

東京都千代田区紀尾井町3-23　〒102-8008
TEL 03・3265・1211㈹
文藝春秋ホームページ　http://www.bunshun.co.jp
落丁、乱丁本は、お手数ですが小社製作部宛お送り下さい。送料小社負担でお取替致します。

印刷製本・凸版印刷
Printed in Japan
ISBN978-4-16-725912-9

（　）内は解説者。品切の節はご容赦下さい。

宮城谷昌光
天空の舟
小説・伊尹伝（上下）
中国古代王朝という、前人未踏の世界をロマンあふれる勁い文章で語り、広く読書界を震撼させた傑作。夏王朝、一介の料理人から身をおこした英傑伊尹の物語。（齋藤愼爾）
み-19-1

宮城谷昌光
中国古典の言行録
中国の歴史と文化に造詣の深い作家が、論語、詩経、孟子、老子、易経、韓非子などから人生の指針となる名言名句を選び抜き、平明な文章で詳細な解説をほどこした教養と実用の書。
み-19-7

宮城谷昌光
太公望（全三冊）
遊牧の民の子として生まれながら、苦難の末に商王朝をほろぼした男・太公望。古代中国史の中で最も謎と伝説に彩られた人物の波瀾の生涯を、雄渾な筆で描きつくした感動の歴史叙事詩。
み-19-9

宮城谷昌光
沙中の回廊（上下）
中国・春秋時代の晋。没落寸前の家に生まれた士会は武術と知力で名君・重耳に見いだされ、乱世で名を挙げていく。宰相にのぼりつめた天才兵法家の生涯を描いた長篇傑作歴史小説。
み-19-14

宮城谷昌光
管仲（上下）
春秋時代の思想家・為政者として卓越し、理想の宰相と讃えられた管仲と、「管鮑の交わり」として名高い鮑叔の、互いに異なる性格と、ともに手をとり中原を駆けた生涯を描く。（湯川　豊）
み-19-16

宮城谷昌光
春秋名臣列伝
斉を強国に育てた管仲、初の成文法を創った鄭の子産、呉王を覇者にした伍子胥——。無数の国が勃興する時代、国勢の変化と王室の動乱に揉まれつつ、国をたすけた名臣二十人の生涯。
み-19-18

宮城谷昌光
戦国名臣列伝
越王句践に呉を滅ぼさせた范蠡。祖国を失い、燕王に仕えて連合軍を組織した楽毅。人質だった異人を秦の王に育てた呂不韋。合従連衡、権謀術数が渦巻く中、自由な発想に命をかけた十六人。
み-19-19

（　）内は解説者。品切の節はご容赦下さい。

宮城谷昌光
楚漢名臣列伝
秦の始皇帝の死後、勃興してきた楚の項羽と漢の劉邦。覇を競う彼らに仕え、乱世で活躍した異才・俊才たち。項羽の軍師・范増、前漢の右丞相となった周勃など十人の肖像。
み-19-28

宮城谷昌光
三国志　全十二巻
後漢王朝の衰亡から筆をおこし「演義」ではなく「正史三国志」の世界を再現する大作。曹操、劉備など英雄だけではなく、将、兵、そして庶民に至るまで、激動の時代を生きた群像を描く。
み-19-20

宮城谷昌光
三国志外伝
「三国志」を著したのは、諸葛孔明に罰せられた罪人の息子だった（「陳寿」）。匈奴の妾となった美女の運命は（「蔡琰」）。三国時代を生きた、梟雄、学者、女性詩人など十二人の生涯。
み-19-35

宮城谷昌光
三国志読本
「三国志」はじめ、中国歴史小説を書き続けてきた著者が、自らの創作の秘密を語り尽くした一冊。宮部みゆき、白川静、水上勉らとの対談、歴史随想、ブックガイドなど多方面に充実。
み-19-36

宮城谷昌光
三国志名臣列伝　後漢篇
怜悧な頭より「孝心」が尊ばれた後漢時代。王朝末期、外戚と宦官に権力が集中し人民は疲弊、やがて「黄巾の乱」が起きる。国家の危機に輩出した名臣・名将七人の列伝。　（湯川　豊）
み-19-45

宮城谷昌光
華栄の丘
詐術とは無縁のままに生き抜いた小国・宋の名宰相・華元。大国・晋と楚の和睦を実現させた男の奇蹟の生涯をさわやかに描く中国古代王朝譚。司馬遼太郎賞受賞作。　（和田　宏・清原康正）
み-19-34

宮城谷昌光
沈黙の王
中国で初めて文字を創造した商（殷）の武丁の半生を描いた表題作に加え、「地中の火」「妖異記」「豊饒の門」「鳳凰の冠」の全五篇を収録。みずみずしい傑作集。　（湯川　豊）
み-19-37

（　）内は解説者。品切の節はご容赦下さい。

宮城谷昌光
王家の風日
紂王のもと滅亡に向け傾きゆく商王朝を支え続けた宰相・箕子。彼と周の文王、太公望らの姿を通し、古代中国における権力の興亡と、人間の運命を描き切ったデビュー作。（平尾隆弘）
み-19-39

宮城谷昌光
劉邦（一）
地方官吏・劉邦は、始皇帝陵建設の夫役に向う途上、職をなげうち山に籠る。陳勝・呉広が叛乱を起こし、戦雲が世を覆う中、秦の圧政打倒のため挙兵を決意する。毎日芸術賞受賞。
み-19-40

宮城谷昌光
劉邦（二）
挙兵した劉邦は、沛公と称され、民衆の支持を得る。人事の天才である彼の許には、稀代の軍師張良はじめ名臣たちが続々と集結する。やがて劉邦たちの前に、項梁と項羽が現れる。
み-19-41

宮城谷昌光
劉邦（三）
項羽と協力して秦と戦った劉邦は、項羽の勇猛さと狷介な人間性を知る。楚王より関中平定の命を受けた劉邦は、ついに秦を降伏させる。そして鴻門の地で再び項羽と相見えるのだった。
み-19-42

宮城谷昌光
劉邦（四）
項羽により荒蕪の地、漢中の王に封じられた劉邦は、韓信を新たな臣下に得て、楚軍との間で激しい戦いを繰り返す。劉邦は幾度も窮地をはねのけ、ついに漢王朝を樹立する。（湯川　豊）
み-19-43

宮城谷昌光
孟夏の太陽
中国春秋時代の大国・晋の重臣、趙一族。太陽の如く苛烈な趙盾に始まるその盛衰を、透徹した視点をもって描いた初期の傑作の新装版。一国の指導者に必要な徳とは。（平尾隆弘）
み-19-44

宮城谷昌光
長城のかげ
「王になりたいのさ」。小家の青年・劉邦が垓下の戦いで項羽を下し、漢王朝を興すまでを、彼の影で各々いのちを燃やした男たちの視点で描く、長篇のような味わいの連作短篇集。（湯川　豊）
み-19-46

（　）内は解説者。品切の節はご容赦下さい。

安部龍太郎
等伯（上下）
武士に生まれながら、天下一の絵師をめざして京に上り、戦国の世でたび重なる悲劇に見舞われつつも、己の道を信じた長谷川等伯の一代記を描く傑作長編。直木賞受賞。（島内景二）
あ-32-4

安部龍太郎
宗麟の海
信長より早く海外貿易を行い、硝石、鉛を輸入、鉄砲をいち早く整備。宣教師たちの助力で知力と軍事力を駆使して瞬く間に九州を制覇した大友宗麟の姿を描く歴史叙事詩。（鹿毛敏夫）
あ-32-8

安能　務
始皇帝　中華帝国の開祖
始皇帝は〝暴君〟ではなく〝名君〟だった⁉　世界で初めて政治力学を意識し中華帝国を創り上げた男。その人物像に迫りつつ、現代にも通じる政治学を解きあかす一冊。（冨谷　至）
あ-33-4

浅田次郎
壬生義士伝《みぶぎしでん》（上下）
「死にたぐねえから、人を斬るのす」――生活苦から南部藩を脱藩し、壬生《みぶ》浪と呼ばれた新選組で人の道を見失わず生きた吉村貫一郎の運命。第十三回柴田錬三郎賞受賞。（久世光彦）
あ-39-2

浅田次郎
一刀斎夢録（上下）
怒濤の幕末を生き延び、明治の世では警視庁の一員として西南戦争を戦った新選組三番隊長・斎藤一の眼を通して描き出される感動ドラマ。新選組三部作ついに完結！（山本兼一）
あ-39-12

浅田次郎
黒書院の六兵衛（上下）
江戸城明渡しが迫る中、てこでも動かぬ謎の武士ひとり。勝海舟や西郷隆盛も現れて、城中は右往左往。六兵衛とは一体何者か？笑って泣いて感動の結末へ。奇想天外の傑作。（青山文平）
あ-39-16

あさのあつこ
燦《さん》**―1―　風の刃**《やいば》
疾風のように現れ、藩主を襲った異能の刺客・燦。彼と剣を交えた家老の嫡男・伊月。別世界で生きていた二人には隠された宿命があった。少年の葛藤と成長を描く文庫オリジナルシリーズ。
あ-43-5

（　）内は解説者。品切の節はご容赦下さい。

池波正太郎
火の国の城（上下）
関ヶ原の戦いに死んだと思われていた忍者、丹波大介は雌伏五年、傷ついた青春の血を再びたぎらせる。家康の魔手から加藤清正を守る大介と女忍び於蝶の大活躍。（佐藤隆介）
い-4-78

池波正太郎
秘密
家老の子息を斬殺し、討手から身を隠して生きる片桐宗春。だが人の情けに触れ、医師として暮すうち、その心はある境地に達する——。最晩年の著者が描く時代物長篇。（里中哲彦）
い-4-95

池波正太郎
その男（全三冊）
杉虎之助は大川に身投げをしたところを謎の剣士に助けられる。こうして〝その男〟の波瀾の人生が幕を開けた——。幕末から明治へ、維新史の断面を見事に剔る長編。（奥山景布子）
い-4-131

稲葉　稔
武士の流儀（一）
元は風烈廻りの与力の清兵衛は、倅に家督を譲っての若隠居生活。平穏が一番の毎日だが、若い侍が斬りつけられる現場に居合わせたことで、遺された友の手助けをすることになり……。
い-91-12

伊東　潤
王になろうとした男
信長の大いなる夢にインスパイアされた家臣たち。毛利新助、原田直政、荒木村重、津田信澄、黒人の彌介。いつ寝首をかくか、かかれるかの時代の峻烈な生と死を描く短編集。（高橋英樹）
い-100-1

伊東　潤
天下人の茶
政治とともに世に出、政治によって抹殺された千利休。その高弟たちによって語られる秀吉との相克。弟子たちの生涯から利休の求めた理想の茶の湯とその死の真相に迫る。（橋本麻里）
い-100-2

宇江佐真理
幻の声
髪結い伊三次捕物余話
町方同心の下で働く伊三次は、事件を追って今日も東奔西走。江戸庶民のきめ細かな人間関係を描き、現代を感じさせる珠玉の五話。選考委員絶賛のオール讀物新人賞受賞作。（常盤新平）
う-11-1

（　）内は解説者。品切の節はご容赦下さい。

（　）内は解説者。品切の節はご容赦下さい。

乙川優三郎
生きる
亡き藩主への忠誠を示す「追腹」を禁じられ、白眼視されながら生き続ける初老の武士。懊悩の果てに得る人間の強さを格調高く描いた感動の直木賞受賞作など、全三篇を収録。（縄田一男）
お-27-2

奥山景布子
葵の残葉
尾張徳川の分家筋・高須に生まれた四兄弟はやがて尾張、一橋、会津、桑名を継いで維新と佐幕で対立する。歴史と家族の情が絡み合うもうひとつの幕末維新の物語。（内藤麻里子）
お-63-2

奥山景布子
音わざ吹き寄せ
音四郎稽古屋手控
元吉原に住む役者上がりの音四郎と妹お久。町衆に長唄を教えているが、怪我がもとで舞台を去った兄の事情を妹はまだ知らない。その上兄には人に明かせない秘密が……。（吉崎典子）
お-63-3

大島真寿美
渦
妹背山婦女庭訓　魂結び
浄瑠璃作者・近松半二の生涯に、虚と実が混ざりあい物語が生まれる様を、圧倒的熱量と義太夫の如き心地よい大阪弁で描く。史上初の直木賞&高校生直木賞W受賞作！（豊竹呂太夫）
お-73-2

海音寺潮五郎
加藤清正
（上下）
文治派石田三成、小西行長との宿命的な確執、大恩ある豊家危急存亡の苦悩——英雄豪傑の象徴のように伝えられるこの武将の鎧の内にあった人間の素顔を剔抉する傑作歴史長篇。
か-2-19

海音寺潮五郎
天と地と
（全三冊）
戦国史上最も戦巧者であり、いまなお語り継がれる武将・上杉謙信。遠国の越後でなければ天下を取ったといわれた男の半生と、宿敵・武田信玄との数度に亘る川中島の合戦を活写する。
か-2-43

加藤　廣
信長の棺
（上下）
消えた信長の遺骸、秀吉の中国大返し、桶狭間山の秘策——。丹波を訪れた太田牛一は、阿弥陀寺、本能寺、丹波を結ぶ〝闇の真相〟を知る。傑作長篇歴史ミステリー。（縄田一男）
か-39-1

（　）内は解説者。品切の節はご容赦下さい。

加藤　廣
秀吉の枷（全三冊）
「覇王（信長）を討つべし！」竹中半兵衛が秀吉に授けた天下取りの秘策。異能集団〈山の民〉を伴い天下統一を成し遂げ、そして病に倒れるまでを描く加藤版「太閤記」。（雨宮由希夫）
か-39-3

加藤　廣
明智左馬助の恋（上下）
秀吉との出世争い、信長の横暴に耐える主君光秀を支える忠臣左馬助の胸にはある一途な決意があった。大ベストセラーとなった『信長の棺』『秀吉の枷』に続く本能寺三部作完結篇。
か-39-6

風野真知雄
耳袋秘帖
眠れない凶四郎（一）
妻が池の端の出合い茶屋で何者かに惨殺された。その現場に立ち会って以来南町奉行所の同心、土久呂凶四郎は不眠症に。見かねた奉行の根岸は彼を夜専門の定町回りに任命。江戸の闇を探る！
か-46-38

風野真知雄
耳袋秘帖
南町奉行と大凶寺
深川にある題経寺は正月におみくじを引いたら大凶ばかり、檀家は落ち目になり、墓をつくれば死人が化けて出る。近所の商人から相談された根岸も、さほどの事とは思わなかったのだが。
か-46-43

門井慶喜
ゆけ、おりょう
「世話のやける弟」のような男・坂本龍馬と結婚したおりょうは、酒を浴びるほど飲み、勝海舟と舌戦し、夫と共に軍艦に乗り長崎へ馬関へ！　自立した魂が輝く傑作長編。（小日向えり）
か-48-7

梶　よう子
一朝の夢
朝顔栽培だけが生きがいで、荒っぽいことには無縁の同心・中根興三郎は、ある武家と知り合ったことから思いもよらぬ形で幕末の政情に巻き込まれる。松本清張賞受賞。（細谷正充）
か-54-1

梶　よう子
赤い風
原野を二年で畑地にせよ――。川越藩主柳沢吉保は前代未聞の命を下す。だが武士と百姓は反目し合い計画は進まない。身分を超え、未曾有の大事業を成し遂げられるのか。（福留真紀）
か-54-4

（　）内は解説者。品切の節はご容赦下さい。

川越宗一
天地に燦たり
なぜ人は争い続けるのか——。日本、朝鮮、琉球。東アジア三か国を舞台に、侵略する者、される者それぞれの矜持を見事に描き切った歴史小説。第25回松本清張賞受賞作。（川田未穂）
か-80-1

北方謙三
杖下《じょうか》に死す
剣豪・光武利之が、私塾を主宰する大塩平八郎の息子、格之助と出会ったとき、物語は動き始める。幕末前夜の商都・大坂を舞台に至高の剣と男の友情を描ききった歴史小説。（末國善己）
き-7-10

木内　昇《のぼり》
茗荷谷の猫
茗荷谷の家で絵を描きあぐねる主婦。染井吉野を造った植木職人。画期的な黒焼を生み出さんとする若者。幕末から昭和にかけ各々の生を燃焼させた人々の痕跡を掬う名篇9作。（春日武彦）
き-33-1

木下昌輝
宇喜多の捨て嫁
戦国時代末期の備前国で宇喜多直家は、権謀術策を縦横無尽に駆使し、下克上の名をほしいままに成り上がっていった。腐臭漂う、希に見る傑作ピカレスク歴史小説遂に見参！
き-44-1

木下昌輝
人魚ノ肉
八百比丘尼伝説が新撰組に降臨！　人魚の肉を食べた者は不老不死になるというが……舞台は幕末京都、坂本竜馬、沖田総司、斎藤一らを襲う不吉な最期。奇想の新撰組異聞。（島内景二）
き-44-2

堺屋太一
豊臣秀長　ある補佐役の生涯（上下）
豊臣秀吉の弟秀長は常に脇役に徹したまれにみる有能な補佐役であった。激動の戦国時代にあって天下人にのし上がる秀吉を支えた男の生涯を描いた異色の歴史長篇。（小林陽太郎）
さ-1-14

早乙女　貢
明智光秀
明智光秀は死なず！　山崎の合戦で生き延びた光秀は姿を僧侶に変え、いつしか徳川家康の側近として暗躍し、二人三脚で豊臣家を滅ぼし、幕府を開くのであった！（縄田一男）
さ-5-25

（　）内は解説者。品切の節はご容赦下さい。

佐藤雅美
怪盗 桐山の藤兵衛の正体
八州廻り桑山十兵衛

消息を絶っていた盗賊「桐山の藤兵衛一味」。再び動き始めたのはなぜか。時代に翻弄される人々への、十兵衛の深い眼差しが胸を打つ。人気シリーズ最新作にして、最後の作品。

さ-28-26

佐藤雅美
美女二万両強奪のからくり
縮尻鏡三郎

町会所から二万両が消えた！　前代未聞の事件は幕閣の醜聞に発展する。殺される証人、予測不能な展開。果たして鏡三郎たちは狡猾な事件の黒幕に迫れるか。縮尻鏡三郎シリーズ最新作。

さ-28-25

酒見賢一
泣き虫弱虫諸葛孔明　第壱部

口喧嘩無敗を誇り、自分をいじめた相手には火計(放火)で恨みを晴らす、なんともイヤな子供だった諸葛孔明。新解釈にあふれ、無類に面白い酒見版「三国志」、待望の文庫化。（細谷正充）

さ-34-3

酒見賢一
墨攻

古代中国、「墨守」という言葉を生んだ謎の集団・墨子教団。たった一人で大軍勢から小さな城を守った男を、静謐な筆致で描いた鬼才の初期傑作。（小谷真理）

さ-34-5

坂井希久子
江戸彩り見立て帖
色にいでにけり

鋭い色彩感覚を持つ貧乏長屋のお彩。その才能に目をつけた右近。強引な右近の頼みで、お彩は次々と難題を色で解決していく。江戸のカラーコーディネーターの活躍を描く新シリーズ。

さ-59-3

佐伯泰英
神隠し
新・酔いどれ小籐次（一）

背は低く額は禿げ上がり、もくず蟹のような顔の老侍で、無類の大酒飲み。だがひとたび剣を抜けば来島水軍流の達人である赤目小籐次が、次々と難敵を打ち破る痛快シリーズ第一弾！

さ-63-1

佐伯泰英
御鑓拝借《おやりはいしゃく》
酔いどれ小籐次（一）決定版

森藩への奉公を解かれ、浪々の身となった赤目小籐次、四十九歳。胸に秘する決意、それは旧主・久留島通嘉の受けた恥辱をすすぐこと。仇は大名四藩。小籐次独りの闘いが幕を開ける！

さ-63-51

（　）内は解説者。品切の節はご容赦下さい。

佐伯泰英
陽炎ノ辻
居眠り磐音（一）決定版

豊後関前藩の若き武士三人が、帰着したその日に、互いを斬る窮地に陥る。友を討った哀しみを胸に江戸での浪人暮らしを始めた坂崎磐音は、ある巨大な陰謀に巻き込まれ……。

さ-63-101

佐伯泰英
声なき蝉
空也十番勝負（一）決定版（上下）

若者は武者修行のため〝異国〟薩摩を目指す。名を捨て、無言の行を己に課す若者を、国境を守る影の集団「外城衆徒」が襲う！「居眠り磐音」に続く「空也十番勝負」シリーズ始動。

さ-63-161

佐伯泰英
初詣で
照降町四季（一）

日本橋の近く、傘や下駄問屋が多く集まる町・照降町に「鼻緒屋」の娘・佳乃が三年ぶりに出戻ってきた——江戸の大火を通して描く、知恵と勇気の感動ストーリー。

さ-63-201

澤田瞳子
若冲

緻密な構図と大胆な題材、新たな手法で京画壇を席巻した若冲。彼を恨み、自らも絵師となりその贋作を描き続ける亡き妻の弟との相克を軸に天才絵師の苦悩の生涯を描く。（上田秀人）

さ-70-1

坂岡　真
真《ま》っ向《こう》勝《しょう》負《ぶ》
火盗改しノ字組（一）

その屍骸は口から鯖の尾鰭が飛び出ていた——。火付盗賊改方の「しノ字組」同心・伊刈運四郎は、供頭・杉腰小平太ら曲者の仲間達と犯人を逐う！　若き新参侍を描くシリーズ第一弾。

さ-71-1

坂岡　真
武士《もののふ》の誇り
火盗改しノ字組（二）

伊刈運四郎ら「しノ字組」は、白兎の面を被る凶賊「因幡小僧」捕縛に失敗。別の辻斬り事件の探索で運四郎は白兎に襲われる。神出鬼没の白兎の正体は？　書き下ろしシリーズ第二弾。

さ-71-2

佐藤巖太郎
会津執権の栄誉

長く会津を統治した芦名家で嫡流の男系が途絶え、常陸の佐竹家より婿養子を迎えた。北からは伊達政宗が迫り、軋轢が生じた芦名家中の行方は家臣筆頭・金上盛備の双肩に。（田口幹人）

さ-74-1